« Rien n'était si magnifique que ces soirées à Trianon, tous les parterres changeaient tous les jours de compartiments de fleurs, et j'ai vu le roi et toute la cour les quitter à force de tubéreuses, dont l'odeur embaumait l'air, mais était si forte par leur quantité que personne ne put tenir dans le jardin, quoique très vaste et en terrasse sur un bras du canal. »

Louis de Rouvroy de Saint-Simon
(1675-1755), *Mémoires*

OLIVIER SEIGNEUR

CINQ PERLES POUR DEUX REINES

INÉDIT

10/18

ISBN 978-2-264-07932-9
Dépôt légal : mai 2022

« Rien n'était si magnifique que ces soirées à Trianon, tous les parterres changeaient tous les jours de compartiments de fleurs, et j'ai vu le roi et toute la cour les quitter à force de tubéreuses, dont l'odeur embaumait l'air, mais était si forte par leur quantité que personne ne put tenir dans le jardin, quoique très vaste et en terrasse sur un bras du canal. »

Louis de Rouvroy de Saint-Simon
(1675-1755), *Mémoires*

Du même auteur
aux Éditions 10/18

La marquise des poisons, n° 5438
Cinq perles pour deux reines, n° 5758

Sur l'auteur

Olivier Seigneur est né en 1956 à Paris. Juriste de formation, il a obtenu le prix du festival de Cognac pour *Des lapins et des hommes*. Auteur de plus d'une vingtaine de romans historiques, il écrit également pour la jeunesse. Aux éditions 10/18, il a publié *La Marquise des poisons* en 2019.

Les principaux personnages historiques

Louis XIV. Né en 1638. Roi de France et de Navarre (depuis 1643).

Alexandre Bontemps. Né en 1626. Premier valet de chambre de Louis XIV en survivance de son père en 1652, puis en titre en 1659.

Gabriel Nicolas de La Reynie. Né en 1625. Nommé en 1667 premier lieutenant de police de Paris.

François Harlay de Champvallon. Né en 1625. Archevêque de Rouen en 1651, puis archevêque de Paris en 1670.

Philippe d'Orléans. Frère unique du roi. Né en 1640. D'abord duc d'Anjou, duc d'Orléans depuis 1660.

Marquise de Maintenon. Née Françoise d'Aubigné en 1635. Veuve en 1660 du poète Paul Scarron épousé en 1652, marquise de Maintenon en 1674.

Élisabeth-Charlotte de Bavière, dite « la Palatine ».

Duchesse d'Orléans après son mariage, en 1671, avec Philippe d'Orléans, frère de Louis XIV.

François Michel Le Tellier, marquis de Louvois. Né en 1641. Un des principaux ministres de Louis XIV, secrétaire d'État de la Guerre, et surintendant des Bâtiments, Arts et Manufactures de France en 1683.

Nanon Balbien, dite « Mlle Balbien ». Née en 1646. Suivante de la marquise de Maintenon et future intendante de la Maison royale de Saint-Louis, à Saint-Cyr.

Les principaux personnages romanesques

Martin L'Oiselier. Maître orfèvre, établi dans l'île de la Cité et fournisseur du roi.

Un inconnu. Homme sans aveu, sosie du roi.

Suzanne Lécuyer, dite « Suzon la Bascule ». Ribaude de Paris.

Un Espagnol. Ancien domestique de la reine Marie-Thérèse.

Chapitre 1

« Je suis convaincue que vous aurez été grandement surpris en recevant l'affreuse nouvelle de la mort subite de Sa Majesté notre reine. J'avoue que j'en ai été on ne peut plus peinée, car dans tous mes chagrins la bonne reine m'a témoigné la plus grande amitié du monde ; vous pourrez donc facilement vous figurer combien il m'a été pénible de la voir ainsi sous mes yeux rendre l'âme au bout de quatre jours de maladie. Lundi dans la nuit elle fut prise de la fièvre et vendredi dernier, à trois heures de l'après-midi, elle est morte et cela grâce à l'ignorance des médecins qui l'ont fait mourir comme s'ils lui avaient passé l'épée au travers du cœur. »

Élisabeth-Charlotte de Bavière,
duchesse d'Orléans,
la Palatine (1652-1722)

Le mardi 5 octobre 1683, à Versailles

D'un geste ample, Louis XIV désigna à la reine le mur plâtreux et nu, jaunâtre, presque indécent, dépouillé de ses boiseries et de ses tentures, et où restaient, salis de rouillure, des débris de vis et de clous.

— Ici, madame, les menuisiers, les peintres et les tapissiers vont se surpasser, puisque je le leur ai ordonné. D'ici quelques semaines, il y aura de nouveaux lambris dorés de frais. Voyez, l'alcôve sera aménagée dans cet angle, derrière une balustrade de bois doré, pour partie contre le mur de la Grande Galerie[1]. Des tissus couleur de violette revêtiront les panneaux. Certes, ce recoin est un peu sombre, mais l'architecte a réfléchi, il ne peut faire autrement.

À quarante-cinq ans, le roi, qui était grand, avait le nez altier et encore belle allure. Il avait depuis longtemps perdu ses cheveux – qui avaient été d'un brun clair –, mais se coiffait de hautes perruques bouclées, dont il changeait sans cesse et qui accroissaient

1. La galerie des Glaces.

sa taille. Souverain fastueux, Louis XIV portait des habits magnifiques, les renouvelait plusieurs fois par jour, au gré des circonstances. Il arborait à cette heure une veste d'un bleu très foncé, brodée de fins galons jaunes, et une cravate blanche.

Depuis toujours, le monarque savait qu'il était le plus illustre roi du monde. N'était-il pas né avec plusieurs de ses dents de lait, tel un héros de légende ? Il était normal, presque nécessaire, estimait le Bourbon, que l'essentiel de sa vie se déroulât donc en public : les courtisans pouvaient ainsi l'admirer dans chacun de ses gestes. Le souverain avait cependant tenu, ce matin-là, à vivre ce moment d'intimité. Louis XIV détaillait à son épouse la décoration de sa prochaine chambre. Sans songer à cacher sa satisfaction, il précisa :

— Le temps que les travaux soient achevés, j'ai fait installer mon lit pour quelques jours dans la pièce tendue de velours rouge cramoisi où je réunis également les ministres lors des conseils.

Le Bourbon considéra la reine avec attention. Celle-ci arborait une robe de soie gris pâle avec des nœuds de satin roses sur les manches, une broche de rubis et de diamants à son col de dentelle et, porté haut sur le cou, un collier de très grosses perles. Tout cela était raffiné et précieux, mais démodé. Un sourire discret, à peine triste, animait un visage encadré de boucles d'un blond cendré. Le Bourbon reprit :

— J'espère que vous ne m'en voudrez pas de m'approprier votre ancienne petite chambre[1] pour y installer

1. Pièce pour partie située à l'emplacement de l'actuel salon de l'Œil-de-bœuf.

la mienne. Vous voyez, je l'ai fait agrandir en prenant sur le cabinet d'à côté. Entendez-vous ? Derrière le mur, les menuisiers s'affairent.

Toutes les portes de la pièce étaient closes, celles de la Grande Galerie et celles des salons voisins. Porteuse de promesses en cette heure matinale, la lumière venait de deux fenêtres qui regardaient, à l'est, la cour de Marbre. Le roi s'en approcha, porta au loin un regard attentif. De l'autre côté des cours du palais, qui allaient en s'élargissant à mesure qu'on s'éloignait du château, c'étaient la Grande Écurie et la Petite, l'une et l'autre achevées depuis peu. Vastes de proportions et bâtis dans la même pierre de Saint-Leu qui rayonnait, dorée, au soleil couchant, ces édifices grandioses avaient peu à envier à la demeure du roi. Issus d'illustres lignées, nombre de principicules d'outre-Rhin devaient se contenter de vivre dans des bâtiments plus étroits. Il plaisait au monarque de savoir que ses chevaux, ses carrosses, les écuyers, les pages et les palefreniers de la cour étaient logés là. Traiter avec tant de grandeur ses montures et ses gens ne pouvait que rehausser la gloire du Bourbon hors des limites du royaume. Louis XIV était ravi et son esprit fut prompt à s'emballer : la Grande Écurie et son manège étaient vraiment magnifiques ; à l'avenir, il faudrait songer à y donner des carrousels, des opéras. Mais sitôt nées, ces visions de fêtes futures se dissipèrent : le roi avait encore un point à expliquer à la reine, et c'était bien là, pour le moment, le plus important.

Parfumé de musc et d'ambre gris, le monarque pivota sur ses hauts talons, revint vers Marie-Thérèse, restée immobile, avec ses soies, sa robe aux effets de moire, ses satins et ses perles. Souriant, aimable, le Bourbon en vint enfin à l'annonce, remarquable, qu'il avait décidé de faire à son épouse. Il agissait non pas par superstition, ni par puérilité, ni par une quelconque et malsaine fascination pour la mort, mais parce qu'il considérait qu'il devait se comporter ainsi. C'était son rôle en tant que roi, en tant qu'homme mûr, fidèle et aimant, habité par le souvenir de son épouse.

— Vous vous souvenez des joyaux que recélait la cassette de ma mère, n'est-ce pas, que je vous avais naguère remise ?

Le roi s'approcha davantage de Marie-Thérèse, toujours muette. Un instant encore et Louis XIV, à haute voix, soliloquant devant le charmant portrait de son épouse peinte au temps de sa jeunesse, trépassée depuis près de dix semaines, s'expliqua plus avant. Non parce qu'il était fou, mais parce qu'il était triste et tendre, et voulait lui décrire en détail ce qui regardait un certain projet concernant les éléments d'un bijou, que la reine avait porté et pour lequel le souverain avait mûri un projet :

— Voici ce que j'ai déjà fait et pense faire…

Tout juste revenu avec la cour du séjour de Fontainebleau où il avait passé les premiers temps du deuil puisque l'étiquette interdisait que le roi demeurât dans un château récemment frappé par la mort d'un proche, Louis XIV reprit son monologue précis et prévenant. Le Bourbon n'avait pas toujours été un époux irréprochable. Il le serait désormais…

Le mercredi 6 octobre, à Paris

Il n'avait pas dormi de la nuit, il avait trop peur. Il ne s'appartenait plus, il était en proie à un affolement qui lui hurlait dans la tête et l'épuisait. L'angoisse l'empêchait de réfléchir. Une seule pensée l'habitait, l'anéantissait. Il devait aller là-bas, coûte que coûte. Pour supprimer, d'un trait, ce qui n'aurait jamais dû exister. Et surtout pour tuer. Mais, attention, la plus extrême prudence était requise. À cette heure très matinale, il y avait du danger à se rendre depuis son agréable maison, tiède et opulente, sise dans l'île de la Cité, près de l'église Saint-Denis-du-Pas, rue du Cloître-de-Notre-Dame, jusqu'au bout du pauvre et triste faubourg Saint-Marceau, par-delà la Seine, à la limite de la ville ou presque, là où commençaient les champs et les vergers, la campagne.

Il ne faisait pas encore froid mais, l'automne arrivant, gueux, mendiants et truands étaient à l'affût. Ces misérables et ces bandits savaient qu'ils allaient vers le plus dur de l'année, la période la moins propice à leurs vols, le temps des froidures, de la pluie et de la neige, où il n'y aurait plus grand monde à dévaliser, voire à trucider dans les rues désertées. La canaille ne disposait plus que de quelques semaines pour dépouiller sans trop de mal. Après, elle crèverait de faim. Aussi, ces temps-ci, les voleurs patrouillaient, avides, insensibles à la pitié. Ou, pis encore, car dans ce cas on ne pouvait prévenir leurs assauts, ils se tenaient tapis, dans la nuit, guettaient, prêts à fondre sur le passant qui s'attarde ou l'imprudent égaré. Et pourtant, l'homme ne pouvait plus longtemps retarder cette course. Il accomplirait le geste qui le délivrerait et qui conforterait définitivement son avenir.

Au prix d'un grand effort – il y allait de sa vie –, l'homme affolé recouvra assez de maîtrise pour savoir ce qu'il devait faire, sur-le-champ, avant de s'élancer hors de sa demeure. D'abord, gagner son atelier pour s'y armer avec ce qu'il y trouverait de mieux. La maison dormait, femme, enfants, domestiques, apprentis. Si l'un d'entre eux s'éveillait, il n'oserait rien objecter ou demander, tant il serait stupéfait de voir le maître des lieux s'affairer en silence et de si bon matin. Il tournerait les talons et irait se recoucher sans mot dire.

Vite, tout cela n'avait pas été organisé à l'avance, mais peu importait, il fallait réussir. L'homme s'approcha d'un établi. D'une main fine, agile et habituée aux travaux de précision, il attrapa un maillet de bois et une pointe à feu, effilée comme sa peur, puis une lime aiguille, qui pénétrerait, s'il y avait besoin, promptement et profondément, c'était sans doute le plus solide de tous ses outils. Et aussi ce marteau à panne ronde, à la tête de bon fer, qui briserait un os s'il le fallait. Dès lors, ces instruments ne furent plus les outils commodes, polis par l'usage, que le futur criminel avait jadis appris à manier avec adresse, habité par l'amour du travail bien fait. Ils étaient devenus des pointes aiguës et menaçantes, des manches qu'il aurait bien en main, des masses de bois et de métal qui sauraient frapper à mort.

L'homme attrapa en passant une cape entre le gris et le brun, couleur de rue, qui n'accrocherait aucun regard, surtout pas ceux des ruffians aux aguets. Il était maintenant sur le point de pousser la porte, celle qui donnait du côté du fleuve, là où la vue portait, de l'autre côté du pont de Bois, sur le quai d'Orléans, qui bordait à cet endroit l'île Notre-Dame. Mais il se ravisa soudain. À tant faire, songea-t-il, autant commencer à effacer les traces de l'activité qui, ici, pouvaient mener à sa perte. Pour le caveau aménagé contre le mur et tout ce qui s'y trouvait et y barbotait, l'homme n'avait pas le temps, la maçonnerie serait longue à casser, cela ferait du vacarme, il faudrait procéder à cette besogne quand il n'y aurait personne dans la maison. Quant à ce qu'il y avait de compromettant caché sous le plancher, cela pouvait servir un jour, mieux valait le garder et, du reste, nul ne le découvrirait jamais, c'était trop bien dissimulé.

L'homme devait se consacrer au plus simple et au plus rapide pour le moment. Il tira de son habit la clef qui ne le quittait jamais, ouvrit la resserre. D'une main ferme, le propriétaire des lieux saisit un bocal, puis un autre, six en tout, sur lesquels il avait tant veillé, dont nul n'avait jamais soupçonné l'existence sauf, peut-être, une certaine personne, habitant et travaillant près du ruisseau des Gobelins[1], et qui bientôt ne pourrait plus risquer de lui nuire.

L'homme, affairé, sortit, alla jusqu'au parapet qui surplombait la mince grève où, sous la froide lumière de la lune, venaient mourir de molles vaguelettes. Il trébucha, se rattrapa, jeta les pots dans le vide. Deux se fracassèrent contre la muraille, deux autres en tom-

1. Nom donné à l'époque à la Bièvre.

bant sur le sol, le cinquième heurta un bois échoué, le dernier roula jusqu'à la Seine et y disparut. Effrayés par ce désordre, des chats maigres détalèrent en miaulant. Et, surtout, ce fut, au milieu d'éclats de verre, un nuage inattendu de paillettes brillantes, argentées, ou plutôt irisées, qui voletèrent un moment avant de s'avouer vaincues et de retomber, légères comme des âmes mourantes, sur le rivage gris et boueux.

La lune disparaissait. En d'autres circonstances, l'homme aurait été charmé par ce scintillement, irréel dans ce petit matin gris, qui évoquait si bien ce qu'avait été sa vie jusque-là, une suite de réussites. N'avait-il pas désormais ses entrées à Versailles, et de surcroît pour y être reçu par le roi en personne ? N'attendait-il pas, justement, d'un jour à l'autre, que Sa Majesté le mande ? Mais l'heure n'était pas, loin de là, à songer à de nouvelles brillances. Il s'écarta du parapet, certain que le prochain souffle de vent, la prochaine vague, les rats aussi, s'ils s'y mettaient à jouer et à s'y disputer, disperseraient les miroitements que les bocaux avaient laissés s'échapper. L'homme avait à faire. Plus déterminé que jamais, il se hâta.

Par des jardinets, des passages qui couraient le long du palais de l'archevêque et de la vieille cathédrale, il alla chercher le pont au Double, paya sans barguigner son droit de passage à un préposé ensommeillé, s'engouffra sous les voûtes sombres et basses de ce pont couvert, dont l'étage accueillait la salle Saint-Cosme, où étaient entassés, par dizaines, des malades, le trop-plein agonisant de l'Hôtel-Dieu. L'homme marchait vite, il atteignait déjà la rive gauche. De la rue de la Bûcherie à la longue et irrégulière place Maubert, où une fontaine côtoyait depuis peu une antique potence, ce n'était pas le plus difficile à parcourir : le briseur de bocaux marchait encore en pays très connu. Pour la suite, il allait lui falloir se décider sans attendre. Devait-il prendre, vers l'est, par la rue Saint-Victor, qui menait au Jardin royal[1] ? Ou bien aller tout droit, monter sur la montagne Sainte-Geneviève avant de redescendre vers l'église Saint-Marcel ? Le premier itinéraire le mènerait par la voie la moins fréquentée, donc la plus discrète mais aussi la plus dangereuse s'il était attaqué. Le second serait plus passant, même à cette heure, mais au moins, il y serait peut-être secouru par le guet si des truands l'assaillaient.

C'était donc ce second chemin qu'il valait mieux emprunter. L'homme s'engagea sur le flanc de la butte, où traînaient des odeurs de boue. Devant lui, par-dessus des maisons aux colombages badigeonnés de rouge, il aperçut la masse haute et sombre de Saint-Étienne-du-Mont dont le clocher semblait se hausser par-dessus les maisons voisines pour l'épier. L'homme se hâta, dépassa l'église, descendit la rue Mouffetard en prenant garde de ne pas tomber, car la pente était prononcée, le pavé très inégal et gras. Il avait déjà fait la moitié du chemin. La chance était de son côté. À part les mendiants sans abri, les filles perdues qui, au chant du coq, n'avaient pas encore trouvé de client, il n'y avait pas grand monde.

Pourtant, à l'angle de la rue de Loursine, au droit de Saint-Médard, un gaillard assis devant une porte, que tout désignait comme un tire-laine, le vit arriver. Le

1. L'actuel Jardin des Plantes.

truand se releva, porta d'instinct la main au couteau accroché à sa ceinture. Mais rien ne pouvait arrêter l'homme qui, ce jour-là, assurait son avenir. Menaçant, l'artisan sortit à son tour de sous son habit l'un des outils dont il s'était muni avant de sortir de chez lui. La pointe brilla. Elle fit son effet. Ébahi, le ruffian eut peur, recula, tomba, se releva et s'enfuit.

L'autre n'avait pas même ralenti sa course. D'ailleurs, il était presque arrivé. Là-bas, après cette maison à lucarnes, c'était le ruisseau des Gobelins, qu'annonçaient les senteurs âcres et irritantes des tanneries et des teintureries qui s'établissaient ici en nombre depuis plusieurs années, depuis qu'elles avaient été chassées des bords de la Seine où le roi ne voulait plus voir bâtir que des palais proclamant sa gloire. L'homme était confiant, rien ne l'arrêterait. Quelques pas encore et, juste avant le pont aux Tripes, avec ses rambardes mal ajustées et branlantes, il prit la vieille rue Saint-Jacques, qui longeait l'affluent malodorant. Après ce clos aux arbres encore verts, c'était la maison où il n'aurait jamais dû se rendre et qui, dans un instant, serait le théâtre d'un meurtre.

Le traqueur connaissait les lieux, savait où sa future victime dormait. Il lui fut aisé de passer par les arrières. Laissée par le ruisseau qui débordait souvent dès qu'il pleuvait fort ou qu'un mégissier[1] voisin y rejetait d'un coup le contenu de baquets emplis d'eaux sales, la boue était ici épaisse, et visqueuse. Il fallait prendre garde : ce n'était pas le moment de glisser.

1. Le tanneur travaille les peaux des bovins, le mégissier celles des ovins et des caprins.

L'homme poussa une porte, celle de la remise adossée à la demeure. Comme dans sa propre maison de la rue du Cloître-de-Notre-Dame, plusieurs petits bassins avaient été aménagés ici, et tapissés d'argile fine afin d'en assurer l'étanchéité. Ils avaient été à demi creusés dans le sol pour ne pas être aperçus du dehors et, surtout, afin de pouvoir être alimentés par l'eau de la rivière, toute proche, et y déverser en retour leur trop-plein quand il y avait besoin. Le fureteur se pencha, considéra, dans la pénombre, la mouvante surface des eaux ainsi retenues. C'était un frémissement silencieux, mais égal d'un bout à l'autre, une ondulation métallique. Des têtes, des dos, des queues et des nageoires, des yeux aux grandes pupilles noires et, surtout, des bouches, qui s'ouvraient et ne se refermaient sur rien, tendues et avides. Des êtres vivants qui se pressaient, se cognaient, se chevauchaient les uns les autres.

C'étaient des dizaines, des centaines d'ablettes, mécontentes d'être ainsi retenues si nombreuses et serrées, affamées car elles n'avaient pas été nourries depuis la veille. L'homme regarda à peine les poissons, innocentes créatures qui, par leur seule présence ici, ne lui rappelaient que trop les fautes qu'il avait commises.

Il avançait avec prudence mais sans hésitation. Dans la pénombre, il sut retrouver l'escalier qui menait à la chambre. Il monta. Les marches ne craquèrent pas. L'homme ouvrit la porte, sans bruit. La pièce était petite, la fenêtre étroite. Y flottait une senteur de linge sale et de vieille cuisine grasse. L'intrus arriva jusqu'au lit.

Le dormeur eut un mouvement indistinct. Abandonné, il rêvait dans son lit tiède. Soudain, le parquet grinça. Il s'éveilla subitement.

— C'est vous ? Quoi ? Maintenant ? Mais que voulez-vous ? À moi !

Son réveil avait été trop brutal, sa voix était mal assurée. Il voulut crier plus fort, mais son assaillant était déjà sur lui, lui portant un premier coup maladroit.

En dépit de sa solide résolution, le tueur était novice. Il frappait, recommençait. Sa victime jetait des hurlements étranglés. L'assaillant lardait encore. Ce fut un carnage désordonné, commis avec des armes improvisées. Le tueur frappait toujours. Sa proie tomba sur le plancher, se débattit peu de temps, puis cessa de bouger.

L'agresseur demeura un moment interdit. Un instant passa. Puis l'assassin se reprit. Il se souvint des motifs de son geste. Il aurait dû se sentir soulagé : encore un meurtre, ou plutôt deux, et son existence reprendrait son cours normal. Dans une heure, tout au plus, il aurait retrouvé sa famille et ses apprentis, son métier et la considération que celui-ci lui offrait.

Revenu au rez-de-chaussée, l'homme glissa les pointes et les limes sous sa chemise, ôta sa cape, désormais déchirée par endroits et souillée de sang, la jeta dans l'un des bacs à ablettes. On l'y découvrirait là sans mal, mais peu importait, rien ne dirait qu'elle était sienne. Le meurtrier sortit de la maison, s'aperçut que l'aube avait déjà rosi. Il eut la présence d'esprit de ne pas partir en courant, se mit à marcher aussi calmement qu'il le pouvait, sur le sentier inégal qui bordait la rivière, tout encombré de pierres à savonner, de tonneaux et de caisses. Là-bas, du côté du pont aux Biches, un tanneur plus matinal que les autres était trop occupé à allumer un feu sous des cuves noircies pour s'intéresser à l'assassin. Celui-ci continuait à s'éloigner. Prendre le même chemin qu'à l'aller lui sembla la meilleure manière de renouer avec l'existence normale qui n'aurait été que brièvement malmenée, le temps de tuer le premier des trois hommes qui, par maladresse, forfanterie ou malveillance, auraient pu le trahir, ce qui aurait aussitôt mis un terme à sa carrière et l'aurait envoyé à la mort.

De l'air le plus calme qu'il le pouvait, le tueur s'engagea dans la rue Mouffetard qu'il avait descendue tout à l'heure. À l'assaut de la montagne Sainte-Geneviève, il respira pleinement l'air frais, ce qui lui fit du bien. Il ne savait pas que, des abords puants du ruisseau des Gobelins, il était observé. Par un curieux qui, désœuvré à cette heure et d'humeur badine, l'avait aperçu par hasard et s'amusait à le suivre à distance. Le meurtrier pouvait encore moins savoir que ce promeneur indiscret était l'archevêque de Paris, François Harlay de Champvallon, homme puissant, dépensier, admiré, proche de la soixantaine et portant encore très beau, grand amateur de femmes, si possible habiles et agiles. La nuit précédente, plutôt que de faire venir en secret une fille galante à l'archevêché comme il en avait l'habitude, Harlay avait préféré aller chez l'une d'elles. Afin de pimenter cette nouvelle expérience en s'aventurant hors de son palais, de la mener loin des gravures pieuses, des crucifix et des tableaux édifiants sous lesquels, d'ordinaire, l'archevêque s'adonnait aux plaisirs de la chair.

Sortant donc de chez Suzanne Lécuyer, dite « Suzon

la Bascule » – en raison d'un certain tour qu'elle savait faire et prodiguer autant de fois qu'on le lui demandait parce qu'elle était une brave fille, experte en maints gigotements –, Harlay de Champvallon, le corps rompu mais l'esprit léger du plaisir éprouvé cette nuit-là, se plut à suivre un moment, par jeu, l'assassin.

Ce même mercredi 6 octobre,
à Versailles

Au château de Versailles, c'était le noir du grand deuil, la poussière soulevée et dispersée par les prodigieux travaux en cours et, surtout, l'incertitude, le mystère qui entouraient le roi depuis plusieurs jours.

Le deuil, d'abord, qui durerait une année complète. Les habits sombres étaient de rigueur. Les rubans striés, rayés et tabisés, de couleur citron, paille, souris, chair pâle et céladon, qui avaient été à la mode au début de cette étrange année 1683, tant pour les messieurs que pour les dames, avaient disparu. Il n'y aurait pendant tout ce temps de déploration ni fête, ni concert, ni bal, ni partie de lansquenet ou de cavagnole dans le salon de Mercure, ni opéra dans la salle installée depuis l'année précédente au fond de la cour des Princes[1].

Car le lundi 26 juillet, la reine Marie-Thérèse s'était couchée, dolente. Un abcès lui était apparu sous le bras quelques heures plus tard. Les médecins avaient pratiqué une saignée, puis ordonné de poser un emplâtre. Or l'infection s'y était mise. Marie-Thérèse ne s'en était

1. À l'emplacement de l'actuel passage des Princes.

donc que trouvée plus mal. Une nouvelle délibération d'incapables avait opposé le médecin Guy-Crescent Fagon, partisan d'un nouveau prélèvement de sang afin de soulager la malade, et le chirurgien Pierre Gervais, qui était contre. Fagon avait eu le dessus. La mort dans l'âme, Gervais avait sorti ses linges, ses bassines et ses lancettes. L'épouse du roi s'était vu de nouveau retirer un bon tiers d'une pinte[1] de sang. Elle s'était évanouie, avait déliré, était restée peu de temps éveillée. Puis elle était morte, quatre jours après être tombée malade. Sidérée, la cour s'était aussitôt transportée à Saint-Cloud[2], avant de se rendre pour un plus long séjour à Fontainebleau. Pendant ce temps, à Versailles, le Petit Appartement du roi ainsi que les grands salons avaient été drapés de noir.

Ensuite, la poussière, les odeurs de plâtre, de peinture et de vernis, le bruit, les embarras causés par les travaux menés grand train à Versailles, où le souverain était revenu au début du mois d'octobre. Si, de l'autre côté de la place d'Armes, les Écuries, Grande et Petite, étaient achevées, le Grand Commun, loin d'être terminé, où étaient logés les serviteurs et les courtisans qui n'auraient pas de place dans le château, bourdonnait comme une ruche. Les abeilles avaient ici pour nom charpentiers, maçons, peintres et plâtriers. Surtout, nouvelle merveille du palais, la Grande Galerie, encombrée d'échafaudages, attirait toutes les curiosités tant était grand, chez les courtisans, le désir de la voir achevée, avec ses marbres, venus de Sarrancolin et de Campan, son parquet posé, ses voûtes peintes de

1. 1 pinte = 0,95 litre.
2. Saint-Cloud était la principale résidence de Monsieur, frère du roi, qui, à Paris, disposera en 1692 du Palais-Royal.

fresques glorieuses et surtout ses hauts miroirs, preuves du savoir-faire que les Français avaient depuis peu acquis, que l'on vantait déjà tant, encastrés entre des baguettes de bronze doré.

Sans compter les réaménagements qui avaient été lancés sitôt après la mort de la reine. Le roi avait en effet décidé d'adjoindre plusieurs des salons de la défunte à son propre appartement. Au début de l'année suivante, celui-ci ferait ainsi le tour de la cour de Marbre. Le monarque disposerait enfin d'un logement à sa mesure, cadre magnifique où il pourrait conserver ses objets d'art et les contempler en compagnie de familiers choisis, voire seul, ce qui serait encore mieux, pensait-il.

Entre autres conséquences, la chambre à coucher du souverain passerait du nord au sud du Grand Salon[1], au centre du château, qui deviendrait le salon du roi. Et, le temps que le gros des aménagements fût mené à bien, quelques semaines tout au plus, le Bourbon avait fait installer son lit recouvert de brocart en point d'Espagne dans la chambre du Conseil.

Enfin, le roi. Celui-ci avait affiché une peine sincère lors de la mort de Marie-Thérèse, il avait montré un air affligé à Saint-Denis lorsque avait retenti le *Dies irae* de Jean-Baptiste Lully. La reine était certes son épouse, mais elle était aussi par deux fois sa cousine germaine. Sa naissance et sa position avaient donc été prestigieuses. Si elle l'avait déçu depuis le premier jour de leur mariage par son peu de beauté et surtout son peu d'esprit, plus tard par son incapacité à mener en

1. Cette pièce deviendra en 1701 l'actuelle chambre du roi.

public une conversation brillante comme le roi l'aurait souhaité pour donner plus d'éclat à la cour, la reine avait toujours tenu son rang avec dignité. Quoi qu'il fasse au cours des jours prochains, qu'il franchisse ou non le pas concernant le projet secret auquel il ne faisait que penser, Louis XIV savait que, dans les antichambres, dans les cuisines et jusque sur le chantier de la Grande Galerie, sa conduite, ses faits et gestes étaient épiés et commentés. Il ne devait rien faire qui puisse attenter à sa dignité et à celle de la trépassée.

Or, en ce jour d'automne, le Bourbon devait être sur tous les fronts. Et Alexandre Bontemps reprit :

— Ce sont, Sire, de petits riens, du moins si l'on ne tient compte que de leur seule valeur marchande.

— Détaillez-moi, je vous prie.

— C'est, par exemple, une poignée de porte prise dans les petits cabinets de la reine, ainsi qu'une embrasse de rideau dérobée dans la Grande Chambre de feu Sa Majesté.

Âgé de cinquante-sept ans, Bontemps était, des quatre premiers valets de chambre qui se relayaient tous les trois mois auprès du roi, celui qui était le plus proche du Bourbon, et de loin, celui qui, quelques années auparavant, la nuit venue, lui permettait de retrouver, quelque part, dans les étages, telle ou telle dame pour laquelle Sa Majesté avait décidé d'avoir des bontés. Dévoué et fort efficace, Bontemps avait la pleine confiance du souverain qui, au fil des ans, lui avait attribué de nombreuses charges, dont celle d'intendant de Versailles, donc de véritable maître du château.

Le visage rond et plein, le regard précis et déterminé, la mise simple mais coûteuse et très soignée, Bontemps poursuivit :

— Une paire de pincettes qui se trouvait dans la cheminée du Grand Cabinet a été dérobée…

— Quelle scélératesse !

— Sans doute très tôt ce matin car, hier soir, elle était encore en place.

— Quelle canaillerie !

La colère du Bourbon était complète mais froide. Il était roi, il devait se dominer en toutes circonstances, même devant un familier comme Bontemps. Louis XIV enrageait cependant. Il ne pouvait tolérer que de tels larcins fussent commis au palais, quand bien même il s'agissait d'objets de si peu d'importance. Un vol demeurait un vol. Que le roi apprît qu'on avait subtilisé la nef de sainte Ursule ou le reliquaire de la sainte ampoule conservés au palais du Tau[1], à Reims, il n'en aurait pas été plus courroucé. Parce que ce château était sa maison et que la friponnerie n'y avait pas sa place. Le monarque se sentait comme défié en sa propre demeure, moqué en tant que roi, en tant que maître de maison et en tant que veuf. Car celui ou celle qui avait volé dans l'appartement de la reine défunte avait, aux yeux du souverain, commis une malhonnêteté impardonnable, un crime de lèse-majesté. Pis, une souillure infligée à la reine morte.

Qu'il ne puisse, faute de connaître son nom, désigner sur-le-champ le ou la coupable au marquis de Sourches, grand prévôt de France, et, à ce titre, chargé de la police de la cour, faisait étouffer le monarque. S'il en avait eu la possibilité, Louis XIV aurait volontiers enquêté en personne, tant il avait besoin de connaître le nom du voleur et de réparer l'affront

1. Les rois y festoyaient à l'issue de leur sacre.

fait à la mémoire de son épouse. Non que le Bourbon eût désiré, ne serait-ce qu'un instant, renoncer à sa charge. Celle-ci était certes écrasante. Mais il ne lui était jamais venu à l'esprit de vouloir en atténuer le poids : le roi ne se lassait pas de devoir gouverner, décider et, surtout, paraître. C'était même de devoir s'y consacrer à chaque instant de son existence qui le faisait exulter. N'était-il pas roi de droit divin ? Mais cette charge, précisément, ne lui laissait pas le loisir de se soustraire aux obligations qui lui commandaient de se montrer à chaque instant ou presque devant la cour qui s'ordonnait autour de lui, l'admirait et cherchait à lui plaire. Ne pouvoir faire la police et devoir endurer ces affronts étaient certes une limite mise à son omnipotence. Le souverain devait pourtant se rendre à l'évidence : Dieu, auquel il devait sa couronne, n'avait pas voulu, dans sa sagesse, qu'il eût le don d'ubiquité.

À lui, le Roi-Soleil, il lui fallait donc ronger son frein, le temps que le dévoué Bontemps questionne la domesticité pour connaître le nom du filou. Le souverain attendrait donc que la justice passe, mais il veillerait à ce qu'elle soit alors implacable. Il y allait de l'honneur et de la mémoire de la reine son épouse.

D'ailleurs, le moment était venu de se préparer pour aller à la messe quotidienne. Le roi se changea, plutôt fut changé par des valets experts qui lui passèrent une chemise fraîchement repassée, parfumée au jasmin, une veste brun et violet, brodée de jais, des bas noirs, et qui changèrent sa perruque en quelques gestes rapides. Demeuré à son côté, Bontemps le conseilla :

— L'extrémité de la Grande Galerie et le salon de la Guerre sont tout encombrés, Sire, d'échafaudages et de planches. Il vaut mieux prendre par le petit couloir qui longe la cour du Roi et ensuite passer par le salon d'Apollon.

L'annonce contraria à peine le Bourbon. Celui-ci aurait certes préféré traverser l'ensemble du Grand Appartement pour y déployer sa personne à sa guise. Mais, songea-t-il, c'était là un petit mal pour un bien. Dans quelques jours, ce serait au milieu d'un décor somptueux et complet qu'il pourrait paraître.

Toute lambrissée, dallée de marbre, du noir de Dinant et du blanc d'Italie, de plus d'un pouce et demi d'épaisseur, la nouvelle chapelle, la quatrième édifiée dans le château, avait été consacrée l'année précédente. S'y rendre du Grand Appartement du roi, longue suite de pièces toutes plus somptueuses les unes que les autres, comblait le Bourbon d'un plaisir dont il était loin d'avoir épuisé toute la profondeur. Même quand Bontemps lui annonçait, comme ce jour-là, que le cortège formé du souverain et de ses proches devrait se déployer sur un parcours raboté.

Les huissiers ouvrirent les deux battants d'une porte. D'un coup, Louis XIV se trouva face à la fine fleur de la cour qui attendait son apparition. Rejoint par plusieurs membres de sa famille, le monarque s'avança, accorda de minces sourires à d'heureux élus, fit encore quelques pas, sans regarder le trône[1], recouvert de plaques et de sculptures d'argent, placé sur un tapis persan à fils d'or et surmonté d'un dais de brocart. Il était tout à la fois lion, pour l'assurance, la prestance

1. Comme tous les autres meubles en argent, ce trône fut envoyé à la fonte en 1689 pour financer la guerre de la ligue d'Augsbourg.

indéniable, et paon, pour le plaisir qu'il éprouvait de se montrer très paré et d'être admiré, et aussi un peu aigle, car son regard perçant savait d'emblée débusquer la plus jolie femme de l'assistance.

Les gardes ouvrirent, sans mal, un passage au milieu de la foule insistante mais respectueuse, pour que le roi gagne le salon de Mercure et, par-delà, la chapelle. Derrière le souverain, un cortège, endeuillé, se forma. Les gentilshommes étaient vêtus de sombre. Les dames portaient des mantilles noires. Beaucoup avaient l'espoir de pouvoir approcher Sa Majesté, le temps de présenter une requête, de demander une faveur, comme le voulait une coutume depuis longtemps établie et qui prenait place à ce moment de la journée. Les autres, plus nombreux et plus sages, préféraient remettre leurs prières à plus tard. Instruits par des bavardages furtifs, des confidences entendues à la sauvette, ils n'avaient à l'esprit que la rumeur diffuse et insistante instillée à Versailles depuis le retour de Fontainebleau : dans ce palais en deuil et en travaux, un certain événement extraordinaire se tramait.

Et la nature de ce projet faisait finalement peu de doute. Le roi allait se remarier. Mais avec quelle princesse ? Certains courtisans en tenaient pour une Allemande. Les autres, qui se disaient mieux informés, affirmaient que le Bourbon était sur le point de convoler en secondes noces avec Anne-Marie-Louise de Toscane, tandis que d'autres assuraient qu'avait déjà été choisie l'infante Isabelle-Louise, la fille aînée du roi du Portugal et à ce titre héritière d'un vaste empire colonial, qui comprenait le Brésil, mais aussi Macao, ainsi que, sur la côte des Indes, les prospères comptoirs de Goa, Diu et Daman.

En traversant le salon de Mercure puis le salon de Mars, les plus subtils des courtisans tentèrent de remarquer si, sur le passage du souverain, tel ou tel ambassadeur d'un royaume ami affichait une mine trop satisfaite. C'eût été, concernant ce remariage, un indice sérieux. Mais ils en furent pour leurs frais. Déjà, Louis XIV prenait place à la tribune de la chapelle, à l'exact milieu, face à l'autel surmonté d'une *Déploration du Christ*. Selon l'étiquette en vigueur, avec ostentation, un valet se hâta de faire retomber par-dessus la balustrade le bout du tapis en velours cramoisi, orné de houppes et de franges d'or, sur lequel le roi venait de poser les pieds. Flanqués d'acolytes et de cérémoniaires, les prêtres s'avancèrent vers l'autel. L'office divin pouvait commencer.

Chapitre 2

« Toutes les nuits les fleurs du jardin étaient remplacées. On s'endormait environné de tubéreuses pour s'éveiller à l'odeur des jasmins ou des giroflées. Tous les jours quelque chose changeait ; à la disposition des entours c'était comme si des fées y travaillaient ; là où on avait vu un étang la veille était un bosquet le lendemain ; où était une forêt on trouvait une colline, un réservoir ou un kiosque de porcelaine pour la collation. »

Mme de Maintenon (1635-1719),
à propos du Trianon de porcelaine

Le jeudi 7 octobre, à Versailles

François Michel Le Tellier, marquis de Louvois, avait une fine moustache, de petits yeux perçants, un regard intelligent et vaguement dédaigneux, l'air toujours sûr de lui et, enfin, un double menton, signe, du moins chez lui, qu'il aimait les plaisirs, surtout ceux de la table, les richesses, le pouvoir, la vie. Il avait une carrure solide et de l'embonpoint, mais l'un et l'autre lui permettaient d'affronter les écueils et de beaucoup travailler sans jamais devoir relâcher ses efforts pour se reposer.

Louvois avait été nommé secrétaire d'État à la Guerre vingt ans auparavant, avant de recevoir le titre de ministre[1]. Un peu plus jeune que le roi, il était peut-être, après celui-ci, l'homme le plus heureux du royaume. Son grand rival, le contrôleur général des Finances Jean-Baptiste Colbert, était mort depuis plusieurs semaines et lui avait laissé le champ libre. À ses fonctions de ministre et de membre du Conseil d'en

1. Il prit une part déterminante à la création des Invalides, destinés aux soldats blessés ou estropiés.

haut[1], Louvois avait ainsi pu ajouter celle de surintendant des Bâtiments, Arts et Manufactures.

Installée pour l'occasion dans le cabinet des Tableaux, tapissé de velours vert, une table débordait des plans et des mémoires que Louvois, à mesure qu'il parlait, y déposait avant d'en sortir d'autres de son maroquin et de les étaler sur les premiers posés. Le ministre poursuivait ses explications :

— Sire, les ouvriers ont achevé la terrasse de marbre entourant le château.

Le palais de Versailles, en chantier et promis à d'immenses agrandissements, ne suffisait déjà plus à Louis XIV. Le souverain avait acheté des terres, couvertes de châtaigniers, qui constituaient la baronnie de Marly. Sis entre Versailles et Saint-Germain, ce vaste domaine offrait une vue superbe sur l'une des molles courbes de la Seine, au bord de laquelle était aménagé un petit port. Encombré alors de pauvres chais, ce havre attirait depuis quelque temps le trafic qui délaissait le port d'Au Pec[2], établi en contrebas de Saint-Germain. D'autant que le roi avait entamé là, deux ans plus tôt, avec l'appui d'ingénieurs et d'ouvriers venus du pays de Liège, la construction d'une gigantesque machine hydraulique destinée à alimenter Versailles en eau vive[3].

Or ce vallon était marécageux, peuplé de serpents selon les paysans des alentours, qui n'y allaient jamais.

1. Appelé aussi Conseil d'État, ne comprenait que le roi et quelques personnages importants.

2. Le Pecq.

3. L'énorme et bruyante machine de Marly, qui stupéfia à l'époque, ne parvint jamais à fournir le débit escompté.

Il avait fallu déboiser, désherber, drainer, assécher, niveler, établir des terrasses pour y bâtir sur un sol sec. Les rus, les sources avaient été captés, domptés, ils alimenteraient des cascades, qui dévaleraient la pente en se déversant dans des bassins de marbre. Près du palais à venir, ce serait une rivière telle qu'on n'en avait jamais vu.

On en parlerait dans toute l'Europe, à la cour de Vienne, à Madrid, à Lisbonne et ailleurs, pensait le roi, impatient. Louis XIV serait une fois de plus envié et imité. Il s'en enivrait. À Marly comme à Versailles, la nature se plierait au désir du souverain, les maçons et les plâtriers aussi. Des dizaines, des centaines de manœuvres s'affairaient depuis plusieurs mois à exécuter la moindre volonté du monarque. Et si une plantation ne lui plaisait pas, si telle ou telle perspective tracée au milieu de la forêt ne ménageait pas l'effet escompté, Louis XIV demandait que le travail fût recommencé, les arbres déracinés et replantés un peu plus loin. Ils crevaient ? Peu importe, le roi demandait qu'on en apportât d'autres.

Jules Hardouin-Mansart, secondé par Robert de Cotte, élevait donc à Marly un ensemble de pavillons pour le roi, sa famille et ses invités. La nature du sol, instable, avait retardé les travaux, plusieurs ouvriers étaient morts, d'autres en restaient estropiés. Il y avait eu des grèves, des révoltes. Les manœuvres les plus véhéments avaient été arrêtés, jetés en prison. Intimidés, même effrayés, leurs compagnons avaient repris leur ouvrage. Le parc avait été clos d'un mur d'enceinte. Le gros œuvre de tous les bâtiments était à peu près achevé et, ce qui n'était pas moins important, la maçonnerie des bassins et des conduites souterraines qui y mèneraient l'eau aussi.

Le Roi-Soleil se pencha sur les grandes feuilles que le ministre déployait avec tant d'affectation qu'on aurait pu le croire propriétaire du futur palais. Louvois reprit son explication :

— La salle des Gardes est à peu près terminée de même que, de l'autre côté du pavillon de Votre Majesté, les pavillons des seigneurs.

— Et dans mes appartements ?

— Toutes les pièces sont loin d'être finies. Mais, Sire, dans celles qui le sont, les peintres s'emploient à achever les fresques, et les sculpteurs à parfaire les encadrements de pierre ou de bois où seront placés les tableaux que vous avez désignés.

— C'est bien. Je veux que l'on accroche les toiles de M. van der Meulen le plus tôt possible. Et aussi celles de MM. Monnoyer, Belin de Fontenay et Damoiselet.

— J'ai déjà donné les ordres dans ce sens, Sire. J'en redirai toute l'urgence et l'importance. Les œuvres des peintres La Londe et Jouvenet ont déjà été disposées dans les vestibules.

Le roi aurait dû se rendre à Marly à la fin du mois de juillet pour inspecter les travaux en cours. La disparition soudaine de la reine Marie-Thérèse l'avait conduit à différer cette promenade. Mais de peu. Louis XIV irait à Marly dès novembre. En attendant, il désirait tout savoir de l'état d'avancement de l'ouvrage. De nouveau, le Roi-Soleil se pencha sur les plans et les rapports détaillés qu'avaient rédigés les architectes, les maîtres terrassiers et les commis de

Louvois. Le souverain était impatient de découvrir la demeure où il se promettait de ne recevoir qu'une société peu nombreuse et triée sur le volet : Marly serait un lieu de villégiature qui susciterait les convoitises, conduirait les courtisans à se traîner à ses pieds, ou presque, pour y être invités. Louis XIV avait hâte que ce séjour fût achevé. D'autant que n'y rôderait pas le souvenir de l'envahissante et dominatrice marquise de Montespan, qui n'y aurait jamais habité, au contraire du petit palais de Trianon, où son souvenir tardait à se dissiper.

— Et la chapelle ?

— Elle pourra être bientôt consacrée.

Le roi reposa les esquisses. Sur ce point, il était satisfait. Car un autre sujet le préoccupait tant : la cérémonie secrète qui devait être organisée avant longtemps à Versailles. Il y avait là tant d'incertitudes, de dangers à affronter pour que cet événement puisse être mis en œuvre et, surtout, qu'il ne soit jamais divulgué. Sans compter les réticences dont le roi ne réussissait pas à venir complètement à bout. Y compris, songeait-il, et ce qui était un comble, jusque dans cette pièce, ce cabinet des Tableaux qui lui était si cher :

— Et pour ce qui est de… de ce que vous savez, monsieur de Louvois, n'avez-vous pas changé d'avis ? Vous savez que votre opinion m'importe beaucoup.

Le ministre avait pris le temps de ranger plusieurs des documents que le roi venait d'examiner. Il releva la tête, considéra le souverain comme il ne l'avait jamais fait. Colbert trépassé, Louvois savait qu'il était sans rival auprès de Louis XIV. Il pouvait donc se permettre de dire le fond de sa pensée. Il ne risquait rien. Et même, songeait-il, s'opposer au roi conforterait son pouvoir, l'assiérait pour de longues années encore. Car Louis XIV aimait la franchise, il ne tenait pas rigueur à ses collaborateurs de faire valoir leurs vues avec âpreté, du moins dans une certaine mesure, dès lors que celles-ci étaient argumentées…

— Sire, vous me faites l'honneur de me consulter. Je dois me montrer digne de cette confiance en faisant preuve de la plus stricte sincérité, et quoi qu'il puisse m'en coûter si j'ai le malheur de vous déplaire. Je n'ai pas changé d'avis depuis notre dernier entretien à ce sujet.

— Donc ?

— Vous ne pouvez donner une suite à ce projet, il est encore temps de renoncer. Le plus grand roi du monde, couvert de gloire, épouser la veuve Scarron ? Cela ne se peut.

Le ministre de la Guerre n'avait pas même désigné par son titre de marquise de Maintenon la femme avec laquelle le roi voulait s'unir, mais par son ancien nom d'épouse d'un poète roturier[1]. Il se tut, un peu effrayé par sa propre audace, quand bien même ce n'était pas la première fois qu'il manifestait son opposition à ce projet. Sans en avoir l'air, le ministre scrutait le souverain, guettait sur son visage le moindre signe qui montrerait que le monarque, loin d'apprécier sa franchise, s'offusquerait que son dessein soit critiqué sans plus de façon. Mais Louis XIV demeurait impassible. Le seul sentiment que Louvois crut discerner chez le Bourbon était le contentement de disposer de l'avis éclairé d'un interlocuteur de bon conseil. Et le ministre en fut soulagé.

1. Paul Scarron.

— Monsieur le marquis, vous savez que je fais le plus grand cas de vos jugements, même quand je ne les suis pas. Croyez qu'en ces jours si singuliers vous êtes plus que jamais entendu.

Louis XIV considérait Louvois. Il prisait que le ministre fît preuve d'une telle sincérité. Le souverain était orgueilleux mais n'en ignorait pas pour autant qu'à la cour régnaient les faux-semblants et les hypocrisies. Affichée, la loyauté de Louvois lui était plus que précieuse.

Le surintendant des Bâtiments aimait trop le pouvoir et les compliments pour ne pas être capable de dissimuler ses sentiments, même quand celui qui lui parlait et le remerciait était l'homme autour duquel tournaient sa vie et sa fortune. Pour conforter sa position, il avait gardé en réserve d'ultimes nouvelles concernant les travaux de Marly, et il les annonça en rafale :

— Les stucs façonnés selon les dessins de M. Mazeline ont eux aussi été livrés pour la plupart. Ils ont déjà été placés sur les huit perrons du pavillon royal. Nous n'attendons plus que la *Flore* du sculpteur Lespingola et la *Pomone* de M. Hurtrelle.

Le roi sourit. Ces derniers mots achevaient de le contenter. Comme l'avait espéré Louvois, Louis XIV eut l'esprit empli des visions d'un Marly achevé, de belles allées bordées de cordons de topiaires de buis, boules et trèfles, calices, glands et cônes, et en était charmé. Savoir que, dans ce domaine et à Versailles, peut-être demain à Trianon, des palais étaient embellis ou construits, reconstruits, aussi souvent qu'il le voulait, dans la sueur, dans les larmes s'il le fallait, comblait le souverain, qui ne voulait plus penser qu'à cela.

Ce même jeudi 7 octobre, à Paris

L'assassin n'avait pas bien dormi, ou si peu. Ce n'était pas d'avoir tué avec autant de difficultés qui le tourmentait. C'était la pensée qu'il devait trucider de nouveau. Et, comme la première fois, il ne devait laisser aucune trace compromettante. Au demeurant, il avait déjà appris de son premier forfait. Ses instruments d'artisan habile étaient loin de constituer des armes efficaces comme il l'avait cru naïvement. Peu importait. En homme averti, il venait d'acquérir un bon couteau de boucher au manche en bois de genévrier. La lame trancherait sans appel.

Le tueur ne l'était pas de gaieté de cœur. Très loin de là. D'autant que ses victimes s'étaient montrées précieuses en leur temps, ils avaient été des complices nécessaires, des amis, même, tant ils avaient travaillé de concert, avec l'un pour sélectionner et élever les poissons les plus brillants, avec les autres pour mettre au point les matières, les substances les plus adaptées et de la meilleure qualité. Mais ces ouvrages menés à terme et ces amitiés n'étaient rien désormais. Par le meurtre, il fallait en éliminer toute trace.

C'était rue Saint-Landry, dans le bout menant jusque devant la Seine, passé l'embranchement où arrivait la rue Basse-des-Ursins, que le criminel devait à présent aller, à quelques pas de chez lui. L'homme n'aurait pas besoin de monter à l'une des tours de Notre-Dame comme devaient souvent le faire les Parisiens dès lors qu'une course les obligeait à s'éloigner un moment du quartier qu'ils ne quittaient jamais et qu'ils devaient reconnaître leur chemin à l'avance. L'homme était, dans l'île de la Cité, en pays connu. En particulier quand il allait dans les rues tracées entre Notre-Dame et le fleuve, ce territoire où il avait toujours vécu et travaillé, où il s'était enrichi et où il était devenu un homme envié, respectable et respecté.

Quand bien même il serait aperçu par ici au moment d'entrer ou de sortir de l'atelier où il devait aller, nul ne saurait s'étonner qu'il se trouvât là, parmi lingères, valets, collégiens ou livreurs. Au milieu des étals de rôtisseurs et de leurs guirlandes de poulets suspendues, on le prendrait pour un flâneur. Nul ne comprendrait qu'il avait à voir avec cette échoppe, le but de sa course, où il s'approvisionnait depuis plusieurs années en billes et en bulles de verre, à la fois légères, parfaitement transparentes et inaltérables, parfaites pour l'usage, inavouable, qu'il en avait fait.

L'homme était presque arrivé. Pour se donner du courage, il tâta, caressa presque, le manche du couteau à travers son habit. Il avait réussi à tuer le premier, près du ruisseau des Gobelins. Il assassinerait bien aussi le second, et cette fois avec habileté. Il fit un pas de côté, se retrouva dans un couloir obscur, qu'il avait plusieurs fois emprunté, en repoussa la porte du pied. Le faux promeneur en était certain : personne ne l'avait vu entrer. Il était dans la place. Il sortit son couteau. Il faisait sombre, la lame brilla à peine. Il y vit un bon présage. L'atelier du souffleur de verre était établi au bout d'un couloir, pour moitié sur la berge, pour moitié sur trois ou quatre pilotis mangés par la mousse. Le tueur improvisé y pénétra, silencieux.

Derrière lui, indifférente au crime qui allait être commis, la rue Saint-Landry continuait à trépider.

Le quartier était riche de la cathédrale et des religieux qui la desservaient, des petits métiers que l'immense église, ses prêtres et ses fidèles faisaient vivre. Comme dans la toute proche et très fréquentée rue des Marmousets-en-la-Cité, les vendeurs ambulants se pressaient ici en nombre. Qu'ils fissent commerce de charcuterie…

— Quarante sols la gorge de porc à faire boudin, quarante sols !

… ou commerce de volaille :

— Six deniers l'oie grasse ! Vingt-quatre sols le chapon de pailler !

— Vingt-quatre sols aussi la poule bien nourrie et bien dodue. Toute plumée !

Sans compter ceux qui proposaient des mouchoirs, des surtouts de serpillière à poches[1], un petit vin guinguet d'Ivry, des écumoires ou des boucles de soulier vendues par paires. Et aussi les regrattiers, qui poussaient leur carriole emplie de marchandises de seconde main, et cherchaient à vendre des restes de desserte ou des denrées plus ou moins gâtées dont les plus pauvres devaient se contenter.

Un moment passa, dans cette rue de Paris, populeuse et affairée, un temps léger, insouciant, un épisode de vie ordinaire. Bien éloigné de ce qui venait de survenir dans l'atelier du verrier. L'assassin en ressortait, justement, plus satisfait qu'horrifié. Comme il l'avait espéré, il avait accompli de grands progrès en matière de crime : ses habits n'étaient pas tachés, ni même froissés. Le seuil de la maison franchi, le meurtrier se

1. Amples vêtements, en grossière toile d'étoupe, passés par-dessus les autres habits.

trouva au milieu de la cohue indifférente et besogneuse qui, en faisant de lui un quidam perdu dans la foule, le rendit aussitôt invisible. Dans un instant, il serait revenu chez lui, à jamais débarrassé de l'un des trois témoins qui auraient pu, en parlant, ruiner sa vie.

Comme après son premier crime, il marchait calmement, se laissait bousculer sans s'en soucier par de bons bourgeois, des colporteurs, au milieu des odeurs de rôtisserie, d'eaux stagnantes et de pain cuit. Il aperçut, à quelques pas devant lui, une charrette chargée de beurre salé qui peinait à avancer. La carriole se mut, s'arrêta. L'assassin tenta de passer en force, entre la roue du véhicule et l'échoppe d'un savetier. Mais un porteur de charge, plus rapide et plus pressé que lui, s'approcha, lui barra le passage ; le meurtrier allait devoir ronger son frein un dernier moment, maintenant bousculé de toutes parts, entre la carriole, le portefaix et ceux qui le poussaient par-derrière. Les cris, les injures commencèrent à fuser :

— Avance, fesse-mathieu !

— Tais-toi, maroufle !

Le tumulte grandit. À tel point que le vacarme parvint jusqu'aux fenêtres de l'archevêché où, justement, un fauve tournait en cage : François Harlay de Champvallon. Le prêtre n'avait besogné aucune fille galante depuis la veille. Ce qui, compte tenu de son tempérament fougueux, lui semblait interminable. L'archevêque alla à la croisée. D'un œil habitué à traquer, à soupeser la gueuse et, ainsi, à évaluer à distance les chevauchées que celle-ci pouvait lui promettre, il distingua, dans la trouée d'un jardinet, à un jet de pierre, l'homme aperçu la veille, au petit matin, près du ruisseau des Gobelins, l'inconnu qu'il s'était amusé à suivre mais qu'il avait finalement perdu de vue au détour d'une ruelle, après la rue Mouffetard.

Ne songeant le plus clair de son temps qu'à calmer les raideurs irraisonnées et intempestives qui lui prenaient le bas du ventre plusieurs fois par jour, l'archevêque se méprit sur l'homme, que le destin lui présentait deux fois en deux jours. Habitué à tout rapporter à lui-même, Harlay crut que le passant était, à son image, un chasseur de tout gibier qui portait bas, cotillons et jupons. Plus espion que jamais, Harlay ne le quitta pas des yeux. L'autre avait repris sa marche. Il se dirigeait maintenant vers le Terrain-Notre-Dame[1], le jardin aménagé à la pointe de l'île, face au pont de la Tournelle. Regard d'oiseau de proie, le prélat le vit entrer dans une maison de trop belle facture pour être celle d'une fille débauchée. Sa curiosité n'en fut que plus piquée. Le destin lui avait fait apercevoir cet homme à deux reprises. Ce ne pouvait être un hasard. Le prélat voulait en savoir plus.

Ce même jeudi 7 octobre, à Versailles

Accompagnée d'une escorte légère, la voiture, tirée par des chevaux blancs, toute repeinte et emplumée de noir, arriva au bout de l'allée de Trianon. Elle passa la première grille, surmontée d'une couronne et flanquée de deux petits pavillons, traversa une étroite cour plus ou moins circulaire, franchit une seconde grille,

1. Aussi nommé la Motte-aux-Papelards en raison des nombreux gravois et détritus accumulés là après la construction de la cathédrale Notre-Dame.

parvint, enfin, devant la demeure flanquée de deux autres pavillons, plus grands que les deux premiers. Vêtu de sombre, le roi descendit du carrosse. D'un geste, il enjoignit au capitaine de ses gardes de ne pas le suivre dans l'étonnante demeure, dont un valet lui ouvrait déjà la porte.

Dépourvue d'étage, cette maison de plaisance avait été dessinée par Louis Le Vau. La façade, qui comprenait trois portes et quatre fenêtres, dotée d'un discret fronton, n'attirait pas particulièrement le regard. Tout y était harmonie et mesure. Le toit, en revanche, était d'une étrangeté inouïe, fameuse dans tout le royaume et au-delà. C'était un ruissellement de formes et de figures géométriques, en cuivre, en étain ou en plomb, et surtout en carreaux de faïence, tous bleu et blanc. Juste au-dessus de la balustrade qui bordait la toiture, des enfants dorés à la feuille, des amours munies de leurs arcs et de leurs flèches, alternaient avec des vases peints. Au-dessus se trouvait le toit proprement dit, fait de plaques de plomb sculpté dont les dessins formaient des arabesques et des guirlandes. Puis, sur la crête et aux angles, des oiseaux échassiers au long bec, d'autres vases et des pots de fleurs feintes.

Le roi était habitué à cette architecture surprenante qu'il avait voulue, treize ans plus tôt et selon l'idée qu'il se faisait de l'empire de Chine et des palais de son empereur. Il ne leva pas même les yeux pour juger de l'effet des dorures dans le réjouissant soleil d'automne. D'ailleurs, à peine eut-il pénétré dans le vestibule que Louis XIV fut assailli par des pensées qui jaillirent, mêlées et contradictoires, plaisantes ou blessantes. C'était, d'une part, le souvenir du désir qu'il avait eu, autrefois, de construire cette demeure de contes de fées pour y abriter ses amours avec Françoise de Rochechouart de Mortemart, marquise de Montespan, une femme qu'il avait tant aimée. Et d'autre part, la tristesse que cet amour se fût enfui et un désir commençant de ne plus jamais penser à tout cela. Le roi se souvenait des musiques, des danses, des amusements et des rires d'autrefois mais réussit à les tenir à distance. Il n'avait pas le temps de rêver davantage : un personnage l'attendait, qui le salua aussitôt bien bas.

Comme sur les toits de l'édifice, tout, dans le salon, était bleu et blanc. Depuis le carrelage, les meubles, les lambris qui tapissaient les murs jusqu'aux stucs du plafond, tout était recouvert de faïences, jadis fabriquées et apportées des manufactures de Saint-Cloud, de Nevers, de Rouen ou de Lisieux, voire de Delft, en Hollande. C'était une symphonie de bleu-gris de lin et de lapis-lazuli, de bleu turquin ou de bleu de France et de bleu de pastel.

L'air était frais. Contrairement aux deux chambres qui le flanquaient, le salon ne possédait pas de cheminée. Des valets avaient installé un brasero, qui peinait à réchauffer la pièce carrelée. Louis XIV s'en moquait. Partout et en toute saison, il avait trop chaud. Les années qui passaient ne le rendaient pas frileux. Il ôta ses gants parfumés à la fleur d'oranger, à la tubéreuse et au jasmin, les posa sur un guéridon.

— Bonjour, monsieur de La Reynie.

— Bonjour, Sire.

— Comment vous portez-vous aujourd'hui ?

Gabriel Nicolas de La Reynie était un homme

efficace. À peine eut-il répondu quelques mots convenus au roi qu'il sortit une liasse de documents d'un portefeuille posé sur un pliant. Il semblait pressé de commencer son exposé. Mais le roi souhaitait garder à distance la mélancolie qui ne demandait qu'à s'installer dans son esprit et voulut, pour la conjurer, s'amuser un peu :

— Monsieur le lieutenant général de police, vous avez renversé les rôles, et diablement, il me semble. Jusqu'à ce que vous me fassiez parvenir votre message, j'avais plutôt l'habitude, en tant que roi, de convoquer les serviteurs de la monarchie à ma guise, selon l'ordre du jour, à l'heure et à l'endroit qu'il me plaisait de déterminer. Or, c'est bien le contraire qui se passe aujourd'hui puisque c'est vous qui, en grand secret, m'avez demandé de me trouver ici et à cette heure.

Déjà dans ses papiers, le policier ne prit pas la peine, de protester, fût-ce pour la forme car il avait bien compris que le roi le taquinait :

— Sire, ce que j'ai à vous apprendre et à vous montrer est de la plus haute importance.

Les deux hommes se connaissaient depuis de longues années et s'appréciaient, le policier avait la pleine confiance du roi.

À cinquante-huit ans, La Reynie n'était pas bardé de graisse car il n'avait pas souvent fait bonne chère, contrairement à la plupart des hommes de son âge. Manger ne l'intéressait guère, sauf quand il s'agissait d'apaiser sa faim le plus vite possible, afin de pouvoir reprendre aussitôt son travail. Son nez était fort, son regard direct et précis.

— Votre Majesté ne l'a pas oublié : le 23 avril de cette année, vous m'avez autorisé à juger certains ecclésiastiques et libraires qui se mêlaient de composer des écrits et des libelles diffamatoires s'en prenant à l'ordre public, à l'honneur et à la réputation de diverses personnes de qualité.

— Je m'en souviens fort bien. Vous m'avez ensuite annoncé que plusieurs de ces scélérats avaient été envoyés aux galères. Comme cet aumônier de l'hôtel-Dieu de Saint-Denis dont nous avions parlé. Et même, si j'ai bonne mémoire, plusieurs autres ont été condamnés à la potence. Cela devrait ramener le calme.

La Reynie désigna son portefeuille :

— En effet, la justice a continué à passer. Le bûcher a parfois été dressé… Si Votre Majesté souhaite en savoir davantage, il y a là des comptes rendus qui en diront tous les détails.

Louis XIV demeurant impassible, La Reynie en conclut que le roi, sur ce point, ne souhaitait pas être mieux informé. Il en fut assez contrarié car, pour la première fois de sa vie de lieutenant de police, il ne savait trop comment aller à l'essentiel de ce qu'il avait à révéler et qui était, à proprement parler, extraordinaire. Si le roi s'était saisi du maroquin, en avait parcouru ne serait-ce que quelques-uns des feuillets qui concernaient cette affaire de libelles, La Reynie aurait pu réfléchir quelques précieux instants de plus. Mais il n'en fut rien.

Il chercha, autour de lui, une inspiration aux paroles qu'il ne trouvait pas pour présenter son affaire. Mais où que portât son regard, sur le sol, les murs, le plafond, c'était la flamboyante monotonie des carreaux de faïence où étaient figurés des fleurs et des animaux, des scènes champêtres et des guirlandes, avec, le plus souvent aux angles, des fleurs de lys. Il n'y avait décidément rien là, songeait La Reynie, qui pût lui suggérer un prétexte propre à le délester de son embarras. En désespoir de cause, le lieutenant de police se leva, bien que le roi ne l'y eût pas invité et, pour se donner une contenance, s'approcha d'un secrétaire, peint à l'imitation de la porcelaine de Chine, comme les autres meubles de la pièce.

D'un bond, le souverain se leva à son tour, avec une vivacité qui surprit La Reynie et l'inquiéta un peu. Le pas décidé, le Bourbon s'approcha du lieutenant de police. Celui-ci comprit que mieux valait reculer. Louis XIV prit conscience de sa brusquerie, battit en retraite. Au terme de ce curieux pas de deux, maladroit et bref, les deux hommes se retrouvèrent l'un et l'autre un peu gênés. Le roi voulut sortir par le haut de cette situation bouffonne. Fait fort rare chez lui, il haussa le ton :

— Mais enfin, monsieur de La Reynie, est-ce pour m'entretenir de pamphlets malveillants, voire dangereux et grossiers, que vous m'avez indiqué de venir ici ?

Les dés en étaient jetés, estima le lieutenant général de police. Maintenant, il lui fallait se jeter à l'eau :

— En effet, Sire. Ce que j'ai à vous apprendre regarde un certain événement survenu hier. Un homme de peu, originaire du Couserans, semble-t-il, mais ce point-là n'a guère d'importance, a tenté de pénétrer par effraction dans le garde-meuble de la Couronne[1].

1. Situé au début de l'actuelle rue de l'Amiral-de-Coligny.

À Paris, toute une aile de l'hôtel du Petit-Bourbon, établi contre l'église Saint-Germain-l'Auxerrois, à côté de l'abreuvoir du quai de l'École, avait été détruite, quelques années plus tôt, lorsque le roi avait demandé d'agrandir la Cour carrée du Louvre. Ce qu'il restait du bâtiment, édifié sous François Ier, demeurait assez vaste pour que l'on continuât à y conserver et à y entretenir, outre les pierreries de la Couronne, qui étaient remontées à l'envi sur les habits du roi, des princes et des princesses au fil des cérémonies, les meubles et les tapisseries, les miroirs et les tableaux, la vaisselle et les armes, les armures, tapis et vases qui servaient à pourvoir les demeures royales au gré des désirs du prince et des déplacements de la cour. S'il allait moins qu'autrefois à Chambord[1], le roi se rendait chaque année à Fontainebleau et à Compiègne avec une suite nombreuse. Et il fallait à chaque voyage meubler des pièces et des salles qui, pour l'essentiel, demeuraient vides le reste de l'année.

— Fort bien, dit simplement Louis XIV. Mais si je ne m'abuse, chacun est libre de visiter les collections qui sont gardées là, selon les horaires et les modalités établis par le garde général, M. Le Cosquino. Si votre homme a enfreint une règle, qu'il soit puni. Est-ce que cela me concerne ?

— Ce n'est pas cela, Sire, dont il s'agit.

— A-t-il voulu voler une gemme, une agate, une pièce d'argenterie, un des rubis de la Couronne ? La Côte de Bretagne, l'A romain ou bien l'Œuf de

1. Louis XIV s'y rendit pour la dernière fois en 1685.

Naples[1] ? Si tel est le cas, qu'on le juge et qu'on le pende. Pourquoi m'en parlez-vous ?

La Reynie reprit son souffle. Il n'était pas en face d'un condamné torturé, ni ne risquait d'être pris en défaut sur le dossier qu'il avait à présenter. Sa situation, pourtant, était très inconfortable. Le policier reprit :

— Nous ne savons pas, Sire, si cet homme était venu au garde-meuble pour dérober, bien que cela soit probable. Nous l'avons interrogé mais il est, sur ce point, demeuré évasif, il a parlé d'une simple curiosité qui l'avait conduit à vouloir admirer ce que contient le garde-meuble sans avoir à en demander la permission. Quand ils l'ont surpris alors qu'il venait de briser une fenêtre, les commis se sont saisis de lui et l'ont enfermé dans le grand magasin de la décharge qui se trouve au rez-de-chaussée. Puis ils sont allés au Grand Châtelet[2] pour me prévenir et m'amener au Petit-Bourbon en leur compagnie.

L'agacement qui avait été celui du roi se transforma en une curiosité naissante :

— Mais si le drôle n'est pas un malfrat venu subtiliser, qu'a-t-il pu faire pour ainsi susciter tant d'intérêt ? A-t-il commis des gestes inconsidérés, est-ce un fou ? Dans ce cas, emprisonnez-le à la Bastille ou ailleurs. Un de mes secrétaires signera la lettre de cachet nécessaire, et ne m'en parlez plus.

— Sire, il est possible que l'homme soit un aliéné, mais je ne le crois pas. Sans cela…

Voilà, pensa La Reynie, il se trouvait maintenant au point le plus délicat de cette conversation affo-

1. Trois fabuleux rubis acquis puis mis en gage par les Valois, rachetés par Louis XIV.

2. Siège de la lieutenance de police.

lante, dont il était à l'origine et qui le plaçait sur du fer chauffé à blanc mais qui, pourtant, était plus que nécessaire. Il poursuivit :

— … je ne lui aurais pas intimé l'ordre de m'accompagner à Versailles.

Le propos était imprécis. Du moins Louis XIV préféra-t-il ne pas le comprendre d'emblée, tant l'extraordinaire se profilait. Mais, fin connaisseur du roi, le lieutenant général de police ne voulut pas le laisser plus longtemps dans l'embarras et précisa sur-le-champ :

— L'homme est ici, Sire. Car j'ai pris la liberté de l'emmener avec moi à Trianon. Lorsque vous l'aurez rencontré, vous comprendrez qu'il devait vous être présenté sans tarder.

Le monarque ne put retenir une soudaine expression d'incrédulité. La Reynie continua :

— Il est aux ordres de Votre Majesté, dans le pavillon des Confitures[1].

Le roi était stupéfait. Mais il mesura aussitôt que cette révélation, ahurissante, s'inscrivait pleinement dans le droit fil de tout cet entretien, si insolite. Il souhaita cependant que La Reynie précisât sa pensée :

— Vous désirez donc que je voie cet homme ?

Encore un pas, songeait le policier, et l'affaire serait conclue, quoi qu'il en fût, de manière désastreuse, peut-être, mais elle serait achevée. Il ne dit rien. Cette fois, Louis XIV fut sur le point de s'emporter :

— Vous voulez donc que je rencontre ce drôle, mais n'osez pas me le dire expressément. Fort bien. Je vous obéis !

Sans plus attendre, le Bourbon quitta le salon, sortit

1. Quatre pavillons flanquaient le Trianon : les pavillons des Confitures, des Entremets, des Potages, de la Table et de la Desserte.

de la maison de faïence. À main droite, il n'eut que quelques pas à faire pour traverser la cour, pénétrer dans celle des offices. Devant lui, c'était la gracieuse silhouette d'une sorte de Trianon en miniature : le pavillon des Confitures. Le roi s'avança, en ouvrit la porte. Les mains posées avec une nonchalance effrontée sur une console de bois recouverte de carreaux blancs et bleus, l'homme dont La Reynie lui avait parlé se tenait debout devant lui. Stupéfait par ce qu'il voyait, le roi demeura pétrifié.

Si l'inconnu avait porté ses habits, Louis XIV aurait pu croire, un instant, qu'il se trouvait devant un miroir et se contemplait. Car le souverain s'était assez regardé dans les glaces de ses salons pour mesurer que l'inconnu était, en tout point, son double. Tant dans les traits que dans la stature, dans la manière de se tenir debout, jusque dans la façon de regarder avec la même assurance que le roi. Le monarque était intelligent. Passé la surprise, il se plut à considérer ce sosie ; le Bourbon, en un instant, avait compris que, en le considérant, il pouvait s'admirer comme s'il s'était agi de lui-même. Certes, Louis XIV devait faire abstraction des habits que portait l'inconnu, plus que communs, d'une chevelure qui demandait à être brossée et ordonnée. Mais enfin, pensait le souverain, en homme habitué à décider vite, l'esprit affûté par cette rencontre extraordinaire, tout cela importait peu si l'on allait à l'essentiel. D'autant que lui était venue aussitôt une idée qui, soudain, lui montrait le chemin à suivre depuis que Bontemps lui avait révélé l'ampleur des vols commis au palais.

Il serait certes hardi d'emprunter la voie qu'il allait prendre, mais le roi ne doutait pas que cette décision, aussi rapide que déterminante, lui serait profitable.

Et même, pensa-t-il, le parti qui venait de s'imposer à lui était si extraordinaire que, sans doute, la Providence ne pouvait être étrangère à ces circonstances déconcertantes, qui venaient de lui donner bien davantage qu'une idée séduisante, une inspiration de génie.

Oui, songea le Bourbon, décidément, ce n'était pas pour rien que son second prénom était Dieudonné : dès sa naissance, il avait reçu tous les dons, la plus grande intelligence et la plus grande capacité pour mener les affaires du royaume. Le roi adressa un signe à son double, que celui-ci comprit.

Ce jeudi 7 octobre, peu après,
au Trianon de porcelaine

Resté seul dans le salon du Trianon de porcelaine, La Reynie attendait que Louis XIV revînt. Homme pourtant peu habitué à prendre de mauvaises décisions, il se demandait s'il avait bien agi, savait cependant qu'il était trop tard pour regretter. Le lieutenant de police s'approcha d'une fenêtre, s'obligea à considérer le paysage qui s'offrait à lui. Par-delà la terrasse s'étendaient des parterres entourés de charmilles, bordés par des rangées d'orangers plantés en pleine terre, ce qui ne s'était jamais vu ni à Versailles ni dans les environs et qui, dans quelques semaines, seraient recouverts de vitres épaisses pour les garantir du froid et les faire profiter du moindre rayon de soleil.

Des jardiniers portant la livrée du roi, drap bleu à galons cramoisis et blancs, s'affairaient à déterrer les pots où avaient fleuri les derniers œillets de la saison. Ils les remplaçaient au fur et à mesure par des terrines de giroflées. De cette manière, les parterres ne seraient pas un seul instant flétris. Le lieutenant de police se reprocha de ne pas avoir pris ses dispositions pour tenir ces gens à l'écart, quoiqu'il n'y eût pas grand risque qu'ils aperçoivent quoi que ce fût de compromettant. Il regarda plus loin. Les jeux d'eau n'avaient pas été activés et le seul mouvement venait du moulin à vent, posé au sommet d'une butte, à l'ouest, que les remembrements mis en œuvre par Le Nôtre avaient jusque-là épargné, et dont une brise d'automne faisait tourner les ailes de toile blanche.

Il y eut comme un bruissement d'étoffe dans son dos, le lieutenant de police se retourna. Louis XIV, que le policier n'avait pas entendu revenir, était devant lui. Le roi était pâle, il paraissait plus que troublé, ému. Soucieux et embarrassé, le lieutenant de police devina ce que pensait le monarque, voulut se justifier sans attendre :

— Cet homme… Dès que je l'ai vu, j'ai su qu'il devait être mis sans tarder en votre présence.

— Oui. J'ai bien entendu aussitôt compris pourquoi vous l'aviez amené ici avec vous. (Le roi laissa passer un instant avant de reprendre :) Monsieur de La Reynie, vous avez bien fait.

Le policier était plus que soulagé. Par quelques mots maladroits, il répéta presque :

— Merci, Sire. Car vous l'avez vu comme moi. Le plus singulier, l'incroyable, l'inimaginable existe parfois.

Le roi ne répondit pas, reprit le fil de son propos :

— Certes… Mais, monsieur le lieutenant de police, pourtant, cet homme… Il avait dû préparer son affaire. Le temps que je le voie, que je me rende compte de ce que vous savez, que je réfléchisse un court instant, ce bandit m'a pris de court et m'a bousculé. Il a traversé la cour, a franchi le portail qui donne accès aux jardins et a aussitôt disparu. Vous ne l'avez donc pas vu déguerpir comme un lapin de garenne ? Ou, plutôt, si je me fie à ses habits, comme un détrousseur des rues ?

Cette fois, La Reynie mesura qu'il avait commis davantage qu'une faute, une erreur, dont il allait devoir rendre compte. Mais toute cette affaire, née à l'instant même où l'homme du garde-meuble lui avait été présenté, à Paris, était décidément hors de toute norme. Il était cependant décidé à essayer de sauver de sa réputation et de sa charge de policier ce qui pouvait encore l'être :

— Ce personnage ne peut aller loin, Sire. Outre les jardiniers, les ouvriers qui s'affairent dans les parterres pour réparer un muret, une marche de pierre, il y a les gardes du parc. Et, au demeurant, celui-ci est tout entier clos de hauts murs, avec d'autres soldats qui sont de faction à chacune des portes.

La Reynie s'attendait que, d'une voix froide et déterminée, le roi lui signifie que, pour avoir manqué de la plus élémentaire prudence, il était sur-le-champ démis de ses fonctions et qu'une lettre de cachet prochaine détaillerait les modalités de l'exil qui le frapperait. Et pourtant, pensait le policier, amer, compte tenu de la situation face à laquelle il s'était trouvé, il ne pouvait rien se reprocher. Il avait pensé que le monarque devait rencontrer l'inconnu, et sans témoin.

Louis XIV, cependant, ne fit que répondre avec calme à l'assurance que le lieutenant de police venait de lui donner :

— Je le sais bien, monsieur de La Reynie. Je suis tranquille sur ce point. Et vous avez du reste bien fait de venir ici avec cet homme, je vous l'ai déjà dit. Maintenant, allez, je vous prie, faites pour le mieux, je vous laisse voir avec le capitaine de mes gardes, qui m'attend près de mon carrosse, quelles mesures il y a lieu de prendre pour que le fugitif soit vite saisi. Mais à propos de ce que nous avons pu constater, vous et moi, comment se pourrait-il que les gardes du Châtelet et les employés du garde-meuble ne l'aient pas aussi noté et n'en fassent pas état en public ? Ce qui, vous en conviendrez, pourrait troubler les esprits… Tant la chose, l'extraordinaire que nous connaissons désormais tous les deux est frappant.

— Pour cela, Sire, il n'y a aucune crainte à avoir. Je me suis rendu à l'hôtel du Petit-Bourbon en compagnie d'un seul de mes hommes. Il ne parlera pas, j'en réponds.

— J'ai aussi mentionné les employés du garde-meuble, monsieur de La Reynie.

— Sire, se troubla le policier, ces gens-là étaient, à ce moment-là, pris de boisson. Ils ne se seront pas bien rendu compte et, s'ils se sont aperçus de ce que nous savons, ils ne se seront pas souvenus de grand-chose une fois dégrisés.

Le roi soupira. Au garde-meuble aussi, songea-t-il, il y avait donc plus que du laisser-aller, il lui faudrait y mettre de l'ordre quand il en aurait le temps.

— Je vous remercie pour vos propos francs…

Mal à l'aise à plus d'un titre même si la fin de cet entretien lui était favorable et qu'il pensait, en toute conscience, avoir accompli son devoir, le lieutenant de police était pressé d'en finir. Il salua le monarque et se hâta de quitter le Trianon de porcelaine. Louis XIV attendit que la voiture de La Reynie eût franchi la grille fleurdelisée pour sortir à son tour et retourner au pavillon des Confitures. Celui-ci n'était pas vaste, une seule pièce le composait, toutefois assez grande pour qu'on y trouvât des dessertes et un vaste placard où étaient rangés des tréteaux, des plateaux de table et de la vaisselle. Le roi s'avança, ouvrit la porte de cette armoire. À l'homme qu'il avait caché là, au nez et à la barbe du lieutenant de police, Louis XIV annonça d'une voix assurée, mais teintée d'une nuance de retenue absolument inattendue :

— Passez votre manteau, monsieur, et masquez votre visage autant que faire se peut avec le bord de votre chapeau. Je vais m'arranger pour que vous puissiez gagner le château et mes appartements sans aucun encombre. Vous y serez en sécurité.

L'homme eut un très vague sourire et ne dit rien, mais obéit.

Ce même jeudi 7 octobre, à Paris

Archevêque, homme plus qu'influent, habitant de surcroît dans l'île de la Cité, Harlay de Champvallon n'avait pas tardé à apprendre la nouvelle de l'assassinat du verrier établi au bout de la rue Saint-Landry. Ce meurtre n'était ni le premier ni le dernier à avoir été commis à quelques ruelles de son palais, tant Paris était peu sûr en ce temps-là. Mais pour une raison qu'il ne s'expliquait pas, le prélat avait accordé son attention à ce crime. Puis il s'était aussi souvenu de l'homme, déjà rencontré près du ruisseau des Gobelins, qu'il avait aperçu une seconde fois, et, s'il y réfléchissait bien, sans doute peu après que le souffleur de verre eut été trucidé, à quelques pas de là.

Était-ce là une coïncidence ? C'était possible. Mais ce n'était pas certain. Le promeneur qu'Harlay avait pris pour un homme à femmes était peut-être tout autre chose… Et même, plus il y songeait, plus une intuition s'imposait à lui. Le promeneur rencontré aux Gobelins puis aperçu rue du Cloître-de-Notre-Dame avait beaucoup à cacher. Ce pouvait être un meurtrier. Le prélat ne s'en alarma pas. Que l'on tue lui était égal, du moment que cela ne le concernait pas. Mais sur cette affaire qui, décidément, piquait sa curiosité, Harlay voulait en savoir davantage.

Puissant personnage de l'Église, lorsqu'il était en représentation, l'archevêque n'allait jamais sans force valets et prêtres : il devait tenir son rang. Bien entendu, il demeurait seul lorsqu'il chassait la fille galante. Ou comme à ce moment-là. Solitaire, il sortit de son palais par une porte secondaire que personne ne surveillait. En homme habitué à se cacher pour courir droit au vice, Harlay connaissait bien les alentours de l'archevêché. Il traversa en biais le Terrain-Notre-Dame.

De ce côté, l'île de la Cité offrait un aspect presque champêtre : c'étaient, à l'écart de l'agitation, des jardins herbeux qui descendaient en pente douce jusqu'au quai. Les chanoines de la cathédrale y faisaient pousser des simples, y élevaient des porcs et des lapins. Harlay contourna une haie, dépassa un muret, fut bientôt devant l'arrière d'une maison, celle qu'il cherchait. Une porte était ouverte, qui donnait sur une sorte d'atelier. Prudent, le prélat, de plus en plus curieux, s'amusait. Il s'approcha encore, regarda à travers une vitre de prix sertie de plomb. Il distingua, aménagé contre un mur gris, un bassin de maçonnerie, tapissé d'argile mais trop étroit pour y contenir commodément les quelques bêtes qui s'y pressaient. Étaient-ce des ablettes ? s'interrogea Harlay. Il n'en était pas certain car il ne voyait jamais d'autres poissons que les soles meunières, les tanches frites à l'orange, les hures de saumon ou les brochets à la sauce servis à sa table chaque vendredi, en compagnie de macreuses brunes, rôties ou cuisinées avec des navets, puisque ces oiseaux de mer, tout comme les bécharus et les sarcelles, étaient proclamés maigres par l'Église.

Sur un établi, le prêtre aperçut des billes de verre, certaines brisées, les autres entières, toutes à peu près de la taille d'une belle cerise. Et dans des pots, comme des restes d'onguent, des traces de pâte plus ou moins brillante. C'était inattendu, vaguement répugnant, un peu inquiétant. L'archevêque de Paris s'immobilisa. Il regarda autour de lui, vit des outils de précision. Il était en train de comprendre. Le prêtre était certes chez un assassin. Et, de plus, celui-ci avait beaucoup à dissimuler. Habitué à vaincre, Harlay ne doutait pas que, de ces découvertes, il saurait tirer parti. Ne lui vint pas un seul instant à l'esprit l'idée d'aller dénoncer le tueur. Que la justice passe et punisse le meurtrier ne lui importait pas. L'homme qui habitait et travaillait ici se trouvait désormais en son pouvoir. Savoir cela réjouissait l'archevêque. Carnassier, le prélat trouverait tôt ou tard comment tirer profit de ce rapport de force.

À Versailles, chez le roi

— Sire, la maçonnerie du Rond d'eau est achevée. D'ici un jour ou deux, les fontainiers vont procéder à de premiers essais pour remplir ce bassin afin de s'assurer qu'il ne fuit pas.

Louis XIV considéra d'un regard averti et gourmand les plans et les nouveaux comptes rendus que Louvois avait déposés devant lui. Le surintendant reprit son exposé, désigna un point sur une carte.

— Les eaux, ruisselant de la Rivière, de la fontaine de la Grosse Gerbe, des Quatre Gerbes et du Grand Miroir arriveront donc là[1].

Pour recevoir Louvois et travailler avec lui le plus commodément possible, le temps que les travaux en cours fussent achevés, le roi avait fait cette fois-là aménager sommairement l'un des petits cabinets qui donnaient sur la cour du Roi. Dans les pièces voisines, on entendait, assourdi par les murs épais et les lourdes portes, le vacarme des ouvriers qui s'activaient. Le souverain était toujours vêtu de sombre. Mais, sur les parements à revers de son justaucorps, des rubans d'une chaude couleur de miel annonçaient que les tout premiers temps du deuil étaient passés. Le ministre, lui, ne pouvait se permettre ces fantaisies dans sa tenue, qui conservait la réserve de mise en cet automne funeste chez les serviteurs de la monarchie.

— Le trop-plein de ce bassin, Sire, sera évacué d'abord par des buses puis par des ruisseaux jusque vers la Seine.

Louis XIV était plus que satisfait. À Versailles, l'eau lui était comptée. Il fallait la faire venir des alentours et même de plus loin, à grands frais, la conserver dans des réservoirs avant de pouvoir ouvrir les vannes et de la diriger vers les jets et les fontaines. Celles-ci ne pouvaient être animées que les unes après les autres, à mesure que le souverain, en se promenant, arrivait en vue de tel ou tel bosquet. C'était, dans l'esprit du roi, une contrariété qui ne s'éteignait jamais, en dépit des prouesses réalisées par les ingénieurs et les fontainiers,

1. L'Abreuvoir, flanqué des chevaux sculptés par Antoine Coysevox puis des fameux chevaux de Marly, dus à Guillaume Coustou, fut construit plus tard.

et quoique la machine qui était en cours d'installation sur la Seine lui permît d'espérer quelque mieux de ce côté. À Marly, au contraire, l'eau coulerait en abondance et, de surcroît, ses jeux seraient réservés au Bourbon, à sa famille et à ses proches amis. Le souverain s'en réjouissait.

Louvois savait les travaux avancés. Il ne voulait rien négliger qui pût convaincre le roi que c'était grâce à lui que l'affaire était rondement menée. Sans rien oublier, le ministre continuait à décrire :

— Les maçons ont achevé d'édifier les écuries et les glacières sur les hauteurs, la paille a déjà été apportée dans les unes et dans les autres. Et aussi les magasins où les jardiniers et les serruriers chargés de forger les grilles du domaine pourront serrer leurs outils et leurs instruments.

Le surintendant des Bâtiments attendait que le roi lui demandât de préciser un autre point des travaux en cours, comme le souverain le faisait d'ordinaire, car celui-ci avait l'œil à tout, en particulier quand il s'agissait de ses palais. Or il n'en fut rien.

— Ce sera, monsieur de Louvois, durant la nuit du 9 au 10. Vous y serez présent, bien entendu. Prenez vos dispositions.

Le surintendant des Bâtiments demeura d'abord impassible. Il y eut donc un silence. Puis, enfin, la rondeur faussement bonhomme et enveloppante, le ministre de la Guerre se résolut à acquiescer :

— Bien, Sire.

— La plus extrême prudence est de mise. Bontemps vous indiquera de manière très précise l'heure et la manière de vous rendre à la chapelle afin d'éviter les regards trop curieux. Vous savez mieux que personne que tout cela ne peut être déterminé qu'au dernier instant. Il faut nous méfier expressément des gardes et des valets. Ce sont, pour la plupart, des gens qui me sont dévoués, je n'en doute pas. Mais ils sont aussi bavards, ils auraient tôt fait de détailler le moindre changement qu'ils noteraient dans mes habitudes.

Le roi regarda Louvois, lui sourit. Il savait le ministre affecté par la décision qu'il venait de lui notifier. Mais, songeait Louis XIV, Louvois ne pouvait que se féliciter d'être convié au mariage. Plus qu'un honneur, c'était un privilège insigne. Et l'invitation faite manifestait aussi la confiance que le roi continuait à accorder à son ministre, en dépit des réticences que celui-ci avait manifestées au sujet de la cérémonie. Le souverain était certain que Louvois était éperdu de reconnaissance. Et du reste, il confia au ministre une mission tout à la fois délicate et plaisante :

— Dès que possible, dans quelques semaines tout au plus, j'irai à Marly pour me rendre compte par moi-même de l'effet que font les aménagements que vous venez de me décrire. La cour m'y accompagnera. Je veux que, sans rien avoir ni à payer ni à miser, les dames puissent y jouer et gagner des porcelaines, des rubans tissés d'or, de petits meubles précieux à la façon de la Chine, des soieries apportées de Perse ou des Indes. Pour ce qui est de ces présents qui seront distribués, des dés et des cornets, vous verrez avec les Menus Plaisirs[1] les préparatifs les concernant. De même que l'installation des tables de jeux, des sièges et des comptoirs. Le reste vous regarde. Faites en sorte que des palissades, des toiles tendues, des arbres en pot

1. Service de la maison du roi qui organisait les cérémonies, fêtes et spectacles de la cour.

cachent les échafaudages, les tas de sable, de briques et de pierres. Je suis certain que vous ferez au mieux[1].

La besogne confiée à Louvois pouvait paraître modeste. Il n'en était rien. Mieux que personne, le surintendant des Bâtiments savait que, pour le moment, Marly, et en particulier le pavillon du Roi, était inachevé, ses appartements pas encore meublés, ses escaliers dépourvus de rampes. Les seuils ne possédaient pas encore leur porte. Et surtout, pour accéder au domaine, les carrosses devraient descendre une voie très pentue, aménagée sur une crête, afin de contourner le vallon en passant par son aval, remonter ensuite en direction du bourg et pénétrer enfin dans le domaine par la grille aménagée au nord, quelques années auparavant, alors que la cour résidait encore au château de Saint-Germain. Louvois allait devoir donner des ordres pour que la route soit mise en état, les fondrières comblées, d'autant que la saison des pluies et des bourrasques allait venir.

Le roi n'ignorait rien de l'ampleur de la tâche que le surintendant des Bâtiments devait accomplir, du moins superviser, en quelques jours. Mais il savait que relever ce défi ne pouvait que lui plaire. Et Louis XIV plaisanta un peu, afin de lui témoigner sa confiance, une nouvelle fois :

— Pour ce qui concerne mon mariage, je vous ai demandé d'observer le plus grand secret. Il en va de même pour le jeu qu'il s'agit d'organiser à Marly. Aucune des dames de la cour ne doit en entendre parler avant ce divertissement, ni même le deviner avant

1. Ce premier déplacement de la cour à Marly se tint en effet le 1er novembre 1683.

qu'elles ne soient montées au premier étage du château, où tout aura été mis en place pour les accueillir, des tables, des chaises. Je veux leur faire cette surprise.

Louis XIV se tut. Déjà, le roi songeait qu'il allait devoir persuader Maintenon de faire bonne figure lors de ce divertissement, alors que la marquise détestait le jeu, la campagne, les jardins. Par goût, et aussi parce qu'elle considérait que toute distraction était de nature à détourner le roi d'elle-même et surtout de la piété. Que Maintenon accepte d'être, à Marly, la maîtresse de maison, du moins dans les faits à défaut de l'être en titre, ne serait pas une mince affaire. Mais le roi n'en avait pas fini avec Louvois, qu'il voulait rassurer car il craignait que le ministre, se considérant désavoué, ne s'en alarmât et travaillât avec moins de sérénité, ce qui eût altéré sa manière de mener les affaires du royaume sous son autorité :

— Et je vous le redis, monsieur le marquis, vos avis me sont toujours précieux, même quand ils ne correspondent pas complètement aux miens.

Louvois avait pleinement mesuré l'importance de ces derniers mots.

— Je suis, Sire, votre serviteur.

Ce même jeudi 7 octobre,
au château de Versailles

Quand il ne séjournait pas avec sa famille dans un bel hôtel particulier bâti rue Saint-Louis-en-l'Île, à Paris, Bontemps demeurait dans l'appartement de fonction qu'il occupait dans l'aile des Offices[1]. Compre-

1. Reconstruite au XVIIIe siècle, c'est aujourd'hui l'aile Gabriel.

nant une vingtaine de pièces, les unes spacieuses, les autres petites, cette habitation était aussi et surtout son bureau, un dépôt de dossiers et d'archives concernant l'administration du palais. En outre, cet appartement constituait une sorte d'observatoire stratégique. Car de ses nombreuses fenêtres, on pouvait voir tout à la fois ce qui se passait autour du bassin de la Cour royale, et, à l'est, dans la cour des Ministres, beaucoup plus vaste, sans compter la place d'Armes, qui s'étendait devant le château et le séparait de la ville.

Même en contournant le solennel Grand Degré du roi[1], Bontemps ne mit qu'un instant pour se rendre chez le monarque lorsque celui-ci le fit appeler à le rejoindre dans le cabinet des Tableaux. La pièce était peu éclairée, toute une partie restait dans une ombre propice à la contemplation des œuvres qui étaient accrochées en nombre. Occupé à regarder un *Vénus et Adonis*, dû à Francesco Albani, qu'il avait acheté plus de dix ans plus tôt mais dont il ne se lassait pas, Louis XIV, qui avait reconnu le pas de son serviteur, ne se retourna pas. C'est donc avec une désinvolture inhabituelle que le roi, occupé à détailler en esthète la nudité de la déesse de la Beauté, entama son propos :

— Monsieur Bontemps, vous le savez mieux que moi, il y a au château, depuis trop d'années, des vols, des larcins, autant de désordres que je ne peux tolérer. Vous-même et les gens de M. le marquis de Sourches, vous êtes le plus souvent parvenus à ce que les coupables de ces méfaits soient identifiés et punis comme ils le méritaient. Je vous en remercie. Il reste que trop de chapardages sont encore perpétrés. J'ai

1. Fabuleux escalier détruit sous Louis XV, en 1752. Les peintures n'ont pas été conservées.

décidé d'y mettre bon ordre. Je sais tous les efforts que vous faites, votre ténacité. Mais je veux vous ménager, vous m'êtes trop précieux pour que je charge davantage votre barque.

Enfin, le monarque se retourna. Jusque-là, Louis XIV s'était montré précis et ferme. Sa voix venait de perdre en assurance. Bontemps le mesura. Il connaissait assez le Bourbon pour comprendre que celui-ci lui signifiait à mots couverts et choisis, certes en lui redisant toute son estime et sa reconnaissance bien réelles, qu'il était trop vieux pour se voir confier de nouvelles tâches, en particulier celle de se consacrer avec plus de force à la basse police du palais. Le premier valet de chambre en fut attristé.

Mais il ne savait à qui ou à quoi s'en prendre. Au temps qui passait et qui faisait, nonobstant sa bonne volonté et son dévouement sans faille, qu'il n'avait plus la vitalité de sa jeunesse ? Au roi, qui se trompait et aurait dû continuer à lui confier les missions les plus délicates ?

Quoi qu'il en fût, Bontemps en était affligé. Le roi s'en aperçut, devina à peu près les pensées de son homme de confiance, en fut troublé et navré de l'avoir peiné sans le vouloir. Il voulut achever son entretien dont, du reste, il n'avait pas encore dit, et de loin, le plus important. Louis XIV fit un pas de côté, très calculé.

Il révéla ainsi à Bontemps la présence d'un second personnage, demeuré silencieux et, surtout, invisible. L'homme s'avança. Bontemps, que l'âge et ses fonctions auprès du roi avaient depuis longtemps aguerri, manqua cependant tressaillir. Sa surprise était de taille. Puisque, mesura-t-il aussitôt, l'inconnu dont le Bourbon venait de révéler la présence était, aux vêtements et à la coiffure près, le sosie du roi de France.

Mais le monarque ne semblait pas désirer laisser à son premier valet de chambre le temps de souffler :

— Je vous remercie d'accueillir monsieur, qui se trouve ici à côté de moi, dans votre appartement. Il s'agit de l'enfermer non pas pour lui interdire de sortir – je ne crois pas que cette envie le prenne –, mais bien pour empêcher qu'un laquais, en vaquant à ses occupations, ne se trouve nez à nez avec lui.

Le premier valet de chambre était un homme de tête. Il avait déjà pleinement repris ses esprits. Sa voix était ferme :

— Je procéderai, Sire, comme vous me l'ordonnez.

Louis XIV considéra Bontemps. Il connaissait son serviteur, lui accordait sa confiance mais savait que, ce jour-là, il lui demandait beaucoup. D'une voix ferme, le Bourbon reprit le fil de son discours :

— Cet invité d'un genre particulier demeurera chez vous un certain temps. Je vous l'ai déjà indiqué, nul ne devra deviner sa présence. Votre logement est vaste, il y aura ses aises. Vous vous arrangerez pour le nourrir et le blanchir en secret. Il ne sortira de chez vous que lorsque je l'ordonnerai. Vous serez bien entendu le premier informé de tout ce que je déciderai le concernant.

Alexandre Bontemps avait, largement, atteint l'âge de raison. Et pourtant, ce qu'il voyait et entendait était incroyable. Il regarda le roi, vit dans son regard, une détermination satisfaite, presque joyeuse, enthousiaste. Il fallait se rendre à l'évidence : le Bourbon savait fort bien où il allait, comme depuis son plus jeune âge, quand il avait été préparé à devenir le roi puis l'était devenu. Et c'est avec précision que Louis XIV continua du reste à dérouler son dessein ahurissant.

— Lorsque je le commanderai, cet homme que je vous ai confié me remplacera.

— Vous remplacer, Sire ?

— Quand je vous l'indiquerai, vous l'introduirez dans mon appartement et vous le traiterez, du moins, en public, comme s'il s'agissait de moi. Vous le ferez coiffer de mes perruques, vous lui ferez revêtir mes habits. D'une manière générale, dès maintenant, vous allez lui apprendre à parler absolument comme moi, à se mouvoir comme moi et, surtout, à respecter l'étiquette qui a cours ici. Voire, si je veux aller à l'essentiel, à se délester, en quelques heures, en quelques jours tout au plus, de ses manières de malandrin.

Comme il l'aurait fait s'il avait parlé devant les ministres rassemblés lors d'un conseil, le monarque avait été droit au but.

Déjà, Bontemps avait repris ses manières calmes, tout entières tournées vers la satisfaction du Bourbon :

— Bien, Sire.

Le roi ne se méprenait pas sur l'ampleur de la tâche à accomplir. Il insista :

— Vous le voyez et le comprenez, je le sais, monsieur, qui m'accompagne, a tout à apprendre, de la vie de la cour et, d'une manière générale, de la vie en société, du moins d'une société rassemblant des personnes de qualité. Tant il y a loin depuis ici jusqu'au monde dont vient monsieur.

Louis XIV se tourna vers son double, l'invita à s'approcher davantage. Sans rien en montrer, l'esprit vif, Bontemps l'examina autant qu'il était possible. Il ne savait d'où venait ce sosie. Mais comment expliquer que nul homme, nulle femme, avant ce jour, n'ait pris la mesure de cette ressemblance qui était si frappante ? Sans doute, pensa-t-il, tout simplement parce que, tout au long de sa vie qui, selon ce que le roi venait de suggérer, avait sans doute été jusqu'alors de pauvreté dans le meilleur des cas, plus certainement de brigandage et de rapine, l'homme n'avait jamais connu personne, dans son monde de fripouillerie, qui eût déjà vu le roi, n'était-ce sur l'avers d'un louis.

Louis XIV regarda Bontemps. Il ne sourit pas, mais un mouvement de sourcil annonça les paroles somme toute réconfortantes qu'il allait prononcer :

— Nul ne devra percer ce secret, pas même les membres de ma famille, ni même M. de La Reynie s'il vous arrive de le croiser dans une antichambre. À part moi, vous seul en serez le détenteur.

Si le premier valet de chambre s'était senti tout à l'heure quelque peu mis à l'écart, songea le Bourbon, voilà qui le remettait, avec éclat, au centre du jeu et ne pouvait que le réconforter. Et, pour achever de lui manifester sa confiance, presque de la tendresse, le Bourbon ajouta :

— Monsieur Bontemps, il va falloir que vous m'indiquiez les passages, les escaliers de service. Car, d'ici peu, je vais devoir aller dans tout le palais à ma guise, comme si j'étais un des valets chargés de me servir. Il va me donner un vêtement, ou plutôt plusieurs, et tous communs, qui me feront confondre avec les murs.

Dépositaire d'une mission d'un genre nouveau et qui allait demander doigté, prudence et intelligence, de surcroît à plusieurs facettes, Alexandre Bontemps revivait. Le souverain le comprit, qui ajouta, s'amusant presque, surpris de ses propres paroles mais se prenant au jeu :

— Car voyez-vous, je vais me faire fureteur, je vais me faire enquêteur.

Loin de déchoir en exerçant des tâches de basse

police, pensait le monarque, par-delà la résolution des méfaits qui désolaient le château, il exercerait d'une manière nouvelle sa charge de roi, voilà tout. Le souverain, lors du sacre, ne recevait-il pas de l'archevêque de Reims une main de justice, ce sceptre qui disait que le monarque était le juge suprême du royaume ? En traquant le larron, Louis XIV ne ferait qu'accomplir, d'une façon renouvelée, ce pour quoi Dieu l'avait porté sur le trône. Les légistes du Moyen Âge avaient établi de manière irréfutable que toute justice émanait du roi. Et Louis XIV savait bien que le bon gouvernement du royaume, la justice et la police allaient de pair. La Reynie s'efforçait de mettre de la sûreté à Paris ? Lui, le roi, veillerait que l'ordre fût respecté à Versailles. Il n'y avait là rien que de très normal et de très logique, si l'on voulait bien le reconnaître. Les lointains ancêtres du roi Bourbon, les premiers Capétiens, avaient-ils eux aussi traqué des bandits dans leurs palais du Vieux Louvre, de l'île de la Cité ou de Vincennes ? Louis XIV ne le savait pas et, même, espérait que, en l'espèce, il n'en était rien : il serait le tout premier à se comporter ainsi, et donnerait une nouvelle vie à la fonction de juge royal, jadis tant illustrée par son ancêtre Saint Louis, lorsque celui-ci rendait la justice sous un chêne.

Chapitre 3

« Plus vous connaîtrez Nanon, plus vous l'aimerez : elle a de la vertu, du bon esprit, une douceur que je lui envie tous les jours, car elle est mêlée de fermeté ; elle ne fera assurément que du bien chez vous… »

Mme de Maintenon (1635-1719)

Plus tard, toujours le jeudi 7 octobre,
au château de Versailles

L'assassin de l'éleveur d'ablettes établi au bord du ruisseau des Gobelins et du maître verrier du bout de la rue Saint-Landry pouvait triompher. Certes, il n'était plus un simple orfèvre habile qui fournissait les riches négociants de l'île de la Cité. L'artisan de haute virtuosité travaillait depuis plusieurs mois pour le souverain. C'était cependant la première fois qu'il recevait une convocation, véritable sauf-conduit qui allait lui permettre d'accéder aux appartements privés de Sa Majesté, le saint des saints. Il pourrait se vanter désormais haut et fort d'être le fournisseur du roi de France et inscrire cette qualité sur ses papiers, ses mémoires et ses factures.

Ne restait qu'un menu problème à régler, qui n'était certes rien au regard des deux crimes qu'il avait dû mettre en œuvre. Depuis qu'il recevait dans sa boutique de riches financiers ou des nobles soucieux d'imiter le monarque, l'orfèvre avait certes délaissé les habits de velours ou de drap couleur de café ou de châtaigne. Mais, appelé par le roi, il ne pouvait, sous peine d'être ridicule, se vêtir comme un courtisan, puisqu'il n'en était pas un. Avec une culotte rouge, une veste noire galonnée et un justaucorps brun, il avait trouvé un compromis acceptable, qui ne le rendrait pas risible ni ne le ferait passer pour un bourgeois lourdaud dans le palais du monarque.

La foule était nombreuse, en ce jour comme en la plupart des autres, à se presser dans le château : il n'était pas nécessaire d'être noble pour s'y promener. Le curieux de province, le bourgeois de Versailles, le Parisien venu en excursion avec ou sans sa famille, pouvaient déambuler à leur guise dans les appartements de réception pour peu qu'ils portent un chapeau et une épée, éventuellement loués pour quelques piécettes à la loge de Michel Le Bel, le concierge du château. En simple particulier, le joaillier était déjà venu à Versailles. Il n'empêche, la somptuosité du Grand Degré, que l'usage conduisait le plus souvent maintenant à désigner sous le nom d'escalier des Ambassadeurs, le sidérait. C'était comme une scène de théâtre où celui qui montait les marches jouait le rôle principal, dans un décor de songe.

Au sommet d'un perron, un palier présentait une niche abritant une fontaine de marbre rouge placée au-dessus d'une vasque taillée en coquille et soutenue par deux dauphins en bronze doré. Le tout était surmonté d'un centaure antique et de tritons. Là, à gauche et à droite, deux volées de marches s'élançaient vers le premier étage du palais. Sur les murs étaient figurés d'immenses trompe-l'œil, autant de tableaux proclamant les victoires du Roi-Soleil ou figurant des visiteurs enturbannés venus d'Afrique, des Indes, de Perse et de Russie. L'orfèvre, étourdi par tant de richesses, ne savait plus où donner de la tête.

Conduit par des huissiers, le meurtrier ne songeait plus ni à l'éleveur de poissons ni au verrier ; les salons se suivaient, avec leurs dorures, leurs lambris, leurs glaces. Une dernière porte s'ouvrit, qui donnait accès à une pièce où le roi conservait ses bijoux les plus précieux. L'assassin devina qu'à cet instant, en le laissant entrer ici, une faveur spéciale lui était accordée.

Les valets se retirèrent, le bijoutier demeura seul. Il était transporté de fierté, de bonheur. Il était chez le roi, il allait une nouvelle fois le rencontrer, et en tête à tête, alors qu'il avait eu les mains toutes ensanglantées voici encore quelques heures... La vie est étrange, pensa-t-il. Une porte s'ouvrit à double battant. C'était le souverain.

— Monsieur L'Oiselier, je suis ravi de vous voir... J'espère que la route n'était pas trop mauvaise. Il paraît que des pavés se sont déchaussés en bas du bois de Chaville, en bordure de la propriété de la famille du marquis de Louvois, et qu'on y travaille à remettre la route en l'état, ce qui cause des encombrements et ralentit les passages. Mais j'ai hâte, montrez-moi donc...

Le monarque alla s'asseoir. L'assassin demeura debout. Il tira de sous son bras le paquet qui y était demeuré serré, une grande bourse de toile fine à ganse, en sortit un écrin, ovale, de cuir brun-rouge et aux armes du roi.

— Voilà, Sire, j'ai procédé comme Votre Majesté me l'avait demandé. Je n'ai confié ce travail à aucun de mes ouvriers et je l'ai mené à bien moi-même.

Louis XIV prit le coffret avec précaution, l'ouvrit. Il ne laissa rien paraître de son émotion. Il resta encore un moment ainsi, pensif. Enfin il referma l'écrin et le posa sur une console.

— Je vous remercie, monsieur, le résultat est admirable. Vous enverrez vite, je vous prie, votre mémoire afin que mes secrétaires vous rémunèrent sans attendre en puisant dans ma cassette personnelle.

L'assassin joaillier salua :

— Travailler pour Votre Majesté m'est déjà une récompense, un honneur qui n'a pas de prix.

Le Bourbon ne répondit rien, il tourna un instant la tête. Personne, surtout pas un bijoutier, si adroit et talentueux fût-il, ne devait voir le roi de France s'attendrir ainsi. Agir en monarque était, chez Louis XIV, sa nature. Tout juste naissante, l'émotion avait été aussitôt refoulée, et le Bourbon avait recouvré toute son assurance.

À un silence qui ne dura qu'un instant, l'orfèvre comprit que cet entretien était achevé. Il salua le roi, se retira.

Cette fois, les huissiers reconduisirent Martin L'Oiselier jusqu'à l'escalier de la Reine. Le bijoutier était un peu connu à la cour. Plusieurs courtisans le dévisagèrent sans rien en montrer. Il n'en fallut pas davantage pour que, dès lors, une rumeur naquît, qui rejoignit aussitôt le flot incessant des bavardages, des chuchotements, des confidences, avérées ou controuvées, dont bruissait et se repaissait la cour. Que l'un des orfèvres joailliers qui travaillaient pour Sa Majesté fût venu ce jour à Versailles était-il le signe d'un événement important ou non ? Le roi projetait-il la réalisation d'une pièce particulière et, en ce cas, dans quel dessein ou pour quelle circonstance ? Ou bien le bijoutier n'avait-il été appelé que pour remettre au goût du jour une ancienne parure ? Peut-être anecdotique, l'affaire prit aussitôt, comme souvent au château, des proportions surprenantes. Dans quelques heures, cette visite serait connue dans la capitale, dans les résidences parisiennes des princes, dans les hôtels particuliers du faubourg Saint-Germain ainsi qu'à l'archevêché. L'Oiselier en était transporté.

Demeuré seul, Louis XIV se leva à son tour, ferma la porte à clef, reprit l'écrin fleurdelisé, l'ouvrit. Et là, seul sous les dorures fraîches de l'année passée, le roi de France et de Navarre se mit à pleurer.

Peu après, toujours à Versailles

Porter un habit beige et gris, à peine rehaussé de vagues parements rouges et ainsi ressembler à un homme de peu s'accordant un instant de détente en se promenant chez le souverain aurait fait horreur à n'importe courtisan. À cet instant, pourtant, le roi de France qui, au lieu d'un chapeau de castor au bord relevé par un crochet de pierreries et agrémenté d'une plume, avait coiffé un feutre ordinaire apporté par Bontemps, s'en délectait. Aller et venir comme bon lui semblait, sans que nul le remarquât, décuplait, de façon paradoxale, le sentiment de puissance qu'il aimait tant ressentir et recherchait même sans cesse. Invisible ou presque sous sa tenue plébéienne, une perruque grossière lui cachant à demi le visage, le roi exultait. Habillé en domestique, il pouvait aller, voir et entendre, observer à sa guise. Apercevoir par exemple tel valet qui portait sa livrée et qui, de toute évidence, délaissait son service pour bavarder avec une servante. Il faudrait signaler ce drôle à Bontemps, pensa Louis XIV…

Comblé de découvrir une nouvelle manière, si singulière, d'exercer son omnipotence, le Bourbon regardait autour de lui, détaillait. Avec un intérêt, une avidité d'autant plus grands qu'il ne s'était jamais aventuré par là, ne connaissait de cette partie du palais que ce qu'il en avait vu sur les plans. Mais l'interminable galerie de pierre qui irriguait le rez-de-chaussée de l'aile du Midi lui paraissait très réussie, ses proportions parfaites, sa longueur étonnante. Les nobles, les princes que le roi logeait ici n'avaient pas à se plaindre, pensait-il, satisfait d'être un hôte aussi fastueux et généreux. Louis XIV dépassa la cour de la Bouche[1], puis celle de l'Apothicairerie. Il arrivait au bout du long couloir. Vraiment, ce château était parfait jusque dans le détail, estimait-il, ravi, maître et ordonnateur d'un domaine qu'il parcourait d'une manière renouvelée et si distrayante. Là-bas, devant lui, le monarque vit une porte, qui donnait sur la terrasse du Midi. L'idée lui vint de sortir du palais : il reviendrait dans son appartement en passant par les jardins et les parterres, et toujours anonyme. L'aventure serait plaisante. Il sortit de sa demeure, s'en éloigna.

Dans sa blondeur première, l'aile du Midi, où le roi logeait désormais son frère, Monsieur, d'autres princes et des courtisans choisis, avait été achevée l'année précédente. Ses abords, eux, restaient à aménager. Depuis quelques mois, le Bourbon avait le projet de remplacer l'orangerie que Le Vau avait édifiée vingt ans auparavant par une construction beaucoup plus vaste et plus

1. Partie de la maison civile du roi, la Bouche, chargée du ravitaillement et de la cuisine, comprenait sept offices : la cuisine-bouche, la cuisine-commun, l'échansonnerie, la fourrerie, la fruiterie, le gobelet et la paneterie.

majestueuse, digne de l'Empire romain[1]. Ses proportions colossales répondraient à celles de la pièce d'eau des Suisses, qui lui faisait face, aussi étendue qu'un étang, et agrandie un an plus tôt jusqu'à atteindre la taille d'un lac, mais dont le roi avait encore le désir d'accroître la superficie. Louis XIV s'arrêta un instant, laissa son regard porter au loin, de l'autre côté du plan d'eau. Il faudrait mettre un jour là-bas une sculpture, pour clore la perspective[2].

Mais le roi avait à ce moment-là d'autres pensées à l'esprit, qui ne l'avaient abandonné que durant un trop court instant. On chapardait, à Versailles. Le monarque ne pouvait le supporter, même s'il ne s'agissait que d'une poignée de porte et d'un peu de ruban, d'une garniture de cheminée. Le souvenir de la reine morte était sacré, le respect de son appartement aussi. Voler chez lui signifiait, pour le monarque, dont le sang était de France mais aussi des Espagnes, une profanation, c'était attenter au principe même de la monarchie. En raison de son lignage, Marie-Thérèse avait été, avant son mariage, la plus illustre princesse d'Europe. En épousant le roi de France, elle était parvenue à une position inouïe, jamais atteinte avant elle. C'était dire ce que le voleur avait profané. En attendant de découvrir qui dérobait et de le punir, le Bourbon poursuivit incognito son tour du propriétaire, pour mieux se pénétrer du rôle qu'il avait décidé de jouer dans cette affaire de vols.

1. Remplaçant celle de Louis Le Vau (1663), l'orangerie de Jules Hardouin-Mansart fut construite de 1684 à 1686.
2. Due à Gian Lorenzo Bernini (le Bernin) et modifiée par François Girardon, une statue dont une copie se trouve dans la cour du Louvre fut installée là en 1685.

Il faisait doux, et le souverain décida de faire encore quelque pas pour admirer le palais avec un peu de recul. Il regardait autour de lui, imaginant sans peine l'aspect majestueux qu'offrirait aux regards l'orangerie projetée. Il fallait vraiment, songea Louis XIV, en entreprendre la construction sans tarder. Et le Bourbon décida de gagner les jardins bas où avaient été laissés pour quelques jours encore les orangers, les lauriers-roses et les citronniers les moins frileux. D'ici, on ne voyait plus le palais, hormis l'extrémité de l'aile du Midi. Abrité du vent, le roi continuait à se promener.

Sur le côté, des broderies de buis dessinaient de larges volutes. Toujours soucieux du moindre détail, le monarque s'approcha de ces parterres. Quand ils travaillaient à ces plates-bandes éloignées du palais, les garçons jardiniers étaient-ils aussi consciencieux que lorsqu'ils binaient, sarclaient, élaguaient plus près du château, donc à portée des regards de la cour et du roi ? Le Bourbon inspecta des arbustes, s'assura que la taille en était parfaite, admira des jasmins d'hiver à fleurs jaunes, des giroflées tardives, pourpres, orange et brunes, sans doute les dernières de la saison, des merveilles du Pérou, qui s'ouvraient le soir et mouraient dès le lendemain. Puis, soudain, son regard se figea. À la contrecourbe d'une arabesque taillée dans des charmes coupés très bas, poussait une plante folle, presque un buisson, si peu taillée qu'elle en semblait mal peignée. Incrédule, Louis XIV s'approcha. Une senteur vaguement fétide planait sur cet abandon, cette sorte de friche, une véritable insulte au bon goût, à ses désirs et à ses ordres, une odeur peu plaisante dont le Bourbon devinait que la prochaine fanaison du végétal ne ferait qu'accroître le désagréable…

Le spectacle était dérangeant, scandaleux. De grandes feuilles rustiques, dentelées, achevaient de se recroqueviller dans le plus grand désordre. Et, çà et là, tout aussi affligeantes, de rares fleurs solitaires, trompettes expirantes, d'un blanc sale mêlé de jaune, certaines tirant sur le mauve, se fanaient elles aussi. Au milieu de cette désolation révoltante, dressées avec insolence, il y avait comme des noix hérissées de nombreuses et longues épines. Plusieurs, qui avaient éclaté, laissaient voir de tristes graines noires et fripées, serrées les unes contre les autres, comme les rats d'une même portée.

Le roi fulminait. Il se redressa, regarda autour de lui, chercha contre quel jardinier il pourrait tonner car, pour la circonstance, il était prêt à abandonner l'incognito sur lequel il misait tant. Mais, d'un côté, son regard ne trouvait personne à qui s'en prendre, butait sur les murs de l'ancienne surintendance des Bâtiments. Et, de l'autre côté, il se heurtait à des jardins et à des bosquets tout aussi déserts, hormis quelques promeneurs appuyés, là-bas, à une balustrade de pierre taillée dans le beau calcaire de Saint-Leu. Dépité, toujours furieux, le monarque décida de retourner au palais.

Cette courte marche n'apaisa pas le Bourbon, bien au contraire. Il allait donner des ordres. Savoir qu'il sévirait contre le fautif, le paresseux responsable de ce désordre botanique ne lui suffirait pas. Le roi n'avait pas été obéi, il ne pouvait le tolérer. Sa réflexion s'affûta. La présence de cette plante de gueux dans un parterre ne pouvait résulter d'une simple négligence. C'est avec une intention que ces tiges avaient été laissées libres de croître, dissimulées, certes mal, mais cachées quand même, près d'une charmille aux jolies feuilles duvetées, dentées et gaufrées. Mais pourquoi donc ?

s'interrogeait le monarque, dont la perplexité se mêlait déjà d'une colère naissante face à tant de laisser-aller. De retour au palais, il allait sans attendre ordonner d'arracher l'herbe offensante. Il s'en prendrait ensuite au coupable de ce désordre et sévirait, mais quand il en aurait le temps : une autre affaire, d'une urgence et d'une importance sans commune mesure allait occuper ses prochaines heures.

À Paris

Il n'en était resté plus qu'un seul à occire pour effacer toute trace de sa canaillerie. Et voilà, c'était fait. Son adversaire avait bien tenté de résister. Un meuble avait été renversé, une chaise s'était brisée, quelques pots s'étaient fracassés sur le sol, et quand la lame s'était enfoncée, la victime, sous le coup de la douleur, de la surprise et de la fureur, avait crié à deux ou trois reprises, avant de tomber au milieu des restes gras d'un plat de canard garni de béatilles. Mais le vacarme saccadé des pales et des soufflets de l'énorme pompe installée sur la Seine[1], à quelques toises[2] de là, avait recouvert ces fracas.

Le bijoutier assassin était soulagé. Grâce à Dieu, il ne risquait plus d'être un jour dénoncé. Grâce à Dieu, avec ce troisième crime, cette série de meurtres prenait fin maintenant. À tuer ainsi, il ne prenait aucun plaisir. Loin de là. Martin L'Oiselier avait agi en état de nécessité, ainsi qu'il avait eu maintes fois l'occasion de se le dire à lui-même. Puisque ôter la vie, pour

1. La pompe du pont Notre-Dame alimentait près de trente fontaines publiques depuis 1676.
2. Une toise équivalait à 1,949 m.

lui, n'allait pas de soi. Pour effacer un passé compromettant, songeait L'Oiselier, il avait pourtant fallu en passer par là.

Il regarda autour de lui, passa vite par-dessus le cadavre encore chaud. Tout ici, dans cet atelier bien tenu, disait le plaisir, presque la joie, en tout cas le zèle, la patience et l'amour du travail bien fait que le mort avait mis en œuvre durant tant d'années pour fabriquer l'esprit-de-vin le plus parfait, le plus subtil. C'était partout, sur les établis et les étagères, des alambics, des cornues, des cucurbites, de fins tuyaux de cuivre, des récipients de faïence, de bois et d'étain, sinon rangés du moins alignés et bien propres.

Le meurtrier n'était pas fier de lui. Mais il était soulagé. De ses activités passées, le roi, qui venait de le recevoir à Versailles et de le féliciter, ne saurait jamais rien, ni de tout le reste. L'assassin choisit de laisser sur le sol la lame ensanglantée, le couteau de boucher – autant s'en défaire maintenant –, recula à pas de loup. Il était entré sans se faire voir dans cette demeure du port aux Œufs, à l'étroit entre le pont au Change et le pont Notre-Dame. Ici, le rez-de-chaussée des maisons était en retrait et sur pilotis, afin de contrer au mieux les dévastations que provoquaient, tous les cinq à six ans, des inondations imprévisibles. L'homme redoubla de prudence. Ce n'était pas le moment de se faire repérer. Tout lui avait souri jusqu'à maintenant, tant à Versailles qu'à Paris, tant dans ses activités licites que dans les autres, auxquelles il avait décidé d'ailleurs de mettre fin, dans le sang.

Un bref instant, parce que, tout criminel qu'il était, Martin L'Oiselier était un sentimental, qu'il plaçait son art et ceux qui y étaient associés au-dessus de tout, qu'il savait à qui destiner sa reconnaissance, il adressa une pensée à sa dernière victime, s'excusa presque de l'avoir tuée. Il la remercia de lui avoir fourni pendant tant d'années l'esprit-de-vin le mieux distillé, un alcool qui séchait en un instant la bouillie d'écailles d'ablette, juste avant qu'il faille verser la plus fine des cires d'abeille dans la boule de verre pour l'emplir et la rendre solide et, ainsi, pouvoir achever de fabriquer de fausses perles à l'orient parfait, fort bien imitées.

Certains mal scellés, les carreaux du couloir claquèrent sous son poids, mais le bruit qui venait du dehors dissimula celui de ses pas. Une fois de plus, l'assassin rejoignit sans encombre le tumulte, les embarras protecteurs des rues de la ville. Un sang tiède se caillait à peine sur le sol où gisait le corps du bouilleur de cru que son meurtrier descendait la rue de la Pelleterie, tel un bon bourgeois. Il avait décidé de ne pas prendre le plus court chemin pour rentrer chez lui, mais de passer devant le Palais[1], où siégeaient le parlement et diverses autres institutions de la justice du roi. Il lui semblait que longer ces façades vénérables, temple de la loi, et derrière lesquelles travaillaient tant de magistrats et de greffiers, vaudrait absolution complète pour ses crimes, en tout cas le rangerait dans la catégorie des sujets respectant la règle en toutes circonstances et n'ayant jamais, au grand jamais, envisagé de s'écarter du chemin de la vertu et de la droiture.

Et, réconfortant, ce fut encore une fois le vacarme familier qui emplissait les rues de l'île de la Cité :

— Pains de Gonesse ! Si blancs, si fins !

— La tourterelle : la vieille comme la jeune, à douze sols !

— Achetez mes lardoires, mes cuillères à pot !

1. L'actuel Palais de justice.

Pour achever de reprendre la marche tranquille de sa vie enviée de fournisseur du roi, sitôt revenu chez lui, L'Oiselier demanderait à la servante d'aller sur-le-champ quérir à la taverne voisine une tourte à la moelle, une omelette au sucre et un pichet de vin de Suresnes. Et des huîtres, aussi. La fille n'aurait pas de mal à en trouver : des centaines de marchands, sans doute bien plus, en vendaient dans la capitale. Et l'orfèvre mangerait avec plaisir au milieu de ses bahuts, de ses coffres et de ses buffets en noyer bien cirés en songeant à ses louis d'or amassés, à ses voyages à Versailles et au fait que la vie, finalement, n'était pas si mal faite, en dépit des écarts de conduite qui pouvaient survenir mais qui étaient rattrapables, pour peu qu'on s'en donnât les moyens.

En tout cas, pensait-il, les trois hommes qui lui avaient d'abord été une aide puis une menace étaient désormais hors d'état de nuire. Pour ce qui était d'une quatrième personne, le meurtrier n'avait rien à craindre de celle-ci. L'assassin avait toujours eu l'habileté de compartimenter ses malversations. Seuls les trois morts auraient pu parler des ablettes, des billes de verre et de l'esprit-de-vin. L'autre, qui savait également beaucoup de choses pas très honnêtes, ignorait tout de cela. Le danger, si danger il y avait, était de ce côté-là quasi inexistant. D'ailleurs, ce personnage était trop compromis pour ne pas lui être loyal et leurs intérêts étaient désormais trop intimement liés pour que l'un voulût trahir l'autre.

Peu après, de nouveau à Versailles

Chaque fois qu'il le désirerait, songeait le roi, le sosie prendrait sa place. Et lui, il pourrait aller partout à sa guise, fureter sans que nul lui prêtât attention. D'autant que, à l'autre bout du palais ou des jardins, le double attirerait les regards comme s'il avait été le vrai souverain. Nul ne pourrait jamais soupçonner que le vrai monarque était cet homme qui passait ou s'éloignait, là-bas, seul et à l'allure commune, vêtu de brun ou de grisâtre, le regard baissé.

De retour des parterres du Midi, seul, sans les serviteurs qui l'aidaient d'ordinaire, Louis XIV s'était changé, et non sans mal, pour ne pas éventer son secret, il avait abandonné ses habits ordinaires pour reprendre ses vêtements de souverain, puis s'était abondamment parfumé de musc et de civette. Ensuite, le Bourbon n'avait pas eu besoin que Bontemps lui indiquât le chemin pour aller là où il souhaitait se rendre. Il connaissait parfaitement cette courte enfilade de réduits qui menait du Cabinet vert[1] à l'appartement de la reine défunte. Ici, dans la Grande Chambre, avec son lit posé sur une estrade de marqueterie et sa corniche ornée de foudres et de soleils, et à côté, dans le salon des Nobles et dans l'antichambre du Grand Couvert, tout était demeuré en l'état depuis que Marie-Thérèse y était morte, depuis plusieurs mois maintenant. Mais hormis les valets, les servantes, les tapissiers qui balayaient les parquets, ciraient les meubles, secouaient la courtepointe et ôtaient la poussière chaque jour, plus personne ne venait ici.

Le roi se désolait de cette solitude. Il lui fallait réfléchir sans tarder à la manière dont cet appartement, avec ses ors et ses meubles de grand prix, ses tableaux,

1. Plus tard nommé « antichambre des Bassan » en raison des tableaux de Jacopo da Ponte (dit le Bassan) qui en ornaient les murs, puis cabinet de l'Œil-de-bœuf.

devait vite revivre. Après la chambre, le monarque passa dans les petits cabinets qui, à l'est, doublaient les pièces de réception et donnaient sur la cour de la Reine, encaissée, que le soleil illuminait rarement. Pauvre reine, songeait Louis XIV. Avait-elle été au moins un peu heureuse, à vivre à côté de lui, tant de fois trompée ? Le monarque poussa une porte, se figea. À quelques pas de lui se trouvait, silencieux, un homme portant la livrée de son épouse, drap rouge à galons bleus et blancs, qu'il avait failli ne pas apercevoir. La pénombre régnait, nulle bougie n'éclairait les lieux, et l'inconnu, grand et mince, qui tournait le dos, restait presque immobile. Il paraissait occupé à réaliser une tâche qui demandait attention, précaution et minutie.

Le Bourbon recula d'un pas, imperceptiblement, retenant son souffle, d'ailleurs sans qu'il sût pourquoi. Si, à cet instant, il avait eu le temps de réfléchir, il aurait pu s'étonner que lui, le roi de France, en son palais, se dissimulât et cachât ainsi sa présence. Mais l'autre se tourna un peu. Louis XIV vit qu'il venait de découper une frange de passementerie cousue au bas d'une tenture. Le coquin eut alors une attitude déroutante. Il regarda le feston de soie avec attention et avec ce que le roi prit pour de la déférence, peut-être de la tendresse, le porta à ses lèvres, puis resta figé. Le temps sembla suspendu.

Enfin, le voleur fit disparaître le fragment d'étoffe dans sa manche, mais avec des gestes délicats. Louis XIV put voir son visage émacié, aux pommettes saillantes, son air déterminé et tendu. Le roi connaissait cet homme, il n'eut pas à réfléchir longtemps. Si son nom ne lui revenait pas en mémoire, le monarque se souvenait fort bien que cet indélicat était l'un des

Espagnols jadis venus depuis l'Alcazar de Madrid jusqu'au Louvre afin d'escorter la jeune reine, et l'un des très rares à être demeurés en France alors que les autres, dont la *camarera mayor*, avaient dû repasser la Bidassoa[1]. Le domestique ne devait être guère éloigné, maintenant, de sa soixantième année. Le roi ne disait toujours rien. Il songeait que l'Espagnol, qu'il venait de prendre sur le fait, avait aussi, de toute évidence, volé la poignée de porte et les pincettes dont Bontemps avait parlé.

L'intrus, qui ne se savait pas épié, parut quitter le monde où il s'était réfugié le temps d'une rêverie, reprendre vie, glissa comme un chat sur le parquet et ouvrit une porte aménagée dans un lambris.

Une autre fois, Louis XIV se serait emporté et aurait sur-le-champ sévi. Sans qu'il puisse se l'expliquer, il n'en fit rien. La scène étrange à laquelle il venait d'assister le troublait cependant. Le roi de France et de Navarre avait tant appris, entendu et vu, depuis quelques heures, quelques jours. Il avait songé à tant d'êtres disparus, comme son épouse, et aussi à la reine mère, à d'autres encore, toujours vivants mais qui n'étaient plus à ses côtés alors qu'ils lui avaient jadis été indispensables. Comme la marquise de Montespan, à la splendide blondeur, mais dont la faveur avait pâli puis périclité avant de s'évanouir, et à jamais, le roi le savait. L'Espagnol avait volé. Le roi devinait les raisons de ces agissements mais souhaitait en avoir le cœur net. L'homme allait disparaître. Louis XIV s'avança, fit du bruit, toussa. Le serviteur se retourna, se figea de terreur.

1. Fleuve côtier marquant la frontière entre la France et l'Espagne. Le mariage royal avait eu lieu au milieu du cours d'eau, sur l'île des Faisans.

— Monsieur, expliquez-vous, dit simplement le roi.

L'autre, affolé, commençait à trembler.

— Sire, les apparences sont trompeuses, il ne s'agit pas de ce que vous croyez.

L'homme s'exprimait avec une intonation de par-delà les Pyrénées qui se portait sur certains mots, sans doute trop proches de sa langue maternelle pour qu'il parvînt à les prononcer autrement. Le roi de France le remarqua à peine, ne s'en étonna guère. Son épouse, la reine, n'avait jamais pu maîtriser la langue parlée en France, elle avait conservé un fort accent jusqu'à sa mort. De cela, la cour s'était souvent moquée dans son dos, Louis XIV ne l'ignorait pas, qui en avait toujours été agacé et vexé.

— Je suis prêt à l'admettre. Vous devez toutefois m'éclairer car les apparences jouent, à tout le moins, contre vous.

En dépit du tour plutôt rassurant que prenait cet échange, l'Espagnol resta muet. Le roi se résolut à le questionner :

— C'est vous, n'est-ce pas, qui avez déjà subtilisé de menus objets dans l'appartement de Sa Majesté la reine ?

L'Espagnol était intelligent. Il comprit que mieux valait ne pas nier, d'autant que le roi paraissait, contre toute attente, être décidé à faire preuve de bienveillance. Non sans courage, il se jeta à l'eau :

— Je supplie Votre Majesté de me pardonner. Je ne vais dire que la vérité. Je sais que je vais devoir cesser bientôt de veiller sur cet appartement. Je dois m'y résoudre mais j'ai pensé… – et je mesure que c'est une folie –, enfin, j'ai voulu garder avec moi de menus souvenirs de la feue reine votre épouse.

Tout à l'heure, en regardant le valet chaparder,

Louis XIV avait eu un simple pressentiment. Il était maintenant pleinement convaincu que l'Espagnol était sincère. Quoi qu'il en fût, le valet poursuivait :

— Sire, si vous vous rendiez dans la chambre que Votre Majesté veut bien mettre à ma disposition, je vous prie de croire qu'elle y trouverait, dans une boîte d'osier tressé que j'avais jadis apportée d'Espagne, des rubans de la reine, que celle-ci m'avait donnés plutôt que de laisser ses femmes de chambre les recueillir, et qui n'ont d'autre valeur que le prix que j'y attache. Sans compter une vieille paire de gants.

Ces propos, qu'il devinait sincères, émouvaient le roi : le valet n'avait-il pas accordé bien plus d'attention et d'affection à la princesse défunte que le souverain ne l'avait jamais fait ? C'est ce que le don de la reine laissait penser au roi. Il ne pouvait, par-delà la tombe, que faire confiance au valet qui avait su si bien, lui, aimer la pauvre Marie-Thérèse à sa façon.

— Monsieur, je vous crois. Je vous pardonne volontiers et même, je vous prie de conserver ce dont vous vous êtes emparé…

L'Espagnol allait remercier le roi, mais celui-ci acheva son propos :

— Vous le savez, Mme la dauphine est grosse ; selon la Faculté, la délivrance est proche[1]. Bientôt, je lui demanderai de s'installer ici, dans ces salons, afin qu'ils ne soient plus délaissés. Que diriez-vous de passer dans sa maison ? Ainsi, vous resteriez dans ces lieux qui, je l'ai compris, vous sont chers. Je sais que vous servirez Son Altesse Royale aussi bien que vous l'avez fait pour la reine.

1. La dauphine de Bavière mit au monde son second fils, le duc d'Anjou, le 19 décembre 1683. Peu après, le roi lui attribua l'appartement de la reine.

Passé de la mélancolie à la terreur puis au soulagement et à la joie, le serviteur avait repris ses esprits. Il n'oubliait pas qu'il devait désormais ne plus s'abandonner à des transports déplacés. Avec politesse mais sans effusion, ému, il fit état de sa reconnaissance au souverain, puis demanda à pouvoir se retirer. Ce que Louis XIV lui accorda. Droit, conforté dans le sentiment de fidélité qui, pourtant, l'avait mis un temps en danger, le dévoué Espagnol s'en alla.

Resté seul, Louis XIV ne réfléchit pas longtemps à ce qu'il devait faire. Le voleur de l'appartement de Marie-Thérèse avait été démasqué à fort peu de frais. Et, de surcroît, celui-ci n'était pas un coquin mais, tout au contraire, un homme dévoué à la Couronne, le roi en était persuadé. Ses chapardages étaient la preuve de son attachement, de sa loyauté. Satisfait de ce succès aisément remporté, le roi allait maintenant avoir le loisir de se consacrer à ses propres affaires et de regagner son appartement. Car il devait, surtout, achever de se préparer à l'événement inouï, mais mûrement réfléchi, qu'il avait décidé de mettre en œuvre. Ce serait non pas pour cette nuit, mais pour la suivante.

Ailleurs, à Versailles

Dans l'appartement de la marquise[1], tout était étroit et sombre, le plafond, même, y était plus bas que dans bien d'autres logements. La place manquait. Il n'y avait que deux petites antichambres, une chambre, un passage établi en diagonale car on n'avait pu faire

1. Il existe toujours mais a été amputé avec la construction, sous Louis-Philippe, d'un escalier qui monte au second étage.

autrement et qui menait, passé quelques marches, à un grand cabinet sans cheminée. Sans compter une garde-robe de chaise[1] sans aucun jour.

Les meubles étaient donc rares. Or, même dans un logement sans la moindre table où la dame aurait pu offrir à dîner ou à souper, ou même seulement jouer aux cartes, sans quatre ou six fauteuils pour accueillir des amis choisis, l'espace était si mesuré que Maintenon, quand elle s'asseyait à côté de sa suivante, avait à peu près le nez, le menton et les genoux collés contre ceux de Nanon Balbien, et ne pouvait faire autrement.

— Tu en es certaine ?

— Madame, à cette heure, les valets sont retournés dans leur chambre, de l'autre côté du palais ou bien en ville. Je suis la seule à pouvoir assurer votre service.

Maintenon soupira :

— Tu travailles pour moi depuis longtemps et tu sais que je ne suis pas portée sur les plaisirs de la table, contrairement au roi. Mais là, cependant, j'ai faim.

Maintenon avait grignoté tout à l'heure, comme à son habitude, sur un coin de console et à la hâte. Elle se connaissait assez pour savoir que, si son appétit revenait, c'était parce que, sur un autre point, de très loin le plus important, elle n'était pas rassasiée. Dans quelques heures, si le roi ne changeait pas d'avis, sa position pouvait être à jamais assurée. Mais si, pris d'un scrupule, le monarque ne donnait pas suite au projet qu'ils avaient échafaudé tous les deux, la marquise était perdue, elle pourrait être renvoyée du jour au lendemain, elle retomberait dans l'anonymat où elle avait déjà vécu, connaîtrait de nouveau la pauvreté, qu'elle n'avait que trop fréquentée jadis. Après avoir

1. Les toilettes.

manqué atteindre le sommet, Maintenon ne serait plus rien. Et c'est la peur de cet effacement qui, contre toute logique, lui donnait faim. Or il était impossible d'avouer cela à Nanon, la marquise en aurait perdu la face.

Mais Mlle Balbien voulait bien faire, elle avança une proposition, la seule, d'ailleurs, qu'elle était en mesure de formuler compte tenu de l'inconfort du palais :

— Je vais descendre au rez-de-chaussée. Il y a, dans la cour des Princes, une cuisine que se partagent plusieurs des dames de la dauphine. J'y trouverai bien un restant de poularde en filets ou, dans un placard, une part de tourte aux pétoncles avec, pour votre dessert, un plisson du Poitou, à la crème nouvelle, il doit en rester d'hier.

La marquise n'aimait pas qu'on lui parlât du Poitou, satanée terre humide où elle avait passé une partie de son enfance misérable, mais elle savait que Nanon ne l'avait pas fait exprès, et ne releva pas.

— Va, ma fille.

Un instant plus tard, la suivante s'engagea dans l'escalier de la Reine dont la splendeur, les proportions et la solennité contrastaient de la manière la plus criante avec le logement de Maintenon qui, pourtant, ouvrait sur son palier. L'endroit était l'un des plus fréquentés du palais. Et il fallait faire tout à la fois attention à ne pas glisser sur une marche et à ne bousculer personne, mais à saluer cependant ceux que l'on connaissait : le château était un nid d'intrigues, ces temps-ci plus que jamais, et mieux valait ne se pas brouiller, ne manquer aucune occasion d'obtenir la moindre information, fût-elle futile, car celle-ci pouvait néanmoins s'avérer utile. Balbien salua à droite, à gauche, sourit, descendit quelques marches, arriva sur le palier de marbre veiné, et se figea :

— Vous êtes donc au château ?

L'homme regarda autour de lui avant de répondre :

— J'avais encore quelques points à éclaircir avec le roi. La chose est délicate et constitue à bien des égards une première, vous le savez aussi bien que moi. (D'une voix plus basse, il ajouta :) Pour ce que vous savez.

Nanon eut peur que ces paroles, pourtant innocentes, n'eussent été entendues par les courtisans, les domestiques qui montaient pour les uns, descendaient pour les autres, bavardaient eux aussi sur telle ou telle marche de pierre. Elle voulut couper court :

— Nous en causerons une autre fois.

L'homme acquiesça, fit mine de partir mais resta là. Il se pencha et, cette fois, lui murmura à l'oreille :

— Et pour le reste, quand ta Maintenon aura le dos tourné, tu me diras le jour et l'heure, je monterai dans ton entresol et je te montrerai encore une fois mon guilleri.

Que ce projet si crûment avancé l'intéressât ou non, Nanon Balbien n'avait ni rougi ni même protesté. Elle était déjà loin que l'autre s'attardait sur le dessin de sa nuque, avant de s'éloigner à son tour en passant sous la voûte de marbres bruns, verts et blancs qui séparait l'escalier du vestibule.

Chapitre 4

« Vous avez un archevêque corrompu, scandaleux, incorrigible, faux, malin, artificieux, ennemi de toute vertu et qui fait gémir tous les gens de bien… Vous vous en accommodez, parce qu'il ne songe qu'à vous plaire par ses flatteries. Il y a plus de vingt ans, qu'en prostituant son honneur, il jouit de votre confiance. Vous lui livrez les gens de bien, vous lui *[sic]* laissez tyranniser l'Église, et nul prélat vertueux n'est aussi bien traité que lui. »

François de Salignac
de La Mothe-Fénelon (1651-1715),
à propos de l'archevêque
François Harlay de Champvallon

Le samedi 9 octobre, au palais de Versailles

Un jour était passé. Ce serait cette nuit, si Dieu le voulait bien. Tout était organisé. Tout était prêt. Ce qui devait avoir lieu, pensa le roi, aurait lieu. Afin que sa conscience pût être soulagée, qu'il ne commît plus le péché de chair. L'affaire resterait secrète. La cour ne faisait que chercher à la connaître, savait le monarque, et ne la connaîtrait sans doute jamais, avec l'aide de Dieu. Mais du moins, une fois la chose faite et célébrée, achevée, Louis XIV et une certaine autre personne auraient toutes les raisons de se réjouir. En attendant, songea le souverain, où trouver encore un moment de calme et de repos, de contentement ? Il décida de se rendre dans les deux grands salons qui avaient fait partie de l'appartement de la reine et qu'il avait désormais l'intention de joindre au sien, deux pièces de belles proportions mais un peu tristes, qui donnaient sur la cour de Marbre et recevaient la froide lumière du nord.

Le Roi-Soleil mesura qu'il n'avait pas vu le premier valet de chambre depuis une bonne heure. Ce qui était inhabituel, du moins lorsque celui-ci était de quartier[1]. Le souverain n'osa cependant pas le faire appeler. Car il le savait : plus qu'un autre, peut-être même davantage que lui-même, Alexandre Bontemps était, en cette fin de journée du 9 octobre 1683, l'homme le plus occupé, le plus nerveux de tout le royaume. Ses responsabilités étaient écrasantes. Car, cette nuit, le roi de France et de Navarre allait se remarier. Et c'était au premier valet de chambre que revenait le redoutable honneur, le fardeau écrasant d'ordonnancer cette cérémonie hors du commun.

Louis XIV arriva dans la grande pièce qui faisait face à l'appartement dont la marquise de Montespan, déchue, jouissait pourtant encore. Avant longtemps, songeait le roi, il ferait déguerpir celle qui avait cessé de plaire, mais en y mettant les formes. Et, là-bas, il établirait de nouveaux salons, consacrés à ses collections d'objets d'art, peut-être une galerie entière[2]. Le Bourbon s'approcha d'une fenêtre qui regardait, à l'est, vers les cours du château. Devant lui, de l'autre côté de la grande grille fleurdelisée, c'était la place d'Armes d'où s'élançaient en patte d'oie les avenues de Saint-Cloud, de Paris et de Sceaux. Le roi s'avança encore. Sur la droite, le souverain considéra la longue façade de l'aile des Offices et, à son étage, les dix ou douze fenêtres du logement de Bontemps, plus ou moins éclairées. Le souverain trouva là, sinon une sorte de réconfort – il n'en avait pas besoin : il était le maître,

1. À la cour, les charges étaient occupées par quartier, tous les trois mois.

2. Ce fut chose faite en 1685 quand la Petite Galerie, flanquée de deux salons, fut créée et décorée par Pierre Mignard, dans l'ancien appartement de Montespan.

avait l'habitude d'être obéi –, du moins la certitude que le premier valet de chambre, à cette heure, achevait de mettre au point les derniers préparatifs de la célébration prévue.

Le souverain resta un moment à considérer les façades du palais, regardant les sculptures, les garnitures de plomb, se réjouissant du jeu des couleurs que faisaient ici le blanc de la pierre, le rouge de la brique et le bleu des ardoises. Il vit une ombre s'approcher de l'une des croisées. Louis XIV tressaillit : il venait de s'apercevoir. Ou, plutôt, avait aperçu son sosie. L'esprit encore empli de la colère éprouvée lorsqu'il avait découvert des herbes folles près de l'orangerie, troublé, touché par l'affection que le valet espagnol portait encore à son épouse défunte et, surtout, désireux de se préparer à une nuit qui s'annonçait tout à la fois longue, périlleuse mais si satisfaisante, le Roi-Soleil avait oublié, ou peu s'en fallait, l'homme retenu dans l'appartement de Bontemps.

Le souverain avait l'habitude de réfléchir vite. Désormais, se demanda-t-il, que faire de ce double ? Le roi n'était pas certain d'avoir encore besoin de ses services puisque l'affaire des vols commis dans l'appartement de la reine avait été résolue, avec une facilité déconcertante et de surcroît sans que le souverain eût eu besoin de se travestir. Pourtant, le monarque ne balança pas longtemps : le sosie pouvait fort bien lui être utile à l'avenir. Et, à sa grande surprise, Louis XIV s'était beaucoup amusé en se déguisant en homme du peuple. L'homme resterait donc encore quelque temps au moins caché à Versailles, et il le remplacerait quand le Bourbon le déciderait. Une fois la cérémonie achevée, il faudrait aborder ce point avec le premier valet de chambre.

Selon ce que La Reynie lui avait expliqué au Trianon de porcelaine, rien n'indiquait que l'homme eût nourri de mauvaises pensées en essayant de pénétrer au Petit-Bourbon. Ce n'était peut-être qu'une sorte de vagabond dont l'esprit était en jachère et pouvait être dompté. Et sauf à ce que le lieutenant général de police découvre, au cours d'une enquête bien menée par ses limiers du Châtelet, que l'homme avait finalement beaucoup à se reprocher, rien ne pouvait justifier que le roi lui voulût du mal : il était le père de tous ses sujets, quels qu'ils fussent, *a fortiori* de celui-ci, qui était son sosie. Sans compter – mais cela, le souverain ne pouvait se l'avouer –, qu'il n'aurait jamais pu s'en prendre à un homme qui lui ressemblait à ce point. C'eût été comme décider de se malmener soi-même… C'était impensable. Restait, au besoin, la possibilité d'enfermer le sosie dans une forteresse éloignée, une prison retirée, et à le contraindre à porter un masque, de velours, de cuir, voire de fer, afin que même ses geôliers ne pussent constater la ressemblance qu'il présentait avec le roi. Mais celui-ci pensa, sans doute à juste titre, que c'était déjà là, depuis de longues années, le sort de l'un de ses sujets qui lui avait déplu, et que retenir en prison deux hommes masqués aurait fait beaucoup pour un seul et même royaume.

Le roi regarda de nouveau la fenêtre du logement de Bontemps. Le sosie ne s'y trouvait plus. Avait-il compris qu'il était irréfléchi de se montrer ainsi à la fenêtre ? Bontemps était-il arrivé et avait-il mesuré son imprudence avant de le rappeler à l'ordre ? Peu importait, considéra Louis XIV. Au demeurant, le monarque s'était trop attardé ici. Il devait reprendre le fil des rituels qui rythmaient sa vie. Sans cela, la cour, qui bruissait déjà trop du mystère dans lequel vivait le palais en cette fin de journée, finirait, de déduction en indiscrétion, par comprendre ce qui devait survenir en secret.

À Versailles, le soir du 9 octobre,
dans l'escalier des Ambassadeurs

Peu après le coucher du soleil, les gardes du corps, qui avaient pris la relève des gardes de la Porte, s'étaient déployés dans le palais avec les cent-suisses[1], aux tenues rayées de blanc et de rouge ; tous allaient veiller à la sécurité de ses habitants. Les plus chanceux somnoleraient derrière des paravents ou couchés sur des banquettes et des lits de camp sortis de placards aménagés dans les couloirs de service. L'escalier des Ambassadeurs, avec sa double volée de marches, était particulièrement gardé. De l'une des montées de vingt et un degrés de marbre bordées de rampes en bronze, un assaillant aurait pu atteindre facilement les salons de Diane et de Vénus, donc le Grand Appartement du roi, destiné aux réceptions, et, par l'autre volée, le Petit Appartement de Sa Majesté. Dans les deux cas, la personne du souverain ou les proches venus lui rendre visite auraient été en grand danger si un assaillant était survenu par là. Chaque nuit, les deux paliers se transformaient donc en casernements.

— Tu dois avoir soif. Et je sais aussi que tu as une

1. Les cent-suisses assuraient la sécurité des palais royaux avec d'autres militaires. Ils sont à distinguer des gardes suisses.

longue nuit de veille devant toi, autant la passer de la meilleure manière possible. Le vin, tu le sais, réchauffe le corps et aiguillonne l'esprit.

— C'est bien aimable.

— Allons, je ne sais que trop la dureté de ton service. Prends cette bouteille, et garde-la sous le lit de camp que tu sortiras tout à l'heure de ce placard. Tu pourras en partager le contenu avec un de tes camarades. Mieux vaut se donner du cœur à l'ouvrage, lorsque celui-ci demande une attention de tous les instants, et ce, jusqu'aux premières lueurs de l'aube...

L'occasion était à saisir. Le cent-suisse n'avait cependant pas l'habitude d'être ainsi traité, avec prévenance, presque sympathie. Il hésitait encore. L'autre le comprit :

— Veux-tu que je te dise ? Ce flacon de vin de Bourgogne... L'idée de te le donner n'est pas de moi, tu t'en doutes, elle vient d'ailleurs, de plus haut. Parmi tous tes camarades, et il y en a de très valeureux. Mais toi, tu as été particulièrement remarqué, je l'ai entendu dire dans les appartements du roi : ta façon de servir sans jamais somnoler quand tu veilles ici, si près de la chambre de Sa Majesté, a été repérée...

L'homme fit un signe. Il désigna, par-delà la cage de l'escalier, les pièces où vivait le roi. Le soldat comprit, en fut impressionné, flatté. Il ne s'étonna pas pour autant d'avoir été distingué : il était de belle taille, avait de la prestance, se portait souvent volontaire pour assurer une garde. Il prit la bouteille, la glissa sous son uniforme, remercia de nouveau son bienfaiteur.

L'autre regardait autour de lui. Il était pressé, maintenant :

— Et il y aura peut-être aussi un jour de l'avancement, selon ce que j'ai entendu dire. J'ai un conseil :

tâche de continuer à bien te comporter et à ne jamais faire mauvaise figure. Tu sais qu'à Versailles la politesse et les manières sont de mise.

— Pour sûr, le contenu de cette bouteille va m'aider à avoir toujours bonne mine !

Le flatteur se hâta d'acquiescer. Il était satisfait : le soldat était allé là où cet échange devait, à son insu, le mener. Le militaire trop confiant était dupé. Et pour son plus grand malheur. Puis le manipulateur songea que mieux valait ne pas s'attarder par ici. Il se hâta de quitter les lieux. Et le Grand Degré, si solennel, fameux dans toute l'Europe, prit l'aspect si particulier qu'il avait chaque nuit.

Au milieu de marbres rares, de peintures grandioses et de tapisseries en trompe-l'œil, les soldats finissaient d'installer, en riant, jurant et plaisantant, les cantonnements de fortune qu'ils débarrasseraient au lever du jour. Des exclamations, des jurons, des plaisanteries lestes, voire salaces, bref, des propos de corps de garde sur fond de splendeur. Avec, à l'arrière-plan, le doux murmure d'un flot ininterrompu qui s'échappait de l'admirable fontaine de marbre rouge.

À Versailles, dans l'appartement de la marquise de Maintenon

Aidée par sa suivante fidèle Nanon, Françoise d'Aubigné, depuis longtemps veuve du poète Paul Scarron, ancienne gouvernante des bâtards que Mme de Montespan avait donnés au Roi-Soleil et marquise de Maintenon depuis 1674, se préparait à rejoindre le souverain afin de l'épouser en grand secret. Ce qui n'était pas une mince affaire puisque, chez la marquise, la place manquait, ne fût-ce que pour se changer.

— Nanon, je t'en prie, approche le chandelier, je ne me vois pas dans le miroir.

— Si je l'approche, Madame, je risque d'enflammer votre robe.

— Approche la bougie, gourde, je te dis. On n'a jamais vu la future épouse d'un roi de France prendre feu.

Maintenon n'avait jamais été superstitieuse. Ni du temps où elle était huguenote, ni depuis qu'elle était catholique. Il n'empêche que ce soir-là, elle regrettait de ne pouvoir aller faire brûler un cierge devant un autel. La marquise était à deux doigts de tout réussir. Pouvait-elle encore tout perdre ? La tête d'ordinaire sur les épaules, consciente depuis toujours de sa solidité qui, soudain, lui paraissait prendre l'eau, la marquise avait bien du mal à empêcher son esprit de s'emballer. Lorsqu'elle réussissait à se convaincre que son mariage avec le roi n'était plus qu'une question de minutes, elle songeait aussitôt que, même mariée, elle pouvait être écartée du jour au lendemain puisque sa position d'épouse morganatique ne lui donnerait aucun droit.

La marquise allait et venait, sans pouvoir aller bien loin car, au bout de quelques pas, elle se heurtait toujours à un meuble ou à un mur. Maintenon avait cependant assez de lucidité pour, en quelque sorte, se voir elle-même et mesurer que son impatience n'avait rien à envier à celle d'une jeune fille qui, à peine sortie du couvent, se serait mariée à un riche et vieil inconnu choisi par sa famille. Elle s'en agaçait : à son âge, avoir des tourments de jouvencelle… C'était d'un ridicule, si l'on y songeait bien.

Privée de place, Maintenon s'approcha de la fenêtre qui se trouvait en face d'elle. Celle-ci ouvrait sur la façade nord de la Cour royale, à la hauteur des trois baies munies de belles grilles dorées, qui donnaient accès, par-delà un vestibule, au Grand Degré du roi. À cette heure, et comme un peu partout dans le château, sauf dans les pièces où vivaient le monarque et les siens, la lumière était là-bas chichement distribuée par quelques falots tout juste suffisants à ce qu'on n'y fût pas dans le noir. Pour les avoir face à elle depuis plusieurs années, la dame connaissait cependant parfaitement les lieux. À première vue, cette partie du palais ne connaissait rien d'anormal. Cependant, à des riens, à des allées et venues qui ne se produisaient pas d'ordinaire, à voir un groupe de gardes sortir, paraître chercher une aide qu'ils ne trouvaient pas, revenir dans le palais avant que l'un d'eux en ressortît aussitôt, Mme de Maintenon, d'abord indifférente, puis franchement attentive, comprit qu'un événement inattendu était sans doute survenu là-bas.

La marquise se ravisa pourtant bientôt. Son esprit, pour ne pas dire son inquiétude, lui jouait des tours, pensa-t-elle, vexée d'être ainsi la proie d'une imagination laissée sans garde-fous et qui faisait d'elle, sans doute pour la première fois de sa vie, une écervelée gouvernée par ses émotions. Maintenon se détourna de la croisée, alla s'asseoir et se promit de ne plus bouger de son large fauteuil à oreillettes de damas rouge jusqu'à ce que son futur époux lui fasse parvenir l'ordre de le rejoindre – enfin ! – à la chapelle royale. Et la marquise ne put donc voir que, du côté du Grand Degré, loin de s'apaiser, l'agitation, certes silencieuse car les gardes qui s'affairaient, bouleversés, ne voulaient pas faire de bruit, ne faisait que croître.

À Versailles, le même soir, chez le roi

Comme chaque soir, le roi s'était mis en scène lors de la cérémonie du coucher. Les courtisans admis à l'honneur recherché de voir le souverain passer sa chemise et se coiffer d'un bonnet de nuit s'étaient retirés les uns après les autres. À l'assistance nombreuse des Grandes Entrées avaient succédé les rares gentilshommes admis aux Petites Entrées, les plus convoitées. Le premier valet de chambre avait placé à côté du roi l'en-cas prévu chaque nuit, trois pains et un flacon de vin, avait ensuite installé un rudimentaire lit de veille au pied du lit de son maître. L'un et l'autre s'étaient couchés pour donner le change aux derniers serviteurs attardés. Puis, enfin seuls, tous deux s'étaient relevés, rhabillés en silence.

Veuf depuis quelques mois, Louis XIV allait convoler pour la seconde fois. Avec celle qui, depuis tant d'années, était devenue tour à tour une confidente, une conseillère, une amante, à mesure que la faveur de la toute-puissante mais fatigante et trop persiflante marquise de Montespan avait décliné. La reine morte, le roi aurait pu se remarier avec une princesse. Certes, celle-ci aurait été difficile à trouver : il fallait, pour le Roi-Soleil, du premier choix… Mais enfin, la perle aurait pu être débusquée, même si le roi aurait demandé qu'elle sache bien gigoter au lit au moment opportun : il ne s'était guère amusé avec la reine qui, sur ce point, avait tout du poisson mort, et en plus du poisson de rivière, non de mer, habitué au grand large et aux fortes vagues.

Fort bien, songeait le roi. Or la jeune personne serait promptement tombée enceinte : à quarante-cinq ans, à propos de ce qu'il fallait faire pour en arriver là, le roi pouvait en montrer à des jeunots : il tenait cette ardeur jamais refroidie non pas de son père, l'indolent Louis XIII, qu'on avait toujours dit peu porté sur les œuvres de chair, mais de son grand-père Henri IV, qui n'avait pas volé son surnom de Vert-Galant et avait eu, au moins, même Louis XIV en ignorait le nombre exact, douze bâtards de sept femmes différentes. Et, s'était toujours dit le souverain, un nouvel enfant, s'il avait été mâle, n'aurait pas nécessairement été le bienvenu, du moins sur le terrain de la politique. Le bambin aurait pu, devenu grand, contester les droits du dauphin, son demi-frère… C'était même une habitude, dans le royaume de France, que les cadets s'opposassent aux aînés. On l'avait bien vu, quelques décennies plus tôt, avec Gaston[1], le cadet de Louis XIII.

De toute manière, à l'âge de la maturité, outre qu'il voulait se mettre en règle avec l'Église, Louis XIV avait besoin de calme et d'être rassuré. Maintenon lui donnait cette stabilité puisqu'il lui présentait chaque nuit ses hommages depuis plusieurs années. S'il n'était certes pas encore un vieillard, le roi pouvait estimer qu'il était plus proche de l'heure de son trépas que de celle de sa naissance : mieux valait vivre désormais en conformité avec les enseignements de l'Église et ne pas demeurer dans le péché en vivant en concubinage, fût-ce avec une dévote.

Certes. Mais il était impossible, pour le roi de France, d'épouser Maintenon, du moins de manière officielle. La noblesse de la dame qui, d'ailleurs, était mal établie et que les généalogistes de la cour, en fouillant dans

1. Gaston de France (1608-1660), qui passa sa vie à conspirer contre son frère.

les archives, n'auraient sans doute pas eu de mal à mettre en pièces, était de toute manière obscure et de peu d'éclat. Se marier au grand jour avec la marquise aurait suscité l'indignation de sa famille, aurait scandalisé la cour, aurait suscité les protestations de tous les habitants du royaume, qui voulaient voir le roi mener une vie brillante, avec ses pairs. Toutes les monarchies et les principautés d'Europe se seraient moquées. La position, le prestige du roi de France, jusqu'alors un modèle scruté, envié et copié, auraient été entamés. D'un mariage inégal, il ne pouvait être question. C'est donc en secret que Louis XIV allait, cette nuit, épouser Maintenon. La marquise serait bel et bien sa femme devant Dieu. Mais nul ne le saurait jamais, en dépit des indiscrétions, heureusement incomplètes et parfois fallacieuses, qui se répandaient dans le palais depuis plusieurs jours. La marquise n'aurait jamais de statut à la cour, elle ne serait jamais la reine, ni de France, ni de Navarre, seulement l'épouse du roi, et dans sa seule intimité.

D'ordinaire, le monarque assistait à l'office divin de la tribune de la chapelle, au premier étage du palais, de plain-pied avec ses appartements. Mais cette nuit-là, il fallait gagner le rez-de-chaussée de l'oratoire, où se trouvait l'autel. Le souverain et la future mariée devaient donc descendre le Petit Degré du roi, aménagé à l'abri des regards, puis parcourir quelques pièces désertes à cette heure, avant de sortir du palais, le temps de traverser le passage, toujours venteux, qui menait de la Cour royale aux parterres du Nord. Franchi ce corridor, ils trouveraient le vestibule de la chapelle, où François Harlay de Champvallon les attendrait. Car c'était l'archevêque de Paris, secondé par le père La Chaize[1], confesseur du roi, qui célébrerait le mariage. Avec, pour témoins, les époux Montchevreuil[2], proches amis de la marquise de Maintenon, Nanon et le marquis de Louvois.

Assis dans sa chambre, Louis XIV était prêt. Vêtu sans luxe mais avec beaucoup de recherche, habit noir et gris, chaussures à bout carré et à boucle de diamants. Il attendait, ce qui, pour lui, était fort rare puisque, d'ordinaire, chacun devait régler sa vie sur la sienne. Le Bourbon était impatient que le mariage fût célébré mais mesurait le monde qui séparait cette union à venir de son mariage avec Marie-Thérèse : en 1660, à Saint-Jean-de-Luz, bourgade envahie par la fine fleur des cours de Paris et de Madrid, il y avait eu un souper fin, une comédie, une messe, puis une autre, une parade nuptiale, et des ornements, des broderies, des pierreries à profusion, des foules rassemblées sur le passage des princes… Et aujourd'hui, à peu près rien : du silence, de la solitude, du sombre, des chuchotements.

Louis XIV considéra la pendule recouverte d'un placage de laiton et d'écaille et au cadran de bronze doré incrusté d'émail. Les aiguilles étaient ses seules compagnes, à cet instant. Enfin, la porte s'ouvrit. C'était Bontemps. Le roi se leva, mais la mine fermée du premier valet de chambre, qui respirait à peine, tant le lourd souci qu'il éprouvait lui commandait de ne rien faire d'autre que réfléchir, l'alarma d'emblée.

— Sire, le marquis de Louvois sera en retard.

1. Le vaste cimetière parisien du Père-Lachaise lui doit son nom.

2. Henri de Mornay, marquis de Montchevreuil, 1623-1706, gouverneur de Louis-Auguste de Bourbon, duc du Maine, fils de Louis XIV et de Montespan. Son épouse était Marguerite Boucher d'Orsay.

Louis XIV s'assombrit. Il se mariait et son principal ministre se montrait incapable d'être à l'heure ? Le roi n'osa imaginer que l'impoli manifestât une ultime fois son opposition à l'union projetée.

— Monsieur, est-ce le seul contretemps ?

— Non, Votre Majesté, ce n'est pas, loin de là, le plus préoccupant. Un des cent-suisses qui avait pris sa garde sur le palier donnant accès au salon de Vénus a chuté. Il est tombé par-dessus la balustrade et s'est fracassé la cervelle sur le marbre du sol.

Bontemps marqua un temps d'arrêt. Là encore, le roi comprit que le valet de chambre ne lui disait pas tout :

— Ce garçon a-t-il attenté à sa vie ?

— Je ne sais, je ne le crois pas…

— L'a-t-on poussé ?

— Je ne saurais le dire à cette heure. On parle d'une bouteille de vin frelaté qui aurait circulé, de saouleries, de cris et de gesticulations, de paillardises hors du commun, d'une bousculade qui aurait mal tourné.

Le roi était stupéfait. Il y avait donc de l'ivrognerie parmi les soldats d'élite chargés de veiller à la sûreté du palais…

— Sire, avant de tomber, le soldat qui est mort, ou bien un autre, a fait des saletés, partout, il y a des souillures sur les marches, jusque sur le palier de la fontaine. Rien n'est propre là-bas, désormais, sans compter le désordre dans le vestibule, un peu partout aux alentours : ses camarades sont en train d'enlever le corps.

— Je veux que les lieux retrouvent leur aspect normal dès que possible. Faites en sorte que, sur ce point, je sois obéi.

La consternation s'emparait de Louis XIV. En cette nuit qui, plus qu'une autre, aurait eu besoin de calme et de tranquillité, voici qu'un grain de sable – car qu'était-ce d'autre, en soi, que la mort d'un militaire, qui n'avait fait que son devoir et serait remplacé dès le lendemain ? – venait tout gripper.

— Le chemin qui mène à la chapelle nous est donc coupé…

— C'est certain, Sire. Que vous passiez par les couloirs ou par la Cour royale, ce n'est, partout, qu'agitation, cohue et bousculade. Mais soyez rassuré, j'ai tout arrangé pour que le mariage ait bien lieu.

Que Bontemps ait déjà contourné l'immense écueil qui s'était trouvé sur le chemin du roi n'étonnait pas ce dernier, tant le valet avait toujours fait preuve de présence d'esprit.

— Monsieur Bontemps, faites en sorte, je vous prie, que Mme de Maintenon n'apprenne rien de tout cela cette nuit, elle en sera instruite bien assez tôt, sans doute dès demain, mais je veux que, maintenant, rien ne trouble la joie, la satisfaction, le bonheur qui sont les siens.

— Bien entendu, Sire. Ce n'est, de toute façon, pas un spectacle pour une dame, quelle qu'elle soit, que le cadavre rompu d'un débauché assez insolent pour vomir, tituber, oublier son devoir.

Bontemps était, décidément, un serviteur capable d'affronter les pires situations, de trouver en toutes circonstances la manière de sortir d'un puits sans fond, pensa le roi. Il avait assez d'années et d'expérience pour savoir qu'il ne devait pas céder à la colère. Mais il avait fort à faire pour se contenir, pour mater la rage froide qui s'était emparée de lui. Il en fut même à penser des horreurs : heureux ce militaire qui était mort car, autrement, la fureur du roi aurait fondu sur lui…

— Et qu'avez-vous donc prévu ?

— Le mariage va être célébré chez moi, Sire. Votre Majesté n'a, pour s'y rendre, que quelques pas à faire en passant par les entresols. J'ai ordonné à tous mes domestiques de quitter sur-le-champ leur service et d'aller où ils voudraient, du moment qu'ils déguerpissent. Ils auront peut-être de vagues soupçons, en feront part à leurs camarades des communs, peu importe : ils n'auront rien vu, rien entendu de solide. Quoi qu'ils disent, ce ne seront que des rumeurs qui en rejoindront d'autres et qui ne permettront pas d'étayer quoi que ce soit.

— Et l'homme ? Celui que nous sommes convenus d'installer chez vous. Ne risque-t-il pas de se rendre compte de ce qui va se passer à quelques pas de lui ?

Bontemps sourit, tel un bon père de famille :

— Je lui ai dressé un lit dans l'une des dernières pièces, au fond de mon habitation, parmi les trois qui regardent la place d'Armes, car mes valets n'y vont jamais. Il ne nous dérangera pas, ne saura lui non plus rien de ce qui se passera à quelques pas. De plus, sans doute assommé par la vie inattendue qu'il mène depuis peu, par le fait qu'il est en quelque sorte logé et nourri par le roi de France, il s'est déjà endormi, je m'en suis assuré voici un instant.

— Fort bien.

— Pour en revenir à l'essentiel, j'ai moi-même installé un autel de fortune dans mon appartement. Aidé par votre confesseur, Mgr l'archevêque nous y attend déjà. Je vais de ce pas faire prévenir Mme de Maintenon et les témoins. La cérémonie commencera à l'heure exacte où Votre Majesté l'a fixée.

Louis XIV ne dit rien. Il était plus que satisfait de la présence d'esprit de son premier valet de chambre et de son sens de l'organisation, se louait de l'avoir à son service. Mais par orgueil, il ne voulait rien en laisser paraître.

Plus tard, dans la nuit du 9 au 10 octobre, à Versailles

Aussi blanches que celles qui éclairaient les appartements du souverain, les bougies de cire étaient encore hautes, mais la messe était achevée. Voilà, c'était fait, songea le roi. La cérémonie secrète était accomplie. Déjà, l'archevêque et le père La Chaize, dépouillés de leurs habits sacerdotaux, rangeaient les objets du culte dans des écrins de cuir bleu. Raides et discrets, appelés ici parce qu'ils étaient fidèles à Maintenon, fiables et pieux, les Montchevreuil, l'un et l'autre réservés, muets et gris, qui avaient l'esprit encore plein de tout ce qui s'était dit et entendu à la messe, se tenaient à l'écart ; ils ne demandaient qu'à rejoindre leur logement dès que le respect de la politesse et un signe de la nouvelle épouse du Roi-Soleil les y autoriseraient. Tout aussi dévouée, Nanon Balbien restait un pas derrière la marquise. Nul ne s'aperçut qu'elle s'efforçait de ne pas croiser le regard de l'archevêque de Paris, et que celui-ci faisait de même.

Au demeurant, comme les Montchevreuil, la suivante tiendrait sa langue. Ce qui ne l'empêchait pas, à cet instant, de songer à la manière dont elle pourrait désormais accroître une fortune qui avait été déjà bien arrondie en usant de sa position de confidente et de lieutenante de la presque reine de France. Elle qui avait dû accepter bien des incommodités : chez Maintenon, elle était logée comme une moins-que-rien, dans un étroit entresol auquel il fallait grimper par un tout aussi minuscule escalier en bois de onze marches, et de surcroît coudé. Là, Nanon Balbien devait tout à la fois dormir et prendre ses repas quand elle était seule, garder le linge ainsi que les vêtements de la marquise. Elle prendrait désormais sa revanche et, forte de sa situation, réclamerait et obtiendrait des avantages, des pensions, de l'argent.

Depuis son arrivée dans l'appartement de Bontemps, Mme de Maintenon, quant à elle, n'avait pas abandonné son sourire simple, probablement sincère. Elle avait de grandes raisons de se réjouir. Tant attendue, la célébration du mariage ne faisait certes, songeait-elle, que consolider ce qui était déjà fermement établi. Il n'empêche, rêva-t-elle, que de chemin parcouru depuis le jour où elle était née dans la conciergerie de la prison aménagée dans la citadelle de Niort où son père était emprisonné ; depuis le jour où, ce gredin libéré et parti à l'aventure, elle s'était retrouvée avec sa mère sans ressources, aux Antilles ; depuis le jour où elle avait été enfermée dans un couvent pour y être dépouillée de sa foi huguenote au bénéfice de la religion catholique à laquelle elle était depuis lors demeurée fidèle et, même, qu'elle défendait avec vigueur… Si, en dépit des attentions du roi et des prévenances de Bontemps, Maintenon avait appris par une servante le malheur survenu dans l'escalier des Ambassadeurs, elle n'en laissait rien paraître.

Tout au contraire de sa nouvelle épouse, après le préoccupant récit fait par Bontemps de ce qui s'était passé dans le Grand Degré, le roi ne trouvait aucun apaisement. Il fallait, même, que sa fureur trouvât à s'épancher. Le ministre de la Guerre était, songea le Bourbon, la victime toute trouvée. Louis XIV fit mine de s'intéresser à un tableau, une scène de genre, qui représentait la signature d'un contrat de mariage, où l'on voyait une jolie mariée, un mari avenant, un notaire scrupuleux et une assistance attentive.

— Voyez, monsieur de Louvois, comme cette peinture est plaisante. Bontemps a dû l'accrocher voici déjà plusieurs années et, pourtant, elle paraît être ici bien à propos.

Avec un air hautain et de l'assurance, un regard un peu trop satisfait pour ne pas agacer, le ministre de la Guerre s'approcha. Le roi se mit à lui parler à voix basse :

— Pensez-vous qu'il soit convenable, monsieur, de vous comporter ainsi lorsque le roi de France se marie ?

Louvois était le principal ministre du roi, le savait et estimait qu'il possédait toutes les qualités pour remplir sa mission et mériter de l'exercer. De plus, être choisi, parmi tous les sujets du monarque, pour être témoin du mariage qui venait d'être célébré, en dépit des réticences qu'il avait exposées, avait achevé de persuader le surintendant qu'il jouissait d'une position plus que privilégiée. D'une voix encore plus basse que le souverain, le ministre décida cependant de se justifier :

— Sire, lorsque je vous ai dit, l'autre jour, ce que je pensais de ce qui vient de se passer, je m'étais exprimé avec franchise, ainsi que vous m'y avez toujours engagé.

— Je ne parle pas de cela, monsieur, chuchota Louis XIV. (Il s'assura que Maintenon était trop loin pour ne pas l'entendre et reprit :) Vous vous êtes montré franc, en effet, lorsque je vous avais parlé de ce projet d'union, je vous en sais gré. Et je sais que vous aviez alors à l'esprit le bien de l'État. Je ne vous en veux pas sur ce chapitre. Je parle du demi-quart d'heure que vous m'avez volé en arrivant en retard.

— Je prie Votre Majesté de me pardonner. Là aussi, c'est mon service qui m'a retardé. Il était question d'une décision à prendre sur-le-champ et concernant le Grand Commun[1]. En dépit de l'heure tardive, il fallait que je donne de toute urgence mon accord à des modifications regardant la structure de toute une aile, car il y a des risques d'affaissement, il s'agit de la pose de poutres maîtresses.

Le roi laissa passer un court moment avant de répondre :

— Fort bien. L'excuse est recevable. Vous êtes, décidément, un homme précieux. N'en parlons plus.

Le monarque alla retrouver son épouse, demeurée à quelques pas, toujours souriante, assez intelligente pour ne pas avoir pris, sitôt les alliances échangées, l'air d'une jeune épousée ravie de ce qui lui arrive, mais celui d'une maîtresse femme soulagée de s'être enfin mise en règle avec les enseignements de l'Église et d'être la femme du roi, ce qui, après tout, n'était pas rien.

Le Bourbon regardait autour de lui, sans trop le montrer. Car il venait très rarement dans le logement de son premier valet de chambre. Dans cette pièce et dans les autres, le roi pouvait, car des portes étaient demeurées entrouvertes, distinguer des tables couvertes

1. Vaste bâtiment construit autour d'une cour intérieure entre 1682 et 1684 par Jules Hardouin-Mansart pour loger des serviteurs et des courtisans et installer des cuisines.

de papiers, des cartonniers emplis de dossiers. Ce qui le rassurait car tout cela indiquait que, ici, Bontemps passait son temps à travailler. Le Roi-Soleil ne remarqua pas que, contrairement à ce que son premier valet de chambre lui avait assuré tout à l'heure, la dernière porte de l'appartement, là-bas, au fond, était entrebâillée.

Ici comme ailleurs, Louis XIV, qui était partout le maître, se montrait courtois. Il n'était pas fatigué et adressa des paroles aimables à l'archevêque, à Nanon et aux Montchevreuil. Selon le plan que Bontemps avait mis au point, ceux-ci se retirèrent les premiers. Leur passage dans les salons ne serait guère remarqué. Puis iraient Nanon et la nouvelle épouse du souverain, qui habitaient de l'autre côté de la cour de Marbre mais n'auraient qu'à traverser l'appartement du roi. Celui-ci et Louvois fermeraient la marche quelques instants plus tard. Et nul ne s'étonnerait, ou alors si peu, s'il se trouvait des courtisans attardés dans les salons, que le roi de France et son principal ministre allassent tous deux dans le château à une heure avancée de la nuit. Une affaire urgente à régler, sans doute, jugerait-on.

Cette même nuit du 9 au 10 octobre,
dans l'appartement de Bontemps

L'homme retenu chez Bontemps restait tapi dans un coin de la pièce. On lui avait bien dit, parfois, qu'il ressemblait au roi. Mais le sosie n'avait jamais pris ces plaisanteries bien au sérieux. Que pouvaient-ils en savoir, les gens qui le lui avaient affirmé ? Ce n'est pas parce que plusieurs de ses connaissances, des amis ou des compagnons de taverne sitôt rencontrés sitôt oubliés, lui avaient assuré avoir aperçu le monarque, à son repas ou à sa promenade, qu'ils disaient la vérité. Peut-être se moquaient-ils et, même s'ils avaient bien réussi à se rendre de Paris à Versailles en montant dans une pauvre carriole à vingt sols la place, ils n'étaient sans doute jamais entrés dans le palais, refoulés par le concierge parce que leur mine et leur allure laissaient à désirer…

Il n'empêche, songeait le sosie, voici que, en quelques heures, il était arrêté par le lieutenant général de police ; voici qu'il était présenté au roi, qui le traitait avec douceur, le choyait sans pour autant le laisser aller à sa guise. Il avait fait un fort bon souper et s'était couché, terrassé par cette succession d'événements incompréhensibles. Et voici que, cette nuit, des bruits de porte et de conversations l'avaient éveillé. Il aurait pu rester dans son lit, s'enfouir la tête sous des oreillers. Malheureusement pour lui, il avait fait tout le contraire, s'était relevé, avait voulu en savoir plus sur les raisons de cette agitation, s'était approché, à pas mesurés, du salon où, il l'avait deviné, une assemblée se tenait.

Et là, par une entrebâillure, le sosie avait tout vu, tout entendu, tout compris à mesure. Apeuré mais curieux, en proie à un désir grandissant de tout saisir, il était demeuré debout, durant toute la messe, avait vu le roi passer l'anneau au doigt de la marquise. Il avait attendu que tout le monde fût parti pour regagner sa chambre. Le double de Sa Majesté s'était couché mais ne s'était pas endormi, ne dormait toujours pas. Échauffé, exalté, le sosie savait qu'il avait été sans le vouloir le témoin d'un événement inouï, comprenait que le roi s'était marié en secret. Il serait sans doute puni d'avoir assisté à cela, tué. Si Louis XIV, dans un premier temps, l'avait bien traité parce qu'il pensait pouvoir se servir de lui, comme le sosie l'avait compris, tout était maintenant changé, pleinement.

À cette heure, si insensé que cela puisse sembler, cette nuit, le monarque et Bontemps l'avaient oublié. Ou bien avaient-ils pensé qu'il dormait, tranquillement. Quand, d'une manière ou d'une autre, à la suite d'un soupçon, ils s'apercevraient de leur méprise, le sosie ne vivrait pas longtemps. Le prisonnier s'affolait. Tenter de s'enfuir était voué à l'échec. S'il réussissait à quitter le logement du premier valet de chambre, il ne pourrait trouver son chemin dans ce château qu'il ne connaissait pas, se heurterait partout à des gardes. Sans compter les portes fermées, les serrures, les grilles infranchissables. Après avoir connu, pendant quelques heures, des sommets, il allait périr. Dans sa solitude désespérée lui vint même l'idée de mourir maintenant. Se jeter par la fenêtre, sur-le-champ, lui faisait moins peur que d'attendre, seul, pris dans un grillage, que l'on vienne le chercher. Il resta un long moment dans un état de panique muette, mais son désespoir avait touché le fond.

Et alors, son esprit recommença à déduire, pour lui permettre de survivre. Une pensée, un raisonnement, lui apparut, né d'un puissant désir de vivre, coûte que coûte. Il avait été le témoin de ce que le roi voulait dissimuler ? La belle affaire. Cela ne le mettait en rien en danger. Tout au contraire. Le double du roi était un homme sans grande éducation. Il n'en était pas un imbécile pour autant, loin de là. Dès lors qu'il avait pleinement recouvré ses esprits, il était entièrement rassuré, persuadé que le roi avait trop besoin de lui pour opérer un retournement. C'était lui, parce qu'il était sosie, qui tenait Louis XIV dans sa main, d'une façon ou d'une autre, quand l'occasion s'en trouverait. Et de cette situation, il allait tirer profit, pour avoir, après tant d'années de privations, une vie agréable.

Cette même nuit du 9 au 10 octobre,
à Versailles

Il était maintenant fort tard. Le roi songea que Mme de Maintenon ne l'attendrait plus et n'était pas mécontente que cette nuit de noces fût reportée. Il s'y connaissait en femmes, il en avait approché des dizaines, s'il comptait les favorites en titre, leurs suivantes et leurs servantes, courtisées depuis le temps de sa première jeunesse. Si Maintenon avait du savoir-faire et savait se montrer généreuse, si elle avait la peau encore bien tendue sur des appas demeurés fermes et rebondis, pensait le Bourbon, il lui manquait cependant de l'inventivité, de la fantaisie.

Sortir grimé et se promener du côté de l'orangerie avait amusé le Bourbon et ne l'avait entraîné dans aucune mésaventure fâcheuse. L'escapade lui avait même permis de mesurer l'incurie des jardiniers qui œuvraient là. Louis XIV décida de recommencer l'expérience, du moins de se hasarder, costumé, hors de son appartement. Son esprit était toujours empli du récit effrayant et choquant que Bontemps lui avait présenté juste avant la messe de mariage. Le roi savait que, le lendemain, à la première heure, le capitaine de cette compagnie d'élite lui ferait remettre un mémoire circonstancié sur la mort du cent-suisse. Or il ne voulait pas attendre plus longtemps avant de se rendre dans l'escalier des Ambassadeurs pour voir par lui-même la scène sinon du drame, du moins de l'incident qui avait manqué tout faire échouer.

Parce qu'il détestait le désordre, surtout chez lui, le roi supposait, espérait, même, que toute trace de ce qui s'était passé avait été effacée et, bien entendu, que le corps avait été porté au poste de garde des suisses, au bout de l'aile des Ministres nord. Il fallait cependant que le monarque voie par lui-même le lieu de ce qui avait peut-être été un crime. Non pas que la perte du soldat souciât Louis XIV au-delà du raisonnable. Chaque année, le roi le savait, plusieurs dizaines d'ouvriers mouraient sur l'un ou l'autre des chantiers du domaine[1]. Mais, estimait le Bourbon, c'était là le prix à payer pour que lui-même et la cour disposent d'un palais digne de sa personne et du royaume.

À côté du lit royal aux rideaux tirés, Bontemps dormait sur son lit de sangles. Louis XIV se releva, prit soin de ne pas tirer par mégarde sur le cordon dont le premier valet de chambre avait noué l'autre extrémité à son poignet afin d'être aussitôt éveillé si le roi avait eu besoin de ses services. Il sortit de la ruelle[2], alla ouvrir un placard où se trouvait l'une des tenues communes préparées par son serviteur. Une fois de plus, le souverain mesura toute l'efficacité, le dévouement dont Bontemps était capable. Louis XIV s'habilla. Les gardes du Grand Degré le verraient de loin, le prendraient pour un valet mis en appétit par le scandale et venu, au plus sombre de la nuit, considérer la scène d'un drame, ils ne perceraient pas le secret de son déguisement. Et le roi voyait déjà plus loin :

1. Plusieurs centaines d'ouvriers, au moins, moururent en construisant Versailles. Des milliers d'autres furent blessés.

2. Nom donné à l'espace entre le côté du lit et le mur ou la balustrade.

dès le lendemain, le souverain pourrait continuer de se travestir et d'aller à sa guise. Si l'affaire des vols commis dans l'appartement de la reine était éclaircie, celle de la plante qui prospérait près de l'orangerie ne l'était pas.

Par les couloirs de dégagement et les entresols que le premier valet de chambre lui avait indiqués afin qu'il puisse circuler incognito dans le château, Louis XIV, un bougeoir à la main, ne mit pas longtemps pour aller jusqu'au Grand Degré. Comme il s'y était attendu, plus rien ne témoignait maintenant de l'événement qui avait eu lieu là. Les valets avaient passé le balai et la serpillière. Quelques soldats se tenaient, là-haut, sur les paliers, chuchotaient à voix basse, comme à l'accoutumée, montaient la garde. Louis XIV était satisfait. Ses ordres, estima-t-il avaient été respectés : après la mort du cent-suisse, le fonctionnement normal du palais reprenait son cours. C'était là, pour le roi, le plus important : il fallait que la mécanique précise qui gravitait tout entière autour de sa personne et de son existence ne se grippât jamais, en tout cas le moins possible. Comme le monarque l'avait escompté, les militaires de faction ne firent que le considérer de loin, jugèrent inoffensive la venue en ce lieu et à cette heure d'un valet fouinard.

Le Bourbon déguisé considéra le palier de l'escalier, le parcourut dans son entier, puis descendit les marches. Il devina, sans avoir besoin d'être renseigné davantage, à quel endroit le corps du soldat s'était fracassé sur le pavement de marbre multicolore, s'en approcha. Comme le roi l'escomptait, il n'y avait plus là aucune des souillures dont Bontemps lui avait parlé. Mais, s'interrogea-t-il, ne restait-il pas dans l'air comme une senteur, une fragrance où se mêlaient du fruit, de la terre humide, du boisé et de l'épicé ? Le roi renifla encore. N'était-ce pas une odeur de vin, d'ailleurs mêlée à une autre effluence, aux notes indéfinissables ? La bouteille dont Bontemps lui avait parlé, pensa le Bourbon, se serait-elle brisée ici ? Sans doute. Un peu de son contenu, à l'évidence une piquette aux arômes forts, se serait répandu sur le sol avant que les valets appelés à la hâte viennent avec de l'eau claire et des chiffons. Et un peu de liquide avait dû pénétrer entre les dalles et n'avait pas encore été bu par le mortier des joints.

Ce fut une chose étrange, que, pendant un moment, le souverain le plus glorieux d'Europe s'abaissât à inspecter, regarder, sentir et tenter de déduire, seul, ce qu'il pouvait, d'une affaire à la fois bizarre, dérisoire et fatale. Enfin, sur ce chapitre, le roi estima qu'il en savait assez et ne pourrait pas en apprendre davantage cette nuit. Il tourna les talons. Allait-il gagner la chambre de sa nouvelle épouse là-bas, de l'autre côté de la cour de Marbre ? L'heure était certes très avancée et, donc, le roi était éveillé depuis longtemps. Mais ce point n'avait jamais fait peur au souverain qui, quelques années auparavant, ne ressentait jamais la fatigue lorsqu'il s'agissait de passer du lit de Mme de Montespan, où il avait fait ce qu'il y avait à faire, à celui de la reine où, là aussi, il accomplissait son devoir, avant de regagner sa chambre, juste à temps pour la cérémonie du lever. Louis XIV pensa cependant que mieux valait regagner son appartement et laisser Maintenon dormir, sans doute rêver avec délice de son nouvel état d'épouse du roi de France.

Il traversa les pièces consacrées à ses collections d'esthète, où il avait rassemblé des bronzes, des objets d'écaille, incrustés de nacre, de marqueterie, de lapis-lazuli. Puis s'enferma dans le cabinet des Tableaux, en alluma lui-même les bougies, sans avoir l'impression de déchoir en se substituant à l'un des garçons bleus[1] de sa maison. Tout au contraire, c'était une sorte de cérémonie à laquelle le monarque allait procéder. En tout cas, il allait se livrer à un examen qui lui contenterait l'esprit et les sens, songerait ainsi aux trois femmes qui avaient marqué sa vie. Le monarque s'approcha d'un meuble de marqueterie d'ivoire et d'écaille, en ouvrit un tiroir, se saisit de l'écrin, ovale, aux armes de France, trois fleurs de lys d'or sur champ d'azur, que Martin L'Oiselier lui avait apporté deux jours plus tôt.

Louis XIV s'installa devant un bureau où il avait l'habitude, quand l'envie lui en prenait, de détailler une porcelaine, une coupe en agate, un nautile monté sur un pied ciselé, une intaille ou un camée. Il fit jouer le fermoir, releva le couvercle. Et demeura sidéré. Dans le creux des reliefs tapissés de velours sombre, il n'y avait rien. C'était une béance, un vide, une absence qui hurlait. Le souverain resta ainsi, stupéfait. En dépit de sa fatigue, il fut submergé par une colère silencieuse.

C'étaient son honneur, sa nature de souverain qui étaient réduits à néant. Les perles que le roi voulait offrir à Mme de Maintenon, en gage de son amour, de la reconnaissance qu'il voulait lui témoigner pour avoir su conquérir et garder son cœur, pour la remercier de le conseiller avec sagesse et justesse, pour l'avoir rapproché de Dieu avaient disparu. Les trois grains de nacre montés en broche, et les deux autres en boucles d'oreilles.

1. Valet au service exclusif du roi, ainsi nommé en raison de la couleur de son habit.

Appeler les gardes ? Réveiller Bontemps et l'alerter sur-le-champ ? Impossible. De ce vol stupéfiant, le roi ne pouvait rien dire. Ou plutôt, s'il en avait parlé à quiconque, il lui aurait été difficile de ne pas révéler son mariage avec la marquise de Maintenon. Et rendre cette union publique lui était interdit. Dépouillé, le roi était pris au piège. Cela lui était insupportable. Il lui fallut réaliser de grands efforts pour refermer l'écrin devenu inutile et le replacer dans le cabinet. Que faire, maintenant ? Aller se recoucher ? Le roi ne pouvait prendre d'autre parti. Même s'il savait que, derrière les rideaux de brocart en point d'Espagne, il ne fermerait pas l'œil, de rage rentrée, jusqu'à ce que le jour paraisse. N'importe, il faudrait au moins que ce moment servît à quelque chose. Dans son lit, le souverain se délecterait de penser au châtiment qui s'abattrait sur le voleur, une fois découvert.

Chapitre 5

« Ce palais fut regardé d'abord de tout le monde comme un enchantement, car, n'ayant été commencé qu'à la fin de l'hiver, il se trouva fait au printemps, comme s'il fût sorti de terre avec les fleurs des jardins qui l'accompagnent et qui en même temps parurent disposés tels qu'ils sont aujourd'hui remplis de toutes sortes de fleurs, d'orangers et d'arbrisseaux verts. L'on pourrait dire de Trianon que les grâces et les amours qui forment ce qu'il a de plus parfait dans les plus beaux et plus magnifiques ouvrages de l'art, et même qui donnent l'accomplissement à ceux de la nature, ont été les seuls architectes de ce lieu et qu'ils en ont voulu faire leur demeure. »

André Félibien (1619-1695)

Le dimanche 10 octobre, à Paris,
au petit matin

À même le parquet, les restes d'une fricassée de fressure d'agneau commandée la veille au soir à la taverne du *Chien rouge* achevaient de se figer dans une graisse pâle et froide.

— Redis-moi, mon biquet, mon petit curé que j'aime, comment elle faisait, comment elle se tenait, la Maintenon, dans le logement de Bontemps, à Versailles ?

— Je te l'ai déjà dit, elle était comme toutes les vieilles qui, après avoir été coquettes et après avoir trompé un vieux mari avec tous les godelureaux qui passaient en bas, dans la rue, s'est flétrie, n'a plus d'espérance sur le chapitre des plaisirs mais qui, par une voie que seul le Ciel peut mettre en œuvre, fait la culbute, séduit ce qu'il y a de mieux et, vieille jument de retour mais non sans ressources, s'en même fait épouser…

— Ah oui, c'est bien ça !

— La garce minaudait, mais avec intelligence, je dois le reconnaître, elle n'en faisait pas trop et a même réussi, pendant toute la cérémonie, à garder un air modeste. Même si je sais bien qu'au fond d'elle-même elle crevait d'envie de sauter en l'air et d'exécuter une danse de Saint-Guy, tant l'aubaine est, pour elle, inespérée.

À peine plus vêtu que le Jésus en croix accroché sur le mur décrépit sous lequel les deux amants venaient de s'ébattre, Harlay de Champvallon avait bien envie de remettre le couvert. Mais Suzon la Bascule, elle, avait éprouvé, sur le plan des sens, un contentement qui, l'estimait-elle en connaisseuse, n'allait pas l'abandonner avant un moment. Ce qui expliquait qu'elle avait encore envie de bavarder, de se divertir en écoutant l'archevêque raconter par le menu l'union qu'il avait célébrée dans la nuit, juste avant de sauter dans son carrosse et, fouette cocher, de revenir aussitôt à Paris, plus précisément chez Suzon.

— Et cette suivante, qui ne la quitte jamais ?

— Mlle Balbien ?

— Oui, c'est ça. Dis-moi-z-en plus.

Là, l'archevêque de Paris marqua un silence. Suzanne Lécuyer pensa qu'il avait besoin de réfléchir, de rassembler ses idées, quelque peu dispersées depuis que l'étreinte était finie. L'archevêque en était encore tout chamboulé, la fille s'en rendait bien compte.

— L'autre, la vieille carne, c'est sa position qui l'intéresse. Elle se moque d'avoir le titre de reine, enfin je le crois, elle ne veut rien des apparences, mais désire tout le pouvoir, le vrai, ou, du moins ce qu'elle peut en avoir, et influencer et convaincre le roi lorsqu'elle a une idée en tête. La Balbien, en revanche, souhaite ardemment amasser, encore et encore. C'est elle qui cherche pensions, dons et avantages. Plus que l'autre, sa patronne.

— Je la comprends. Moi aussi, j'aime l'argent.

— Je t'en donne, non ? Et pas mal, il me semble.

— Oui, c'est vrai. Alors, offre-moi plutôt un cadeau. Un beau, un gros, un vrai. Je ne sais pas, moi, par exemple un bijou, ou bien une perle, bien grosse et bien ronde, je la porterai en broche, comme une vraie dame.

— Ça ne t'irait pas. Et tu te la ferais voler, avec le métier que tu fais, sans compter les endroits où tu traînes.

— Je ne traîne pas, je travaille, il faut bien que je gagne ma vie. Ou alors, si tu veux que je cesse de travailler, épouse-moi comme il faut.

— Mais je suis prêtre !

— Harlay, mon mignon, tu n'as qu'à m'épouser sans le dire à personne. Oui, c'est ça, un mariage secret ! L'exemple vient de haut. Puisque le roi, lui, c'est ce qu'il vient de faire !

La remarque était *stricto sensu* pleine de bon sens. Or l'archevêque de Paris en avait assez de cette conversation, il ne désirait que mettre en œuvre la seconde manche de ce face-à-face, en d'autres termes cesser de converser pour refaire tout autre chose. Il répondait avec une mauvaise grâce croissante, et voulut couper court avec un argument de bon sens :

— Écervelée, folle, crois-tu qu'un ministre du culte accepterait de célébrer l'union de l'archevêque de Paris ?

Il en fallait plus pour faire taire Suzanne Lécuyer qui, en dépit de son métier, n'avait pas le même tempérament qu'Harlay de Champvallon dont, à peine contenté, le désir était déjà inassouvi. Bref, la jeune femme voulait parler, elle ne rendit pas les armes, se fit plus insolente, avec d'autant plus d'assurance qu'elle savait ne rien risquer et que, même, Harlay de Champvallon aimait qu'elle le taquinât avec effronterie :

— Tu es curé, non ? Tu l'as reconnu toi-même ici à l'instant. Alors, tu n'as qu'à célébrer ton propre mariage.

L'archevêque était un débauché qui n'avait, sur ce plan, jamais reculé devant rien. Et il aimait, dans sa vie de prélat, disposer de larges marges de manœuvre, tant pour dire que pour faire, et était assez honnête pour reconnaître aux autres le droit d'en faire et d'en dire autant. Là, pourtant, la suggestion de Suzanne, en forme de boutade, le désarçonna un instant. Intelligent et vif, Harlay s'en rendit compte, s'en trouva sot et éluda la difficulté, pressé que ce face-à-face changeât de ton et cédât la place à une nouvelle étreinte.

— Pour ta perle, je ne te promets rien. Mais je viens d'avoir une idée et je vais tenter quelque chose. Maintenant, viens par ici, déboutonne donc ceci.

Le prêtre avait toujours su mener au mieux sa barque, surtout quand cela regardait son pouvoir, sa fortune et son plaisir. Par jeu puis par intuition, il s'était intéressé à l'homme qui résidait dans la rue du Cloître-de-Notre-Dame. À cet instant, désireux de satisfaire pleinement Suzon afin qu'elle le contentât en retour, Harlay comprit de quelle manière il allait se servir de l'assassin, ou plutôt, l'asservir à la satisfaction de ses désirs.

Dans le parc de Versailles

Le carrosse du roi, escorté par une garde réduite, dépassa le bassin de Neptune, dont les parapets accueillaient un chantier où, montés sur des échafaudages de peu de hauteur, des ouvriers ciselaient des vases et des glaçons de pierre. Il faudrait, songea le monarque, à peine secoué sur la voie pavée, demander des dessins, des maquettes en plâtre, des croquis afin de choisir la sculpture qui ornerait le centre de la pièce d'eau[1]. Le Trianon était là-bas, au bout de cette allée aux arbres alignés comme des militaires à la revue. Le roi y serait dans quelques minutes. S'il s'était penché à la fenêtre, il aurait aperçu le palais de porcelaine, se serait souvenu de la joie qu'il avait à galoper jadis, aux premiers temps de son âge d'homme fait, lorsqu'il s'y rendait à cheval pour passer le meilleur de la journée avec la si blonde marquise de Montespan. C'était un enchantement, au printemps, de se promener sous les tonnelles, dans les allées tapissées de palissades de châtaignier où poussaient chèvrefeuille, lilas blanc et seringa avec, à leur pied, des massifs de lys, d'iris et de jonquilles.

Louis XIV avait beaucoup réfléchi. C'était la première fois, depuis longtemps, qu'il était ainsi ballotté par des événements dont l'essentiel lui échappait. Seule la résolution de l'énigme des vols commis dans l'appartement de la reine défunte pouvait lui apporter une satisfaction. Celle-ci était même de taille car ce mystère avait été levé, et de belle manière puisqu'il s'était accompagné de la touchante déclaration de fidélité et de dévouement présentée par l'Espagnol. Par les temps qui couraient, le roi était bien obligé de le reconnaître, c'était là une consolation à ne pas négliger.

1. Une des plus grandioses de Versailles, celle-ci fut remaniée et ne fut achevée que sous Louis XV.

Restait que, pour l'essentiel, ce qui s'était passé cette nuit, le roi ne pouvait qu'attendre et réfléchir. Le vol des cinq perles avait-il à voir avec la mort du cent-suisse ? Louis XIV avait beau songer à ces deux événements, il peinait à les mettre en rapport. Aussi avait-il décidé, en cette fin de matinée, d'annuler le Conseil qui, comme tous les jours, mais dans des configurations différentes, réunissait le souverain et les ministres. Un moment, tourmenté par le désir de débusquer le voleur de perles, le roi avait envisagé d'envoyer le sosie présider à sa place la réunion des ministres. Aussitôt née, cette pensée avait cédé la place à un immédiat retour de lucidité. L'homme qui ressemblait tant au roi n'aurait pu faire illusion bien longtemps : il le serait sans doute un jour mais n'était pas encore préparé à cette tâche. Ou, alors, les ministres auraient pensé avoir affaire à un souverain devenu fou tant l'homme n'aurait pu donner le change, faute que Bontemps ait eu le temps de l'éduquer. Louis XIV avait donc reporté la réunion prévue. Et, en quête d'un havre qui fût à portée de main, ou plutôt de carrosse, il était allé au Trianon de porcelaine.

Le Bourbon entra dans le pavillon mais ne voulut pas rester dans le salon et, bien qu'on n'y ait pas allumé de feu, gagna une des deux chambres, celle qui était consacrée à Diane. Dallée de carreaux de Hollande et garnie de meubles couleur bleu-gris de lin, cette pièce, comme les autres, avait été remise à neuf l'année précédente. Et pourtant, songea le roi, n'y avait-il pas de l'entêtement à entretenir cette demeure si fragile, avec ses faïences que le moindre froid, le moindre vent malmenaient et qu'il fallait sans cesse remplacer ?

Le monarque revint dans le salon, s'approcha du meuble auquel La Reynie avait accordé son attention l'autre jour, demeura pensif. Puis, devant une croisée, il regarda du côté du parc. Le spectacle des jardiniers occupés à remplacer une nouvelle fois les fleurs des plates-bandes le réconforta à peine. Au premier plan, sur la terrasse, de grands pots en faïence de Nevers dont les anses à volute s'achevaient par des figures d'homme présentaient des paysages imaginaires de la Chine et, sur une face, l'écu de France, aux trois fleurs de lys. Ces vases, leurs formes, leurs proportions ravissaient le roi. Mais il vit que la pluie, le gel en avaient abîmé la glaçure.

À gauche, le souverain devinait l'amorce de l'escalier en fer à cheval qui descendait vers le petit bras du Grand Canal. Il savait qu'il y avait là un défaut de symétrie, car cette partie-là des jardins n'avait pas été pensée d'emblée dans son ensemble. Et il avait fallu que Le Nôtre, les maîtres maçons et les jardiniers ravaudassent pour rattraper l'erreur initiale de conception. Mais enfin, ils étaient parvenus à ce que l'œil soit le moins possible gêné par une imperfection qui, somme toute, n'était guère perceptible. Il n'empêche, pensa Louis XIV, il fallait que cela lui servît de leçon, il lui faudrait réfléchir encore mieux à de futurs aménagements, sans jamais hésiter à faire jeter à bas ce qui aurait été construit et qui, finalement, ne conviendrait plus.

Puis le Bourbon considéra, à droite, au bout d'une allée plantée d'arbres, le cabinet des Parfums[1]. Les fleurs les plus odorantes du domaine y étaient culti-

1. À son emplacement se trouve aujourd'hui le salon des Jardins du Grand Trianon.

vées, en saison des lys, des tubéreuses et du jasmin, que les jardiniers, grâce à des prouesses de savoir-faire, faisaient fleurir bien au-delà de l'été. Dans quelques mois, on commencerait à y distiller le jus des fruits de l'orangerie afin d'en extraire des parfums suaves versés sur les mouchoirs du roi. Celui-ci s'en réjouissait.

Chapitre 6

« Qui frappe l'air, bon Dieu ! de ces lugubres cris ?
Est-ce donc pour veiller qu'on se couche à Paris ?
Et quel fâcheux démon, durant les nuits entières,
Rassemble ici les chats de toutes les gouttières ?
J'ai beau sauter du lit, plein de trouble et d'effroi,
Je pense qu'avec eux tout l'enfer est chez moi :
l'un miaule en grondant comme un tigre en furie ;
l'autre roule sa voix comme un enfant qui crie. »

Nicolas Boileau (1636-1711)

Toujours le dimanche 10 octobre, à Paris

Harlay de Champvallon aimait se tenir à cette fenêtre de son appartement de l'archevêché. Ici, les miasmes de la ville lui semblaient lointains. Le regard pouvait porter, à main droite, vers le quai Saint-Bernard et, en face, sur le quai d'Orléans, sur l'île Saint-Louis. Les maisons les plus vieilles et les plus délabrées étaient assez éloignées pour que leur vue ne fût pas offensante ; les cris et les bruits de la rue arrivaient affaiblis. La pointe de l'île de la Cité était protégée des odeurs de boue et de pourriture par les courants car, à cet endroit, le fleuve était plus vif qu'ailleurs et emportait au loin les charognes charriées par les eaux. C'était en fait, songeait Harlay, un tableau assez charmant qui s'offrait à lui et la vue, des fenêtres des salons du roi, à Versailles, n'était sans doute ni aussi pittoresque ni aussi apaisante.

L'archevêque alla s'asseoir. Il but un peu du chocolat épicé et épais, agrémenté de miel de Narbonne et d'écorces d'orange, battu au moulinet pour le faire mousser, breuvage dont il avait entendu le plus grand bien en matière de sens à raviver même si, sur ce point, le prélat n'avait pas souvent besoin de ranimer quoi que ce fût. Porté sur la chose au-delà du raisonnable, Harlay de Champvallon ne pouvait se passer de Suzon la Bascule. Ce qui n'était pas aisé, car les devoirs de sa charge étaient lourds, même s'il ne mariait pas le roi tous les soirs. Ce n'étaient que célébrations de messe, visites de couvents, nouvelles messes. Mais enfin, il lui fallait contenter Suzon et répondre à son désir de bijou. Et le destin – pour ce qui était de Dieu, il n'y croyait pas un seul instant – semblait avoir bien fait les choses. Et lui apporter tout cuit, ou à peu près, ce qu'il lui restait à faire.

Conduit par le hasard à apercevoir une première fois l'homme qui demeurait dans la rue du Cloître-de-Notre-Dame, Harlay s'était intéressé à lui, l'avait suivi, l'avait épié, plus par jeu que par goût de la filature. Il l'avait revu. Puis, après avoir établi un rapprochement opportun entre cet inconnu et les crimes qui lui avaient été rapportés, il s'était rendu chez lui. La visite clandestine des arrières de sa maison l'avait instruit. Harlay avait compris, du moins les grandes lignes de ce qu'il y avait à saisir : l'homme était un meurtrier de la pire espèce et, à titre accessoire, un faussaire : les boules de verre qu'Harlay avait vues chez lui l'attestaient.

À force de traîner du côté de l'enclos du Temple[1] où, en l'absence de Suzon, il avait ses habitudes chez nombre de filles perdues qui pratiquaient là leur métier, Harlay avait entendu parler d'une nouvelle manière

1. Jouissant de franchises héritées du temps des Templiers, débiteurs insolvables et artisans vivaient dans l'enclos du Temple dont, parmi ces deniers, des fabricants de bijoux de pacotille.

de fabriquer des perles factices avec des écailles de poisson. Découvrir que le probable assassin était aussi un contrefacteur ne l'avait guère ému. Mais son dernier tête-à-tête avec Suzon la Bascule lui faisait reconsidérer toute l'affaire. La belle avait des exigences, et lui des besoins. Satisfaire les premières satisferait les seconds. Il ne pouvait se passer de la dame, parmi une des plus expertes dans sa spécialité. Rien n'allait être plus facile que de se l'attacher. Suzanne voulait donc une perle ? Elle l'aurait. Harlay la lui offrirait. Et il ne se moquerait pas d'elle, il n'en avait d'ailleurs pas envie. Le prélat remettrait une perle à la ribaude, comme celle-ci l'avait demandé. Mais une fausse. Quoiqu'il fût fortuné, il n'avait nulle envie de consentir à une dépense de quelque importance pour une fille perdue et inculte, qu'une babiole suffirait à contenter.

Prudent, le prélat réfléchit, polit le discours qu'il allait tenir à l'assassin faussaire. Lorsque le soleil fut sur le point de se coucher, il ne retarda plus la mise à exécution de son plan. Par une des portes qui donnaient du côté du fleuve, Harlay quitta le palais archiépiscopal sans que nul le remarquât. Ombre rapide, il traversa le jardin clos, quatre parterres ordonnés autour d'un bassin rond, qu'il n'avait jamais autant méprisé pour leur étroitesse, le caractère sot, étriqué et besogneux qui avait présidé à leur ordonnancement. Il dédaignait l'Église et les ecclésiastiques, qui acceptaient ses enseignements et s'y conformaient, songeait l'archevêque. Tout ce qu'ils pensaient était mesquin, étroit, étouffant. Dommage que l'enfer n'existât pas, pensait-il. Car autrement, il aurait accepté de prier pour qu'y rôtissent à jamais les imbéciles qui passaient à côté des plaisirs de la vie.

Une dernière porte, celle-ci aménagée dans un mur de clôture, et l'amoureux de Suzon la Bascule se trouva d'un coup face au fleuve, en cette pointe de l'île où bien peu se rendaient et où, le plus souvent, des porcs et des poules faisaient toute l'animation. À droite s'étendait le Terrain-Notre-Dame et, à gauche pointait l'extrémité de la rue du Cloître-de-Notre-Dame. Harlay de Champvallon n'avait plus que quelques pas à faire pour se retrouver chez l'orfèvre du roi.

L'archevêque n'avait rien à se reprocher, du moins selon les règles lâches qu'il s'était données pour mener sa vie, n'avait à rendre de comptes à personne, et, lui, ne pensait pas devoir tuer, au contraire de celui chez qui il se rendait. Cependant, il voulait être prudent. Cette portion de la rue était à cette heure très peu fréquentée. Il croisa un orphelin abandonné de tous et qui cherchait, faute d'avoir mangé, un recoin où passer la nuit le ventre vide.

Harlay décida de passer par la porte des fournisseurs, ainsi qu'il l'avait fait la première fois. Le prêtre n'eut, pour se frayer un chemin sans encombre, qu'à distribuer quelques coups de pied bien sentis pour repousser de maigres chats errants qui croyaient que, sous sa robe qu'ils prenaient pour celle d'une bonne vieille des environs qui leur portait souvent pitance, l'homme cachait des souris mortes et des restes de poisson.

Harlay allait devoir jouer serré, car il n'entendait pas abattre toutes ses cartes d'un seul coup : il fallait jeter un filet sur la bête et l'enserrer, la laisser s'affoler pour en faire une chair tendre, un esprit pleinement soumis dont il ferait ensuite ce qu'il voulait. Et, donc, il conserverait des atouts au cas où il en aurait besoin, dans quelques jours, selon la manière dont les événements tourneraient. Or la chance lui sourit.

Le meurtrier se tenait seul, dans une pièce, à l'arrière de sa maison. Il n'y avait plus à hésiter. Harlay frappa au carreau. Assez doucement toutefois pour ne pas donner l'alerte à un autre que sa proie.

Le joaillier se retourna, tressaillit, alla ouvrir. Avoir tué les témoins de ses filouteries l'avait conduit à penser qu'il n'avait jamais rien commis de répréhensible. Ce fut donc sans méfiance qu'il accueillit Harlay de Champvallon, dont le visage était connu de tous les habitants de ce quartier de l'île.

— Vous, monseigneur ? Vous vous serez égaré en allant vous promener au bord de l'eau ? N'ayez crainte, vous n'êtes pas loin de chez vous. Vous allez traverser la maison pour retrouver la rue, ensuite je vais vous donner une lanterne et vous montrer le chemin, je vais même vous accompagner, si vous le voulez, vous n'aurez pas loin à aller pour regagner le palais.

L'archevêque cacha la joie féroce qui s'était emparée de lui. Cet imbécile, songeait-il, allait tomber de haut. D'ailleurs, il le surprit, l'écrasa sans attendre :

— Monsieur, je sais tout de vos activités de faussaire.

La déclaration, brève et brutale, saisit L'Oiselier, lui vida la tête d'un trait. Harlay poursuivit, sans laisser à sa victime le temps de comprendre. Il fouailla :

— Au siècle dernier, vous le savez, vous auriez été bouilli tout vif dans une chaudière emplie d'une eau mêlée d'huile. Qu'on le regrette ou qu'on s'en réjouisse, ces temps rudes sont terminés, la justice du roi est plus miséricordieuse. Demain, si votre malhonnêteté est dévoilée, le bourreau se contentera de vous pendre haut et court.

Après une première phrase glaçante, c'était déjà l'estocade. Le bijoutier était d'un coup anéanti. Il y eut un silence. Puis, peu à peu, L'Oiselier recouvra la faculté de penser. D'abord, il fut soulagé d'être à cette heure seul dans cette partie de la maison. Les siens et les domestiques se trouvaient dans les étages ou bien étaient sortis et, quand ils rentreraient, ils ne viendraient pas dans cette pièce. De ce côté, le danger était circonscrit. Certes, c'était une mince consolation après qu'Harlay de Champvallon l'eut, sans crier gare, à juste titre traité de contrefacteur. Mais enfin, en ce moment accablant et saisissant, tout réconfort était bon à prendre.

Harlay repartit cependant à la charge :

— Je veux une des perles que vous fabriquez ici. La plus belle et la plus grosse.

Martin L'Oiselier voulu nier.

— Monseigneur, je ne sais ce dont vous parlez.

Harlay soupira. L'autre lui faisait perdre son temps mais, après tout, il le voyait se liquéfier devant lui et s'en délectait déjà. Le prélat désigna le bac à ablettes, les bocaux contenant des restes de bouillie irisée et que l'orfèvre n'avait pas jetés avec les autres. Contre tout bon sens, L'Oiselier secoua la tête, en signe de dénégation. Le prélat commençait à trouver l'affaire plaisante, tant il mesurait la terreur de sa proie, qui se noyait à vue d'œil. Il s'approcha des pots, s'apprêtait à en saisir un lorsque son regard fut attiré par la note que l'orfèvre venait de rédiger à l'intention des comptables du roi de France pour se faire payer son ouvrage.

D'instinct, Harlay comprit que le document était important. Avec un geste de rapace, il s'en empara, le lut, comprit tout le parti qu'il allait en tirer sur-le-champ.

— Je vois, monsieur, que le roi a eu la bonté de vous demander un travail. Je lis qu'il est question de perles.

— J'ai rendu au roi cinq perles, que Sa Majesté m'avait confiées et qui appartiennent à sa famille[1]. Il m'avait été demandé de les remonter en une broche et en deux boucles d'oreilles. C'est ce que j'ai fait avec célérité, application et honnêteté.

— Allons donc. Vous avez donc de l'honnêteté, puisque vous le dites. C'est fort bien, pour un contrefacteur. Alors voilà. Écoutez-moi.

Le prêtre avait d'abord songé à offrir une fausse perle à la jeune femme. À la lecture de la facture dressée par L'Oiselier, il venait de changer d'avis. Du tout au tout car la passion éprouvée pour la ribaude lui fouettait l'esprit. C'est une perle royale qu'il remettrait à la fille. Qui ne lui coûterait pas davantage puisqu'il ne l'achèterait pas, et cela l'amusait beaucoup.

— Je veux, non, j'exige que, le plus vite possible, soit subtilisée une des perles que vous avez remises au roi. Vous voyez, je n'en demande qu'une seule sur les cinq, je ne suis pas trop exigeant. Vous me la remettrez en gage du silence que je m'engagerai alors à observer regardant vos tricheries de faussaire.

L'Oiselier était loin de s'attendre à cette requête. Il ne songeait plus à nier qu'il était contrefacteur. Il devait, coûte que coûte, rejeter cette demande insensée.

— Monseigneur, je ne peux faire cela. En admettant que je puisse pénétrer dans l'appartement du roi, je ne peux savoir où Sa Majesté a rangé l'écrin que je lui ai remis. Sans compter que le roi s'apercevrait vite de la disparition de cette perle.

— Pour entrer chez le roi et trouver le coffret, vous

1. Certains joyaux ou pierres précieuses étaient, depuis François Ier, possession de la Couronne, donc inaliénables. D'autres appartenaient en propre au roi ou à la reine, qui en disposaient donc à leur guise.

vous en arrangerez, je ne veux rien en savoir. Si vous ne savez pas le chemin, procurez-vous un complice dans la place. Et pour la perle prélevée, vous n'aurez qu'à la remplacer par une de celles dont vous avez le secret de fabrication.

— Je ne peux agir ainsi. Vous me demandez l'impossible. Comment voulez-vous que je réussisse ?

Indifférent aux objections, Harlay déroulait sa sommation :

— Autrement, j'en prends l'engagement solennel, je rédigerai un mémoire circonstancié, détaillant vos vilenies, et l'enverrai à Sa Majesté. On verra alors comment le roi accueillera de savoir qu'il a confié ses bijoux à une canaille de votre espèce.

— Je nierai.

Harlay de Champvallon eu un rire, plus spontané que forcé, car il savait que Martin L'Oiselier n'avait d'autre choix que de lui obéir.

— Et qui croyez-vous que Sa Majesté croira ? Un artisan roturier ou l'archevêque de Paris ? Je vous donne jusqu'à demain. Non, tenez, je suis d'humeur joyeuse et généreuse, jusqu'à après-demain. Voulez-vous entendre la vérité ? Cette perle, moi, l'archevêque de Paris, je veux l'offrir à l'une des ribaudes que je fréquente. Voyez-vous, en vous faisant cette confidence, combien je vous méprise et je vous tiens pour quantité négligeable. Vous comprenez bien, en entendant cela, que je n'hésiterai pas à vous écraser si j'en ressens l'envie.

— Vous me condamnez à mort.

Harlay aimait à être cynique :

— Pas forcément. Je vous demande de commettre un forfait qui s'inscrit dans la suite de tous ceux que vous avez déjà commis. À bien y réfléchir, même, il n'y aura pas mort d'homme. Maintenant, je rentre chez moi. Il est bien entendu inutile de m'accompagner ou de me donner une lanterne. En toute circonstance, je sais ce que je veux, je sais où je me trouve et comment me déplacer en toute sécurité.

Harlay s'était exprimé avec plus de fermeté que jamais. Le joaillier tardait à s'écarter, le prélat le bouscula et sortit, transporté par l'échange qu'il venait d'avoir, conscient d'avoir mené l'entretien de main de maître. Au demeurant, songea-t-il, comment aurait-il pu en aller autrement ? Il était de noble extraction, sa famille illustre comptait d'innombrables branches dont les rejetons avaient servi, servaient encore le royaume aux plus hauts postes, alors que celui à qui il venait de donner des ordres n'était qu'un homme du peuple appliqué dans son travail besogneux, et depuis peu devenu bourgeois, bref, n'était rien.

Resté seul, L'Oiselier demeura silencieux. Peu à peu, il remit ses idées en ordre. À un domestique qui vint l'appeler pour le repas, le joaillier fit savoir qu'il ne devait, sous aucun prétexte, être dérangé, et s'enferma. Il alla soulever une latte du plancher de son atelier, dont il avait voici longtemps retiré les clous et les chevilles et sous laquelle était aménagée sa cachette, en tira une perle dont l'orient n'avait rien à envier à une vraie, bien qu'elle fût fausse. Puis il écrivit une lettre codée, dont seul son destinataire comprendrait le véritable enjeu. Ce mot, il ne le signa pas mais le replia, le scella et y inscrivit un nom.

Puis l'orfèvre sortit à son tour. Il n'eut pas loin à aller, héla un coquin qui demeurait dans les alentours et qu'il connaissait bien pour l'avoir déjà employé à porter des messages et des paquets, un gamin malpropre comme un rat d'égout, à tel point qu'il en avait des pustules, mais qui était intelligent et rapide. Le jeune vaurien allait porter sans attendre à Versailles et le pli et la perle ainsi qu'une petite pince, toutes deux empaquetées, sans qu'il sache bien entendu ce qu'il était chargé de donner au concierge du palais. L'Oiselier précisa :

— Quand bien même tu trouverais à cette heure trois autres voyageurs pour partager les frais, tu es trop sale, pour qu'on te laisse monter dans un carrosse à quarante sols par personne. Tiens, prends trente sols pour payer ta place dans un coche. Et si tu ouvres ce colis, sache que je le saurai. Et je ferai réparer à mes frais le gibet de Montfaucon[1] pour t'y faire pendre ! Ses poutres serviront au moins une dernière fois. Pour prix de ta course, tu auras deux louis quand tu seras revenu.

Le gamin déguerpit, se moquant de la menace, ravi des deux pièces promises.

Le lundi 11 octobre, le matin, à Versailles

Il était à peu près neuf heures passées d'un quart. De nouveau, les huissiers ouvrirent la porte du cabinet du Conseil où le roi avait fait transporter son lit depuis quelques jours, afin d'échapper au vacarme des travaux en cours. Demeurés jusqu'à cet instant dans la pièce voisine, après le premier médecin et le premier chirurgien, les familiers du monarque, les titulaires des grandes charges de la Couronne entrèrent à leur tour, suivis des ministres, des militaires de haut rang.

1. À cette date, ce gibet était laissé à l'abandon depuis plusieurs décennies.

De toutes les phases de la cérémonie de son lever ainsi mis en scène, c'était ce moment que Louis XIV préférait : quand, admis à mesure dans le saint des saints, selon le degré d'intimité qui existait entre eux et le roi, plusieurs dizaines de personnages, tous des hommes, se trouvaient dans sa chambre, pressés les uns contre les autres mais que l'étiquette tenait à distance, qui n'avaient d'yeux que pour lui, scrutaient chacun des gestes avec lesquels le Bourbon se voyait présenter sa chaise d'affaires[1], était dépouillé de sa chemise de nuit, frotté d'esprit-de-vin, puis peigné, coiffé d'une perruque courte, avant d'être habillé de frais.

Louis XIV jouissait pleinement d'être le centre de ce spectacle et d'y jouer le premier rôle, ce dont il ne se lassait jamais. Ce plaisir était décuplé à l'idée que, sitôt la cérémonie achevée, les courtisans qui y auraient assisté commenteraient à l'envi ce qu'ils y auraient vu : la mine du roi et la manière élégante avec laquelle il se serait laissé toiletter et aurait revêtu son justaucorps, les regards, voire les paroles aimables, que le monarque aurait accordés à tel ou tel, marque d'une faveur qui serait commentée. Le Bourbon savait que ces nouvelles, dont il serait l'unique sujet, seraient colportées de loin en loin, jusque dans les ambassades et donc dans les pays étrangers où des princes éblouis s'efforceraient d'imiter le protocole de Versailles, certes sur un pied le plus souvent étriqué. Le roi chérissait la vie qu'il s'était donnée. À cet instant, il en aurait presque oublié ce qui s'était passé l'autre nuit et qui avait failli ternir son remariage.

Déjà, des valets lui apportaient son bouillon.

1. Sous laquelle était placé un pot de chambre.

Louis XIV s'assit, se servit d'une cuillère en argent. Il était sur le point de la porter à sa bouche lorsque son attention fut attirée par un mince papier qui, plié et replié, avait été placé entre les branches d'un chandelier. Grisé par le rôle qu'il jouait pour la énième fois, le roi s'efforçait en toutes circonstances de conserver son sang-froid. Être et demeurer un modèle admiré l'exigeait. Il ne dit rien. D'un mouvement habile, si adroit qu'aucun des valets et des gentilshommes présents ne le vit, du bout des doigts il attrapa le billet et le fit glisser dans sa manche. Puis il but son potage comme si de rien n'était, prit le temps de manger un gros morceau de pain. La cérémonie achevée, les huissiers firent sortir l'assistance.

Toujours maître de lui, le roi se retira dans sa ruelle. Deux valets se hâtaient de débarrasser la table dont Louis XIV venait de se servir. Ces deux-là ne le gêneraient pas, pensa le roi. Il se saisit du papier, le déplia facilement car il n'était pas cacheté. C'était bien un message, comme le souverain l'avait deviné. Il faisait jour, mais la pièce était sombre. Des bougies y demeureraient allumées une grande partie de la journée. Pour lire, Louis XIV s'approcha d'un chandelier. « Tu cherches les perles, Louis ? Va donc voir du côté de chez le duc d'Orléans. »

Le roi était défié, moqué jusque dans sa chambre. C'était d'une insolence extrême. Nul n'avait jamais osé s'adresser à lui sur ce ton. D'un coup, Louis XIV se trouva renvoyé aux heures de la Fronde, lorsque, réveillé en pleine nuit[1] par son gouverneur, le maréchal de Villeroy, il avait dû se laisser habiller en hâte, avec son frère, puis quitter en toute discrétion le

1. La nuit du 5 au 6 janvier 1649.

Palais-Royal, avec sa mère Anne, la reine régente, avant d'être jeté dans un carrosse, puis de traverser un Paris depuis plusieurs jours rebellé et occupé à célébrer l'Épiphanie en mangeant et en buvant plus que de raison. Il avait ensuite été mené, avec les princes et les courtisans prévenus à la dernière minute, sur des routes froides et sombres, jusqu'au Château-Neuf de Saint-Germain. Là, il avait fallu s'installer comme on avait pu, dans une demeure mal commode, sans chauffage, ni meubles, ni linge. Seuls le roi et son jeune frère, le duc d'Anjou, la reine mère et le cardinal Mazarin, en ce temps principal ministre, avaient pu se coucher dans de vrais lits. Les autres fugitifs, si haut que fût leur rang, avaient dû somnoler tout habillés et grelottants, sans domestiques pour les servir, sur de la paille que les paysans des environs, venus à la hâte avec le dessein de réaliser de bonnes affaires, avaient vendue au prix de l'or. Sans parler, le lendemain matin, d'un réveil pénible, lorsque le petit roi incrédule avait mesuré qu'il se trouvait dans un château vide et où il n'y avait rien à manger.

Non, à y bien réfléchir, Louis XIV n'avait jamais connu rien de semblable à la teneur du message dont il venait de prendre connaissance. Ce matin-là, il n'était pas obligé de fuir dans le dénuement le plus extrême. Mais il était injurié par un impertinent qui avait perdu la tête. Et c'était pire.

L'heure de la messe approchait. Une fois de plus, le roi contint sa fureur. Il avait une nouvelle bataille à mener. Il fit appeler Bontemps. Celui-ci arriva aussitôt : le premier valet de quartier disposait, pour se reposer ou se changer quand il était de service, d'une pièce, presque un réduit, depuis peu aménagée dans le corridor qui doublait la Grande Galerie, entre la chambre de la reine et l'appartement du roi[1]. Ce dernier avait déjà en tête un plan de bataille :

— Monsieur Bontemps, courez jusqu'à votre logement de l'aile des Offices. Avant que la chapelle ne se remplisse, conduisez-y l'homme que je vous ai demandé d'accueillir chez vous et placez-le dans l'une des logettes du premier étage, en retrait, de manière qu'il ait le loisir de m'observer sans que personne le voie et qu'il puisse s'instruire tranquillement de ce qu'il verra. Bientôt, il assistera à la messe et m'y remplacera quand j'aurai à faire de mon côté. Maintenant, laissez-moi, je vous prie, je dois réfléchir seul, vous veillerez à ce que personne ne me dérange.

Le premier valet de chambre cacha sa stupéfaction, mais celle-ci était grande.

— Bien, Sire.

— Voudriez-vous me confirmer que le duc d'Orléans sera à Versailles cet après-midi ?

— En effet, je crois que Monsieur et Madame ne retourneront à Saint-Cloud que ce soir, après le souper.

— Merci, monsieur Bontemps. Ne dites à personne que je vous ai posé cette question. Et annulez la partie de chasse que j'avais prévu de faire. Je veux disposer de mon temps jusqu'au milieu de l'après-midi.

— Je vais donner les instructions nécessaires, Votre Majesté.

1. Ce corridor existe toujours. Marie-Antoinette l'emprunta en fuyant le matin du 6 octobre 1789.

Le même lundi 11 octobre,
toujours à Versailles

Après la messe, le roi avait tenu son Conseil dans le salon dévolu, puis il avait pris son dîner[1] seul dans sa chambre, sur une table dressée pour l'occasion, face aux fenêtres. Seuls quelques gentilshommes, pour l'essentiel ceux qui avaient assisté à son lever, avaient été admis à voir le roi manger, ce qui constituait également un honneur envié.

Jusqu'à l'année précédente, le frère du roi et Madame, son épouse, résidaient au rez-de-chaussée du corps central. Ils s'étaient installés dans l'aile du Midi dès que celle-ci avait été bâtie et en mesure de les accueillir. L'un et l'autre disposaient de leurs propres logements, juste après la salle des gardes du dauphin[2]. Les fenêtres donnaient sur les parterres de l'orangerie, l'arrière sur un long couloir qui irriguait cette partie du palais à partir de l'escalier des Princes. La venue ici du roi était très rare : le Bourbon ne se rendait jamais chez personne, sauf chez ses maîtresses, et convoquait chez lui ceux qu'il souhaitait rencontrer. Cette visite ne passa donc pas inaperçue car, à sa démarche, les domestiques et les courtisans qui se trouvèrent par hasard sur le passage du roi devinèrent que celui-ci était en colère. Ils regrettèrent aussitôt de ne pas pouvoir coller l'oreille contre les portes de l'appartement de Monsieur : la discussion qui s'y annonçait promettait de sortir de l'ordinaire.

1. Le déjeuner d'aujourd'hui. Le repas du soir se nommait alors souper.
2. Ces appartements, de parade, peu utilisés, étaient situés sur le côté droit, en venant du corps central, au fond de l'actuelle galerie des Batailles.

Et c'est un valet affolé qui, un instant avant l'intrusion inopinée du roi, annonça l'arrivée de ce dernier à Monsieur. Le souverain fit dans l'instant une entrée fracassante dans le cabinet où son frère attendait le roi, d'un pied aussi ferme qu'il le pouvait. Il était de beaucoup plus petit que son aîné, avait les cheveux bruns et les sourcils épais, l'air fin et déterminé à faire comprendre qu'il aurait pu être roi à la place de Louis. Comme à son habitude, le duc était très paré. Il portait des habits d'un brun très sombre, en l'honneur de la reine Marie-Thérèse. Madame, quant à elle, se tenait à ses côtés. Très grosse, le teint brouillé, les dents cariées, la duchesse d'Orléans, encore coiffée de la mantille noire d'usage pendant la messe, portait elle aussi le deuil de sa belle-sœur, mais sa robe était toute froissée. Son regard exprimait une franchise mêlée d'amusement. Mais si elle tenait un éventail, dont les baguettes de calambour[1] tendues de taffetas étaient assemblées par des chaînes d'or, c'était de toute évidence pour se donner une contenance ; d'ailleurs, dans sa lourde main d'ogresse, le précieux objet paraissait minuscule. Quant à la légère révérence que la Palatine esquissa devant son beau-frère, elle fit plus penser à l'effondrement d'une tour sapée par la catapulte d'un ennemi qu'à autre chose.

Dotée d'un parquet de marqueterie et de tapisseries, dont deux de cuir doré, la pièce était richement lambrissée, à peu près autant que les salons du roi. Du reste, Louis XIV n'aurait pas accepté qu'à Versailles, c'est-à-dire chez lui, son frère disposât d'un logement indigne d'un fils de France[2]. Les murs étaient ornés de

1. Bois odoriférant, qui servait à cet usage.
2. Titre donné aux fils légitimes du roi de France.

tableaux tout à la fois pris dans les riches collections de Monsieur que dans celles du roi. *Une noce de village* d'Annibal Carrache voisinait ainsi avec un *Enlèvement des Sabines* de Nicolas Poussin.

D'emblée, le roi passa à l'attaque :

— Tenez, monsieur mon frère, lisez ce papier que j'ai trouvé ce matin lors de mon lever.

Le duc d'Orléans saisit le billet, le lut. Puis d'un regard, demanda au roi la permission de le remettre à son épouse. Louis XIV acquiesça avant de reprendre son questionnement :

— Que pensez-vous de cela, je vous prie ?

— Je ne sais ce que ce message veut dire.

Monsieur faisait face au roi, mais celui-ci distinguait mal son frère, placé à contre-jour. Quant à Madame, sur le côté, elle demeurait impassible.

— Pourtant, reprit le monarque, il y est fait mention de votre nom.

— Certes. Mais en quoi cela fait que je puisse en savoir davantage ? Un insolent, qui mérite d'être puni, multiplie en quelques mots les marques d'impertinence. Voilà tout ce que je peux dire. Mais à mon tour, monsieur, de vous questionner : quelles sont les perles dont il est question ici ?

Depuis son plus jeune âge, le roi avait à peu près toujours traité son frère sur un pied d'égalité. Certes, il était l'aîné. Mais ils étaient tous deux nés du même père et de la même mère. Et Monsieur avait toujours parlé à son frère avec franchise, y compris quand il s'était agi de le mettre en demeure, voire de l'insulter et de l'injurier, quand le roi avait voulu lui reprocher, quelques années plus tôt, de s'entourer de trop d'amants et de les couvrir de trop de libéralités, de trop de pensions et de trop de cadeaux.

Le roi avisa un fauteuil, songea à s'y asseoir. Mais un regard furtif de son frère le fit changer d'avis car il songea que Monsieur s'était trahi, du moins avait manqué de sang-froid. Louis XIV s'approcha d'un meuble recouvert de marqueterie, l'inspecta longuement, de l'air du connaisseur de belle ébénisterie, entre autres. La façade du cabinet se composait, au centre, de deux portes couronnées d'un fronton. Sur les côtés, six tiroirs de part et d'autre. Le tout posé sur huit pieds reliés par une entretoise. Et, partout, une profusion de dessins, des feuillages, des oiseaux et des vases fleuris, des figures géométriques.

— Je ne vous connaissais pas ce meuble, monsieur.

— En effet, Sire, je l'ai fait venir de Saint-Cloud il y a peu.

Le souverain sourit :

— Il est fort beau. Si je n'étais pas le roi de France et votre frère, j'en serais jaloux. Laissez-moi l'examiner davantage.

Quand lui avaient été soumis les plans de la nouvelle aile, Louis XIV avait veillé que celle-ci respectât l'architecture du corps central du palais, du moins la façade donnant sur les jardins, dessinée par Le Vau. Afin de ne pas gâter l'harmonie et la symétrie, Louis XIV avait interdit que les cheminées fussent trop hautes et trop larges. Avec, pour résultat, que ces foyers tiraient mal et chauffaient peu, quand ils n'enfumaient pas tout simplement les occupants des appartements du château, qu'il s'agisse des courtisans les plus mal logés, sous les toits, ou du frère du monarque voire du roi lui-même. Il n'y eut rien d'étonnant, à ce moment, que Madame s'écartât un peu du foyer afin d'échapper aux minces volutes grises que le vent refoulait dans la pièce. Compte tenu de la corpulence de la Palatine, ce mouvement ne pouvait échapper au roi. Mais sa belle-sœur s'était trop rapprochée du meuble qu'examinait Louis XIV pour que celui-ci ne le remarquât pas :

— On dirait, Madame, que vous tentez de me repousser.

— Sire, je suis si maladroite, je suis toujours embarrassée de ma propre personne…

Le souverain continuait à sourire :

— À moins que vous ne vouliez vraiment pas que je m'intéresse au beau travail que les ébénistes ont réalisé ici…

Droite et franche, ennemie de la finasserie pour laquelle, du reste, elle n'aurait pas été douée, la Palatine était incapable de minauder. Elle fit une grimace à effrayer un meurtrier d'enfants :

— Votre Majesté se méprend…

Le roi ne lui répondit pas mais se tourna vers son frère. Il prit un air sévère :

— Monsieur mon frère, je sais que j'ai toujours pu compter sur votre fidélité, votre loyauté. Et que vous ne vous êtes jamais égaré sur les chemins jadis pris par notre oncle, le précédent duc d'Orléans, ce dont je vous remercie.

— Sire…

— J'aimerais, cependant, que vous ouvriez ce cabinet sur-le-champ. Si, toutefois, vous n'y voyez pas d'inconvénient.

— Mon frère, c'est inutile, je pense. Le travail réalisé pour l'intérieur de ce meuble est comparable à celui de l'extérieur. Ce sont les mêmes bois, de l'ébène, de l'amarante, du bois de violette, d'autres dont je ne connais pas le nom, et aussi de l'étain, de l'ivoire et de l'écaille.

— C'est égal, ouvrez, je vous prie. J'aimerais vraiment voir par moi-même. Je suis certain qu'il y a des dessins de marqueterie habiles et plaisants sur les compartiments, les tiroirs et les portes. N'y aurait-il pas un décor de palais de fantaisie, ou bien une scène de théâtre, comme les ébénistes le font ces temps-ci ? En tout cas, un trompe-l'œil, j'en suis certain.

— Vraiment, Sire, vous seriez déçu.

— J'insiste…

Le duc regarda son épouse. Or celle-ci ne laissa rien paraître de ce que, en femme intelligente, elle pensait à cet instant. Orléans fit jouer une clef du meuble, en ouvrit une porte, puis l'autre.

— Écartez-vous, je vous prie, dit le roi.

Monsieur obéit. Louis XIV s'approcha, s'arrêta. Dans le compartiment placé au centre du travail, et dépourvu de fermeture, se trouvaient, posées à même le bois, les deux boucles d'oreilles et la broche, apportées par Martin L'Oiselier quelques jours plus tôt et dont il avait constaté, avec stupéfaction, la disparition.

Le monarque s'écarta du meuble, sourit à son frère :

— On dirait bien, si je ne m'abuse, que ce sont les cinq perles que l'on m'a dérobées. J'attends, monsieur mon frère, vos explications.

Le duc d'Orléans ne répliqua pas tout de suite. Il considéra son épouse, parut lui demander de répondre au roi à sa place. La duchesse, née allemande de Bavière, avait la dent dure quand elle parlait des membres de la cour, et écrivait encore pire quand elle s'adressait à sa parenté demeurée au pays. Mais elle n'avait jamais intrigué. Mariée, pour des raisons de politique, à l'époux le plus mal assorti qu'il se pouvait imaginer, elle avait été contrainte de renoncer au luthéranisme pour embrasser la foi catholique. Depuis ce jour, elle faisait sa mauvaise tête. Sans doute était-ce pour cela, pensa le roi, qu'elle restait muette et n'aidait pas son époux.

Le souverain feignit de ne plus considérer les billes de nacre retrouvées mais de s'intéresser plus avant au travail des ébénistes.

— Et là, n'est-ce pas du bois de rose ?

Il y eut un nouveau silence. Puis le roi revint vers son frère :

— Monsieur mon frère, me direz-vous, enfin, comment il se fait que ces perles montées en bijoux se trouvent conservées dans ce meuble ?

Le roi était impatient de voir Monsieur s'expliquer. Sa fortune était considérable et, à peu de chose près, il était en mesure de s'acheter d'aussi beaux joyaux que le roi. Quoi qu'il en fût, songeait le monarque en attendant les éclaircissements qui tardaient à venir, il était profondément déçu. La seule raison qui pouvait expliquer ce vol – comment appeler autrement cette soustraction ? – était que le duc d'Orléans, d'un coup, était redevenu un jeune frère jaloux. Ce constat dévastait le monarque.

Monsieur fit alors mouvement dans la pièce. Laissant seul le roi à côté du cabinet de marqueterie, il s'approcha de son épouse, se fit aussi grand que possible.

— Vous voulez que je m'explique ? Fort bien. Voici. Le mot que vous apportez ici et que vous nous avez montré, à moi-même et à Madame, sachez que c'est moi qui l'ai écrit.

Le souverain n'avait certes pas envisagé ce propos préliminaire. Il y vit des paroles maladroites et irréfléchies, un discours que son frère n'allait pas pouvoir développer longtemps tant il était absurde. Et pourtant, le duc d'Orléans reprit :

— Oui, c'est moi qui ai rédigé cette phrase, en contrefaisant mon écriture. Et je me suis arrangé pour que l'un de vos valets place le papier entre les branches ciselées du chandelier posé sur votre table lors de votre première collation de la journée. Je voulais vous attirer ici afin de pouvoir, du fond du cœur, avec mon épouse, Madame, pour seul témoin, vous déclarer ce que je vais vous dire.

Le roi, qui prévoyait des aveux, des excuses qu'il aurait du reste acceptées, resta interdit, ce qui lui arrivait peu souvent. Son frère poursuivit, la voix de plus en plus triomphante et assurée :

— Voyez, si jamais vous doutiez encore de ce que je vous dis, et qui est la stricte vérité, comment expliqueriez-vous, si je n'étais pas l'organisateur de cet arrangement, que je sache où se trouvait le papier et à quel moment vous l'avez trouvé, puisque vous ne me l'avez pas dit tout à l'heure et que, comme je le suppose, vous n'en avez parlé à personne ?

— En effet… dit le monarque.

Louis XIV se reprocha sur-le-champ de manquer à ce point d'à-propos. Il est vrai qu'il parlait à un homme qui était son sujet mais aussi et surtout son frère, son cadet aimé. Le roi était désarçonné. Monsieur s'en rendit compte, il poussa son avantage :

— Je vous prie de ne pas chercher à découvrir lequel de vos serviteurs a eu la bonté de m'obéir. J'ai promis à cet homme que je le protégerais quoi qu'il arrive pour le cas où vous voudriez le débusquer et le punir. Si vous vous en preniez à lui, ce serait comme si vous vous en preniez à moi. Vous êtes prévenu.

Abasourdi, le roi ne réagit pas à ce qui était pourtant une menace. Il se demandait où tout cela allait mener. Il n'attendit pas longtemps. Monsieur reprit :

— Ces cinq perles, monsieur mon frère, appartenaient à notre mère, la reine Anne, je le sais fort bien. Avec un autre collier qui comptait quatre-vingts perles, mais plus petites et dont l'orient était moins fin, celle qui nous a donné la vie possédait un collier de perles rondes, de belle taille, qu'elle gardait, je m'en souviens fort bien, dans une cassette de maroquin fleurdelisé, fermée par deux serrures que manœuvrait une seule clef. Ces cinq grains de nacre proviennent de ce bijou, qui a été remis à la reine, votre épouse défunte, lorsque notre mère est morte. Je le sais et il n'y avait là rien que de très normal, j'en conviens aisément, c'est l'usage, chez les reines de France, de procéder ainsi.

— Et c'est aussi le valet qui a accepté de dissimuler le billet entre les branches du chandelier qui, je suppose, a pris les perles dans leur écrin…

— Pas du tout, se targua le duc d'Orléans. C'est moi, en personne, qui me suis introduit chez vous. Je suis votre frère, voyez-vous, nul ne songerait à m'empêcher d'aller où bon me semble, y compris dans vos salons.

Monsieur marqua un temps d'arrêt. Il s'apprêtait à exposer l'essentiel de sa protestation. Il voulait être en pleine possession de ses moyens. Quant à la princesse palatine, elle s'était approchée de lui. Ce que le roi, qui commençait à comprendre où le duc d'Orléans voulait en venir, vit comme un soutien. Et le frère du roi enchaîna :

— Ces perles, monsieur mon frère, vous avez formé le projet de les offrir à celle que vous avez épousée voici deux nuits, en secret.

Le roi était sidéré :

— Comment avez-vous su ? Qui m'a trahi ?

— Je suis votre frère, Sire. Je vous connais, nous avons grandi ensemble, nous avons joué ensemble dans les jardins du Palais-Royal et nous y avons dormi dans des draps élimés lorsque la guerre civile faisait rage et que le Trésor était épuisé, nous nous sommes enfuis ensemble de cette demeure et nous avons eu froid et faim, ensemble, au château de Saint-Germain. J'ai compris depuis longtemps que vous vouliez épouser Mme de Maintenon en secondes noces et, à vous voir l'autre jour, j'ai aussi deviné que l'union serait célébrée dans la nuit.

— Et alors ? s'impatienta le roi.

— Je refuse que les perles de notre mère soient offertes à cette femme, quand bien même elle est devenue votre épouse. Vous savez comme moi que sa noblesse est incertaine, et ne le serait-elle pas, cette qualité serait bien trop basse pour être digne de vous, de notre famille. Sans compter sa jeunesse pauvre et besogneuse, obscure, et son premier mariage, honteux, car elle avait convolé pour ne pas mourir de faim, et, enfin et surtout, son inconduite de jeune épousée, connue de chacun à la cour.

Le roi avait écouté. L'ébahissement faisait place à la fureur :

— Vous vous égarez. Mme de Maintenon est en effet devenue mon épouse dans la nuit du 9 au 10 de ce mois. Considérez-la désormais comme telle. Je vous interdis de parler ainsi de la marquise, même si je mets vos paroles sur une conception erronée de l'attachement que vous avez pour moi.

Or ces mots ne calmèrent pas le duc d'Orléans, qui

se fit même encore plus méprisant à l'endroit de celle qui était devenue sa belle-sœur secrète :

— Vous avez été trompé, vous vous êtes mésallié, mon frère. Cela ne vous donne pas le droit de brader ainsi les bijoux de notre mère et de votre première épouse. Et j'ai moi, en tant que frère, le droit de vous rappeler à vos devoirs, de contester l'usage que vous faites de ces perles de famille.

Un autre que le duc d'Orléans aurait été arrêté sur-le-champ. Mais celui-ci se savait intouchable. Le roi était plus qu'indigné. Il cherchait un secours, une inspiration et se tourna vers la Palatine :

— Madame, dites-moi, je vous prie, que vous désapprouvez votre époux, que vous condamnez ces propos.

La Palatine s'avança, réfléchit très vite. Elle souscrivait aux paroles du duc d'Orléans, avait d'emblée tout su de l'affaire du billet et du vol que celui-ci avait commis. Et elle avait approuvé. Mais elle devait cependant se montrer prudente. Elle ne disposait ni de la liberté de parole de son époux ni même de sa position. Elle était une épouse, la belle-sœur du roi, et non sa sœur même si, elle le savait, Louis XIV l'estimait. Elle eut des paroles adroites, qui ménageaient à peu près tout :

— J'ai entendu ce qu'a dit Monsieur, Sire. Je sais en effet, comme vous l'avez vous-même dit, que c'est son amour pour votre mère et votre épouse, la reine défunte, et aussi son affection pour vous qui l'ont conduit à agir et à parler ainsi[1].

La réponse était habile. Le roi savait fort bien que,

1. La Palatine détestait Maintenon qu'elle qualifiait dans sa correspondance de « vieille ripopée » (vieux mélange), de « vieille conne » ou d'« ordure du roi ».

sur le fond, le propos de son frère n'était pas dépourvu de pertinence. Du reste, en épousant en secret la marquise de Maintenon il s'était mis lui-même dans une position fausse, qu'il peinait à tenir. Il ne lui restait plus qu'à faire un coup d'éclat, du moins à passer en force, faute de pouvoir apporter une contradiction qui en fût vraiment une. Il revint vers le cabinet de bois précieux. D'un geste royal, il s'empara des trois bijoux.

— Monsieur mon frère, cela suffit. Vous m'avez dérobé ces perles par la ruse. Je suis le roi, je les reprends. Je me range à l'avis de Madame. Je ne vous tiens pas rigueur car, en effet, je sais que c'est votre affection pour moi qui explique vos égarements. Mais sachez que, quoi que vous en pensiez, la marquise de Maintenon est bel et bien mon épouse aimée et honorée.

Louis XIV salua la Palatine puis son frère, quitta l'appartement. Les courtisans qui auraient pu se trouver dans cette partie du château, en particulier dans le long couloir que le roi devait emprunter, prévenus bien à l'avance, s'étaient hâtés de quitter les lieux. Mieux valait ne pas s'approcher du souverain qui, de toute évidence, était de très mauvaise humeur.

Le lundi 11 octobre, peu après,
toujours à Versailles

Après un orgueil incommensurable, la maîtrise de soi était, chez le roi, une seconde nature. Il y allait, estimait-il, de la plus nécessaire des politesses et, bien sûr, de la nécessité de toujours se tenir au-dessus de la mêlée. Le chemin qui l'avait mené depuis l'appartement de son frère jusqu'au sien avait suffi à ce que Louis XIV retrouvât son calme et, par voie de conséquence, son aptitude à réfléchir au mieux, à élaborer un plan d'action. Là, et après un face-à-face pour le moins irritant, il souhaitait se retrouver seul. Le sosie allait une nouvelle fois lui rendre service. Le monarque appela Bontemps :

— Vers les trois heures de l'après-midi, lorsque le soleil sera encore assez haut dans le ciel, le roi ira se promener au bosquet de l'Arc-de-Triomphe, avec ceux qui voudront le suivre, pour mesurer l'avancement de nouveaux travaux qui y ont été ordonnés. Mais moi, je n'irai pas.

Il sourit.

Le premier valet de chambre comprenait, en effet. Et il mesura aussi que la longue expérience acquise au service du roi, sa connaissance parfaite de la cour, tout son métier d'homme mûr ne seraient pas superflus pour mettre en œuvre ce que le Bourbon lui demandait. À mots à peine cryptés, Louis XIV venait de faire comprendre que le sosie le remplacerait pour paraître au milieu de courtisans choisis. C'était là un défi, car Bontemps n'avait guère eu le temps d'instruire le personnage, de lui apprendre les rudiments de la conduite à tenir. Or il ne pouvait qu'obéir.

Le roi, quant à lui, passa dans l'une des pièces les plus retirées de son appartement privé afin de s'y changer. Et seul, puisqu'il s'agissait de se travestir une nouvelle fois. Lorsque ce fut fait, le roi choisit d'emprunter le degré aménagé contre le mur de la Grande Galerie. Dallé de rustiques tomettes rouge sombre, l'escalier était obscur, le roi grimé croisa un valet qui, à mille lieues d'imaginer que le souverain pouvait vêtir un habit commun, ne le reconnut pas. Le monarque parvint bientôt dans la cour intérieure autour de laquelle tournaient ses appartements. Il lui serait ensuite aisé, personnage anonyme au milieu de tant d'autres qui allaient et venaient, valets affairés ou courtisans oisifs, de traverser le château pour gagner les parterres et, ensuite les abords de l'orangerie. Car le roi voulait tout à la fois vérifier que le massif d'herbes folles avait bien été remis en état et tenir à distance, à défaut de l'oublier, l'échange pénible qu'il venait d'avoir avec son frère. D'autant que, au sujet des cinq perles montées en broche et en boucles d'oreilles, le monarque hésitait.

Il savait que la marquise de Maintenon s'était attendue, sinon la nuit du moins le lendemain de leurs noces, à la première heure, à recevoir un présent. Elle devait s'étonner, à cette heure, qu'il n'en eût rien été, en était sans doute fâchée, voire irritée. Il fallait donc que le roi trouvât désormais le meilleur moment pour lui remettre les joyaux. Tout, dans cette affaire, chagrinait Louis XIV. Certes, sa nouvelle épouse ne pourrait jamais deviner que ces perles lui avaient été dérobées pendant quelques heures. Le Bourbon savait que, sur le fond, son frère n'avait pas complètement tort. Le roi avait voulu un mariage secret. Du moins la politique, le bien du royaume en avaient décidé ainsi. Mais la position de la marquise serait désormais fausse. Maintenon jouirait plus que jamais d'un traitement particulier à la cour, c'est chez elle que le roi se rendrait pour travailler l'après-midi avec tel ministre, comme il en avait pris l'habitude depuis plusieurs années. Jamais, cependant, elle ne serait traitée en reine. Il allait falloir, songeait le souverain, supporter ces désagréments, qui apparaîtraient à la longue bien ridicules. Décidément, Monsieur n'avait pas complètement tort. Et se rendre à cette évidence menaçait de raviver la colère du roi.

Donc grimé en simple particulier, Louis XIV sortit du palais. Il y avait du vent. Le roi choisit de rester près des façades afin de s'y tenir un peu à l'abri. Par chance, la pluie n'était pas au rendez-vous, ce qui facilita cette courte excursion. Le monarque arriva bientôt près de la plate-bande qui l'avait tant irrité. Il goûtait déjà le plaisir de contempler un parterre ordonné, s'approcha. Or, de nouveau, il distingua l'odeur fétide qu'il avait déjà remarquée. D'un aspect plus sauvage que jamais, avec ses grandes feuilles aux dentelures sinuées, portant des dents aiguës, la plante honnie était toujours là, paraissant affronter avec ardeur l'arrivée des premières fraîcheurs de la saison. Et, même, n'avait-elle pas meilleure mine que l'autre jour ? Avait-elle été arrosée, choyée ? Le roi l'aurait juré. En tout cas, l'herbe avait fière allure. Le roi n'avait pas été obéi. Les jardiniers auraient à s'expliquer.

Le lundi 11 octobre, à Paris

Torturé par des cauchemars qu'il faisait tout éveillé à la suite du triple meurtre, tourmenté par le remords et la quasi-certitude d'être dénoncé, Martin L'Oiselier tournait en rond dans sa chambre. Le gamin à qui il avait confié un billet n'était pas revenu de Versailles. Le garçon s'y était-il même rendu ou bien avait-il renoncé au dernier moment, en dépit de la récompense promise, pour commettre un larcin plus lucratif ? Ou bien, en dépit des précautions prises par le joaillier, le jeune commissionnaire avait-il été arrêté et questionné ? Et ses paroles n'avaient-elles pas pu nourrir des soupçons parmi les gardes du palais ? Assassin malgré lui, faussaire démasqué, menacé, l'orfèvre songea plusieurs fois à monter au troisième étage de sa demeure pour s'y jeter par la fenêtre, non pas du côté du jardin, mais du côté de la rue, pour être sûr de se rompre le cou sur le pavé. Mais il y renonça chaque fois. L'Oiselier ne pouvait se résoudre à quitter ainsi une existence agréable, une vie qui le conduisait à traiter, sans intermédiaire, avec le roi de France. D'ailleurs, songeait-il, rien n'indiquait formellement que le coursier eût renoncé, ou échoué. Tout espoir n'était pas perdu. Il fallait attendre. Voilà tout. Oui mais voilà, il n'y arrivait pas.

Le bijoutier assassin pensa un moment sortir, pour aller marcher, au hasard des rues rencontrées. Il aurait pu faire le tour de l'île de la Cité, il ne serait pas perdu, il aurait pu revenir en quelques minutes chez lui si l'envie lui en avait pris, cheminer jusqu'au Palais, voire à la place Dauphine, dont la pointe ouvrait sur la Seine qui avait ici sa plus grande largeur et était là si belle à contempler, en revenir par le quai des Morfondus, la rue Saint-Barthélemy puis celle de la Vieille-Draperie, avant de faire brûler en passant un cierge à la Magdelaine-de-la-Cité[1], à l'angle de la rue des Marmousets et de celle de la Juiverie, pour demander à la pécheresse d'intercéder en sa faveur auprès de plus haut placé qu'elle. Puis, tout aussitôt, il décida de rester chez lui, à attendre le retour du garnement. Il voulait croire à sa bonne étoile.

Pour s'occuper, et aussi parce que c'était nécessaire, surtout depuis la visite, inopinée et terrifiante, de l'archevêque de Paris en ce lieu, L'Oiselier s'employa à détruire l'essentiel des derniers restes d'ustensiles et d'installation, les vieilles bouteilles et les jeunes

1. Une ancienne synagogue du IXe siècle.

flacons qui, tous, portaient une étiquette indiquant une date de fabrication, et aussi le bassin à ablettes, vestiges qui pouvaient témoigner de son passé de faussaire, quoiqu'il eût déjà fait le plus gros du travail. Il prit seulement soin de garder quelques perles factices, dix ou douze, pas davantage, toutes de belle taille, qu'il n'avait pas vendues à de riches bourgeois crédules, les dissimula encore mieux qu'elles ne l'étaient jusqu'alors, dans la cachette aménagée sous le parquet.

Une fois cette besogne finie, L'Oiselier s'aperçut qu'elle l'avait occupé pendant une bonne heure mais n'avait en rien calmé ses affres. Craignant de devenir fou, il décida donc de faire, sans entrain ni joie, la promenade qu'il avait un temps envisagée, s'habilla, se couvrit la tête, s'approcha de la fenêtre pour scruter le ciel, vit s'avancer une ombre, tressaillit. Son esprit s'agita. Était-ce Harlay de Champvallon qui, déjà et à l'encontre du délai qu'il avait accordé, venait aux nouvelles, allait le menacer et le devancer ? Non pas. C'était le gamin envoyé à Versailles, et qui en revenait, avec son visage plus pâle que d'ordinaire et ses boutons malpropres, ébouriffé, fatigué, la morve au nez, mais porteur d'une excellente nouvelle :

— Faites excuses, monsieur, je n'ai pu revenir hier vous voir, les gens du lieutenant de police ont chassé toute ma famille de la masure où on habitait, il a fallu que je m'occupe de mes petits frères et sœurs. Pour votre papier, c'est fait. Je l'ai donné à celui à qui vous m'avez dit de le donner.

L'Oiselier avait tant craint le pire qu'avant de se réjouir, il souhaitait avoir la confirmation d'un propos qui, pourtant, était clair. Et il voulut se le faire répéter :

— Au concierge du château ? Tu en es sûr ?

— Aussi sûr, monsieur, que c'est le roi qui habite là-bas avec et que vous me devez encore les deux louis que vous m'avez promis. Et aussi sûr que, si je n'ai pas votre permission de m'en retourner au plus vite, je vais devoir laisser dans votre jardin ce que d'habitude les chiens errants y laissent, parce que je n'ai pas eu le temps, pour vous être agréable et pour aller au plus vite, d'aller me délester de ça au Terrain-Notre-Dame, comme j'en ai l'habitude quand je suis dans le quartier.

Le joaillier ne se formalisa pas de la fin de cette réponse, particulièrement franche, tant il était satisfait du début, qui achevait de le tranquilliser. De sa poche, il tira l'argent qui lui était demandé avec franchise et insistance mais avec à-propos. Le jeune émissaire fit disparaître les deux pièces sous ses hardes. Il avait l'air pressé, mais L'Oiselier voulait le retenir encore un peu :

— Tu es bien certain que personne, à Versailles ou même à Paris, ne sait que tu es allé et venu de ma part ? Tu es sûr aussi que tu n'as dit mon nom ni ne m'as décrit à personne ?

Avide d'être encore rassuré, L'Oiselier aurait aimé que le jeune messager lui répondît. Mais le petit vaurien avait déjà filé.

Et maintenant, que faire ? s'interrogea le maître orfèvre. Il se résolut à aller allumer un cierge. Il était un criminel, l'affaire était entendue. Mais on en avait vu de plus grands que lui. Et peut-être bien qu'en priant, en demandant haut et fort l'absolution, il serait pardonné par le Très-Haut. Après tout, s'il avait voulu s'enrichir, c'était pour assurer la prospérité de ses affaires et faire vivre sa famille, ses ouvriers, tous ceux dont il avait la charge. Était-ce sa faute si la poule d'Inde lardée, dont sa femme était si friande, coûtait quarante-huit sols, le faisandeau quatre livres et huit sols, et qu'il fallait compter cinquante-cinq sols pour une pauvre, une seule lamproie ? Et, pour en revenir à son épouse, s'il n'avait pas volé un peu, qui donc aurait acheté le miroir de Venise que la dame avait voulu, les manchettes en baptiste parées de dentelles de Malines, une douzaine de fourchettes et autant de cuillères en argent qui faisaient l'admiration de tout le voisinage ? Sans compter les pauvres, auxquels Martin L'Oiselier donnait. Enfin, quand il y pensait. Plus l'assassin explorait sa conscience, plus il se trouvait des excuses.

Il ferait donc brûler un cierge à vingt sols. Si Martin L'Oiselier avait pu aller au plus près, il se serait rendu, en quelques enjambées, à l'église Saint-Denis-du-Pas, blottie tout contre le chevet de Notre-Dame. Or, par son flanc sud, le sanctuaire touchait aussi au palais de l'archevêque. Celui-ci n'avait certes aucune raison de se rendre là, mais le joaillier jugea plus prudent d'aller plutôt à la petite chapelle Saint-Aignan, bâtie à l'abri des regards, rencognée, avec ses trois travées, au milieu de maisons qui regardaient pour les unes la rue d'Enfer, pour les autres la rue de la Colombe. C'était l'affaire de quelques minutes, pas davantage. Le bijoutier se mit en route. Mais, soudain, une autre idée lui vint. Il irait plutôt près du couvent des barnabites, à Saint-Éloi. C'était certes plus loin, quasiment arrivé au Palais, mais le saint qui était vénéré là, lui-même ancien monnayeur et orfèvre du roi Dagobert, était celui de sa corporation, et L'Oiselier espérait être mieux entendu et mieux compris dans cette église-là.

Ce même lundi 11 octobre, plus tard,
à Versailles

C'est dans son petit logement des combles[1], situé au-dessus du cabinet du Conseil, que le roi avait décidé cette fois de s'entretenir avec Bontemps. Cette habitation était à l'écart de toute agitation et donc sûre. Plusieurs des familiers n'en connaissaient pas même l'existence. Nul n'avait le droit de prendre l'escalier semi-circulaire qui y menait, pas même les enfants bâtards[2] que la marquise de Montespan avait donnés au roi et qui, pourtant, en empruntant ce degré, auraient évité de faire un détour quand ils regagnaient leurs appartements. Si le roi était un père le plus souvent aimant, il n'entendait pas pour autant renoncer à sa tranquillité…

La chambre, qui en constituait la pièce principale, était éclairée par deux lucarnes regardant vers la cour de Marbre. Elle était petite mais possédait de beaux lambris qui, trois ans auparavant, avaient coûté plus de huit mille livres.

— Je crois vraiment, Sire… Non, à vrai dire, je suis certain que, dans le bosquet de l'Arc-de-Triomphe, l'homme a joué son rôle à la perfection.

Manifestement, constatait le roi, le premier valet de chambre disait la vérité et était soulagé. Donc il l'était aussi. Non seulement Bontemps ne lui avait jamais menti, mais il était doté d'une sûreté de jugement sur laquelle, depuis qu'il était au service du Bourbon, celui-ci savait pouvoir compter.

1. Ce logement fut détruit en 1701 lors de l'agrandissement du cabinet du Conseil.

2. Le duc du Maine, Mlle de Nantes, Mlle de Blois et le comte de Toulouse.

— Et Mme de Maintenon ?

— La marquise, Sire, est demeurée dans son appartement. Elle craignait d'avoir froid en se promenant.

Cette annonce ne surprit pas le monarque. Sa seconde épouse était frileuse, sans cesse occupée à tenter de se calfeutrer dans son intérieur. Qu'elle ne se fût pas jointe à la promenade avait sans doute réduit le risque de voir la supercherie démasquée. Une satisfaction en appelait une autre. Le roi voulait en savoir davantage sur le bosquet dont il avait ordonné la transformation complète :

— La maquette est-elle bien en place ?

— Oui, Sire. Et elle produit le plus bel effet.

Le roi se rengorgea. Une fois achevée, après de multiples tâtonnements, dans ce bosquet des parterres du Nord, une fontaine encore en projet devait célébrer la victoire remportée sur la Quadruple Alliance à l'issue de la guerre de Hollande, en présentant une France, juchée sur un char et triomphante, dominant l'Espagne et le Saint Empire, vaincus et accablés[1]. Le roi se promit de se rendre dès que possible voir cet aménagement. Pour le moment, il avait à faire, du moins à apprendre :

— L'homme, celui à qui j'ai demandé de prendre ma place, a-t-il eu l'occasion de parler beaucoup avec les gentilshommes, les dames qui l'entouraient ?

— Ni plus ni moins que vous ne l'auriez fait. En tout cas avec les manières requises. J'en ai moi-même été surpris. Ce sujet est intelligent et apprend vite. Son langage, en particulier, s'est considérablement enrichi et s'est dépouillé en peu de temps des scories qui auraient pu le trahir. C'est remarquable.

1. Fontaine due à Jean-Baptiste Tuby, Antoine Coysevox et Jacques Prou.

Le roi reprit :

— Avez-vous vraiment la conviction qu'il a berné son monde, comme je le souhaite ?

— Sire, j'en suis certain.

L'assurance de Bontemps achevait de rassurer le roi. Au demeurant, mesura celui-ci, comment un courtisan, un garde aurait-il pu un seul instant penser que le roi de France se fît ainsi représenter ?

— Y avait-il avec moi, enfin, avec cet homme… des membres de ma famille ?

— Non, Sire.

Le roi se souvint alors que, en effet, son fils le dauphin, qui s'était mis en tête de tuer tous les loups de l'Île-de-France, chassait à courre, de son côté, ce jour-là, dans les bois de Fausses-Reposes. C'était sans doute mieux ainsi, songea le monarque, toutes les chances avaient été mises de son côté et de celui de sa doublure pour que cette supercherie, qui serait suivie de bien d'autres, ne fût pas découverte.

Quelques jours, quelques semaines ou quelques mois plus tard, pour ce qui était de cet inconnu qui lui était si précieux, le roi aviserait. Car, lorsqu'il aurait résolu toutes les énigmes qui se posaient à lui, il lui faudrait sans doute se défaire de ce sosie qui n'aurait plus aucune raison d'être, du moins à Versailles. De quelle manière ? Voilà qui constituait un beau sujet de réflexion. Mais Louis XIV était méthodique, il ne voulait affronter les problèmes que dans l'ordre qui lui semblait le plus propice et remettait à plus tard toute réflexion sérieuse concernant le sort de celui qui lui ressemblait tant. D'autant qu'il devait maintenant se rendre au Trianon de porcelaine pour s'y entretenir avec La Reynie.

Le même jour, au Trianon de porcelaine

L'esprit du monarque était assez en éveil pour que plusieurs pensées sensées lui vinssent durant ce court trajet. Il avait été un temps, songeait-il, où il galopait jusqu'au Trianon, y allait en calèche à la belle saison ou bien par la voie des eaux, en voguant sur le Grand Canal.

Or, cette fois, songeait le roi, il allait au Trianon dans un carrosse aux dorures masquées et repeint en noir en l'honneur de son épouse, la reine qu'il avait beaucoup trompée, avec Montespan et avec bien d'autres. Et non pas, cette fois, pour rencontrer une femme, une nouvelle conquête dont il se serait épris, mais pour s'y entretenir, dans le plus grand sérieux, avec un homme chargé à sa demande de traquer le crime. Il y avait parfois dans une existence, songeait le Bourbon, lucide, tant de singularités… Même si c'était le roi qui avait demandé à La Reynie de le retrouver au palais de porcelaine.

Quelques instants plus tard, Louis XIV était arrivé, était descendu de sa voiture, s'était installé au haut bout de la table et avait été rejoint par La Reynie qui avait pris place à son tour.

Conjuguée à de grandes qualités, à une persévérance et à un fort goût pour le travail, l'assurance qui était d'ordinaire celle du lieutenant de police était, ce jour-là, quelque peu amoindrie. Le roi en savait la raison : le lieutenant de police ne pouvait que se reprocher d'avoir laissé s'échapper l'homme qu'il avait présenté au monarque et, surtout, de ne pas encore avoir réussi à le rattraper depuis lors. C'est du reste ce point que La Reynie aborda, contrit, en premier. Il reprit :

— J'ai vu avec le capitaine des gardes, Sire. Après s'être enfui d'ici l'autre jour, l'homme ne s'est jamais présenté à l'une des vingt-deux portes de la muraille qui enserre le parc. Il paraissait agile, il aura réussi à franchir ce mur en s'agrippant comme il le pouvait aux pierres et au lierre...

La gêne de La Reynie était palpable, bien qu'il n'eût pas la charge de la sécurité de Versailles ; assurer la sûreté de Paris était bien suffisant. Le roi s'en voulait de ne pouvoir dire la vérité au policier, qui ne méritait pas d'être ainsi berné et alors même que, en lui présentant le sosie, La Reynie avait rendu un fier service à Louis XIV.

— Cela ne fait rien, je vous l'assure. Ce devait être un gueux allant sur les chemins. Il se sera échappé, en effet, et depuis lors il doit se cacher dans les bois, ou aller de village en village, nous n'entendrons plus jamais parler de lui, et c'est bien ainsi. Détaillez-moi plutôt les mesures que vous prenez à Paris, des enquêtes que vous y menez.

— Pour les mesures, Sire, il n'y a rien de bien nouveau depuis notre dernier entretien. Pour ce qui est des enquêtes, il n'y a que du tout-venant. La canaille continue à sévir, hélas ! en dépit des règles et des règlements que Votre Majesté m'a permis de mettre en vigueur.

— Les précisions m'intéressent, je vous l'assure.

La Reynie réfléchit :

— Alors, Sire, il y a ce qui concerne, vous le savez, les règles de justice féodale qui demeurent dans la capitale et entravent le fonctionnement de la police.

Louis XIV s'étonna :

— Mais n'ai-je pas signé voici plusieurs années un édit, qui a supprimé ces immunités et ces privilèges ?

— En effet, Sire, c'était en 1674. Mais nous peinons à faire respecter ce texte. Souvent, des malandrins trouvent refuge dans vos palais du Louvre et des Tuileries et s'y prévalent d'antiques lois pour y demander asile et l'obtenir.

— Je ne comprends pas. Des voleurs ou pis encore, peut-être, me demandent protection alors que, précisément, cet édit les en a privés ?

Le lieutenant de police soupira :

— C'est ainsi, Votre Majesté.

— Mais comment est-ce possible ?

— Il y a sans doute, Sire, trop de lois, d'instructions et de coutumes qui s'enchevêtrent, ce qui brouille le tableau. Les concierges de vos châteaux, les gardes et même les magistrats ne s'y retrouvent pas toujours et, au nom de la défense des droits seigneuriaux, ils sont conduits à vous désobéir alors qu'ils ne le veulent pas.

— Il faudrait faire table rase de tout cela.

— Sans doute. Mais, vous le savez, ce n'est pas de mon ressort. Je n'écris pas la loi, je ne fais que la police.

— Est-ce donc tout ?

— Il y a, Votre Majesté, une nouvelle affaire, qui se passe chez les Théatins[1]. Il semble que les membres de cet ordre aient perdu la tête ou, du moins, aient oublié que l'appartenance à leur ordre impliquait de respecter des vœux de chasteté, d'obéissance et de pauvreté. Ils font chanter des œuvres profanes dans leur église, en annoncent d'ailleurs les représentations au moyen d'affiches placardées un peu partout, y compris à la porte des tavernes, et louent les chaises dix sous la

1. Ordre religieux. À Paris, leur église se trouvait quai Voltaire (alors quai des Théatins).

séance. Certes, ils affirment que l'argent est destiné à célébrer des messes pour soulager les âmes séjournant au purgatoire. Mais enfin…

— En effet, il faut y mettre bon l'ordre. Faites ce que bon vous semble, vous avez comme d'habitude ma pleine confiance. Agissez cependant avec prudence et discernement, souvenez-vous que l'ordre des Théatins est de droit pontifical. Il faut ménager Rome, du moins ne pas mécontenter Sa Sainteté. Mais enfin, si cette église s'est transformée en salle d'opéra clandestine, le Saint-Père ne pourra rien objecter[1]. Êtes-vous venu à Versailles pour m'exposer cette seule affaire ?

La Reynie se leva. De toute évidence, il n'avait pas tout dit et paraissait avoir, ainsi que lors du précédent entretien, gardé le plus important pour la seconde partie du face-à-face, faute de pouvoir en parler aisément.

— Il y a bien, Sire, trois assassinats qui sont survenus à Paris au cours des derniers jours…

— Trois seulement ? s'étonna le roi.

— Je veux dire par là, Votre Majesté, trois meurtres que, je ne sais pour quelle raison, je relie ensemble, parmi toutes les autres horreurs qui sont à déplorer.

— Et quels sont ces trois crimes qui ont retenu votre attention ?

— Il y a tout d'abord celui dont a été victime un homme demeurant dans le faubourg Saint-Marceau, tout au bord du ruisseau des Gobelins. Il a été tué, et d'une façon très malpropre, sans méthode. Mais le plus étrange est que sa maison abritait, presque tout entière, du moins le rez-de-chaussée, des sortes de cuves creusées dans le sol et reliées à la rivière par

1. L'affaire fut signalée à l'archevêque en 1685.

des canalisations enfouies. Ces bassins étaient emplis de poissons, des ablettes si nombreuses qu'elles se pressaient les unes contre les autres.

Dans la voiture qui l'avait conduit ici, Louis XIV avait assez songé aux bizarreries que pouvait recéler une existence, qu'il s'agisse de celle d'un manant ou de celle d'un roi, pour vérifier, là encore, que l'incongru était au rendez-vous. Roi de France, il était occupé à s'entretenir de problèmes de basse police, et même d'ablettes…

Il voulut s'amuser un peu, plaisanta :

— Fort bien, cela signifie que la rivière des Gobelins est donc poissonneuse, je m'en réjouis. Et le trucidé en faisait sans doute le commerce, de ces poissons, certes semble-t-il d'étrange manière mais, voyez-vous, je ne m'y connais guère en friture.

Le lieutenant de police avait pris la mesure de la moquerie :

— Sire, je pense que cet homme assassiné, loin de se livrer à la pêche, pratiquait l'engraissement de poissons.

— Mais pourquoi donc ? Je ne comprends pas. Quel besoin y a-t-il d'élever des ablettes au bord d'une rivière ? N'y en a-t-il plus dans le ruisseau ?

— Ce point est à mettre en rapport avec les deux autres assassinats, du moins ce que j'en ai déduit. Le deuxième meurtre concerne un souffleur de verre établi dans l'île de la Cité. Il habitait et travaillait rue Saint-Landry, une fois passé la rue Basse-des-Ursins. Sa demeure était à l'abri des regards, car il faut cheminer sous une maison pour atteindre le bout de la ruelle. Quant à son creuset, il était établi sur une manière de constructions en bois, à pilotis, pour partie sur la berge, pour partie au-dessus du fleuve. Je ne m'explique pas cette particularité. Peut-être avait-il une façon particulière de souffler le verre puis de le refroidir, qui lui demandait de disposer de beaucoup d'eau ? Ces artisans possèdent tous leurs propres secrets de fabrication. À moins que le verrier ne s'approvisionnât en matière première, par exemple en sable siliceux, apporté par voie de fleuve, et que cette installation lui facilitât la besogne. Mais peu importe. En tout cas, ce souffleur a été tué à peu près de la même façon que l'homme aux ablettes, avec des outils qui n'étaient sans doute pas faits *a priori* pour donner la mort et que nous n'avons pas retrouvés. Quant au dernier trucidé, il l'a été tout près de là, dans sa maison du port aux Œufs. La manière dont lui aussi a été tué fait penser qu'il l'a été par le même assassin qui avait auparavant agi aux Gobelins et rue Saint-Landry.

— Fort bien, monsieur de La Reynie. Mais pourquoi me décrire tout cela par le menu ?

— Sire, le troisième homme assassiné était un bouilleur de cru.

Louis XIV avait depuis longtemps confiance dans le lieutenant de police. C'est donc avec une curiosité, qui commençait à se colorer d'impatience, que le roi attendait la suite, et la conclusion de ce discours pour le moment au mieux déconcertant, au pis décousu.

— Et donc ?

— Votre Majesté, voici quelques décennies, sous le règne du roi votre père ou peut-être même du temps de votre aïeul de glorieuse mémoire, le roi Henri, un certain Jaquin aurait mis au point une recette pour fabriquer des perles de fantaisie qui, au premier abord, paraissent être naturelles. Il faut pour cela prendre des ablettes, en prélever les écailles, les piler et les réduire en une bouillie que l'on remue et triture. La besogne est aisée, mais elle est malodorante. D'autant que, paraît-il, plus on garde longtemps la bouillie, meilleure en sera la qualité. Il suffit de la mettre en bouteille, de garder celle-ci fermée puis de l'ouvrir après un certain temps afin de rincer cette pâte, et ainsi de suite, à plusieurs reprises. Le jour où l'on juge que cette purée est prête, à l'aide d'une paille fine par laquelle on aspire et qui sert aussi à recracher, on dépose la pâte à l'intérieur d'une boule de verre dépourvue de défauts. Puis on attend que cela sèche un peu, et on lave avec de l'esprit-de-vin pour retirer les matières, les poussières qui auraient pu s'immiscer. Et, enfin, on coule de la cire afin de solidifier le tout. La perle est prête à être enfilée. Seul un œil très averti peut la distinguer d'une vraie.

— C'est donc, remarqua le roi, qui avait compris où La Reynie voulait en venir, tous les membres d'une chaîne travaillant à cette fabrication qui ont été anéantis.

— En effet, Sire. Du moins on peut fortement le penser. Et si je vous expose ces faits et mon raisonnement, c'est parce que j'ai besoin de votre aide, du moins de votre soutien. Car il se peut, si ce système de grande filouterie existe bien, comme je le pense, qu'il y ait un risque de désordre si des personnes de qualité s'y laissent prendre. Trois hommes, sans doute complices, sont morts. Combien en reste-t-il encore en liberté et qui se livrent au même commerce ?

Louis XIV s'étonna :

— Je suis certain que vos déductions sont pertinentes et que, en l'espèce, vous apportez une fois de plus la preuve de votre sagacité. Mais en quoi puis-je mettre la main à ces affaires ?

— Votre Majesté sait que la délimitation des compétences de la police du Châtelet et celles de la prévôté[1] est sujette à de nombreux litiges, qui tournent souvent autour de la distinction à établir entre ce qui concerne la terre ferme, la Seine et ses rives. Le prévôt entend contrôler ce qui se passe sur le fleuve, les berges ou sur la partie des quais. Il se trouve que les lieux où ces trois meurtres ont été commis ont plus ou moins à voir avec la Seine, ses abords et les divers commerces qu'elle abrite. Je n'ai donc pas les coudées franches afin de poursuivre mon enquête et redoute d'aller au-devant de complications avec la prévôté.

Le Bourbon avait fait de La Reynie son premier lieutenant de police, avait souvent arbitré à son avantage quand il l'avait fallu. Cette fois, néanmoins, il ne pouvait – en tout cas pas maintenant, car il avait trop à penser par ailleurs – accéder à la requête esquissée, bien que celle-ci fût, jugeait-il, justifiée. Mais Louis XIV, qui souhaitait ménager le policier, ne voulut pas la repousser d'emblée :

— Monsieur de La Reynie, rédigez donc un mémoire sur cette affaire de fleuve et de terre ferme, je le regarderai. Est-ce tout cette fois ?

De toute évidence, le policier était attristé que le roi n'ait pas tranché en sa faveur sur-le-champ. Mais il fit bonne figure.

— Oui, Sire.

Sans attendre d'y être invité, La Reynie se leva. Il peinait à cacher sa déception, s'en rendit compte et, pour se donner une contenance, s'approcha du secrétaire, peint en bleu et blanc, qu'il avait remarqué lors de son dernier entretien. Cette fois, Louis XIV ne fit montre d'aucun énervement. Mais, sans le lais-

1. Le prévôt des marchands est l'ancêtre du maire de Paris.

ser paraître, il s'assura que le lieutenant de police ne s'avançât pas davantage vers le meuble. Il se leva à son tour et, avec tout à la fois douceur et fermeté, quelques gestes et aussi un regard bienveillant, il incita La Reynie à quitter sans plus attendre le palais de porcelaine.

Le soir, chez la marquise de Maintenon

La marquise de Maintenon, désormais reine de France sans en avoir le titre, avait trois ans de plus que son second époux. Sa première fraîcheur s'était donc depuis longtemps enfuie. Mais la dame avait gardé une allure, un maintien, un teint éclatant que bien des jeunes filles de la cour auraient pu lui envier et qui, si l'on réfléchissait un peu, ne lui avaient pas trop mal réussi puisqu'elle avait séduit le roi puis s'en était fait épouser. Nanon Balbien, elle, était de neuf ans plus jeune. Mais sur le plan de la séduction, l'aînée en remontrait à la cadette. De toute façon, la suivante n'avait jamais cherché à plaire, faute de disposer de quelque chance d'arriver à ses fins par ce moyen. C'est d'ailleurs pour cela que Nanon avait depuis longtemps attaché ses pas à ceux de Maintenon. Elle avait secondé depuis lors, avec zèle, imagination et patience, celle dont elle avait pensé, à juste titre, qu'elle pourrait assurer son avenir, un avenir que Nanon voyait en propriétés diverses et variées, en coffres emplis de monnaies sonnantes et trébuchantes.

Les deux femmes se tenaient assises devant une cheminée où un feu de bois n'en finissait pas de s'éteindre et de fumer. La marquise était chaudement habillée, de vert foncé et de brun, et pourtant, elle avait froid. Sa suivante, au contraire, offrait sa gorge aux courants d'air et ne semblait pas en aller plus mal.

— Surtout, reprit Nanon, que le roi ne peut, sans révéler votre mariage, vous attribuer l'appartement de la reine…

— Pour cela, je m'en moque. L'appartement où nous sommes est petit, mais il est de plain-pied avec les salons du roi. Il n'en sera séparé que par une loggia ouverte aux regards une fois que Sa Majesté aura achevé d'ajouter à son appartement plusieurs des salons de la feue reine. Ici, donc, je suis bien.

— Vous voyez, Madame, vous reconnaissez vous-même que vous n'avez que des raisons de vous réjouir.

— Tout de même, reprit Maintenon, je ne comprends pas pourquoi le roi ne m'a pas offert ces perles.

— Quand Sa Majesté devait-elle vous les donner ?

— Rien n'a jamais été défini de manière aussi carrée. Toute l'affaire n'a procédé jusqu'à maintenant que par allusions et sous-entendus. Le roi fait souvent ainsi avec moi. Je suis certaine de ce que j'avance. Selon les divers éléments que Sa Majesté m'a donnés à mesure, un bijoutier, un certain Martin L'Oiselier, devait lui rapporter ces perles, une fois remontées.

— Remontées, Madame ?

Maintenon eut une expression d'impatience. Nanon, décidément, ne s'intéressait pas à cette affaire autant que la marquise l'aurait voulu. Cependant, mesurait la dame, pouvait-elle exiger que Balbien prenne autant à cœur cette affaire de bijoux ? La suivante lui était dévouée et, depuis de longues années, avait le plus souvent fait siens les intérêts et les états d'âme de sa maîtresse. Mais attendre de Nanon qu'elle convoite les perles tout autant que la marquise était sans doute trop lui demander, l'empathie dont Balbien faisait preuve avait ses limites. Maintenon se radoucit, reprit le fil de ses explications :

— Remontées en de nouveaux bijoux. Je ne suis pas une jeune fille rougissante et je ne m'attendais pas que Sa Majesté me remît les perles à l'issue de la célébration. D'autant que, cela ne t'apprend rien si je te le dis, je n'ai guère d'attachement pour les parures. Pourtant, me remettre ce présent le lendemain matin, cela m'aurait semblé être un moment convenable. Et il n'en a rien été. De plus, le roi n'y a jamais fait la moindre allusion depuis la cérémonie organisée chez Bontemps. Je ne me l'explique pas.

— Madame, vous êtes, devant Dieu sinon devant les hommes, l'épouse du roi. Votre position est assurée, votre fortune aussi.

— Cela, je le sais. Même si, comme je ne suis pas reine, ma position est moins forte que tu ne le dis. Là, il est question de sentiments et d'affection. J'eusse aimé que le roi m'offrît ces perles et, même, qu'il me les eût déjà données. Je prends de l'âge, je n'en suis cependant pas moins sensible. Il n'y a qu'à toi que je peux faire de telles confidences…

— Je vous comprends, Madame. Mais tant de choses peuvent expliquer ce retard. Le travail du joaillier n'a peut-être pas plu à Sa Majesté, qui aura demandé de tout refaire afin de vous remettre un présent qui satisfasse son goût et le vôtre. C'est ainsi que le roi procède avec les embellissements de Versailles : il ordonne, vérifie sur pièce, fait démolir pour tout reconstruire.

— Si c'est cela, je ne pourrai en effet que m'en féliciter.

— Ou alors, le roi attend un moment particulier. Une fête, peut-être ?

— Dinde, réfléchis avant de parler. Tu sais fort bien que la cour porte le deuil de la reine. Des étoffes sombres ont été déployées et l'antichambre du roi est tendue de violet. Les réjouissances, tous les divertissements sont suspendus pendant douze mois. Crois-tu que le roi va me faire attendre un an ?

Nanon ne s'avouait pas vaincue. Elle avait à cœur de rassurer la marquise :

— Pardonnez-moi. Il se peut que, finalement, Sa Majesté juge que ce présent n'a pas une assez grande valeur et cherche ce qu'il peut vous offrir d'autre.

— Là, tu te trompes aussi. Ces perles sont précieuses en elles-mêmes et aussi par ce qu'elles représentent. Je suis bien entendu plus qu'heureuse, et réconfortée, que le roi m'ait épousée. Mais vois-tu, je prends ce cadeau qui ne m'a pas été fait pour un signe. Un signe de je ne sais quoi, mais un signe quand même. Maintenant, laisse-moi, je t'en prie. Je ne peux que me louer de tes services mais, à présent, j'aimerais rester seule.

— Êtes-vous sûre, Madame ?

— Absolument.

Nanon Balbien avait posé cette question pour la forme. Elle était soulagée que Maintenon lui accordât maintenant un peu de temps libre. Cela tombait très bien, car la suivante avait à faire.

Chapitre 7

« La dauphine [Marie-Antoinette] avait apporté de Vienne une grande quantité de diamants blancs ; le roi y ajouta le don des diamants et des perles de la feue dauphine, et lui remit aussi un collier de perles d'un seul rang dont la plus petite avait la grosseur d'une aveline, et qui, apporté en France par Anne d'Autriche, avait été substitué, par cette princesse, aux reines et dauphines de France (je cite particulièrement ce collier, parce que la reine crut devoir, malgré cette substitution, le remettre aux commissaires de l'Assemblée nationale, quand ils vinrent dépouiller le roi et la reine des diamants de la Couronne). »

Jeanne-Louise-Henriette Campan,
née Genet, dite Mme Campan
(1752-1822)

À Versailles, le matin du mardi 12 octobre

La veille, pour différentes raisons, il n'avait été possible de rien entamer. Cela n'était pas plus mal, sans doute, car ainsi, on avait pu réfléchir à la manière de s'y prendre.

À cette heure, le roi était chez la marquise de Maintenon, et le premier valet de chambre sans doute occupé à vérifier des mémoires de fournisseur dans son logement avant de rejoindre son maître dès que celui-ci serait revenu dans son appartement. La voie était libre, à condition d'éviter les domestiques, notamment les garçons bleus, ou, tout au moins, de savoir donner le change si on les rencontrait. Ce qui serait peut-être périlleux, mais pas impossible. Une fois la substitution faite, il faudrait trouver le moyen de faire porter le fruit de son larcin à Paris. Mais ce serait là une autre étape de l'affaire.

Des dizaines de véhicules de toutes sortes reliaient chaque jour la ville royale à la capitale, sans compter les coches d'eau qu'il fallait prendre à Sèvres et qui arrivaient au pied de la statue du roi Henri IV, au Pont-Neuf, et qui étaient plus lents. Trouver un commissionnaire ne serait pas difficile : confier, glissée dans une simple pièce d'étoffe ou un lot de bols en faïence, la perle du roi à un simple quidam qui ignorerait ce qu'il transportait était, paradoxalement, ce qu'il y avait sans doute de plus sûr. Il n'attirerait pas l'attention. De même, mieux valait que ce porteur prît un simple coche. Un carrosse transportant bourgeois aisés ou courtisans était une proie trop tentante, en particulier près des bois de Chaville, où une bande de détrousseurs, que l'on disait même conduits par une grande femme habillée en homme, aux cheveux coupés court, arrivait souvent par le sombre chemin des Mortes-Fontaines et dévalisait des voyageurs surpris et sans défense.

Pour le moment, ici, dans le château, le chemin sinon le plus court, du moins le plus sûr, consistait à passer par les hauteurs. Les pièces traversées et les corridors empruntés ne seraient guère fréquentés. Surtout, il y aurait maintes issues ménagées en cas d'incendie, des dégagements, des recoins, des escaliers pratiqués dans l'épaisseur des murs, autant de possibilités de salut, si, d'aventure, il fallait de toute urgence prendre la fuite ou battre en retraite.

L'itinéraire consistait à monter par le degré qui se trouvait dans la salle des gardes de la reine. Il fallait ensuite contourner la cour intérieure, pour aller du côté de l'appartement des combles dont Sa Majesté disposait au second étage et qui était encore plus ou moins en travaux, car la construction de la Grande Galerie avait obligé à remodeler complètement ce logement, peu commode et mal éclairé[1]. La cour de Marbre une

1. S'y trouvait, entre autres pièces, une chambre dotée d'un plafond figurant Apollon.

fois dépassée, c'était le moment de redescendre au premier étage. Et là, les choses se compliquaient sérieusement. Car on serait dans les salons les plus secrets du roi, où le souverain abritait ses tableaux les plus chers, ses objets les plus précieux, et ses bijoux.

Plus d'une fois, il fallut reculer, dans la précipitation, s'enfoncer dans un recoin, retenir son souffle, repartir en arrière. Mais on y arriva. Il ne restait plus maintenant qu'à redescendre à l'étage, et ce serait, devant soi, la porte du salon où le roi serrait ses objets de prix. Tout en haut de la volée de marches, on s'arrêta, on se risqua à passer la tête par-dessus la rambarde pour regarder si personne n'arrivait du rez-de-chaussée : l'oreille ne pouvait pas tout prévoir, car certains valets, surtout les plus jeunes qui étaient les plus souples, se déplaçaient silencieusement. Pas âme qui vive.

Jusque-là, en dépit d'une ou deux alertes, l'affaire avait été une promenade. Maintenant, il fallait se jeter dans la gueule du loup, que celui-ci sommeillât – ce qui était hautement souhaitable – ou ne dormît que d'un œil – ce qui signifierait la fin de l'histoire. On décida, pour se donner du cœur à l'ouvrage, que le loup était assoupi. On descendit d'un étage et on franchit le palier. Mais, parce que, finalement, il y avait un doute, on colla son oreille contre la porte du salon, but de cette expédition si risquée. Aucun bruit, aucune trace de vie. On manœuvra la poignée du battant. Et là, on demeura ébahi.

Bien que, comme escompté, le souverain ne se trouvât pas là, et en dépit de la cherté de la cire, qui faisait réserver la blanche aux appartements du roi, les courtisans s'éclairant à la cire jaune, sans parler des communs où la chandelle, moins chère, était en usage, les valets avaient laissé ici les lumières allumées. Et le spectacle était magnifique. On ne connaissait pas cette pièce, on était peu souvent venu dans cette partie du palais dont les pièces doublaient les grands salons de réception et qui, contrairement à ces derniers, n'étaient pas ouvertes au public. L'endroit était petit. Mais l'effet, à cette heure, des bougies blanches qui se reflétaient dans les miroirs, évoquait un palais de conte de fées. Sur les murs, des tableaux, nombreux mais de petite taille, car c'étaient des chefs-d'œuvre peints avec minutie et patience. Et ici, marqueté d'argent et d'écaille, le cabinet dans lequel, à n'en pas douter, il s'agissait de voler.

Car le billet envoyé par Martin L'Oiselier était concis mais assez détaillé et précis pour fournir les explications indispensables à la réalisation du méfait. On s'approcha du meuble, sans se laisser aller à l'admirer. On crut entendre un bruit et on se figea. Ce n'était qu'une fausse alarme. On mit cependant à profit cette immobilité forcée pour réfléchir, aussi vite que possible. Valait-il mieux, maintenant, prendre dans sa manche la boule de verre et la pince qui y étaient cachées, puis ouvrir le cabinet pour y chercher l'écrin ? Ou, au contraire, trouver d'abord les bijoux pour procéder à la substitution ? Le parti était difficile à prendre. Ce fut le premier, finalement, qui fut suivi. On sortit de sa manche et la pince et la bille de verre. Et là, la peur survint. Ou, plutôt, ses manifestations. On commença à transpirer. Et ce fut comme un voile blanc qui, venu on ne sait d'où, enveloppa tout et, même, dissimula le meuble aux bijoux. Avec dans le même temps, comme un picotement dans le bout des doigts et aussi entre les cuisses, et des jambes qui commençaient à flageoler, un peu.

Et la main se fit plus molle. La pince tomba. Ce fut

plus qu'un bruit, ce fut un fracas aigu. D'ailleurs, il y eut des bruits de pas. Tout était manqué. Il fallait fuir. Mais par où ? Pas du côté de l'escalier : c'était de là que venait le bruit. Alors vers le salon voisin. C'était là une terre inexplorée car, ici, à l'arrière des grandes pièces de réception, connues de tous, on peinait à se repérer. Pourtant, il n'y avait pas d'autre choix possible. Vite, il fallait ramasser la pince. Voilà, c'était fait. La situation allait se rétablir. Mais cet autre bruit ? On venait de lâcher la fausse perle, maintenant. Des éclats de verre fins comme des cristaux de neige jonchaient le parquet. Un coup de pied, preste et habile, les dissimula sous le meuble : les valets chargés du ménage n'y verraient que du feu et les balaieraient le lendemain sans se poser aucune question. Un demi-tour. La porte. Vite. Partir, ne plus être là. Se sauver. Il y eut un cri.

Le même jour, à Paris

Seul dans son cabinet du rez-de-chaussée, Martin L'Oiselier respirait. Tout bien réfléchi, tout n'allait pas si mal, du moins compte tenu des circonstances, qui s'étaient compliquées. L'orfèvre faisait confiance au petit coursier, celui-ci avait rempli sa mission, c'était certain, il avait bien remis le paquet, il ne fallait pas en douter. Et à Versailles, le triple assassin en était sûr, on allait lui obéir, remplacer une des vraies perles par une fausse, si ce n'était déjà fait. Sa position avait été compromise, il avait été sur le point de tomber dans un gouffre, mais L'Oiselier allait rétablir sa situation, de manière éclatante. Il n'aurait pas assassiné en vain.

Saint Éloi l'avait entendu et, même, il avait décidé de l'aider.

Il y eut du bruit dans le jardin. Était-ce, déjà, un commissionnaire venu de Versailles ? Dans ce cas, tout aurait été très vite, la substitution, le vol, l'expédition de la perle dérobée. Le bijoutier n'en demandait pas tant. Non. C'était l'homme que le bijoutier redoutait le plus de voir à cet instant. C'était Harlay de Champvallon qui, tout en minceur altière et en gestes patriciens, venait, déjà, s'enquérir de l'avancée de son affaire.

Pris de court et déjà paniqué, L'Oiselier répondit à la question qui ne lui avait pas encore été posée :

— Monseigneur, c'est trop tôt. Vous m'aviez accordé deux jours.

— Certes. Mais aujourd'hui est déjà bien avancé.

— Vous ne me laissez pas assez de temps. J'ai mis en œuvre l'impossible. Je n'ai pu aller en personne chez le roi. Veuillez cependant croire qu'à Versailles on travaille pour moi, je vous en donne ma parole.

L'autre ne répondit d'abord rien, regarda autour de lui. Puis eut un sourire moqueur :

— Ah, faiseur de verroterie !

— Donnez-moi encore quelques heures, je vous prie.

Cette fois, l'archevêque regarda le joaillier droit dans les yeux :

— Vous vous contenteriez que je ne voie en vous qu'un misérable faussaire, occupé à rouler son monde afin d'enrichir une maisonnée où une épouse acariâtre demande toujours plus d'argent pour s'acheter de la belle vaisselle d'étain au marché Saint-Germain, et aussi des mouchoirs en toile fine brodés au point de

Paris, voire un miroir de Venise… Vous êtes un imbécile besogneux et vous me prenez donc pour un benêt.

— Mais…

— Taisez-vous, meurtrier.

— Que dites-vous ?

— Vous vous donnez des airs de bourgeois suffoqué, vous aimez la douceur de votre logis, vos coffres de chêne à couvercle de cuir, vos tasses, façonnées dans l'argent, à boire l'eau-de-vie, et l'odeur, au moment du dessert, de la pomme au sucre ? Je sais qui vous êtes et plus complètement que je ne vous l'ai laissé croire jusqu'à maintenant. Votre pire forfait n'est pas de faire commerce de faux bijoux, comme dans les plus sombres et les plus sordides des échoppes de l'enclos du Temple. Vous êtes un assassin, et au moins par trois fois. Vous avez, voici quelques jours, occis un malheureux éleveur d'ablettes établi après l'église Saint-Médard, au bord du ruisseau des Gobelins. Ensuite, vous avez ôté la vie à un souffleur de verre établi non loin d'ici, au départ de la rue Saint-Landry. Et vous avez aussi trucidé, et pas de la plus belle des façons, un bouilleur de cru qui vivait, avec ses flacons et son alambic, tout à côté, dans une pauvre maison du port aux Œufs. Tout cela, je l'ai soit constaté soit appris. Ne jouez pas au plus fin avec moi : je dispose d'un réseau qui m'informe et qui ferait pâlir le roi s'il le mesurait : les prêtres de la capitale, qui savent tout ce qui s'y passe, entendent à confesse ceux qui ne peuvent parler mais qui ont pu être témoins, sans que ceux qui volent et qui tuent le sachent et s'en rendent compte. Si vous ne vous en souvenez pas bien, sachez que, le jour pas si lointain où vous vous rendîtes dans le faubourg Saint-Marceau, vous en êtes reparti en passant par la rue Mouffetard. Et j'en sais beaucoup plus, voyez-vous, sur votre compte.

— Ah ! monseigneur…

— J'en connais bien davantage, je suis au courant de tout. Aussi, si la perle ne m'est pas délivrée bientôt, je vous en fais la promesse solennelle : moi, l'archevêque de Paris, j'irai en grand équipage jusqu'au Châtelet, m'entretenir avec M. le lieutenant général de la police, comme je vous l'ai déjà dit. Votre sort sera aussitôt scellé. Mais, pour vous faire avouer tous les crimes que vous ne voudrez pas reconnaître, avant d'être conduit à la potence, vous aurez à endurer les supplices de l'eau, de l'estrapade, des brodequins.

Artisan qualifié, bourgeois enrichi, notable ou presque depuis qu'il était devenu l'un des fournisseurs du roi, Martin L'Oiselier n'était devenu assassin que par nécessité. Il n'avait en rien les nerfs assez solides pour affronter la menace incarnée par le puissant archevêque de Paris. Il restait muet. C'en était trop cette fois. Jamais, songeait-il, un homme n'avait été soumis à une telle intimidation. L'orfèvre aimait trop la réussite, l'argent, la tiédeur et le confort que celui-ci procurait – sans compter ses visites à Versailles, dans le privé du roi. Sur ce point, Harlay de Champvallon n'avait pas mal vu. Une fois de plus, et alors qu'il ne s'en croyait pas capable un instant plus tôt, Martin L'Oiselier remonta des bas-fonds. Sa voix, même, était assez claire et posée :

— Monseigneur, je vous en fais la promesse solennelle, dans quelques heures, la perle sera vôtre. Je vous prie de me croire.

L'Oiselier était disposé à pleurer, à supplier l'archevêque autant que nécessaire, à vendre sa femme et ses enfants, du moment qu'il en obtenait un répit.

Il ne reculerait devant aucune trahison, aucune humiliation. Harlay le comprit. Voir un homme, qui était sous sa coupe, s'avilir ainsi plut au prélat, qui en tira une joie mauvaise. Mais dans le même temps, il en fut incommodé. Ces hommes du peuple, pensa-t-il, même enrichis à bon compte, même frottés à l'élégance et aux bonnes manières des nobles et de la cour, n'élèveraient jamais leur âme, ils resteraient toujours des gens de peu, sans tenue ni honneur. Le bijoutier le dégoûtait. Et il lui fallut prendre sur lui pour accorder une dernière concession.

— Si je ne suis pas obéi, je demanderai une entrevue à M. de La Reynie, voire au roi.

Et Harlay de Champvallon s'en alla, aussi vite qu'il était arrivé. La pièce retrouva son calme. L'Oiselier n'avait rien répondu. Il restait seul, se contentant de ne pas avoir été dénoncé sur-le-champ et de pouvoir nourrir l'espoir de ne jamais l'être. Il regarda la pendule. Si, dans deux heures, rien ne lui arrivait de Versailles, ni perle, ni message, ni messager, le bijoutier irait en personne jusqu'au palais du roi. Du reste il n'avait pas le choix, sa vie était en jeu.

À Versailles

Le monarque demeurait sur le pas de la porte, surpris, mais déjà prêt à secourir une femme qui semblait s'être égarée.

— Vous ici, madame ?

Droite et altière, la mise aussi soignée qu'à son habitude, vêtue de bleu sombre, Mlle Balbien se tenait devant le roi. Si celui-ci était entré d'un côté, la suivante de Mme de Maintenon était entrée de l'autre.

— Sire, je suis confuse, je crois que je me suis perdue. Mme la marquise avait froid. J'ai voulu faire moi-même un feu dans la cheminée de sa chambre et je me suis aperçue que, s'il y avait bien des bûches, il n'y avait pas de fagot d'allumage. Les domestiques ne répondaient pas, je ne sais où ils sont passés. J'ai tenté d'aller à l'office de la fourrière, mais je me suis perdue et ne savais comment revenir dans les couloirs et les salons que je n'aurais jamais dû quitter. Voici un instant, j'ai entendu un cri. J'ai eu peur, j'ai pensé qu'il fallait à la fois porter secours et me mettre en sûreté. J'ai poussé cette porte sans trop y réfléchir, je vous prie de m'en excuser car je comprends, en vous voyant ici, que je suis chez vous. J'ai perdu la tête, je suis impardonnable.

Louis XIV n'aimait pas qu'on lui rappelât que, dans son palais, il faisait froid. Il aurait pu, cette fois comme toutes les autres, s'en agacer. De plus, Nanon Balbien n'était pas une jolie femme. Et le Bourbon, qui était pourtant souvent parti à la chasse aux jupons jadis, n'avait jamais pensé à s'y intéresser. Elle ne pouvait donc ni le séduire ni même le charmer. Mais le roi savait que devant lui se tenait une femme de tête, comme il n'y en avait pas assez à la cour, sur ce point comparable à sa maîtresse. La suivante de Maintenon lui avait toujours plu et l'avait satisfait car, durant toutes les années où la liaison du roi avec la marquise devait être cachée de tous, surtout de la reine – pour la ménager – et de la marquise de Montespan – pour s'en épargner des orages –, Balbien avait fait preuve de discrétion et d'efficacité. Bref, pensait le monarque, la suivante occupait à peu près aux côtés de Maintenon la place que Bontemps détenait auprès de lui. Et cela, c'était sans prix. Il vola donc au secours de la suivante, voulut du moins la rassurer :

— Vous êtes tout excusée, madame. Je me réjouis même que vous ayez pénétré ici car, voyez-vous, j'envisage de faire procéder à de nouveaux aménagements dans cette partie du palais que vous voyez sans doute pour la dernière fois sous cette forme. Ces pièces n'existeront bientôt plus. Je n'ai, à ce jour, pas assez de place pour présenter et admirer mes tableaux, mes agates et mes ivoires. Je réfléchis donc à les présenter dans de nouveaux salons. Mais je vous ennuie avec des propos qui sont tout sauf attentionnés et galants. Peut-être, du reste, aimeriez-vous que je vous montre les beaux objets qui se trouvent ici ?

La reine Marie-Thérèse ne s'était jamais intéressée aux trésors que son époux, sur ce point éduqué par l'esthète qu'avait été le cardinal Mazarin, avait réunis. Du reste, songeait le roi, à quoi sa malheureuse épouse avait-elle accordé son attention lorsqu'elle était de ce monde ? En tout cas ni à la musique, ni à la sculpture, ni à la danse, ni à la peinture. Et pour ce qui était de la lecture, il s'était surtout agi de livres de piété. La marquise de Maintenon était, elle, beaucoup plus curieuse, instruite et ouverte, avait beaucoup appris et fréquenté du temps de son mariage avec Scarron. Mais elle aimait surtout la conversation en petit comité, n'était guère passionnée par les objets d'art, quoiqu'elle sût les estimer. Femme avisée et peut-être de goût, Balbien, donc, tombait à pic, semblait penser Louis XIV. Il reprit :

— J'ai donc le projet de faire aménager de nouveaux salons où ces collections pourront être déployées. En particulier mes minéraux.

Le Bourbon s'avança vers le cabinet plaqué de bois rares, où il serrait les trois bijoux et qui ressemblait assez à celui qui était chez Monsieur, à ceci près que celui-ci reposait sur un simple socle, ce qui avait permis d'en augmenter le nombre des casiers et des tiroirs. Il en ouvrit la porte. L'écrin était là, sur une étagère marquetée.

Mais à la déception du roi, Balbien ne s'approcha pas. Louis XIV en conclut qu'elle souhaitait rompre là. Il referma le cabinet :

— Pour en revenir à la mésaventure qui vous a conduite ici, sachez que j'ai entendu moi aussi crier. J'ai cru qu'il s'agissait d'une servante et ai eu peur que celle-ci ne soit tombée d'un escabeau ou ne se soit blessée en assurant son service. J'en aurais été bien chagriné. J'ai donc, de mon côté, ouvert la porte que vous voyez ici et nous nous sommes rencontrés.

Balbien fit une révérence parfaite. Le roi en fut contenté. Il reprit, encore plus disert :

— Je vais vous reconduire du côté de chez Mme de Maintenon. Pour ce qui est des fagots, je vais sur-le-champ envoyer mes propres valets, vous n'aurez à vous occuper de rien.

— Vraiment, de cette intrusion, je suis navrée et confuse, Sire.

— Ne le soyez pas. Cette affaire de cheminée me regarde au premier point. Car, il me semble que vous le savez, Mme de Maintenon est, depuis peu de temps, dans une position particulière vis-à-vis de moi. Je dois veiller, à plus d'un titre, que la marquise soit satisfaite et en tout cas bien logée.

À double sens, toute en circonvolutions, la remarque du roi était amusante. Balbien préféra cependant ne rien répondre : même ici et avec le monarque, la réserve était de mise. C'était plus sûr, songeait la suivante. De la sorte, elle ne risquait pas, un peu plus tard, lorsque l'extrême prudence qui avait présidé à l'organisation de la cérémonie nuptiale se serait quelque peu dissipée, de commettre une bourde par étourderie en laissant échapper des paroles malheureuses devant un tiers. Le roi comprit ce que cette femme sagace avait à l'esprit et s'en trouva satisfait. Son frère le duc d'Orléans et son épouse étaient déjà instruits de son mariage. Le roi les connaissait assez pour savoir que ni l'un ni l'autre n'en parleraient : Monsieur et Madame avaient de la dignité royale une conception qui ne le cédait en rien à celle du roi. Les Orléans, mari et femme, étaient hostiles à Maintenon. Ils seraient cependant loyaux à l'endroit du monarque. Ce n'est pas d'eux que la cour, où se répandaient sans cesse de nouvelles rumeurs, apprendrait la vérité.

Toujours le mardi 12 octobre, chez le roi

Le roi avait convié le premier valet de chambre à le suivre dans la pièce où il serrait ses objets les plus précieux, le cabinet des Tableaux. Cette fois, le monarque n'accorda aucun regard à la *Vierge aux raisins* de Mignard, l'un des joyaux du lieu.

— Approchez, monsieur Bontemps. Je veux que vous voyiez ce dont je vous ai parlé.

Louis XIV ouvrit le meuble, placé face à l'unique fenêtre, où il avait une première fois rangé les trois bijoux créés avec les cinq perles royales et où il les avait de nouveau serrés après les avoir récupérés chez le duc d'Orléans. Le roi reprit :

— Je n'ai guère de secrets pour vous. Il faut que

vous sachiez celui-ci. D'ailleurs, il ne s'agit pas à proprement parler d'un mystère. C'est plutôt une histoire de famille. Mais il est bon que vous la connaissiez. Ma mère, la reine Anne, possédait un collier de trente et une perles, qui lui avait été offert à Madrid, lorsqu'elle était encore infante. Le bijou, un ras-de-cou, lui appartenait donc en propre. Le poids en était au total de mille deux cents grains environ. À sa mort, les perles ont tout naturellement échu à la reine mon épouse.

— Je connais bien ce collier, Sire. N'est-ce pas celui qui a été figuré par M. Rubens, sur un portrait qui se trouve à Versailles ?

— Là, vous parlez d'un tableau qui représente ma mère. Mon épouse a aussi été représentée avec ce bijou, à plusieurs reprises, entre autres par M. Mignard et aussi par MM. Beaubrun[1]. Voici quelques années, j'ai demandé que ce collier fût transformé en remplaçant les plus petites perles, de l'arrière du cou par de nouvelles, plus grosses. De la sorte, le bijou ne perdit rien de sa longueur mais il fut composé de perles plus égales, donc désormais au nombre de vingt-cinq. Les cinq perles ôtées avaient été mises de côté.

Le premier valet de chambre savait où il devait remplir les blancs que le souverain était contraint de laisser dans son discours : ce collier ainsi modifié, le roi ne pouvait le donner à sa nouvelle épouse puisque celle-ci n'avait pas le rang de reine. Le scandale eût été énorme si Maintenon l'avait porté.

— Ces cinq perles, je les avais confiées voici quelques jours au joaillier L'Oiselier, qui demeure dans l'île de la Cité, derrière Notre-Dame, à charge pour lui de les monter en broche pour trois d'entre

1. Les cousins Charles et Henri, qui peignaient à deux mains.

elles, en boucles d'oreilles pour les deux autres. Cet homme, qui a un talent certain, a accompli un excellent travail. Le fruit de son labeur et de celui des compagnons dont il s'est entouré se trouve dans ce cabinet.

Le roi désigna le meuble de bois précieux. Là aussi, Bontemps devinait ce que le Bourbon ne disait pas. Ces trois bijoux, le Bourbon les destinait à sa seconde épouse mais n'osait le dire. Le roi avait bien entendu décidé de ne pas parler à Bontemps de l'incident du message apporté avec le chandelier et de sa discussion pénible avec les Orléans.

— Je sais, monsieur Bontemps, que parmi les mille actions que vous accomplissez pour moi chaque jour, figure au premier chef la surveillance de mes appartements, et celle des allées et venues, pour les besoins du service, dont ils sont le lieu quand je ne m'y trouve pas. Veuillez, je vous prie, accorder une attention particulière à ce salon, à ce meuble et à ce qu'il contient.

Le premier valet de chambre s'inclina. La demande du roi était superflue. Voici près de vingt ans, sans compter les années où il avait appris le métier en regardant faire son père Jean-Baptiste, que Bontemps avait consacré sa vie à faciliter celle du souverain. C'est lui qui, la nuit venue, accompagnait Louis XIV lorsque celui-ci se rendait chez une maîtresse, lui indiquait les degrés dérobés, le guidait et tenait le bougeoir. Bontemps ne songea pas un instant à considérer que le roi continuait à charger la barque. Il lui suffisait de savoir que le meuble contenait un bien précieux pour comprendre que le roi lui était attaché. Tout au plus Bontemps s'étonnait-il quelque peu que le souverain ne lui eût pas parlé plus tôt de ces perles.

Quant au roi, s'il avait depuis longtemps appris à considérer le premier valet de chambre à la fois comme un père, compte tenu de son âge, et comme un prolongement de lui-même, compte tenu de son dévouement et de son désintéressement, il appréciait pleinement de s'être ainsi délivré d'un souci. Il serait obéi, en était certain, Bontemps n'avait jamais failli ni même jamais rien oublié parmi les tâches que, chaque jour, il accomplissait au service de son maître.

À Versailles

Depuis qu'il s'était entretenu avec lui le jour de leur première rencontre, Louis XIV n'avait pas revu l'homme à qui il avait demandé de jouer son rôle. D'une part parce que c'était inutile : l'irremplaçable Bontemps suffisait à tout. Ensuite parce que, en dépit du bénéfice que le roi avait déjà tiré de cette ressemblance, et de tous ceux qu'il en escomptait, le Bourbon ne tenait pas être mis face à un autre lui-même, de surcroît un homme de rien : le face-à-face le troublait.

Il mesurait cependant dans le même temps le profit que, du moins pour le moment, sans préjuger de l'avenir qu'il y aurait un jour fatalement à donner à cette situation, il y avait à tirer de cette circonstance extraordinaire. Et tandis que le sosie, descendu de l'appartement de Bontemps, restait dans l'appartement du roi, afin de se familiariser avec ces salons, le vrai monarque décida alors de regagner, travesti, les alentours de l'orangerie. Non sans éprouver des sentiments partagés : la doublure lui rendait service, mais l'homme allait vivre dans son intérieur, s'asseoir dans son fauteuil, regarder ses tableaux et ses œufs d'autruche, ses pierres fines, peut-être mettre ses bas de soie ou l'une de ses perruques, en tout cas recevoir des hommages et des félicitations qui auraient dû lui être adressés à lui, le vrai roi. La situation était étrange. Mais, du moins, était-ce le roi qui l'avait mise en place.

Au demeurant, songeait Louis XIV, ce serait la dernière fois qu'il se rendrait près de l'orangerie, sous des habits de circonstance. Le roi avait pour le moment épuisé les charmes de cette partie du parc et ne souhaitait que contempler, enfin, les parterres de l'orangerie nettoyés de la plante qui lui déplaisait tant. Cette fois, le monarque fit un léger détour, gagna d'abord le parterre d'Eau, descendit quelques marches pour s'approcher de la fontaine de Latone, dont il ne se lassait pas mais qu'il songeait à modifier bientôt, entre autres projets[1]. Ordonnateur et propriétaire des lieux mais se plaisant à feindre de s'y trouver en simple promeneur, il longea, sans y pénétrer, le bosquet de la Salle de bal, dont il venait de choisir les modèles de guéridons, de torchères et de vases, puis celui du Labyrinthe, peuplé d'animaux de plomb coloré, jardin si cher à son cœur car il datait du temps de son amour avec la douce Louise de La Vallière. Mais c'était là une autre vie, une jeunesse à laquelle le Bourbon ne voulait plus penser.

De loin en loin, le monarque croisa des gardes, des flâneurs. Il s'amusa de ne pas être reconnu et s'en agaça aussi un peu : ne pas être le roi lui était nouveau. Enfin, il arriva près de la plate-bande source de tant de surprises et de tracas. De loin, Louis XIV vit dépasser, par-dessus les buis, quelques tiges feuillues, tordues comme des sorcières une nuit de sabbat. Il comprit que la plante maudite était toujours là, avec ses graines

1. Jules Hardouin-Mansart remania ce bassin de Latone de 1687 à 1689.

noires comme la suie, ses remugles pénibles, qui le défiaient. Il s'approcha, se baissa, arracha une large poignée de feuilles, parmi celles qui étaient encore bien vertes, et la glissa dans son habit. Le monarque se redressa vite, décida de regagner aussitôt le palais, cette fois en prenant le chemin le plus court. Le roi n'avait toujours pas été obéi. Pourtant, il n'en éprouvait aucune colère. Au contraire, il se félicitait d'avoir d'emblée perçu, à défaut d'en avoir déjà levé tout le mystère, que la plante des parterres de l'orangerie lui était un défi.

Ailleurs, à Versailles

On avait compris que la situation était plus que délicate, sans doute critique. On devait donc écrire sans attendre un message à l'intention de Martin L'Oiselier et, plus vite encore, faire porter ce message à Paris afin qu'il fût remis en mains propres. Par un cavalier dégourdi. Il mettrait moins d'une heure pour gagner la capitale si aucun incident n'était à déplorer. En premier lieu, qu'écrire au joaillier ? La vérité, mais avec des mots choisis et à double sens, comme l'orfèvre l'avait d'ailleurs fait avec le billet qu'il avait au préalable envoyé, pour le cas où cette lettre tomberait en de mauvaises mains, et qu'elle ne présente au premier abord que des nouvelles fort plates. Hors de question, bien entendu, de coucher par écrit qu'il s'était agi de pénétrer chez le roi, de fouiller un de ses meubles de collectionneur, d'y dérober une perle qui avait appartenu à la reine Anne puis à sa bru, Marie-Thérèse. Que par un coup du sort, peut-être aussi un peu de maladresse – mais qui n'aurait vu fléchir sa détermination et son courage en une pareille circonstance ? –, la tentative avait échoué. Il s'en était même fallu d'un rien qu'elle ne s'achevât en une véritable catastrophe, qui aurait signifié la perte de tous les concernés. On pouvait donc se réjouir que le pire eût été évité même si, pour ce qui était du principal, rien n'avait été résolu. C'était toujours ça. En conclusion, on s'excusait bien bas et on assurait que, vraiment, on avait fait son possible. Il ne restait plus qu'à se rendre rue des Coches[1]. Ce serait bien le diable si, près du bureau des messageries, on ne trouvait pas un cavalier de bonne mine qui accepterait de galoper jusqu'à la capitale, pour peu que le prix de la course le motivât.

Chez le roi

Bien que l'affaire lui tînt à cœur, le roi n'avait pas souhaité convoquer chez lui les maîtres jardiniers. Louis XIV avait souvent davantage confiance dans les subalternes que dans ceux qui les dirigeaient et, ce jour-là, il voulait aller au plus vite. Du reste, les deux simples préposés chargés des parterres de l'orangerie qui comparurent devant lui, un homme vieillissant qui avait de l'expérience et son très jeune apprenti, tous deux en petite livrée, lui inspirèrent d'emblée confiance. À peine le roi eut-il présenté les feuilles qu'il venait de prélever que les garçons jardiniers s'exclamèrent avec d'autant plus de franchise qu'ils avaient toujours exécuté avec entrain et application les tâches qui leur étaient confiées, sans jamais ménager leurs efforts.

1. Aujourd'hui rue Saint-Simon.

Le préposé plus âgé agita ses mains hâlées, ridées, épaisses mais agiles. Il avait biné, sarclé, taillé, bouturé dans de nombreux jardins royaux depuis le jour où, environ quarante ans auparavant, il avait aidé André Le Nôtre à redessiner les parterres de Fontainebleau à la demande de la reine mère, qui s'y plaisait beaucoup.

— Sire, cette plante, nous la connaissons tous bien. Elle croît volontiers dans les terrains laissés à l'état de friche, dans les champs, sur le bord des chemins et, même, elle se met souvent sur les murets ou dans les ruines. Par chez moi, on l'appelle l'herbe du diable, ou bien aussi l'herbe aux sorciers[1].

Le roi n'en montra rien, mais le dernier des mots prononcés par le plus vieux de ses jardiniers éveilla soudain en lui un mélange de colère et de dégoût. Le roi détestait la sorcellerie, il abhorrait les enchanteurs, leurs philtres et leurs incantations, de même que tous ceux qui croyaient en eux et avaient recours à leurs services, surtout depuis les horreurs commises en leur compagnie par la marquise de Montespan[2]. Louis XIV s'indignait, il s'inquiétait de la présence à Versailles de cette plante. Il s'alarmait que celle-ci, d'une manière ou d'une autre, relevât des activités maléfiques, démoniaques qui le révoltaient tant.

Le plus jeune des deux ouvriers ne vit rien de ce trouble. Enthousiaste et souriant, plus heureux qu'intimidé d'être ainsi convoqué et questionné par le Roi-Soleil en personne, il appuya le propos de son compagnon :

— Par chez nous, on la nomme l'herbe aux taupes.

1. Parmi les divers noms communs donnés au datura officinal *(Datura stramonium* L.).

2. Voir *La Marquise des poisons*, 10/18, n° 5438.

— Diable, sorcier, taupe… voilà, remarqua le roi, des noms qui ne sont guère engageants.

— C'est que, Sire, reprit le premier jardinier, je vous l'ai dit, nous autres, on n'ignore rien de cette chienne d'herbe. Dès qu'on en voit un pied, dont la graine aura été apportée par le vent, on l'arrache aussitôt. Car celui qui a le malheur de la confondre avec une autre plante, comme l'épinard sauvage, c'en est fini pour lui. Parce que, alors, celui qui se trompe, il la cueille, et il en jette des feuilles dans sa soupe. À tous les coups, il se met à saliver, à suer comme un porc. Et il commence à dire des folies, à en commettre aussi. Et parfois, à en voir, semble-t-il. Il est commun que celui qui en a goûté aperçoive, et le crie à haute voix, des diables, des diablesses, et tout le reste de l'enfer.

— Sans compter ceux qui tombent en apoplexie et qui, parfois, ne se relèvent jamais.

— En tout cas, ajouta le vieux jardinier, celui qui l'a plantée ou laissée là savait ce qu'il faisait. Ce parterre est ensoleillé, les buis et les charmilles le protègent du vent. C'est ce qu'elle aime, l'herbe du diable. En plus, cette saleté, elle préfère quand la terre est bien riche et pas trop humide. C'est le cas là-bas, toutes les eaux de pluie qui tombent sur les massifs sont conduites par en dessous jusque dans l'étang des Suisses.

Le roi en avait assez entendu. Un point, cependant, devait être éclairci :

— J'avais demandé que cette plante fût ôtée des parterres de l'orangerie. Pourquoi donc ne l'a-t-elle pas été ?

Le jardinier agita ses mains brunies en signe d'impuissance.

— Ah ! j'ai voulu le faire, voici peu. C'est un homme qui est arrivé tout d'un coup. Comme sorti de nulle part.

— C'est la vérité. Nous nous apprêtions, Sire, à déterrer cette plante bien mauvaise, intervint le plus jeune des deux jardiniers. Nous avions à la main binettes et râteaux. Nous étions sur le point de commencer notre travail, qui n'aurait été somme toute que du banal et du normal : arracher et sarcler, nous autres, nous passons notre temps à faire cela. Mais un homme est venu nous parler. Je m'en souviens bien car il avait une façon particulière de s'exprimer. Comme une manière à lui de prononcer certains mots, du bizarre qui revenait de temps en temps. Il nous a dit que, de loin, quelqu'un d'important nous avait vus et nous demandait sur-le-champ de ne pas toucher à cette plate-bande.

Le roi s'étonna :

— Mais qui donc pouvait vous apercevoir ? Et d'où ?

Les parterres de l'orangerie, situés en contrebas de la terrasse où était bâti le palais, ne pouvaient être vus du corps central du château, savait le monarque.

— Nous ne l'avons pas su, Sire, reprit le jeune préposé. Peut-être nous observait-on du bout de la nouvelle aile que Votre Majesté a fait construire voici quelques mois.

L'aile du Midi. C'était là, pensa le roi, que se trouvait l'appartement de sa belle-sœur, la Palatine. La princesse aimait la nature, beaucoup plus que la vie qu'elle était contrainte de mener dans les palais de son mari et du roi. Il était cependant difficile de concevoir – cela aurait même été franchement comique – qu'elle surveillât les jardiniers du roi et se permît – et en ce cas, dans quel but ? – de leur donner des ordres.

Le plus âgé des deux compagnons compléta ce propos :

— Ou bien alors, nous étions épiés de ces autres

bâtiments, ceux-là qui prolongent en quelque sorte le château vers le sud, quand on va vers le potager et toutes ses cours fermées[1]. Il me semble, d'ailleurs, si je me souviens bien, que l'homme venu nous trouver a fait un signe en direction des constructions dont je viens de parler. Tu t'en souviens, toi ?

L'autre hocha la tête :

— C'est possible… Je sais pas trop…

— Là-bas, après le palais, c'est la vieille surintendance, remarqua Louis XIV.

Le vieux jardinier sourit :

— Ah ! pour cela, je le sais fort bien, Sire. Je ne viens pas de naître. J'étais déjà au service de Votre Majesté quand on l'a construite, cela fait plus de vingt ans.

Le roi aimait qu'on lui rappelât que l'édification du château était une œuvre de longue haleine, à laquelle il travaillait depuis des années. Il appréciait aussi que le jardinier eût tant de mémoire. Il en fut même ému :

— C'est vrai, c'était en l'année 1670.

Une nouvelle surintendance, plus vaste, était en voie d'achèvement, de l'autre côté de la rue[2], juste à côté de l'hôtel de Chevreuse qui venait lui aussi d'être édifié. Mais Louvois, qui y avait sans doute ses habitudes, avait demandé et obtenu de demeurer dans le vieux bâtiment. Tout cela, le roi le savait parfaitement. Était-ce donc le ministre de la Guerre, s'interrogea le Bourbon, qui avait donné des ordres aux jardiniers, par personne interposée ? Là aussi, cette hypothèse

1. Aménagé près de la pièce d'eau des Suisses par Jean-Baptiste de La Quintinie, directeur des Jardins fruitiers et Potagers de toutes les maisons royales, et alors en voie d'achèvement.

2. Les deux bâtiments existent toujours, de part et d'autre de la rue de l'Indépendance-Américaine.

semblait saugrenue. Ou bien, pensait le souverain, l'homme venu arrêter le travail des jardiniers, quoiqu'il se fût présenté comme un messager, n'eût agi de son propre chef et n'eût voulu s'abriter derrière un personnage imaginaire. Quoi qu'il en fût, quel dessein poursuivait ce mystérieux donneur d'ordre ? Questionner plus avant les deux compagnons aurait été fastidieux, estima Louis XIV, et sans doute mené à bien en pure perte : de toute évidence, les deux hommes étaient francs et dévoués, ils avaient dit tout ce qu'ils avaient à révéler, sans rien oublier ni vouloir rien cacher. Quant à se faire décrire plus en détail l'inconnu, sa manière d'être, de parler, ses habits, le roi ne le voulut pas : se montrer plus curieux risquait de dévoiler son enquête aux deux garçons qui, pour être des gens simples, n'en étaient pas sots pour autant.

Il y avait donc là, pensa le souverain, un mystère, plutôt grand que petit. Celui-ci serait résolu un jour et l'explication qui permettrait de le lever serait sans doute bien simple et banale. Le roi décida de ne plus s'intéresser à cette affaire, du moins pour le moment. Cette plante et ses graines l'avaient trop occupé alors qu'il avait tant à faire et à penser, que cela concernât la direction du royaume, Versailles ou Marly…

Le roi remercia les jardiniers. Ceux-ci s'étaient montrés honnêtes et le roi ne doutait pas du sérieux avec lequel ils travaillaient. Pour prix de leur franchise, il leur ferait donner une gratification, mais pas trop élevée, car il fallait, songea le monarque, que chaque chose demeurât à sa place.

François Harlay de Champvallon n'en revenait pas. Il avait tout fait, tout essayé, du délicat et du périlleux, tout tenté en fait de galanteries. Du moins, jusqu'à ce jour, le croyait-il. Et voici que, depuis un moment, Suzon la Ribaude lui montrait que, en la matière, un homme de sa trempe et de son expérience avait encore à apprendre. L'archevêque n'était pas tout à fait redescendu et ne demandait qu'à remonter, lorsque son cœur aurait cessé de battre aussi vite, et une autre partie de son corps de s'affoler elle aussi. Il trouva cependant la force de s'enquérir :

— Mais tu ne m'avais jamais fait cela !

— Oui, j'ai l'habitude de garder ce tour en réserve.

Le cœur toujours battant, l'archevêque voulait aller au fond du sujet :

— L'as-tu découvert toute seule ou bien l'as-tu appris ?

— Oh ! c'est une manière de faire la chose qu'on se repasse dans ma famille, de génération en génération. Cette façon de procéder viendrait d'Italie, de Naples, tu sais, dans cette ville, il y a toujours eu de l'invention et de la fantaisie.

— A-t-elle un nom ?

— Pas que je sache. On pourrait lui en donner un si cela te fait plaisir.

— Ce qui me ferait plaisir, c'est que nous reprenions cet exercice.

Enthousiasmé par sa propre proposition, Harlay s'avança. Mais Suzanne Lécuyer, elle, recula :

— Doucement, pas si vite, gentil Champvallon. En ce cas, cela fera cinq.

Frustré, mécontenté, impatient, le prélat ne voulait pas comprendre :

— Que dis-tu ?

— Je veux non plus une seule mais cinq perles. Car cinq, c'est mon chiffre fétiche. J'ai cinq grains de beauté ici, tu les connais.

La demande était exorbitante. Et Harlay était agacé de devoir parler, donc de différer son plaisir :

— C'est impossible. Tu en demandes trop !

— Dans ce cas, il n'y a plus de Suzon. Enfin, je parle de la chose que tu veux recommencer, pas de moi, bien sûr. C'est juste une question de prix. Ce que tu me demandes de refaire est fatigant à mettre en œuvre, tu t'en doutes. Je ne fais que demander mon dû. Et je l'évalue à cinq perles.

Au septième ciel un instant plus tôt, Harlay vit soudain rouge. Non pas tant que la demande de la ribaude lui parût exorbitante, car la chose demandée en échange le valait, mais parce qu'il savait qu'il allait y consentir. Il était prêt à tout promettre, à tout céder, pour de nouveau éprouver ce qu'il venait de connaître. Mais pour la forme, il voulut se faire menaçant :

— Sais-tu que, sur quelques mots que je prononcerais, tu pourrais être arrêtée sur-le-champ, dénoncée comme étant ce que tu es, c'est-à-dire une fille de mauvaise vie, puis conduite au Châtelet, jugée et bien entendu condamnée, traînée par toute la ville dans une charrette au plancher garni de paille, escortée par des archers, pour qu'on se moque de toi et que tu mesures ton malheur, avant d'être enfermée jusqu'à la fin de ta vie dans une maison de force ?

Harlay pensait terroriser la fille de joie. Il n'en était rien. Suzanne restait impassible, l'air indifférent. Elle semblait s'ennuyer, peu pressée, à rebours de son compagnon, de repartir à la charge et, en tout cas, insensible à la menace :

— François, mon petit curé. Il faudrait savoir. Tu me désires ou, bien au contraire, tu me veux du mal ?

Sous couvert de questions, ces quelques mots formaient bel et bien une affirmation, pleine de bon sens. L'archevêque en demeura coi. Il était vaincu, en rase campagne, et par ses sens. Cette femme le tenait, songeait Harlay. Mais plus que l'autre, à laquelle il pensait souvent ? Le prélat ne le pensait pas. D'un côté, il y avait certes de la technique et de l'enthousiasme. De l'autre, il y avait du plaisir aussi, mais avec un surplus d'émotion et aussi, le point était important, la certitude de se trouver ainsi plus proche du roi. Ce qui pouvait être fort utile.

Chapitre 8

« Rien n'est plus agréable que la structure du château ni plus délicat que les ornements dont il est enrichi. Il semble être le séjour ordinaire des Grâces et des Amours. Les parterres et les jardins y sont toujours verts. Tout ce qu'on y voit a des beautés particulières et l'air qu'on y respire est parfumé des fleurs les plus odoriférantes. »

André Félibien (1619-1695),
à propos du Trianon de porcelaine

Le mercredi 13 octobre, à Paris

Le palais de l'archevêque de Paris avait été reconstruit au Moyen Âge. Il gardait de cette époque des tourelles, des ogives et des créneaux pittoresques. Au fil du temps, ces bâtiments avaient été modifiés, agrandis. Les appartements du prêtre donnaient sur une seconde cour et constituaient un retour d'équerre doté d'une vue imprenable du côté du levant. Pour ce qui était de leur décoration, ils avaient peu à envier à ceux d'un noble de haut lignage. Ce n'étaient que lambris de chêne ciselés, meubles de prix, lustres étincelants, rideaux taillés dans les damas les plus riches. C'était ici, chez lui, en situation de toute-puissance, qu'Harlay de Champvallon avait décidé de s'entretenir avec Martin L'Oiselier. Car après avoir été humilié par Suzanne Lécuyer, après avoir été réduit à n'être qu'un homme implorant, conduit à se prosterner, au propre et au figuré, devant une ribaude, le prélat ressentait maintenant le besoin dominateur d'humilier à son tour, et chez lui, au milieu d'un décor princier.

— Monsieur, c'est l'avant-dernière fois que nous nous voyons. À cet instant, je vous demande, je vous ordonne de me rapporter de Versailles les cinq perles que vous avez remises à Sa Majesté. Les cinq, pas une de moins. N'objectez rien. C'est ainsi. C'est un ordre, un commandement. Vous m'apporterez donc ce que j'exige. Et nous ne nous verrons plus. Je ne parlerai bien entendu jamais à personne ni de ce vol si, surtout, des meurtres que vous avez commis. Car, je vous l'ai déjà dit, de ces assassinats répugnants, je n'ai rien à faire. Comme je me moque aussi que l'on vous voie ici. Ne cherchez pas à me jouer un tour. Car vous auriez beau clamer, en sortant de l'archevêché, que je vous ai demandé de voler le roi, personne ne vous croirait et, de toute manière, pour achever de ruiner votre discours, qui passerait pour celui d'un fou, je n'aurais qu'à révéler vos agissements criminels.

— Monseigneur…

— Laissez-moi parler comme je l'entends. Je suis archevêque de Paris, l'origine de ma famille remonte à des temps reculés, un de mes cousins a aimé la reine Marguerite, première épouse du roi Henri IV. Vous, vous n'êtes rien.

— Vous me condamnez à mort. Voyez, je vous dis tout : j'ai voulu, ainsi que vous me l'aviez demandé, m'emparer de la première perle. J'ai échoué, je viens de recevoir une lettre qui me l'annonce. La tâche était impossible. Et maintenant, vous m'en donnez une nouvelle, dont la difficulté est sans commune mesure avec celle de la première.

— Vous êtes orfèvre, donc habile et vous avez les doigts déliés : montrez-vous, pour m'obéir, aussi adroit en volant qu'en fabriquant, c'est sans doute dans vos possibilités. Lorsque vous m'aurez rapporté de Versailles ce que je vous demande, vous n'entendrez plus jamais parler de moi, vous en avez ma parole d'homme d'Église. (Harlay avait prononcé ces dernières paroles avec une douceur condescendante. D'un coup, il se fit cassant, grossier :) Maintenant, partez, faites en sorte que je ne sois pas déçu.

Comme il l'aurait fait avec un valet voleur pris sur le fait, Harlay indiqua la porte à l'orfèvre du roi. Celui-ci se retrouva dans une antichambre obscure, où attendaient des quémandeurs et de pauvres prêtres qui venaient ici implorer des fonds pour réparer le toit de leur église. Nul ne fit attention à L'Oiselier, de même que celui-ci ne fit attention à personne. Il quitta l'archevêché.

Le joaillier allait obéir, du moins tenter. Mais il savait qu'il allait à sa perte. Une fois arrivé à Versailles, une fois qu'il serait entré dans le palais comme tout un chacun pouvait le faire, il arriverait peut-être à pénétrer dans les appartements du roi en dépit des gardes qui veillaient. L'Oiselier avait entendu dire qu'un jour un badaud désorienté s'était perdu, avait franchi sans s'en rendre compte des seuils que les valets et les gardes avaient désertés par négligence, puis s'était retrouvé dans la chambre du roi sans l'avoir désiré. La pièce était vide, et l'homme s'était senti ballot, car il avait vaguement compris où il se trouvait. Des valets, enfin, étaient arrivés, qui avaient remis le maladroit dans le droit chemin. L'Oiselier aurait-il autant de chance ?

L'orfèvre était désespéré. C'est sans doute pour cela qu'il s'était souvenu de cette anecdote distrayante. Un plaisir de condamné, pensa-t-il. Car, reprenant le fil de ses pensées, il voyait son avenir écrit. S'il parvenait à entrer chez le roi, comment savoir dans quel salon, dans quel meuble étaient les trois bijoux ? Comment s'emparer des cinq perles sans être surpris et s'en aller tranquillement ? L'archevêque avait menacé, L'Oiselier en avait peur. Il irait à Versailles. Et si Dieu le permettait, il en sortirait vivant et avec les joyaux, les donnerait à Harlay et disparaîtrait ensuite en Angleterre, en Suisse ou en Hollande. Mais pour le cas, plus probable, où il serait capturé par les gardes, tué sur-le-champ si ceux-ci pensaient avoir affaire à un criminel régicide, il décida de rédiger une confession. Il devait se mettre en règle avec sa conscience, demander pardon au roi, se préparer à comparaître devant Dieu.

Revenu chez lui, Martin L'Oiselier alla droit à son bureau, s'assit, prit une feuille, une plume et un encrier. Sur le papier, l'assassin avoua ses activités illicites, et surtout les trois crimes qu'il avait commis, d'abord auprès du ruisseau des Gobelins, ensuite dans la rue Saint-Landry puis enfin au port aux Œufs. Il demanda bien pardon au monarque d'avoir trompé et tué, d'avoir osé, avec ses mains souillées par le sang qu'il avait versé, toucher les perles des reines. Il raconta aussi par le menu les menaces de l'archevêque, ainsi que les révélations que celui-ci lui avait faites quant à ses débauches. Envisageant le pire, le maître orfèvre, une nouvelle fois, pria le monarque de lui pardonner. Là, il s'arrêta un instant. Il avait besoin de réfléchir. Devait-il, ou non, faire état de l'aide qui lui avait été apportée à Versailles ? L'Oiselier avait tendance à le penser, dans le souci d'être le plus honnête possible. Mais dans ce cas, fallait-il être précis et inscrire un nom noir sur blanc ? Ce n'était guère loyal. Car l'appui qui lui avait été apporté s'était accompagné d'une pressante demande de discrétion. C'étaient deux loyautés qui s'affrontaient dans l'esprit de l'orfèvre : la fidélité due au roi et celle promise à l'acolyte, qui n'avait que peu démérité, qui avait sans doute échoué l'autre fois par malchance et non par mauvaise volonté. Incapable de trancher, le joaillier adopta une demi-mesure, assez absurde mais après tout, songea-t-il, il allait bientôt périr et tout cela était vain. Il fit donc état du soutien dont il avait bénéficié mais sans nommer personne. Pressé d'en finir, L'Oiselier plia le papier, apposa son sceau dessus et écrivit avec toute la résolution qu'il put trouver en lui : « Pour Sa Majesté ».

La conscience quelque peu allégée, le joaillier alla ensuite à la cachette, aménagée sous le plancher, où il conservait les contrefaçons qu'il avait préféré garder, ce dont il se félicitait d'ailleurs en cet instant crucial. D'une bourse de tissu, il tira les cinq plus belles perles qu'il put y trouver, laissa les autres, referma le sac, déposa à côté la confession qu'il venait de rédiger. Puis il remit en place la latte de chêne. Enfin, L'Oiselier glissa les perles à l'intérieur de sa veste dont le devant était en tissu fin et brodé et le dos, uni, en étoffe plus grossière, enfila par-dessus un justaucorps bleu de nuit. Il n'avait plus qu'à aller louer un carrosse au bureau de la rue Saint-Nicaise[1]. En prenant par le pont Notre-Dame ou le pont au Change, puis par la rue Trop-va-qui-dure[2] et le quai de la Mégisserie, il y serait assez vite. La voiture le conduirait en deux heures à Versailles, pour douze livres s'il en était le seul passager, ce qu'il espérait, du reste, car mieux valait faire le chemin seul, il pourrait ainsi tenter de rassembler son courage et ses esprits sans avoir à bavarder avec des importuns, alors que son but était peu avouable.

1. Rue disparue, qui bordait la cour du Carrousel, entre le Louvre et les Tuileries.

2. Cette rue, dont le nom présente une étymologie assez mystérieuse, était, de plus, auparavant nommée rue de la Descente-de-la-Vallée-de-Misère !

Douze livres représentaient une somme appréciable, certes. Mais une fois mort, estima-t-il, peu lui importerait d'en avoir été délesté.

Au Trianon

Louis XIV ne se l'expliquait pas, mais c'était ainsi. C'était ici, au Trianon, qu'il parvenait le mieux à résoudre les difficultés qui, au palais, lui semblaient insolubles. Était-ce, se demandait-il, parce que, ici, les murs, les meubles, les carreaux de faïence, tout ce bleu et blanc si joyeux, avaient conservé le souvenir de la jeunesse du roi et lui en redonnaient un peu, avec aussi de la vigueur, cette liberté de penser sans entraves qui lui était si précieuse en l'occurrence, quand il venait ici ? C'est en 1670 que la résidence inspirée de la Chine avait été bâtie. Louis XIV était alors dans sa trente-deuxième année, il dansait en public, s'en faisait admirer, il était ivre de sa vivacité mais n'en avait pas conscience. Que de temps avait passé…

Le Bourbon en revint à son mariage avec la marquise de Maintenon, à cette union qui avait failli ne pas être célébrée à temps, aux senteurs incommodantes qu'il avait ensuite perçues dans le Grand Degré où le cent-suisse avait été retrouvé mort. Vineuse mais chargée d'autres arômes, à y bien réfléchir, cette odeur était plus ou moins comparable à celle que dégageait la plante des parterres de l'orangerie. Le Bourbon savait qu'il devait percer ce mystère. Puis sa réflexion, de nouveau, se porta sur Trianon. Qu'il gardât ou non cette demeure, dont l'écrin était ses parterres fleuris, ne serait-il pas judicieux de creuser le sol afin de pouvoir mieux admirer les fleurs des salons, au printemps les crocus, anémones, cyclamens et jacinthes bleu turquin, en été les soucis doubles, les pivoines et les nigelles au bleu délicat ? Quelques dizaines de jardiniers, aidés par des soldats s'il le fallait, mèneraient à bien l'ouvrage en quelques jours[1]. Il faudrait y réfléchir. Et c'est alors qu'une pensée lui vint, qui avait l'avantage de mêler deux de ses principales préoccupations du moment.

La reine était morte. Le deuil le plus strict avait été proclamé, les fêtes suspendues. Et le fil de ces réjouissances ne serait renoué que dans un an. Mais le lendemain, songea le roi, la fine fleur de la cour, vêtue de sombre, reviendrait pourtant ici – il venait de le décider –, pour prendre une collation, afin de redonner un peu de vie au pauvre Trianon, trop déserté et qui ne le méritait pas. Il n'y aurait pas de concert, ce ne serait pas une fête, on ne jouerait ni à la bassette, ni au hombre, ni au lansquenet, ni au hoca, les valets ne dresseraient ni table de trou-madame ni billard dans le Grand Salon. On y danserait encore moins. On se réunirait là simplement pour deviser, se promener dans les jardins ; le monarque espérait que le temps le permettrait. Ainsi les convenances seraient respectées.

Serait-ce un adieu au Trianon de porcelaine ? Louis XIV ne le savait pas, pas encore. Mais il voulait que, au moins une fois encore, le petit palais vive de belles heures. Lui, il n'assisterait pas à cette distraction. En tout cas, la cour serait ici brillante, désireuse et ravie de se distraire sans trop le montrer car, passé les premières semaines de déploration, la lassitude était là,

1. Ce sera fait lors de la construction du Trianon de marbre.

le souverain était assez lucide pour s'en rendre compte. Parmi les rares affectés par la mort de la reine, figurait en premier lieu la Palatine : le roi le savait bien, pour qui un cabinet noir lisait l'abondante correspondance de la princesse. Et aussi, de toute évidence, le domestique espagnol que le roi avait surpris en train de chaparder. Le chagrin de cet homme n'était pas feint. Quant aux autres, rien n'était moins sûr. Or le roi n'alla pas plus loin. Il aurait été obligé de convenir que la reine avait mené une vie terne et insignifiante et que justement, de sa mort, personne ou presque ne se souciait.

Il fallait songer à l'avenir, à son règne, à Versailles, pour lequel le Bourbon avait encore tant de projets. Le lendemain, donc, il y aurait ici affluence. Les courtisans se presseraient, nombreux, dans les jardins, habillés avec d'autant plus de recherche que les couleurs assourdies seraient toujours de rigueur. Qu'importe. Ce serait une réjouissance en noir et en brun, mêlés d'un orange brûlé. Les dames porteraient des mantilles dont les plis retomberaient sur les épaules. Le jais, poli dans des dizaines de moulins bâtis au pied des lointaines Pyrénées, brillerait partout sur les costumes. Le Bourbon, lui, aurait mieux à faire ailleurs. Peut-être, s'il se montrait assez rapide, rejoindrait-il plus tard la société. Mais on n'en était pas là.

Le monarque passa dans la chambre des Amours, coula un regard nostalgique sur les tentures de taffetas blanc, semé de fleurs de Chine, sourit aux anges de carton qui soutenaient les rideaux du lit en broderies bleu, argent et or. Puis il alla dans la chambre de Diane, meublée d'un lit de repos de satin violet peint de fleurs d'or et d'argent, orné de gazes, et de guéridons peints de bleu et de blanc. Tout cela avait été à la fois somptueux et gai, réjouissant et rieur. L'était-ce toujours ?

Sur la route, puis à Versailles

Dans la voiture qui l'avait conduit de Paris à Versailles (quelques lieues[1] séparaient la capitale de la cité royale), Martin L'Oiselier avait réfléchi. Pour le cas improbable où il parviendrait à pénétrer dans l'appartement du roi et à trouver les bijoux, que ferait-il ? Les volerait-il purement et simplement ? Ou bien remplacerait-il les cinq perles véritables par les cinq fausses, de simples boules de verre tapissées de purée d'écailles d'ablette ? L'orfèvre choisit la seconde éventualité, pourtant la plus délicate et la plus longue à mettre en œuvre. Car, avait-il pensé, s'il opérait une substitution, celle-ci avait de bonnes chances de ne jamais être découverte ou en tout cas, pas avant de longues années, par exemple s'il prenait un jour au roi l'envie de transformer de nouveau les joyaux, de les adapter à des modes, à des coquetteries à venir. Si L'Oiselier, à Dieu ne plaise, était alors encore en vie, le temps aurait passé, il serait toujours temps, s'il n'avait pu s'enfuir et se cacher, d'accuser un valet, une suivante, avec tous les accents de la sincérité : l'orfèvre aurait eu le temps de se persuader qu'il n'avait volé personne. S'il était interrogé, il ne manifesterait aucun trouble. Le roi réfléchirait, comprendrait que de nombreux serviteurs s'étaient succédé à son service depuis le jour où Martin L'Oiselier lui avait remis les trois pièces. D'aucuns seraient retrouvés, arrêtés, questionnés, torturés et l'un

1. Une lieue (de Paris) équivalait à 3,898 km.

d'entre eux, las de souffrir, avouerait tout ce qu'on voudrait, avant d'être pendu haut et court. Paix à son âme innocente, pensait L'Oiselier, qui se prenait à ses propres pensées…

Le joaillier ignorait ce que le roi comptait faire de cette parure. La garder dans un premier temps, peut-être, puis l'offrir à la dauphine, lorsque celle-ci aurait donné un second fils au dauphin, à la France, et donc aurait persévéré à assurer la continuité de la dynastie des Bourbons. À moins, comme le disait une rumeur qui était venue jusqu'à Paris, que le souverain ne décide de se remarier et ne compte placer ces trois bijoux dans la corbeille de l'épouse, ce qui, au regard des usages, n'aurait pas été moins légitime. Mais que le roi offrît ou non bientôt les perles, il était susceptible de vouloir les contempler dans les jours prochains. Si l'écrin disparaissait soudain ou bien s'il était découvert vide, une enquête serait ordonnée. Bien entendu, L'Oiselier ne ferait pas partie des premiers suspectés. Mais tôt ou tard, il serait questionné. Aurait-il alors la force et la présence d'esprit de nier, avec l'aplomb nécessaire ? Il ne pouvait en être certain. Il n'avait pas le choix : le joaillier assassin mettrait donc bien les fausses perles à la place des vraies.

L'Oiselier était presque arrivé à bon port. La forêt avait depuis un moment disparu et avait laissé la place à des maisons. À leur tour, les plus modestes de ces demeures cédèrent le pas à de plus grandes. Puis la voiture arriva au quartier de Montreuil. C'est là que la route de Paris qui, passé le pont de Saint-Cloud, sinuait plus ou moins en suivant le cours du ruisseau de Marivel, se faisait droite. À partir de là, c'étaient de beaux hôtels et des constructions qui abritaient les services nécessaires à la vie de la cour et qui n'avaient pu être logés dans le palais ou dans ses environs immédiats. Si les bâtiments étaient de plus en plus nombreux et serrés les uns contre les autres à mesure qu'on approchait du château, il en allait de même pour les personnes, hommes et femmes, qui allaient à pied pour la plupart, certains à cheval ou en voiture.

Sans compter les marchands ambulants, les colporteurs, les charpentiers et les plâtriers, les lavandières encombrées de leurs marmots, les fumistes, les porteurs d'eau, les journaliers à la recherche d'un emploi. Et aussi les charrettes et les chariots qui transportaient des marchandises de toutes sortes, de la ferraille, du vin, des légumes et du bois de chauffage, et les chevaux, par dizaines, menés d'une écurie à l'autre. Et les valets des nobles logés au palais, trop nombreux pour y habiter eux aussi et qui, quand ils n'avaient pas la chance de s'être vu attribuer une chambre dans les premiers logements disponibles du Grand Commun, allaient et venaient entre la demeure en ville de leur maître, où ils dormaient dans un galetas, pour rapporter en toute hâte un habit propre. Cette foule bourdonnante était rassurante, le maître orfèvre se reprit à espérer.

La voiture s'arrêta sur la place d'Armes. Martin L'Oiselier en descendit et, d'un coup, renoua avec la peur qui l'avait un moment quitté. Une poignée de soldats montaient une garde débonnaire à la grille située entre la cour des Ministres et la Cour royale. Aucun d'entre eux n'accorda la moindre importance au bijoutier. Celui-ci s'efforçait de ne pas trébucher sur les pavés irréguliers. Avec l'humour du désespoir, il eut la force de reconnaître qu'il n'aurait pas été de bon augure, pour un homme qui s'apprêtait à dépouiller le roi, du moins à essayer, de se rompre une jambe en bas de chez lui. Puis il aperçut une ligne de pavés mieux ajustée que les autres. Sans doute un repère pour les militaires, songea-t-il, quand ils devaient parader ou prendre rang lors d'une cérémonie. L'Oiselier s'efforça de suivre cet étroit chemin, plus aisément praticable. Il y vit un heureux présage. Quelques instants plus tard, il adressa un signe, convenu par avance et par messages échangés, au personnage qui allait le guider. Or l'accueil fut abrupt et glacial.

— Vous êtes en retard.

— Deux carrosses étaient renversés sur la route, sitôt la Seine passée, et une charrette aussi, du côté de Viroflay. Sans compter les fardiers chargés de plâtre et de vin, qui prennent toujours toute la place et empêchent souvent de passer.

— Hâtez-vous. Nous marchons sur un fil. L'autre fois, j'ai bien failli me faire prendre sur le fait par votre faute. Je sais que nous avions passé un pacte. Mais je le dénonce aujourd'hui, quoi qu'il m'en coûte. Le jeu n'en vaut plus la chandelle. Il y a trop de dangers. C'est la dernière fois que je vous aide.

— Conduisez-moi, je me charge du reste.

— Accompagnez-moi à bonne distance, faites en sorte de me suivre sans en avoir l'air. La foule est nombreuse, si vous êtes prudent et faites comme je vous le dis, on ne remarquera pas que nous sommes ensemble. Si, par hasard et par malheur, vous êtes aperçu par une personne de votre connaissance, par exemple un huissier du roi, je feindrai de ne pas vous connaître et vous vous débrouillerez pour lui chanter la chanson que vous voudrez, je m'en lave d'ores et déjà les mains.

Et Martin L'Oiselier fit comme on le lui demandait. Avec application car il avait assez de délicatesse pour ne pas souhaiter entraîner quelqu'un avec lui dans le malheur et aussi assez de résignation pour aller vers sa perte sans chercher à esquiver. D'ailleurs, un mince espoir le faisait agir et marcher, auquel il se raccrochait avec l'énergie d'un noyé en vue du rivage.

Que de différences avec ses précédentes visites à Versailles, en particulier la dernière… C'étaient les mêmes salons aux plafonds peints, les mêmes marbres, les mêmes dorures, les mêmes uniformes. Mais L'Oiselier, cette fois, y était insensible, il ne se sentait ni flatté ni béni par la chance de se trouver là. Il marchait, voilà tout, s'efforçait de n'être ni distancié ni perdu. Il revoyait aussi ce qu'avait été sa vie, son ascension, ses satisfactions, ses erreurs et la chute, qui allait survenir. Valets de la reine, laquais, simples frotteurs de parquet, courtisans le croisaient, tous indifférents – son visage était inconnu du plus grand nombre, son habit était commun, il n'y avait aucune raison de s'intéresser à sa personne, et c'était bien ainsi.

L'autre fit un signe. Le joaillier meurtrier comprit, s'avança, à peine, pour mieux entendre de nouvelles paroles qui allaient être murmurées :

— C'est notre chance. Il y a, depuis plusieurs semaines, une obscure querelle entre les gardes du corps et les cent-suisses pour savoir qui doit garder les appartements de cette partie du château. Ils se disputent tant que, parfois, aucune police n'est exercée. Ce qui est un comble. Mais c'est ainsi.

Interrompue un instant, la marche reprit. Passé un dernier corridor, qu'éclairait pauvrement un seul quinquet, un peu à l'écart de l'agitation, il s'arrêta. Son guide s'approcha, pour parler d'une voix aussi basse que possible, sans toutefois le regarder en face :

— C'est là. Je sais que cette porte n'est jamais gardée et ce serait bien le diable si, à cet instant, derrière, se trouvait un valet, il n'en vient pas par ici à cette heure. Dès que vous aurez passé ce seuil, je ne pourrai plus rien pour vous. Et quoi qu'il arrive ensuite, je ne vous connaîtrai pas, je ne vous aiderai pas. Vous ne pourrez compter que sur vous-même. Bonne chance et adieu.

Le bijoutier assassin remercia d'un regard aussi bref que possible. L'instant suivant, il était seul. Il reprit son souffle, posa la main sur la poignée à peu près de la même manière que s'il avait saisi un diable par une de ses cornes. La porte s'ouvrit, il n'y avait personne. Enhardi mais nullement soulagé par ce premier succès, à vrai dire bien mince, Martin L'Oiselier traversa la pièce, ouvrit une autre porte, se retrouva dans un étroit passage, dépourvu de baie, crut qu'il s'agissait d'un cul-de-sac, aperçut, dans la pénombre, une autre porte, l'ouvrit à son tour. Et, d'emblée, sut qu'il était arrivé au bon endroit. Son instinct d'homme de l'art, habitué à manipuler des objets précieux et à les ranger dans des tiroirs recouverts de velours, le lui indiquait sans nul doute possible. Il en était certain : les trois bijoux qu'il avait remis au roi étaient serrés dans le meuble de marqueterie d'écaille et d'ivoire, en face de lui. Il était trop tôt pour crier victoire et se réjouir, mais au moins, un pas avait été franchi.

Martin L'Oiselier s'avança. Sa main ne tremblait pas. Quoiqu'il se fût introduit chez le roi, en violation de tous les usages et des lois et qu'il s'apprêtait, même, à toucher de ses mains de roturier une serrure que seul le monarque, il en était certain, manœuvrait.

Le bijoutier s'approcha encore. La clef était en place, il ouvrit le battant. Il n'eut pas à chercher : il connaissait fort bien l'écrin fleurdelisé. Il tendit la main, s'arrêta, écouta. Pas le moindre bruit ne venait jusqu'à lui. Les pièces voisines étaient vides. Le joaillier se saisit du coffret et, pour plus de commodité mais sans grand respect pour le symbole royal qu'étaient les fleurs de lys en ornant le couvercle, le posa à même le parquet de chêne. De sa manche, il tira de fines brucelles, et une autre paire de pinces, permettant de réaliser une prise plus forte.

L'orfèvre avait tant de fois accompli ce geste qu'un instant il en oublia le reste. Il se saisit d'abord de la broche, repoussa l'une des griffes du chaton, puis une autre. La perle sortit de son logement. Le joaillier du roi fut assez habile pour ne pas la laisser tomber, hésita un instant. La remplacerait-il aussitôt ou bien enlèverait-il les deux autres perles véritables avant de les remplacer par les fausses, à la suite ? Il prit le premier parti, le plus prudent : s'il était dérangé, Martin L'Oiselier remettrait le tout vite à sa place et se cacherait, s'éclipserait, avant de revenir. Si quelqu'un, sans doute le roi, considérait les joyaux entre-temps, il ne verrait rien de particulier. Le bijoutier travaillait vite. Voici, la deuxième puis la troisième perle avaient été remplacées. Il y avait une bonne raison de se réjouir. Or le joaillier ne voulut pas se considérer comme sorti d'affaire. Puisque, à présent, la broche avait été modifiée, il saisit le premier des deux pendants d'oreilles. Là, la pince ripa, L'Oiselier eut peur d'avoir endommagé le chaton. Ce qui eût été une catastrophe. Mais il n'en était rien. Et la perle de la première boucle fut promptement changée.

Le bijoutier souffla un peu. Mener à bien, en si

peu de temps, une tâche qui demandait tant de méticulosité et d'adresse, et alors que chaque seconde qui passait ajoutait au danger qu'il courait en demeurant là, l'épuisait. Il avait pourtant bien des raisons de se réjouir. Dans un instant, il aurait achevé de subtiliser les perles des deux reines. Certes, il lui resterait à sortir de cette pièce, de l'appartement du roi, à se fondre ensuite dans le flot de ceux qui habitaient ou travaillaient dans le palais, de courtisans habillés à la dernière mode, de domestiques galonnés et de gens de peu, pauvrement mis.

Martin L'Oiselier alla chercher dans les profondeurs de son habit la dernière des fausses perles dont il avait besoin. Il se rendit compte alors qu'il n'avait pas eu l'élémentaire prudence d'en prendre une de rechange, au cas où il en aurait brisé une. Il se rassura comme il le put. Jusqu'à présent, il n'avait commis aucune maladresse. Pourquoi se montrerait-il maintenant plus gauche ? Toujours aussi attentif et adroit, il dessertit la dernière des vraies perles. Souffla un instant. Crut distinguer un frôlement sur le côté. N'y fit pas attention. Remplaça la dernière perle véritable par la dernière des fausses perles qu'il avait apportées. L'Oiselier réprima le sentiment d'allégresse qu'il sentait poindre en lui : le moment n'était pas à se laisser gagner par une joie facile qui lui aurait fait commettre une bévue fatale alors que l'avenir s'était éclairci. Il referma la boîte avec soin, le remit en place, repoussa la porte du meuble marqueté. Releva la tête. Et vit, devant lui, arrivé sans crier gare, un homme qui le dévisageait avec fureur et, comprit-il, qui était décidé à le tuer.

Dans le parc de Versailles,
puis chez la marquise de Maintenon

Dans le carrosse qui le ramenait à Versailles, le roi éprouvait des sentiments mitigés. Comme il venait de le décider au Trianon de porcelaine, il était déterminé à mettre en œuvre la partie de campagne dont l'idée lui était soudain venue. Au demeurant, il fallait que cette aimable réunion eût lieu. À défaut d'y participer, en être l'ordonnateur le contentait.

La voiture et le petit détachement de militaires qui l'accompagnait arrivaient au bout de l'allée de Trianon, là où celle-ci rencontrait l'allée du Petit-Pont et faisait avec elle une pointe très effilée. D'instinct, le monarque regarda sur sa droite, tant il avait toujours besoin de contempler ce qu'il y avait à admirer dans le parc, que ce soit pour se réjouir de la vue d'une perspective ou pour vérifier que ses dernières recommandations avaient été mises en œuvre. Le roi songea à demander au cocher de ralentir son allure puis y renonça. Achevé depuis quelques années, le bosquet des Trois-Fontaines plaisait particulièrement au Bourbon. En tendant le cou, le roi aperçut, l'espace d'un instant, à travers une trouée aménagée dans une charmille dont pas une feuille ne dépassait, la margelle, ceinte de buis et de topiaires, du dernier des trois bassins, qui recevait le flot des cascades venant des deux autres. Le spectacle n'était pas aussi intéressant qu'il aurait pu l'être car l'ensemble était à sec. Mais cette vision fugitive, riche de promesses pour une prochaine visite, suffit à ravir le souverain.

La voiture, tirée par des chevaux blancs fringants, poursuivant sa course, tourna afin de s'engager sur la pente douce longeant les réservoirs. Ici s'élèverait, dans quelques années, la nouvelle aile qui devait prolonger le palais vers le nord. Le convoi passa sous la voûte, dallée de bois pour amortir le bruit des roues et des sabots, qui débouchait dans la Cour royale, roula jusqu'au bas de l'escalier de la Reine dont les abords étaient encombrés par les étals, déployés sans plus de façon par des marchands de colifichets. Là, le monarque descendit de sa voiture, sans crainte, au milieu des courtisans, valets et badauds. Les gardes lui assurèrent cependant un passage afin de le garantir contre toute bousculade.

Avec sa dignité coutumière mais arborant un léger sourire, la mine bienveillante, Louis XIV monta les marches de pierre, salua poliment les dames qu'il connaissait et qui se trouvaient sur son passage. Plusieurs nobles, des bourgeois aussi, voulurent s'approcher pour présenter une requête, solliciter une faveur. Les gardes les écartèrent avec fermeté mais sans brusquerie. Parvenu en haut du degré, le Bourbon traversa le palier dans sa longueur. Et pénétra chez la marquise de Maintenon qui, prévenue de son arrivée depuis un instant, escamota promptement une coupe emplie de cotignac d'Orléans qu'elle mangeait à la petite cuillère depuis quelques jours pour se débarrasser de menues contrariétés digestives.

— Sire, je ne vous attendais pas à cette heure.

D'un regard, Louis XIV invita Nanon Balbien à le laisser seul avec la marquise, et quoique la suivante eût déjà assisté à des entretiens relevant tant de haute politique, car le roi aimait consulter ses ministres chez Maintenon, que de sujets plus intimes, puisque la suivante avait toujours tout su, depuis ses prémices, du projet de mariage entre le roi et la marquise. Balbien, obéissante, monta dans sa soupente sans faire d'histoires. Cela ne tombait pas plus mal, estimait-elle. Car, associée au plus digne comme au plus trivial, elle devait trier le linge de corps de sa maîtresse.

Le roi était certes partout chez lui à Versailles, *a fortiori* chez son épouse. Mais, poli, il attendit que Maintenon l'invitât à passer dans la chambre, vert, or et rouge, la seule pièce où se trouvaient deux fauteuils semblables, dignes du couple.

— Madame, j'ai décidé que, demain, nous irions à Trianon. Et par bateau, ce sera distrayant. Je ne veux pas vous blesser mais, voyez-vous, j'étais trop attaché à ma première épouse et je chéris encore son souvenir pour oser songer à briser le deuil décrété. Or j'ai pensé qu'une promenade au bout du parc nous distraira tous. Une collation sera servie là-bas. Je suis vêtu de noir et de violet pour plusieurs mois encore, nous portons tous le deuil, mais je ne dois négliger ni ma famille ni les personnes qui me sont le plus dévouées.

— Bien, Sire.

— Je vais faire donner des ordres à la Petite Venise[1] afin que les matelots soient prêts et leurs embarcations aussi. Nous prendrons place sur la *Grande Gondole.* Mais cette embarcation n'y suffira pas. Il faudra aussi les galiotes, peut-être les chaloupes et d'autres. Vous ferez la conversation aux dames, je serai avec les messieurs. Ne ménagez pas vos efforts, car n'oubliez pas que nous devons toujours être en représentation, nous nous devons à la cour. Pour les raisons que nous avons déjà évoquées, notre mariage demeurera secret

1. Nom donné aux bâtiments situés près du Grand Canal, où étaient logés les matelots, dont certains venus d'Italie.

à l'avenir, ai-je besoin d'y revenir ? Cela ne trompera que les sots ou les naïfs, peu importe. Mais je veux que chacun s'habitue à votre présence à mes côtés.

— Je ferai, Votre Majesté, selon votre volonté.

Mme de Maintenon sourit au roi. Aller à Trianon le lendemain, et de surcroît en voguant sur le Grand Canal lui donnait déjà froid, et elle détestait déjà les odeurs d'eau et de vase que soulèverait l'action des rameurs. Mais la marquise faisait bonne figure et, même, parvint à feindre le ravissement. Finalement, pensait-elle, sa position d'épouse secrète lui serait encore plus profitable qu'elle ne l'avait pensé. Le mystère qui entourerait désormais sa place auprès du roi ferait naître toutes les suppositions. Ce brouillard à la fois la cacherait et en ferait un être à part, elle serait désormais supposée toute-puissante.

Assis face à son épouse, le roi la détaillait sans en avoir l'air. Il lisait dans ses pensées. Maintenon croyait maîtriser sa propre vie ? Elle se leurrait. Le lendemain, elle ne serait qu'un pion, au rôle certes déterminant, dans la pièce que Louis XIV avait décidé de jouer.

Mais le temps passait. Même en ce temps de deuil, le monarque ne pouvait, ne voulait se soustraire à aucune de ses obligations. Il se releva donc, plus que jamais satisfait de l'existence qu'il s'était donnée. Il se plaisait déjà à imaginer le spectacle qu'offrirait le lendemain la cour voguant sur le Grand Canal et le rôle qu'y tiendrait son sosie.

Parce qu'il pensait à cet homme, qui lui était à la fois inconnu mais si nécessaire, et aussi pour se dégourdir les jambes, le roi s'approcha de la fenêtre, s'arrêta net. Comme l'autre fois, il y avait, dans l'aile des Offices, en face de lui, une ombre à la fenêtre de l'appartement d'Alexandre Bontemps. Louis XIV s'assombrit. De l'endroit où il se trouvait, il ne pouvait voir qu'une silhouette. Le monarque connaissait assez son valet de chambre pour savoir que ce ne pouvait être lui. C'était, plus sûrement, le double. Comme il en avait l'habitude, parce qu'un roi, selon l'idée qu'il s'en faisait, ne pouvait se fâcher, et en tout cas pas devant une dame qui était de surcroît son épouse, le monarque maîtrisa pleinement la colère qui aurait envahi un autre homme. C'était la seconde fois, en quelques jours, que l'inconnu qui lui ressemblait tant se montrait ainsi. Ce qui était d'une imprudence inouïe. Le reclus avait donc perdu l'esprit, et Bontemps sans doute aussi, qui ne lui avait pas assez fait la leçon. Le Roi-Soleil aurait pu, sur-le-champ, regagner sa propre chambre, convoquer son premier valet de chambre, lui laver la tête et sévir contre lui et le sosie. Or il ne le pouvait pas. Il avait trop besoin de cet homme, tout au moins le lendemain, et sans doute encore un peu après, il lui fallait prendre sur lui et ne rien dire.

Ailleurs, à Versailles

Fouetté par la terreur, l'esprit de Martin L'Oiselier n'avait jamais été aussi délié. Ses jugements se succédaient à grande vitesse. Pourquoi ne s'était-il donc pas armé pour venir ici ? Il aurait au moins pu prendre une des limes avec lesquelles il avait déjà tué par trois fois. Il se redressa, faillit tomber, se rétablit. L'adversaire était déjà sur lui. Terrorisé, L'Oiselier eut juste le temps de mesurer qu'il ne s'agissait pas d'un soldat. L'autre rugit :

— Misérable ! Comment as-tu osé ?

Le joaillier vit deux mains s'avancer, se sentit pris à la gorge, étouffait déjà. Il se débattait, il avait mal, eut encore plus peur et ses pensées, dès lors, se mêlèrent, devinrent confuses. S'il criait, on l'entendrait, on le sauverait de son assaillant mais, l'instant suivant, on le traiterait en voleur et il mourrait. S'il ne se débattait pas, il allait périr. Que faire ? Il ne distinguait plus le visage de son ennemi, l'air lui manquait, il tendit une main, saisit ce qui se trouvait à sa portée, et qui était sensible, et serra. Sous le coup de la surprise et de la douleur, l'autre lâcha prise. D'un coup, L'Oiselier retrouva de l'air, de la force, de l'espoir, lâcha, se débattit. Ce fut une lutte silencieuse. Le maître orfèvre crut, un instant, avoir le dessus, mais son adversaire était décidé et vigoureux, il renversa de nouveau la situation. Le bijoutier put cependant encore desserrer l'étreinte, réussit à se traîner jusqu'à la porte, à l'ouvrir. Son poursuivant trébucha. Martin L'Oiselier s'échappa. Si, tout affolé qu'il était, l'habit plus ou moins déchiré, la chevelure décoiffée et l'air hagard, il parvenait à faire à l'envers le chemin qui l'avait conduit ici, le joaillier estimait avoir une chance d'échapper à son assaillant, qui n'oserait le poursuivre et s'en prendre à lui, au milieu des courtisans, si mince fût cette possibilité.

L'Oiselier franchit le seuil, entendit du bruit derrière lui, comprit que son adversaire était tombé lourdement, s'était fait mal. Il porta une main à son habit, un renflement lui indiqua que les perles dérobées au roi étaient toujours là. Ce lui fut une consolation. À peine rassuré, il traversa un salon, puis une autre pièce. Il était sauvé. L'orfèvre entendit, de nouveau, du bruit derrière lui. Il voulut se retourner, n'en eut pas le temps. D'un coup, il sentit une douleur fulgurante lui transpercer le dos.

Chez Alexandre Bontemps

— Enfin, monsieur, on peut vous apercevoir à tout moment des cours ou, pis encore, des pièces situées en face de mon appartement. Reculez-vous, je vous prie, ou bien, tout au moins, tirez les rideaux.

— Veuillez m'excuser. C'est que j'avais envie de regarder les allées et venues dans les cours. Et il y a tant à voir, avec les soldats, les chevaux, les carrosses. Il y a tellement de beaux messieurs et surtout de belles dames qui passent à toute heure…

— C'est plus que de l'imprudence, c'est de la folie, assura Bontemps.

Goûter depuis quelques jours à une vie inespérée, être logé, nourri et blanchi et, de surcroît, tenir le rôle du roi de France dans son propre palais et ses propres jardins, commençait à tourner la tête au sosie. Du moins, tout cela lui avait donné une belle assurance. Il avait commencé par répondre avec politesse, à se justifier, tant il avait jusqu'alors été habitué, homme de rien, à le faire. En quelques instants, cependant, des rancœurs et des humiliations subies durant des années lui donnèrent l'envie d'être insolent, voire d'en découdre. Il changea d'attitude et prit de très haut le propos du premier valet de chambre :

— Tout beau, savez-vous à qui vous parlez ?

Venu apporter à son hôte un pâté de faisan chaud, Bontemps resta un instant le plateau à la main. Découvrir, en pénétrant dans la chambre, le sosie à la fenêtre, lui avait plus que déplu. Et voici que, maintenant, le double du roi était impoli, et même le défiait, alors qu'il était dans son tort. Bontemps était intelligent. Il savait que cette situation était fausse, qui faisait de cet homme de peu l'hôte du roi de France, et le conduisait à revêtir ses habits, à tenir sa place. Aussi, comment pouvait-il menacer l'imprudent ou, même, simplement le raisonner, sans être moqué ? Le premier valet de chambre tenta d'emprunter une voie médiane, dont il vit pourtant aussitôt qu'elle n'était pas satisfaisante et les plaçait, lui et le roi, en position d'obligés :

— Enfin, monsieur, Sa Majesté vous accueille ici et vous ne le remerciez guère en vous montrant aussi imprudent.

Le sosie, tenté par l'effronterie, se montra néanmoins pertinent :

— Il y a là quelque contradiction. Parfois, vous me réclamez de jouer au roi devant la société et en allant même à la chapelle. Parfois, vous me demandez de me cacher au plus profond de votre appartement, telle une taupe dans son terrier. Comment voulez-vous que je m'y retrouve ?

Bontemps avait vu juste. Il était dans une impasse. Et l'autre n'avait sans doute pas fini de se jouer de lui. Aussi le premier valet de chambre saisit-il le seul parti qu'il lui semblât possible de prendre. Quoiqu'il y eût du danger, il passa à l'offensive :

— Vous faites le raisonneur ! Vous n'êtes pas en situation de pouvoir agir et parler ainsi. Vous m'avez parfaitement compris. Le roi a en effet jugé bon, pour administrer au mieux son royaume, de vous demander de le représenter parfois. Mais avec toutes les précautions requises pour que nul ne le sache ni ne puisse s'en apercevoir. Or, tout au contraire, si vous vous montrez à la fenêtre en dépit des indications que je vous avais données et de tout bon sens, et que vous soyez aperçu et que, au même moment, Sa Majesté soit par exemple dans la cour ou à une autre fenêtre, tout le système s'écroule.

Sur le fond, Bontemps avait raison. Mais le sosie n'était pas d'humeur à le reconnaître, loin de là. La tête lui avait définitivement tourné. Il ne pouvait répliquer *stricto sensu* à ce dernier propos. Et il passa donc à l'attaque en abattant une carte qu'il gardait en réserve depuis la nuit du 9 au 10 octobre :

— J'ai tout vu, l'autre nuit, et tout entendu.

— Que voulez-vous dire ?

— Je parle du mariage.

Lorsque la cérémonie s'était achevée, que les témoins s'étaient retirés, que les deux prêtres avaient fini de ranger les objets du culte, Bontemps avait été pris d'un pressentiment. Au fond de son très vaste logement, il avait aperçu des portes qui auraient dû être fermées et qui étaient ouvertes, il avait cru voir une bougie brûler avant d'être éteinte, une ombre passer. Mais, brisé de fatigue, en cette heure avancée, le premier valet de chambre était allé se coucher sans, peut-être, se montrer aussi consciencieux qu'il l'aurait dû. Le lendemain et les jours suivants, il avait d'ailleurs refoulé ces doutes. Même si, au fond de lui, la petite musique de l'incertitude ne cessait de jouer. Et voici, que soudain, ce manquement lui revenait à la face. Plus que jamais sûr de lui, le sosie était bien décidé à confirmer son avantage :

— Je suis certain que Sa Majesté n'apprécierait guère de savoir que le secret auquel il attache sans doute le plus d'importance ait déjà été éventé et, de surcroît, par un homme dont il ne sait rien ou presque, qui lui était inconnu voici peu de temps et qui, si vous voulez le savoir, dormait souvent dehors et était loin de manger chaque jour à sa faim avant cette rencontre. Rassurez-vous, je ne compte pas lui révéler prochainement que j'ai aperçu ce que je n'aurais jamais dû apercevoir et que, même, j'ai un peu entendu. Mais je pourrais changer d'avis un jour si nous continuons à nous disputer ainsi, que vous me reprochiez de me mettre à cette croisée et si je vous prends en grippe. Car après tout, vous n'aviez qu'à mieux m'enfermer et, dans ce cas, je n'aurais rien su du mariage. Vous avez été imprudent, et ce faisant, vous avez commis une lourde erreur. Et vous ne pouvez rien contre moi, car le roi, lui, ne semble plus pouvoir se passer de ma personne. Vous êtes piégé, tout premier valet de chambre que vous êtes. Alors, monsieur, laissez-moi donc tranquille. Il est vrai que, depuis quelques jours, quand je ne fais pas le roi, je m'ennuie. Je commence à tourner en rond et m'ennuie toujours. Alors, parfois, je regarde à la fenêtre. Mais c'est ainsi, il faut vous y faire.

Ostensiblement, la doublure du roi tourna le dos à Bontemps. Comme il l'avait prévu, celui-ci se retrouva fort dépourvu en matière de contre-offensive. Le sosie le mesurait bien, qui se retourna, considéra le plat que Bontemps tenait toujours :

— À propos, le pâté de faisan me donne des aigreurs. Auriez-vous la grande amabilité de faire demander un autre mets aux cuisines ? Je crains que, si je m'y rends moi-même, le désordre que créerait mon irruption là-bas vous mécontenterait. (Il laissa passer un silence, fit mine de réfléchir :) Si l'on trouvait, en revanche, quelque chose qui ressemblât à des pieds de porc à la gelée ou alors, encore mieux, un agneau bien tendre, baignant dans sa sauce à l'orange et au citron mêlés d'olives d'Italie, je serais le plus heureux des hommes.

Songeant au roi qui, jamais, ne se départait de son calme, et prenant modèle sur lui, le premier valet de chambre ne dit rien. Le sosie ajouta :

— Et pour mon dessert, deux poires bons-chrétiens, il en reste sûrement, de la dernière récolte, qui doivent dater du mois dernier et qui, je suppose, attendent gentiment, dans une cave aérée et fraîche, entre deux lits de paille, qu'on les croque. Depuis que je suis ici, j'ai entendu le plus grand bien du potager du Roi et de ce qu'on y fait pousser. J'espère bien y aller un de ces jours. Et au fait, pour boire, il me faudrait un flacon de chablis.

Le premier valet de chambre ne répondit rien. Il posa le plat sur une chaise et repartit, bien décidé à ne pas donner suite à cette demande insolente. Il ne pouvait faire davantage pour faire part de son état d'esprit à l'impertinent.

Ailleurs, à Versailles

Cette fois, il le savait, Martin L'Oiselier allait mourir. La douleur avait été fulgurante, elle s'était ensuite estompée, mais avait dans le même temps cédé la place à une fatigue extrême, qui, le bijoutier le savait, le menait à l'anéantissement. Il avait réussi à quitter l'appartement du roi, avait descendu l'escalier de la Reine en silence, le corps transpercé, mais ses habits épongeaient au fur et à mesure le sang qui s'échappait de ses blessures. Et nul n'avait remarqué qu'il se mourait, saigné comme un porc un jour de foire d'hiver. Il eut même le vague sentiment que son meurtrier avait été moins véloce que lui, ou retardé par la foule qui se pressait ici. Cela le sauverait-il ? Bien sûr que non. Seul un antique instinct d'animal expirant le guidait vers la lumière. Au bas du degré, il passa devant les tréteaux des marchands, sortit du palais. Un beau soleil d'arrière-saison, doré et chaleureux, était là, qui lui tendait les bras. Était-ce l'été ? Et lui, que faisait-il ici ? Le mourant ne savait plus qui il était. Mais il se souvint un peu qu'il était venu pour voler des perles de grand prix, et qu'il ne devait pas se les faire dérober à son tour. Puis il eut des visions de poissons, qui nageaient tout autour de lui, aussi nombreux qu'un lac. Une mer de miroitements l'enserra. Il continuait à marcher, au milieu d'une petite foule mêlant courtisans et promeneurs oisifs d'un côté, valets, maçons, menuisiers et autres livreurs de l'autre, dans tous les cas aveugle à son agonie.

Une charrette tirée à bras arriva sur le côté, qui venait des communs où était préparée la nourriture des gardes-françaises[1]. Les chefs et les marmitons avaient ce jour-là accommodé pour les soldats des poissons que de rapides coches de terre ou d'eau venaient d'apporter des rives de la Manche. Contenus par dizaines dans de grands chaudrons, les soles, turbots et merlans cuisinés allaient être livrés au corps de garde établi au rez-de-chaussée du pavillon terminant l'aile des Ministres. Les chariots sautaient sur le pavé, deux ou trois couvercles bondirent avec eux, tombèrent. Cela fit un tintement, qui attira l'attention du bijoutier mourant. Celui-ci vit les poissons, se souvint des ablettes que lui avait vendues l'éleveur du ruisseau des Gobelins,

1. Soldats de l'un des régiments chargés de la garde du palais.

de celles qu'il gardait dans l'atelier de sa maison, se crut d'ailleurs chez lui ou au bord de la rivière du faubourg Saint-Marceau, ou les deux en même temps, il ne savait plus très bien. Puis l'orfèvre devint d'un coup une ablette. Il nagea, il marcha comme il put vers la charrette. Dans un dernier mouvement, il se saisit des cinq perles, tituba, avança. Et, sans que nul le vît faire, en particulier pas les valets qui tiraient et poussaient la charrette, car il y avait de la cohue et la carriole peinait à passer, sans compter les pavés inégaux qui la faisaient cahoter, L'Oiselier fourra en pleurant les cinq perles royales dans la gueule d'un poisson mort. Et il mourut lui aussi.

Là-haut, une fois Alexandre Bontemps parti, un peu par bravade mais surtout parce qu'il ressentait le besoin, de plus en plus impérieux de tout apprendre de tout connaître de Versailles, le sosie du roi s'était remis à la fenêtre, et avait vu toute la scène.

Chapitre 9

« Un amas confus de maisons
Des crottes dans toutes les rues
Ponts, églises, palais, prisons
Boutiques bien ou mal pourvues
Force gens noirs, blancs, roux, grisons
Des prudes, des filles perdues,
Des meurtres et des trahisons
Des gens de plume aux mains crochues
Maint poudré qui n'a pas d'argent
Maint filou qui craint le sergent
Maint fanfaron qui toujours tremble,
Pages, laquais, voleurs de nuit,
Carrosses, chevaux et grand bruit
Voilà Paris que vous en semble ? »

Paul Scarron (1610-1660)

Dans la chambre du roi

Le roi était très pâle. Il se tenait debout et droit, une main posée sur la balustrade de bois doré qui protégeait son lit du commun des mortels. Il fit répéter Bontemps :

— L'homme est donc mort ?

— Oui, Sire.

— Et le connaît-on ? Était-ce un gentilhomme, un valet ?

— Rien de tout cela.

— Alors un soldat ?

— Votre Majesté, l'homme qui a trépassé était semble-t-il un bourgeois de Paris.

— Il sera venu ici voir son roi… Peut-être voulait-il visiter l'appartement ou admirer la Grande Galerie en passe d'être achevée. Et sans doute souhaitait-il en profiter pour assister à mon souper ?

— Je ne sais pas, Sire. Mais je ne le crois pas.

Le roi s'étonna :

— Mais dans ce cas, qu'était-il venu faire à Versailles ?

— Je l'ignore, Sire, les gardes vont s'efforcer de le

savoir. Mais il est certain que cet homme vous était connu.

Là, Louis XIV était stupéfait :

— Mais qui était-ce donc ?

— Un bijoutier, Sire, qui comptait parmi les fournisseurs de la Couronne. L'homme de l'art auquel vous avez confié cinq des perles qui avaient appartenu à votre mère la reine Anne puis à votre épouse, Marie-Thérèse, afin de les faire monter en trois bijoux, comme vous me l'avez appris voici peu. Je parle de Martin L'Oiselier.

La nouvelle était déconcertante. Le Roi-Soleil demeura sans rien dire, un instant très court. Mais se reprit, interrogea de nouveau :

— Il était donc revenu au château ? Mais pourquoi ? Il m'avait remis en personne les perles, en effet montées en parure, voici peu. Vous le savez, du reste, puisque c'est moi qui vous l'ai appris.

Alexandre Bontemps avait encore l'esprit embarrassé par le face-à-face humiliant qui venait de l'opposer au sosie du roi.

— Je l'ignore, Sire. Je vous prie de croire qu'il n'avait pas annoncé sa visite. De même, aujourd'hui, il ne s'était pas présenté aux huissiers. Mais peut-être son assassin en sait-il davantage ?

— L'assassin, oui, dit le roi, il faut le questionner. Mais qui l'a donc attrapé ?

— Les gardes-françaises, Sire. Plusieurs d'entre eux étaient là, les uns parce qu'ils étaient de faction, comme c'est leur devoir, et d'autres guettant leur repas de poisson, qui tardait à être apporté des cuisines. Ils ont vu le meurtrier arriver de l'escalier de la Reine, se jeter sur le joaillier, mais à l'instant même où celui-ci rendait le dernier soupir, donc ils n'ont rien pu faire pour empêcher ce crime. On aurait dit, paraît-il, soit que l'assassin voulait achever sa victime soit qu'il souhaitait vérifier qu'elle était bel et bien en train de mourir. C'est ensuite que les soldats se sont aperçus que Martin L'Oiselier avait été lardé de coups de poignard. Il avait perdu son sang, mais sa chemise, sa veste et son justaucorps l'avaient bu et empêché de se répandre. D'ailleurs, l'assassin, loin de chercher à nier, n'a cessé de crier sa haine en insultant même le cadavre et en cherchant à le frapper encore, bien que ce fût inutile. Il a même, je crois, continué à vociférer quand le corps a été emmené, mais je ne sais ce qu'il a dit.

— Et cet homme, je parle du meurtrier, où est-il maintenant ?

— Chez les gardes-françaises.

— Et le connaît-on ?

Une fois de plus, le premier valet de chambre hésita avant de répondre.

— Sire, vous le connaissez aussi, du moins je le pense. Il s'agit de l'un des domestiques jadis venus de Madrid avec votre épouse la reine, un des rares, de sa maison d'infante, à être restés en France après le mariage de Vos Majestés.

Cette nouvelle révélation stupéfia le monarque.

— Un Espagnol ? Je vois fort bien qui est cet homme. Pourquoi donc s'en est-il pris au maître orfèvre ? Je veux le voir, lui parler. Dès que possible.

Bontemps était las de devoir annoncer ces nouvelles à la fois funestes et inouïes. Il attendait que le roi reprenne la parole. Ce que ce dernier fit, mais sur un autre ton, plus interrogateur :

— Je n'ai jamais entendu parler d'une affaire qui ressemblât à celle-ci. Et, de mémoire, je ne crois pas que ma mère la reine, lorsqu'elle exerçait la régence en mon nom, en ait connu une semblable. Je ne peux concevoir le lien qui existait entre l'infortuné maître orfèvre et son meurtrier.

— Les perles, Sire. Du moins je le pressens.

Le Roi-Soleil considéra Bontemps. La suggestion du premier valet de chambre était recevable, et le roi se reprochait de ne pas y avoir songé plus tôt.

— Prenez ce chandelier et accompagnez-moi, je vous prie.

De la nouvelle chambre du souverain au salon où celui-ci conservait ses objets précieux, il n'y avait que quelques pas à faire. Bontemps à son côté, le roi y fut en quelques instants. Rien, ici, ne semblait témoigner qu'un intrus avait pu y pénétrer. Sur ce point confiant, le roi ouvrit le cabinet de bois précieux. L'écrin fleurdelisé était là, devant lui, au premier abord intact. Louis XIV, cependant, eut un pressentiment, l'ouvrit, se saisit, au hasard, de l'un des trois éléments de la parure, le jeta à terre et l'écrasa sous son talon. La perle piétinée se brisa dans l'instant, révéla, en laissant la place à un émiettement de ce qui, de toute évidence, n'était que du verre commun et des paillettes irisées, qu'elle était de pacotille. Incrédule, Bontemps considéra le roi.

— Je crois bien, dit Louis XIV, que je dois m'entretenir au plus vite avec le valet espagnol de feu mon épouse. Cette affaire est brumeuse et tragique et je ne sais quel rôle cet homme y joue. Mais il est sans doute en possession de connaissances que j'ai, moi aussi, le pressant besoin de posséder.

Bontemps voulut repousser du pied les débris qui disaient le crime. Le roi le retint :

— Laissez, je vous prie. Je regarderai ceci plus avant.

Le Bourbon se tut. Il s'interrogeait. Des fenêtres de son appartement, Mme de Maintenon avait sans doute, sinon vu L'Oiselier expirer sous ses croisées, du moins entendu des cris et des exclamations, le tumulte, si inhabituel ici, qui avait éclaté lorsque l'orfèvre était tombé mort au milieu des poissons. La marquise, le souverain le savait, était une femme à résister aux tempêtes, et elle en avait d'ailleurs affronté plus qu'elle n'aurait dû. Restait qu'elle pouvait s'émouvoir à juste titre de ce fracas. Pourtant, le monarque remit à plus tard le réconfort dont sa nouvelle épouse avait besoin et que lui, en tant qu'époux, en tant que maître du château et en tant que roi, devait lui apporter. Louis XIV ne voulait plus retarder sa rencontre avec l'Espagnol.

Il n'était cependant pas convenable, et même impensable, qu'il se rendît chez les gardes-françaises :

— Monsieur Bontemps, faites venir l'assassin ici. Je vais l'interroger en tête-à-tête.

Le premier valet de chambre eut une expression dont le roi pensa qu'elle exprimait une réticence.

— Vous vous souciez de ma sûreté ? Je vous en remercie. Soyez pleinement rassuré. Je ne sais bien entendu ni le pourquoi ni le comment du crime qu'il a commis. Mais je suis certain que je n'ai, de cet homme, rien à craindre.

— Pourtant, Sire…

— Je le connais. Bien entendu depuis toujours puisqu'il était au service de feu la reine depuis l'Espagne et donc depuis l'arrivée de l'infante en France mais aussi parce que je me suis entretenu avec lui voici peu de temps.

Le roi n'ajouta pas que la teneur de l'entretien évoqué avait peut-être à voir avec la cause du meurtre commis quelques instants plus tôt. Il n'en était pas certain. Et, du reste, songeait-il, peu importait que le premier valet de chambre fût alors au courant de ses déductions. Le roi, cependant, n'en avait pas fini avec les ordres qu'il devait donner :

— Monsieur, je vous prie, allez trouver l'homme qui se trouve dans votre appartement à ma demande. Parlez-lui avec soin et force détails du Grand Canal et de la flottille, de *La Mignonne* et du *Grand Vaisseau*. Enseignez-lui la manière d'y monter et de se comporter à bord. Pour ce qui est du Trianon de porcelaine, c'est inutile de le lui décrire par avance. Il y est déjà allé, mais je crois que vous le savez. Précisez-lui la façon de se comporter en société. Il doit, sur ce point, ne pas avoir une grande expérience, hormis des engeances qu'il aura pu rencontrer dans une autre vie et en séjournant dans une des cours des miracles que M. de La Reynie n'a pas encore eu le temps de dévaster. Et bien que, je ne me l'explique pas, sa façon de parler, entre autres caractéristiques, s'est, ainsi que vous me l'avez dit, améliorée en fort peu de temps…

La courtoisie du souverain était fameuse, à l'endroit des gentilshommes mais aussi et surtout des dames. Il n'entendait pas que celle-ci puisse être mise en doute parce que le sosie aurait manqué d'habileté. Certes, songeait le roi, l'homme avait, pour un rustre, des manières assez élégantes et, en tout cas, qui pouvaient se raffiner en peu de temps. Mais il y avait sur ce point à parfaire. Bontemps se contenta de s'incliner. Il aurait donc besoin, pensait-il, de toute son abnégation pour remplir à bien la tâche que le monarque venait de lui prescrire.

— C'est donc, vous, monsieur, qui avez poignardé ce maître orfèvre ?

Quoiqu'il n'eût opposé aucune résistance lorsqu'il s'était agi de se laisser arrêter par ces militaires, le valet venu de Madrid avait été frappé, malmené par les gardes-françaises.

Le souverain n'était ni attendri, ni heurté, ni même contrarié par ces blessures. Mais celles-ci détonnaient avec le luxe de la pièce, ses dorures et les peintures enchâssées dans les lambris, au-dessus des portes.

— Oui, Sire.

— Et pourquoi ?

Le valet de Marie-Thérèse ne se plaignait ni ne geignait. Mais il avait de toute évidence le désir que, à peine commencé, cet entretien s'achevât au plus vite :

— La raison, Votre Majesté, pour laquelle je m'en suis pris à cette canaille, vous la connaissez déjà.

Le roi protesta :

— Vous vous trompez, je l'ignore.

— Sire, par hasard, j'ai vu cet homme s'introduire dans vos appartements sans y être prié. Je l'ai suivi sans qu'il s'en rende compte. Je suis resté à bonne distance mais n'ai rien perdu de ses faits et gestes, à travers les entrebâillements et les trous de serrure. Parvenu dans le salon où Votre Majesté serre ses objets précieux, je l'ai vu aller droit vers un cabinet de marqueterie. Il a ouvert ce meuble et a entamé un travail odieux. Là, j'ai hésité. Devais-je aller chercher vos gardes et vos huissiers ? C'était prendre le risque de ne pas voir tout ce que cet intrus comptait faire dans votre appartement et aussi celui de le laisser filer. Et cela, je ne pouvais le supporter. Je me suis peut-être saisi de prérogatives qui n'étaient pas les miennes, mais c'est ainsi.

— Continuez, je vous prie.

— Ce brigand, Sire, s'est saisi d'un écrin. De là où j'étais, je distinguais mal ce que ce coffret contenait, mais j'ai vu l'homme s'affairer. Il était habile, j'ai compris que la tâche à laquelle il se livrait était délicate et demandait du doigté et que l'homme s'en acquittait fort bien. Il a fallu que j'attende presque le terme de cette profanation pour que tout s'éclaire. J'ai vu les bijoux que cette canaille convoitait. J'ai sur-le-champ compris qu'il entendait s'emparer de perles de grand prix et les remplacer par des fausses. Ce misérable n'avait pas le droit de continuer à vivre. Ce n'était qu'un chien.

L'Espagnol avait prononcé ces derniers mots avec force et détestation. S'il n'était pas allé plus loin dans son discours, Louis XIV avait cependant compris que l'Espagnol avait voulu venger le sacrilège qui, selon lui, avait été commis. Tout entier tourné vers l'adoration de la reine Marie-Thérèse, le domestique n'avait pas supporté que, par-delà le vol dont le roi et la monarchie étaient victimes, la mémoire de la défunte et sans doute aussi celle de la reine mère aient été profanées.

— Je n'aurais sans doute pas dû, Sire, vouloir faire passer moi-même la justice, je vous en demande pardon. Mais cela a été plus fort que moi lorsque j'ai vu le scélérat qui, après avoir maltraité ces bijoux, allait s'en aller tranquillement. Je lui ai sauté dessus sans trop réfléchir ni craindre qu'il ne me blesse.

L'homme regarda ses mains.

— Ces coupures, demanda le roi, est-ce cet homme, M. L'Oiselier, qui vous les a infligées ?

— Oui, Sire, pour faire l'échange des cinq perles, il avait de petits outils, incapables de causer la mort mais qui m'ont en effet entaillé.

— J'en suis désolé, vraiment, reconnut enfin le roi.

— Ce n'est rien, Votre Majesté, vos gardes m'ont bien plus rudoyé par la suite. Je ne les blâme pas, ils ont cru bien faire, ils ont vu un mourant, un autre homme qui arrivait et s'en prenait à lui, ils ne pouvaient savoir qu'il y avait un larron et un justicier.

Le monarque ne dit d'abord rien, il réfléchissait. Puis il finit par exposer sa pensée, qui était nuancée car, pas plus que lors de leur premier entretien, quelques jours plus tôt, il ne voulait pleinement condamner le valet si fidèle :

— Je comprends, monsieur et, en effet, compte tenu de ce que je connais de vous, je mesure pourquoi vous avez procédé ainsi. Je vous en remercie.

L'autre se redressa :

— Sire, j'ai agi comme tout autre sujet de Votre Majesté, en toute connaissance de cause et en pleine possession de ses moyens, l'aurait fait.

— Ces perles avaient été soustraites à ma demande du collier des deux dernières reines de France et ont bien été enlevées et remplacées par des verroteries, comme vous l'avez deviné et vu. Mais voyez-vous, elles ne se trouvaient pas dans l'habit de L'Oiselier lorsque celui-ci s'est effondré dans la charrette, au milieu des poissons. Les gardes-françaises ont sommairement fouillé le cadavre. Lorsque je me suis rendu compte, entre-temps, qu'en effet les perles m'avaient été volées, j'ai demandé que le cadavre fasse l'objet d'une recherche plus complète, jusque dedans les habits du mort. Mais cette reconnaissance n'a, comme la première, rien donné. Toutes les pièces de mon appartement, et jusque sous les meubles et les tapis, les corridors et les abords de l'escalier de la Reine, le dessous des étals des marchands qui y sont établis, la Cour royale aussi ont été inspectés, et même les rigoles, les interstices entre les pavés. En vain.

L'Espagnol, de toute évidence, souffrait de ses contusions, mais était loin de s'apitoyer sur son sort. Il ne semblait, même, que songer à la perte que le roi avait faite :

— Il est à redouter, Sire, qu'un malhonnête qui se sera trouvé sur le chemin du maître orfèvre quand celui-ci s'est enfui alors que je le pourchassais, ne l'ait vu perdre les perles dans la confusion et ne s'en soit emparé sans se faire voir. Où peut-il être, à présent ? Si c'est un habitant du château, nous pouvons être assurés que le fruit de son larcin est bien dissimulé, et qu'on ne le retrouvera pas de sitôt, voire jamais. S'il s'agit d'un badaud qui demeure à Paris, il est sans doute loin à cette heure, qu'il soit en train de regagner la capitale à pied, en carrosse ou par le coche d'eau.

— Et là, encore, les perles sont à jamais perdues, ajouta le souverain.

L'Espagnol avait fait acte de bravoure. C'était, pour le roi, une consolation appréciable mais insuffisante pour compenser le chagrin qu'il concevait de la perte des perles, ou plutôt de leur vol.

— Allez-vous faire panser, monsieur. J'ai déjà donné des ordres pour que ce soient mes propres médecins qui vous donnent ces soins.

Le valet ne fut pas surpris de ce traitement, il s'estimait digne de ces attentions :

— Je vous remercie, Sire.

Le souverain n'ajouta rien mais songea qu'il ferait donner une pension à l'Espagnol. Celui-ci sortit. Resté seul, le Bourbon s'interrogeait. D'une part, un bijoutier de Paris, installé et dont les affaires étaient prospères, à la réputation jusqu'alors sans faille, qui avait ses entrées à la cour puisque le roi en personne lui avait confié un travail prestigieux et délicat, n'avait cependant pas hésité à s'introduire par la ruse chez le souverain afin de voler. Que ce misérable ait perdu *in fine* la vie dans cette aventure ne changeait rien quant à la gravité inouïe de son acte, inqualifiable. D'autre part, un ancien valet de la reine depuis peu défunte, qui avait surpris le criminel, n'avait pas hésité à s'en prendre à lui, peut-être au péril de sa vie car, plus âgé, il aurait pu avoir le dessous dans la lutte qui l'avait opposé au voleur.

Que fallait-il donc retenir ? s'interrogeait le roi. L'appât du gain et la trahison la plus vile ? L'un et l'autre joints à l'insolence qui avait incité L'Oiselier à s'introduire chez le roi, là où même les enfants du Bourbon n'avaient pas le droit d'entrer sans que leur père les eût conviés ? Ou bien le courage et le dévouement, une fidélité admirable, à toute épreuve, qui avait conduit le serviteur jadis venu de Madrid à faire preuve de détermination ? Lequel de ces deux comportements, lequel de ces deux hommes illustrait vraiment ce qu'était le royaume ?

Chez Bontemps

Alexandre Bontemps avait dû puiser dans toutes ses ressources pour mener à bien le long exposé que, à la demande du Roi-Soleil, il avait présenté au sosie, cet arrogant. Mais il y était parvenu. Le premier valet de chambre pensait que c'était folie, de la part du monarque, d'agir comme il le faisait à l'endroit de cet inconnu. Du moins, il avait fait ce qui lui était demandé depuis la mise en place de cette situation si inédite et si offusquante.

Le sosie avait-il mesuré que, lors de son entretien de tout à l'heure avec l'homme de confiance du roi, il avait dépassé les bornes de la décence et de la politesse ? Redoutait-il que Bontemps ne rapportât au roi ses paroles effrontées et grossières et que celui-ci ne mît soudain un terme à l'aventure ? Toujours est-il qu'il venait d'écouter sans broncher le propos de Bontemps. Sans manifester la moindre ironie ni triompher, il avait même posé quelques questions subtiles et pertinentes quand à l'étiquette qu'il allait devoir respecter, sur le canal et au Trianon, et de plus en la présence de la marquise de Maintenon, si proche du roi. Et il remercia même Bontemps, bien poliment.

— Il me semble, monsieur, que grâce à vos indications et à vos conseils, Sa Majesté ne pourra qu'être satisfaite de mes services. Mais à présent que vous avez fini cet exposé, je voudrais revenir sur notre dernier échange.

Le premier valet de chambre ne s'attendait pas à ces paroles. La doublure du roi remettait donc le sujet de son imprudence sur la table ? Quelle obstination ! Et, en effet, ce fut cette matière dont l'homme souhaitait reparler :

— Vous vous souvenez, monsieur, des remontrances que vous m'avez présentées voici environ une heure, peut-être deux ?

Depuis un instant, si tant est qu'il eût baissé la garde, le premier valet de chambre s'interrogeait sur la façon dont le sosie allait orienter leur échange. Il ne cacha pas un léger agacement :

— Monsieur, comment l'aurais-je oublié ? C'était, vous venez de le dire, il y a en effet très peu de temps.

— Fort bien. Vous craigniez alors, et vous aviez sans doute raison, qu'en me montrant à la fenêtre de votre appartement je pusse être aperçu. Ainsi donc, tout le stratagème mis en œuvre pour plaire au roi aurait été réduit à néant, avec toutes sortes de conséquences fort déplorables.

Bontemps ne devinait pas où son interlocuteur voulait en venir.

— En effet. Je suis certain que mon propos était fondé et mes inquiétudes justifiées.

— Ils l'étaient. Et je vous prie de m'excuser d'avoir pris cela de haut. Vous en conviendrez, mon élévation a été soudaine, inattendue, prodigieuse… J'avoue, sans rechigner à le reconnaître et quoi qu'il m'en coûte, que je me suis mal conduit en vous tenant tête.

Le premier valet de chambre du roi connaissait l'âme humaine. Il n'était pas dupe, il attendait de voir où ce propos lénifiant allait le mener. Bontemps ne pouvait penser que le sosie s'aplatissait ainsi sans raison. Son regard, qu'il s'efforçait de détourner autant que la politesse le permettait, sans doute pour cacher sa duplicité, pensait Bontemps, disait tout le contraire. La doublure du roi reprit :

— Mais voyez-vous, s'il y avait du danger à ce que je sois vu, ma présence à cette croisée peut être appréciée d'une autre manière. Elle pourrait même présenter un grand avantage.

Le sosie se tut un instant. L'homme attendait que Bontemps le presse d'en dire davantage, mais ce dernier ne tomba pas dans le piège, il resta muet lui aussi. Et, dépité de ne pas avoir été questionné, l'autre dut reprendre le fil de son propos :

— Par cette fenêtre, monsieur, comme par toutes les autres, on peut être vu. Mais on peut voir, aussi.

L'esprit en alerte, Bontemps commençait à entrevoir où l'autre voulait le mener. Mais il feignit l'indifférence, tel celui qui n'entend qu'un bavardage dépourvu de tout intérêt. Et, de nouveau, sans avoir été relancé, le double du roi fut contraint de poursuivre. Mais cette fois, il abattit ses cartes d'un coup, pour être plus sûr de son effet :

— Voyez-vous, monsieur, je m'étais conformé à ce que vous aviez recommandé, et j'ai tiré le rideau après votre départ. De la sorte, et pour tromper l'ennui dont je vous avais parlé, je me suis de nouveau approché, désormais dissimulé, de la croisée. Par un mince interstice, j'ai regardé dans la cour. C'est alors que, de cet observatoire qui me permet d'embrasser un vaste panorama, j'ai vu ce que, je pense, personne d'autre n'a distingué.

Voilà, songea Bontemps, soulagé et impatient. L'homme était arrivé là où il le voulait. Le premier valet de chambre, déjà outré, devinait facilement ce qui allait suivre.

— Je parle bien entendu de l'incident mortel survenu au bas de l'escalier de la Reine. Certes, cela a été un beau tumulte. Et je conçois volontiers que, lorsqu'on se trouvait au beau milieu de ce désordre désolant, on n'ait pas pleinement pu voir ce qui s'est alors passé, tant la confusion a été grande. C'est allé très vite, et il y avait foule, entre les soldats de garde, cette charrette, le mourant, les valets et les ouvriers qui allaient travailler à l'édification du Grand Commun ou bien en revenaient. Sans compter les badauds qui se sont approchés aux premiers moments de la confusion, la plupart pour tâcher d'en voir davantage et les autres, bien moins nombreux, pour aider s'il y avait à secourir.

Le premier valet de chambre s'efforçait, avec succès, de conserver son calme :

— Votre discours, monsieur, est vraiment très intéressant. Êtes-vous en train de me dire que, de la fenêtre, vous avez pu discerner ce qu'il est alors advenu de ce que le roi recherche depuis ce moment ?

Le sosie s'amusait, ne le cachait pas :

— Tout d'abord, si vous cherchez à contourner la chose et à tourner autour du pot, sachez que je sais fort bien ce qui a été dérobé et perdu, les cinq perles des reines de France. Même si je ne peux sortir de votre appartement sans que vous m'y ayez au préalable invité, apprenez qu'il y a, dans cette partie du palais, trop de portes qui s'ouvrent et qui parfois ne sont pas refermées assez vite, de cours où les valets se hèlent et se parlent de loin en loin, d'escaliers dérobés où l'on se cause sans savoir que, au palier du dessus ou du dessous, on est écouté, pour que je ne sache pas, peut-être comme déjà beaucoup de monde, que le roi a subi une perte inestimable, en effet.

Bontemps attendait la suite, mais en fait, il la devinait, dans les grandes lignes. L'autre reprit, le visage fermé, d'un ton qu'il s'efforçait de rendre le plus neutre possible :

— J'ai tout vu, distinctement, en détail.

— Fort bien. Alors dites-moi.

— C'est à Sa Majesté, et à elle seule, que je parlerai.

La position de Bontemps était en l'espèce mal assurée, une fois de plus. Il le savait fort bien et tenta, cependant :

— J'ai l'habitude, vous avez pu vous en rendre compte, de seconder le roi autant que je le peux, de recueillir dans le secret ce que lui seul doit en principe entendre. Donc si vous voulez bien me confier…

Le sosie dissimulait de plus en plus mal la joie qui l'habitait. Inflexible, il répéta :

— Au roi. À personne d'autre. Et dans le cabinet du Conseil, rien de moins. Ce que j'ai à révéler ne peut l'être dans le logement d'un premier valet de chambre mais, tout au contraire, là où le roi de France prend avec ses ministres les décisions qui regardent le royaume.

Bontemps était battu à plates coutures, de surcroît chez lui. Il était vaincu, en souffrait pour lui-même et surtout pour Louis XIV, qu'il savait atteint, toisé et défié à travers sa personne. Mortifié, il resta muet. Le premier valet de chambre n'avait d'autre choix que de saluer et de partir sur-le-champ rendre compte au Bourbon.

Dans l'appartement
de la marquise de Maintenon

La marquise de Maintenon avait écouté, attentive, le discours du roi. Elle avait, en effet, entendu tout à l'heure un peu de tumulte mais n'y avait pas fait attention, assura-t-elle. La dame était de ces gens, savait le souverain, qui se plaisent en leur propre compagnie, ne prennent du monde extérieur que ce qui peut nourrir une réflexion intérieure, déjà construite et riche. Ce discours ne surprit pas le Bourbon, qui se lança alors dans la narration de la mort du maître orfèvre.

Cependant, pour ménager le secret de ses affaires, Louis XIV laissa dans son récit de grandes ombres, qui concernaient par exemple le métier de Martin

L'Oiselier et, c'était pourtant crucial, la nature de ce qui avait disparu. Le roi avait bien conscience que cette stratégie n'avait guère d'avenir et que sa seconde épouse apprendrait avant longtemps que l'assassiné était bijoutier et qu'il avait volé les perles des deux reines. Mais le monarque voulait gagner du temps et, au milieu de la cascade d'événements préoccupants qui se déchaînaient à Versailles, n'avait pas vu quel autre parti il pouvait suivre à cet instant.

Le monarque, donc, comptait remettre à plus tard des explications plus détaillées. Mais Maintenon, en fait, instruite par Nanon Balbien qui était allée aux nouvelles sitôt les premières clameurs entendues, savait déjà tout de ce qu'il s'était passé dans la Cour royale. Lorsqu'elle fut bien certaine et convaincue que Louis XIV était décidé à ne pas en dire davantage, enveloppée dans des habits chauds, le corps ragaillardi par le chocolat épicé qu'elle venait de savourer, Maintenon lança l'attaque :

— Et donc, cet homme, qui a expiré sous mes fenêtres, on ne le connaît pas, il n'avait donc pas ses habitudes au château ?

— En effet, madame.

— Pourtant, à ce que l'on dit, ah oui ! je m'en souviens à l'instant, il s'agissait d'un orfèvre de talent, qui venait de temps à autre quand il plaisait à Votre Majesté de lui confier la mission de transformer un joyau ou d'en créer un nouveau avec des gemmes tout juste achetées... Je m'étonne que les gardes-françaises ne vous aient pas signalé ce point qui, tout de même, est bien intéressant.

La marquise offrait au roi son beau visage de femme mûre aux grands yeux sombres et pénétrants, finement ridés au coin. Louis XIV, qui croyait en avoir fini, comprit que ce tête-à-tête allait durer davantage qu'il ne l'avait cru et espéré, et qu'il n'allait pas être aussi aisé à mener qu'escompté.

— Ce que vous me dites m'étonne. Je l'apprends donc maintenant et voyez comme je me l'explique. Je me suis entretenu avec les officiers des soldats sitôt l'incident survenu. Le point que vous venez d'évoquer ne leur était pas encore connu et ils ne pouvaient donc pas me le communiquer. Voilà tout. Je suis certain que, d'un moment à l'autre, je vais être officiellement instruit de ce dont vous avez eu la bonté de m'informer la première. Reste que l'homme dont il est question, cet orfèvre, puisque vous me le dites, de mémoire, je crois que je ne lui avais confié aucun travail depuis plusieurs années. Il n'était pas aussi adroit que je l'aurais souhaité.

— Sire, les choses se sont en effet sans doute passées comme vous le supposez. Et quant à l'habileté de cet homme, vous êtes juge, mais il faut bien reconnaître qu'il s'y est bien pris pour pénétrer chez vous sans que nul s'en aperçoive : il a dû manœuvrer les boutons de porte avec doigté et marcher sur la pointe des pieds en évitant de faire craquer les parquets. Il n'était donc pas aussi maladroit que cela. Mais, dites-moi, j'ai entendu dire aussi qu'il était beaucoup question de ces joyaux, qui auraient été dérobés, ce qui constituerait une perte immense. Si c'est bien le cas, ils avaient donc une grande valeur pour qu'un homme risque ainsi sa vie, et la perde, pour tenter de s'en emparer, sans hésiter à s'introduire dans le palais du roi de France ?

— Madame, sur ce point, je vous fais un peu la même réponse que pour votre première question. Si des bijoux m'ont été volés, c'est très fâcheux. Mais j'avoue que je ne me suis pas préoccupé d'en savoir davantage pour le moment.

— Ah, tant mieux ! je redoutais qu'il ne s'agisse de certaines des parures qui ont jadis appartenu à votre mère la reine Anne ou à votre malheureuse épouse, la reine défunte.

Le roi ignorait ce que Maintenon savait exactement et ce qu'elle ne savait pas. Il était bien possible, estimait-il, que la dame en sache peu mais que, parce qu'elle était intelligente et perspicace, elle s'approche assez, en imaginant, de la vérité, qu'elle méconnaissait. La partie à jouer était, en tout cas, serrée.

— Madame, cela aurait été en effet plus que désolant. Mais il n'en est rien, je le crois et je l'espère.

— Fort bien, c'est heureux. Quelle catastrophe c'eût été si, par exemple, le fameux collier de perles qui appartient à la cassette personnelle des reines de France avait été dérobé. J'en aurais, quant à moi, été bien retournée. Et bien que je ne sois pas reine et que, donc, cette cassette ne soit pas mienne.

Maintenon avait prononcé ces derniers mots d'une manière particulière, appuyée. Le roi fit mine de ne pas l'avoir remarqué.

— Oui, cela aurait une perte inestimable, madame. En raison de son prix, bien entendu, mais parce que, comme vous le savez, je lui accorde une grande importance. Du reste, si des joyaux de peu de valeur ont été subtilisés, je suppose qu'ils ont déjà été retrouvés. Mais à la vérité, peu me chaut, ils ne seraient sans doute bons qu'à figurer dans une des loteries organisées lorsqu'il y a une fête à Versailles et qu'il faut des présents à distribuer aux dames.

La marquise, décidément, n'entendait pas rendre

aussi facilement les armes. Elle envoya une dernière salve :

— Alors, Sire, je me réjouis avec vous. Mais enfin, il est bien étrange qu'un maître orfèvre, qui n'avait plus le bonheur de travailler pour vous, se soit introduit dans vos salons en dépit des risques bravés, pour voler des bijoux de faible valeur.

— C'était donc un fou, madame, qui ne savait plus ce qu'il faisait. Et c'est ce qui explique aussi, sans doute, qu'il ne possédait plus le talent qu'il avait eu, ce qui m'avait conduit à me passer de ses services.

— Ce ne peut, en effet, être que cela, Sire, vous jugez bien. Cependant, je m'explique mal pourquoi ce joaillier a été tué par un des anciens valets de la reine votre épouse… Car c'est aussi ce que j'ai entendu dire, je viens de m'en souvenir…

Cette fois, le roi ne fut pas pris au dépourvu, qui répondit aussitôt :

— Qui sait, madame, ce qui pouvait lier ces deux hommes ? Ces gens-là, qui sont de peu, finalement, en dépit, parfois, d'une certaine réussite, se querellent souvent sans véritable raison. Les rues de Paris, les tavernes, les relais de poste, les rôtisseries voient chaque jour des canailles de leur espèce en venir aux mains ou, pour le moins grave, s'insulter sans retenue. Ces deux-là avaient donc un contentieux ancien, qui s'est soldé ici, à Versailles. Et c'est très fâcheux.

— Sans doute, Votre Majesté. En tout cas, le maître orfèvre n'est plus là pour s'expliquer. Pour ce qui est du valet espagnol, je suppose que Votre Majesté va s'efforcer d'en savoir davantage sur la querelle qui l'a opposé à celui qu'il a tué. L'affaire est en soi négligeable, mais enfin, plusieurs de ces circonstances vous concernent de près, ne trouvez-vous pas ?

Louis XIV ne savait comment sortir du piège où, par imprudence, il avait foncé tête baissée. Le mieux, songea-t-il, était de cesser de vouloir finasser et d'adopter un discours de franchise et de vérité tout en demeurant dans le flou. Se souvenant donc qu'il était le roi, il tenta de desserrer l'étreinte :

— Vous avez une fois de plus raison. Instruit par vos propos et votre sagacité, je vais de ce pas tenter d'en savoir davantage.

Quant à Maintenon, elle estimait qu'elle avait assez poussé le roi dans ses retranchements. Elle se tut et le laissa partir.

Chez le roi

— Les perles n'ont donc pas été retrouvées ?

— Non, Sire, toujours pas, répondit Bontemps, tout à fait embarrassé par la suite qu'il allait devoir donner à cet entretien. Le poste de garde des militaires a lui aussi été fouillé de fond en comble, pour le cas où, par exemple, le mourant aurait tenu sans qu'on s'en aperçoive les perles dans sa main crispée et que, la mort faisant son œuvre, ses muscles se fussent relâchés plus tard, le corps une fois emporté dans cette salle et que les perles aient donc roulé là-bas, dans un recoin.

Le souverain soupira. En cette fin d'année 1683, le billard du roi était encore installé, et pour quelques mois encore, à gauche du palier que l'on atteignait en montant à l'étage par un escalier droit[1], dans un salon

1. Ce degré n'existe plus. Son palier se trouvait à l'emplacement du salon de la Pendule.

d'angle[1], dont les murs épais dataient du petit relais de chasse de Louis XIII. Les croisées donnaient pour l'une sur le dallage noir et blanc de la cour de Marbre, pour l'autre, agrémentée d'un balcon, sur la Cour royale et, par-delà sur la place d'Armes et les écuries du château. C'est dans cette pièce lumineuse, aux lambris très travaillés, que Louis XIV avait décidé de recevoir Bontemps. Une fois de plus, celui-ci mesurait que sa place auprès du roi ne lui apportait que des difficultés, lui demandait de trouver en lui des trésors de dévouement et de détachement, dans la mesure où il devait mettre de côté ses propres sentiments pour conseiller au mieux le souverain.

Le sosie s'était moqué de lui à plusieurs reprises et, dans une large part, narguait aussi le Bourbon. Du reste, depuis que celui-ci avait appris la demande insolente et exorbitante qui lui était présentée, le souverain, au bas mot, bouillonnait :

— Et dans le cabinet du Conseil, de surcroît ! Pour qui se prend-il ? Comment ose-t-il, cet homme de peu qui me doit tant ?

Bontemps ne disait rien. Il avait payé un lourd tribut en s'asseyant sur son orgueil lorsqu'il lui avait fallu servir de simple messager, transmettre au roi la demande du sosie. Il laissait maintenant le Bourbon se débattre avec ses propres sentiments, les différentes options qui se présentaient à lui et qui, pour l'essentiel, s'ordonnaient selon deux partis, estimait-il. Soit, sur-le-champ, le souverain convoquait un secrétaire particulier afin de lui faire rédiger une lettre de cachet

1. À son emplacement se trouve le Cabinet intérieur (bureau) de Louis XV et de Louis XVI.

qui expédierait, en attendant pis, le sosie à la Bastille. Mais, dans ce cas, il était plus que probable que les perles des deux reines ne reviendraient jamais au jour. Et c'était pour le monarque plus qu'un déchirement, un chagrin dont il ne se remettrait pas. Soit il accédait à la demande stupéfiante qui lui avait été faite, et il était ainsi obligé de passer sous les fourches caudines d'un vaurien, lui, le Roi-Soleil. Mais, s'il se rangeait à ce parti, et à moins que le sosie ne mente – et cela ne se pouvait, car sa perte était dans ce cas assurée –, le Bourbon retrouverait les perles. Il ne nourrirait donc aucun regret d'avoir été dépouillé, n'aurait pas le cœur serré quand il penserait à sa mère et à son épouse défunte. Et, ce n'était pas là le moins important, il pourrait enfin remettre la parure, une fois reconstituée, à la marquise de Maintenon.

Comme l'avait supposé Bontemps, la voix de la raison faisant peu à peu son chemin dans l'esprit du roi, et celui-ci capitula en rase compagne. Il ne lui restait plus qu'à trouver les mots les plus dignes, ceux qui ménageraient son honneur quoiqu'il sût que le premier valet de chambre ne serait pas dupe de ce mince artifice :

— Fort bien. Dites à cet homme que je consens à le recevoir. Mais que je ne lui accorde qu'un demi-quart d'heure, car les affaires du royaume m'attendent par ailleurs.

Le roi mentait, bien entendu : s'il le fallait, il accorderait plus de temps au sosie si cela s'avérait nécessaire.

À Paris

Harlay de Champvallon avait décommandé toutes les entrevues prévues ce jour-là. Il souhaitait être libre afin de pouvoir quitter l'archevêché quand il le souhaiterait. D'un moment à l'autre, le prêtre attendait l'arrivée du maître orfèvre. Il ne doutait pas un instant que L'Oiselier lui avait obéi, tant il était certain de l'avoir terrorisé. Harlay avait eu tout le temps d'imaginer ce qui se passerait lorsque le joaillier se présenterait à lui avec les cinq perles. Le prélat ne serait pas chien. Il donnerait à l'assassin devenu voleur la bourse bien garnie qu'il avait déjà préparée. Le drôle n'aurait pas à se plaindre, il ne pourrait jamais prétendre que le prélat était un pingre. Ensuite, Harlay le pousserait vers la porte, certes avec les formes, mais comme on le fait avec un roturier qui tarde à déguerpir. Puis il filerait chez Suzon.

Car, depuis sa dernière étreinte avec cette femme, il ne songeait qu'à la renouveler. Et déjà, Harlay se figurait le contentement de Suzon la Bascule quand il lui remettrait les perles royales. La joie de Suzanne Lécuyer serait profonde, elle en serait transportée. Et c'est avec ce même enthousiasme que la ribaude accorderait à Harlay ce que celui-ci attendait tant. Le prêtre en était déjà en feu.

L'on toqua à la porte de son salon. C'était un messager, qui apportait un pli. Un courrier de L'Oiselier, à n'en pas douter, pensa Harlay, et qui annonçait le succès de son entreprise. S'il avait cru un tant soit peu en la religion et en ses enseignements, l'archevêque aurait remercié le bon Dieu, la Sainte Vierge et tous les saints du paradis pour lui apporter ainsi, sur un plateau ou presque, un prochain et entier contentement de ses sens.

Exultant, le prêtre déplia le papier, le lut. Et prit la mesure du désastre. Car ce qui était survenu dans la Cour royale était assez extraordinaire pour qu'un des prêtres attachés à la chapelle royale – Harlay les connaissait tous, du confesseur du souverain, le père La Chaize, au premier aumônier, en passant par le maître de l'oratoire – ait décidé sur-le-champ d'en informer le prélat.

L'auteur de ces quelques phrases ne pouvait exposer que ce qu'il avait appris. Mais Harlay ne savait que trop lire entre les lignes. Un homme avait été assassiné à Versailles, et ce ne pouvait être que Martin L'Oiselier. L'archevêque de Paris ne pouvait ni savoir ni deviner où étaient les perles à cette heure. Mais ce qui était certain, c'est qu'il ne les obtiendrait pas. C'était d'un coup, une révélation terrible, une dépossession, un empêchement qui s'emparaient de lui. Harlay était anéanti. Il se sentait amputé et resta un moment abattu. Un moment seulement. Car renoncer à son plaisir lui était trop insupportable pour qu'Harlay pût un instant de plus l'envisager.

Sa décision fut vite prise. En toute hâte il revêtit un manteau et sortit du palais, gagna aussi vite qu'il le put la demeure de L'Oiselier. Il disposait de peu de temps : quelles que soient les raisons, les circonstances du meurtre de l'orfèvre, il était probable que des soldats ou des policiers, qu'ils appartinssent au grand prévôt de France, au Châtelet ou à l'Hôtel de Ville, viendraient fouiller dans la maison et la mettre sens dessus dessous. Et Harlay ne comptait pas les laisser prendre, ou simplement profaner ou briser, par jeu, ce qui allait assurer son salut.

Comme à peu près tous les jours, la rue du Cloître-de-Notre-Dame était fort encombrée. Harlay, pressé d'arriver, avait l'impression que les cinq cent mille habitants que comptait alors la ville, faubourgs non compris, s'étaient donné rendez-vous ici. Pour se frayer un chemin dans la cohue, le prêtre songea à crier qu'il portait les derniers sacrements à un mourant, mais n'osa pas. D'agiles ramoneurs venus de Savoie, des enfants, qui n'avaient pas trouvé assez de cheminées à nettoyer, enchaînaient sur le pavé rigaudons et monfarines, faisaient des pantomimes pour gagner les quelques sols qui leur manquaient et qui, s'ils ne les rapportaient pas au maître qui les employait et était allé les chercher peu de semaines plus tôt du côté de Chambéry, risquaient d'être punis. Distribuant quelques taloches, Harlay les écarta sans ménagement, mais prit soin de ne pas frotter son habit aux leurs, couverts d'une suie grasse. Ce n'étaient tout de même pas de petits sauvages parlant si mal le français de Paris qui allaient le retarder sur le chemin de son plaisir…

Deux jeunes filles, qui devaient être des sœurs, jupes grises, corsages ajustés et gros châles, allaient de concert. Elles ne proposaient pas la même marchandise, ne se faisaient donc pas concurrence :

— À dix sols, l'andouille de Troyes !

— La paire de rognons de bélier : douze sols !

De quelques sols, les prix criés à la cantonade étaient un peu moins élevés que ceux pratiqués d'ordinaire dans le quartier. Mesurant la bonne affaire, des ménagères se pressaient autour des deux vendeuses. Ce qui créait de la cohue. Et tout cela retardait Harlay, qui bousculait sans ménagement.

Plus loin, c'était un rémouleur ambulant qui, avec sa meule à roulettes, obstruait le passage. Et, parce que le sort avait, semble-t-il, décidé d'ennuyer le prélat, une marchande si grosse qu'elle empêchait de passer, et était de surcroît en quelque sorte prolongée, par-delà les hanches, par deux énormes paniers dans lesquels elle proposait de quoi grignoter en cet automne déjà bien avancé :

— Marrons grillés, marrons boulus !

Enfin, Harlay, arrivant chez L'Oiselier, passa comme d'habitude par les arrières. La pièce était vide et la maison paraissait l'être aussi. La chance, sur ce point, était du côté de l'archevêque. Celui-ci voulait parvenir à ses fins, coûte que coûte, sa vivacité, ses sens, son ardeur en étaient décuplés. Harlay ne prit même pas le temps de mépriser les meubles bien tenus alignés contre les murs, ces faïences opulentes, ces stupides bassines en cuivre de bourgeois aisé que des servantes houspillées à longueur de journée étaient priées de faire briller sans ménager leur peine. Il se mit à parler seul, à vociférer :

— Assassin sans scrupules, voleur maladroit et assez bête pour te laisser assassiner à ton tour, homme raté qui ne savait que t'enrichir, et de peu chaque fois, en faisant de petits arrangements et de petites escroqueries, tu es mort ! Et c'est justice, sauf pour ce qui me concerne !

Harlay de Champvallon ouvrit des meubles, en fouilla le contenu. Ce n'étaient que des habits taillés dans de la serge d'Aumale ou dans du drap d'Usseau, un manteau de bouracan, tous de bonne facture, pas trop mal coupés et joliment cousus, mais qui proclamaient que leur propriétaire avait voulu du solide et du durable, le pauvre médiocre occupé à aligner ses dépenses sur des livres de comptes ! Harlay continuait de fureter, de renverser. Seuls spectateurs de cette fureur méprisante, les établis et les coffres demeuraient muets. Irrité de devoir se mouvoir dans cet univers qui lui paraissait étriqué, mesquin et indigne de lui, le prélat insultait le mort, aurait voulu gifler le cadavre :

— Mais je suis certain, misérable besogneux que tu étais, sans doute à craindre chaque lendemain, parce que tu étais un gueux dans l'âme, que tu dissimulais ici une réserve de tes pauvres imitations ! Et je vais la trouver.

Harlay marchait à grands pas, fouillait sans précautions, ouvrait, renversait, cherchait encore.

— Ta cachette existe, j'en suis certain ! Un homme tel que toi engrange, met de côté, c'est dans sa nature, tel un écureuil, comme une fourmi qui a peur de manquer. Mais où est donc cette cache ? Je suis sûr que tout cela se trouve dans cette pièce ! Avec ces outils, ces établis et ces casiers, cette salle est triste, elle te ressemble, elle est ennuyeuse, sot de bijoutier ! C'est dans cette petitesse que tu te sentais le mieux et que tu gardais tes petits secrets de contrefacteur.

L'archevêque avait tout retourné, exploré et même deux fois au même endroit. Or il n'avait toujours rien mis au jour. Il voyait Suzanne Lécuyer et surtout son savoir-faire s'éloigner, sans doute à jamais, disparaître ou, pis encore, aller vers un autre que lui. De dépit, Harlay voulut casser, ne trouva rien à briser. De rage, il tapa du pied. Le coup souleva une latte. La cache aménagée par L'Oiselier apparut. Le prélat se pencha. Il aperçut, au fond, le papier destiné au roi que le maître orfèvre y avait déposé mais ne lui accorda aucune importance. C'était sans doute, supposa-t-il, une liste de méfaits, d'escroqueries de bas étage, de maigres profits, ou plutôt une sorte d'état des recettes engrangées que ce gagne-petit de L'Oiselier devait besogneusement mettre à jour tous les soirs. En revanche, la bourse d'étoffe qui se trouvait là aussi parut au prélat beaucoup plus prometteuse. Harlay s'en saisit. Le prêtre savait déjà ce que le sac contenait, l'ouvrit. Des perles. Un bref regard lui suffit. Faute des vraies perles, il y avait là de quoi mystifier l'inculte mais si adroite et si inspirée Suzon. Finalement, le prêtre en revenait par la force des choses à sa première idée : la catin recevrait des imitations, et c'était bien suffisant.

Dans le cabinet du Conseil

— En effet, Sire. Je me tenais à la fenêtre de l'appartement du premier valet de chambre de Votre Majesté.

Louis XIV s'efforçait de faire bonne figure. Il avait certes décidé de céder au sosie et de lui accorder un entretien. Mais depuis que celui-ci s'était présenté à lui, ici, dans le cabinet du Conseil, le monarque était à la peine. Le calme du double lui était une insulte, car l'homme avait l'habileté de ne pas fanfaronner. Il était même très poli.

Le roi avait pris place au haut bout de la table du Conseil, ainsi qu'il le faisait chaque fois qu'il réunissait ses ministres, et notamment lors des plus importantes formations, les conseils d'État, tenus certains lundis, mais aussi les mercredis, jeudis et dimanches. Le sosie était resté debout, bien que le roi l'eût convié à s'asseoir lui aussi, et la tête un peu baissée. Quant à Louis XIV, depuis qu'il avait été pour la première fois mis en présence de cet homme à la particularité extraordinaire, il hésitait entre deux attitudes, sans pouvoir trouver la bonne parce que c'était d'ailleurs impossible : le traiter comme un autre lui-même, tant la ressemblance était grande, au risque de brouiller repères et assises ; soit le considérer comme un sujet parmi d'autres, donc le toiser, mais le roi aurait dans ce cas l'impression de se maltraiter lui-même…

Pour le moment, la seule attitude possible, songea le souverain, était de se consacrer tout entier à la teneur des propos tenus ici, en faisant abstraction du reste. Il considéra un bref instant la tapisserie verte, les riches moulures de la corniche qui courait en haut des murs, interrogea de nouveau :

— Et vous affirmez avoir assisté à toute la scène ?

— Oui, Sire. M. Bontemps m'a certes interdit de demeurer là au prétexte qu'il y a plus de danger qu'ailleurs d'y être vu s'il entre un domestique, mais le soleil y est généreux. Et je prends mes précautions en me dissimulant derrière les rideaux en me plaçant dans les recoins. Acceptez de me comprendre et de me pardonner, Sire, je vis la plupart du temps en reclus.

Le roi ne put s'empêcher de relever :

— Certes, mais au moins, vous avez le gîte et le couvert, ce qui, je crois, ne vous était pas familier jusqu'à ces derniers jours. Sans compter les moments où vous êtes encore mieux traité car vous endossez mes habits et êtes traité comme si vous étiez moi-même.

L'autre faisait l'humble :

— En effet, Votre Majesté. Je me tenais donc sur le côté et j'ai vu le maître orfèvre sortir du vestibule de l'escalier de la Reine. Il se mourait, mais je ne le savais pas encore, sa démarche était fort hésitante alors que, autour de lui, on s'activait. Puis la charrette est arrivée et il est à moitié tombé dedans. Ensuite, c'est le domestique de la pauvre reine, qui a surgi et qui s'en est pris à lui. Les gardes s'en sont mêlés et, à ce moment, l'orfèvre est mort, du moins c'est ce que j'ai supposé sur le moment et ce que je continue à penser.

— Fort bien. Tout cela correspond en effet avec ce qui m'a été rapporté par d'autres que vous. Mais vous ne m'avez pas dit, monsieur, ce que sont devenues les perles. Si, toutefois, vous le savez, comme vous le prétendez.

De manière imperceptible, le sosie avait changé d'attitude, il avait pris de l'assurance. Il regarda le roi avec plus d'aplomb.

— Votre Majesté, j'ai dit à M. votre premier valet de chambre que je savais en effet où avaient disparu les perles, et je peux détailler mes propos ici.

— Poursuivez, je vous écoute.

— Ces perles vous sont donc bien chères, Sire…

— Elles le sont, en effet.

— Je le comprends. Car, voyez-vous, lorsque j'ai été autorisé à sortir de l'appartement de l'aile des Offices et que je suis allé dans les salons de Votre Majesté, il me semble bien avoir aperçu des perles, sans doute très comparables, en admirant les colliers figurant sur de grands tableaux représentant la reine votre épouse.

Le roi ne disait rien, il attendait la suite d'un discours qui l'égarait un peu. Le sosie poursuivait :

— Ces perles peintes m'ont paru être d'une taille, d'un orient exceptionnel, en tout point dignes d'une reine de France. Ou bien d'une autre dame à qui il s'agirait de faire un présent de très grande valeur, une femme très aimée, par exemple, ou dont les qualités supérieures justifieraient un cadeau de cet ordre. Une dame qui, par exemple, aurait d'abord su gagner votre estime par la qualité de son écoute et de ses conseils, et, par la suite, qui aurait su affermir davantage sa position. Mais, bien entendu grâce à ses qualités éminentes.

Ce propos déviait, annonçait des insolences. Le roi pâlissait à mesure, non pas de l'entendre mais que ce soit lui qui eût permis qu'il lui fût tenu… Or le sosie ne semblait plus vouloir s'arrêter :

— Oui, cette dame, si toutefois elle existait, mériterait bien qu'on lui offrît de telles perles, dont bien peu d'autres femmes sont dignes. Je sais qu'elle les porterait fort bien, avec une élégance qui, pour ne pas être celle d'une reine, ce qu'elle ne pourrait être puisque, hélas ! il n'y en a plus en France, serait grande. Oui, cette femme éminente arborerait ces grains de nacre avec toute l'autorité et la distinction requises. Sire, si cette dame était incarnée, je suis certain que c'est à elle que vous les offririez.

À ce discours inattendu et plus qu'effronté, impudent, le roi ne savait trop que répondre. Dès lors qu'il avait recruté le sosie, il s'était lié les mains, certes sans le vouloir. Or son double avait une idée en tête, c'était patent. L'homme n'était pas sot, pensait le monarque, il avait compris d'emblée quelle place Maintenon occupait auprès de lui. Cela n'était pas difficile. Mais cet inconnu avait-il aussi deviné que le roi avait épousé la marquise ? C'était possible, voire probable. Et alors ? Où ce drôle, qui prenait de plus en plus ses aises, voulait-il en venir ?

— Votre Majesté, sans doute pour mieux administrer le royaume, m'a confié certaines missions, ces jours derniers, tâches dont je me suis acquitté avec ardeur et docilité. Il me semble que le temps est venu de parfaire mes connaissances pour le cas où vous souhaiteriez que je rende de nouveau service à la Couronne. Dans la perspective, bien entendu, de ne jamais rien laisser au hasard et, je le répète, de mieux me pénétrer du rôle que Votre Majesté a la bonté de me demander de tenir, avec mes pauvres moyens mais, du moins, du mieux que je le peux. Donc, Sire, si je résume mon propos, c'est l'amour du travail bien fait qui me conduit à demander, que dis-je ? à suggérer à Votre Majesté de me permettre d'endosser pleinement la dignité que vous souhaitez que j'exerce.

Le propos était limpide mais si insensé que le roi pensa, voulut penser qu'il n'en avait pas compris le sens.

Le sosie restait debout. Mais maintenant, son visage offrait un sourire, certes à peine esquissé. Un silence s'installa. Lourd. Et ce fut le Bourbon qui, le premier, le brisa, d'une voix sombre et posée :

— Est-ce tout, monsieur, ce que vous aviez à réciter ?

— Si je me suis montré assez clair, en effet, c'est tout. Mais dans le cas contraire, je peux en dire davantage.

Autant aller au bout, maintenant, de cette ignominie, pensa le roi. Il se félicitait, cependant que personne, ni Bontemps ni un autre, n'ait été le témoin de cet échange infamant :

— En effet, monsieur, parlez et développez car, autrement, je penserais que ce que j'ai entendu et compris relève d'une folie.

Le double du roi ne retint pas un soupir qui n'était probablement pas feint.

— Il me semble, Sire, que si je dois parfois vous représenter, il faut que je le sois dans toutes les facettes, avec toute la grandeur, la pompe que les services rendus à Votre Majesté me permettent de demander. Je ne savais bien entendu rien de Versailles voici quelques jours, et je savais de vous que ce j'entendais dire, quand je me promenais, que je bavardais dans les tavernes, les foires et sur les marchés. Je ne connaissais de votre visage que ce j'avais vu sur des louis et de vos habits ce que, parfois, j'avais pu apercevoir sur des almanachs que j'étais d'ailleurs trop pauvre pour acheter. Mais depuis que je suis ici, j'écoute, je regarde et j'apprends, de plus avec votre premier valet de chambre, qui est un très bon professeur. En d'autres termes, Sire, voici ce que je vous demande.

Et le sosie, enhardi au-delà du raisonnable, présenta à Louis, quatorzième roi du nom, la demande stupéfiante qu'il avait cru être en mesure de formuler. Et, signe de son aplomb, son ton ne faiblit pas à mesure qu'il déroula sa requête, de même que son maintien demeura assuré. Lorsqu'il eut achevé, il y eut un silence, que le Bourbon laissa planer avant de répondre. En quelques instants, il avait pâli, de mépris un peu, de colère surtout. Demeuré assis, il eut, de la main, un geste ample et royal.

— Monsieur, vous dormirez ce soir dans une geôle, la plus sombre et la plus humide qu'il se pourra trouver à Paris. Et, dans quelques jours, vous serez pendu.

Fou ou sûr de lui, toujours est-il que l'autre le prit sur le monde de l'ironie :

— Tôt ou tard, Sire, si je n'avais pas été mis en votre présence, ce sort m'aurait été réservé.

Le roi se voulut glacial :

— C'est probable.

— Or il n'en sera rien.

Un instant plus tôt, le Bourbon avait été stupéfait. Cette fois, il était sidéré :

— Et pourquoi donc, monsieur ?

— Parce que, Votre Majesté, je vous rends trop

de services pour que désormais vous puissiez vous passer de moi.

— Vous êtes plus qu'un insolent, cela, c'est acquis. Un fou, surtout. Vous êtes aussi un orgueilleux, un présomptueux. Il est vrai que votre présence à Versailles m'a permis de me livrer à certaines activités, à des vérifications qui ne vous regardent pas mais que je n'aurais en effet pu faire sans vous. Je ferai autrement à l'avenir. Vous allez mourir. Vous n'êtes pas, loin de là, irremplaçable.

— Sans doute, Sire. Mais les perles le sont.

— J'en achèterai d'autres.

— Celles dont nous parlons sont uniques, vous le savez. Votre grand-oncle le roi d'Espagne avait sans doute mis longtemps à rassembler ces perles, d'une grosseur peu commune, en mettant à contribution les pêcheurs de ses possessions des Philippines, du Pérou, peut-être en en achetant du côté de l'Arabie.

— Comment le savez-vous ?

— Les murs ont des oreilles. J'ai l'ouïe fine. Je sais écouter, entendre, comprendre et déduire.

— La Couronne de France possède d'autres joyaux.

— Ce sont ces perles que la marquise de Maintenon attend et désire, du moins je le suppose. Ai-je tort ? Je ne le crois pas, selon ce que j'ai observé, glané, assemblé. Si vous ne pouvez lui offrir les perles retrouvées, la dame en sera très fâchée, j'en suis certain. D'autant qu'une rumeur insistante veut que cette personne soit, depuis la nuit du 9 au 10 de ce mois, dans une position qui, pour ne pas être connue de tous, n'en est pas moins constituée et établie par l'Église.

Le sosie se tut. Regarda en l'air. Puis de nouveau Louis XIV. Il avait visé juste et le savait. Le roi de France était ferré. Il mesurait le paradoxe de la situation. Le double avait formulé une requête insensée, insolente. Et si le roi ne lui donnait pas satisfaction, la dame, qui, par un effet de conséquences et de cascades, ne rentrerait pas en possession de ce qu'elle estimait devoir lui revenir, lui en voudrait donc à jamais, avec toute la force de caractère dont elle était capable. Tout roi qu'il était, le Bourbon devait céder. C'était assez rare pour que le souverain eût besoin, alors, de se donner un répit, si court fût-il. Un ange passa. Puis Louis XIV choisit d'exprimer le fond de sa pensée, ce qui n'avait pas grande utilité, et ne le soulagea guère. Mais quel autre parti pouvait-il adopter ?

— Vous êtes un misérable.

— Peut-être.

— Que voulez-vous ?

Cette question constituait un aveu de capitulation en bonne et due forme. Un acquiescement tacite. Le sosie ne s'y trompa pas. Il choisit de ne pas triompher. Mais poussa l'insolence jusqu'à vouloir assurer ses arrières :

— D'exaucer ce que je vous ai demandé il y a un instant. Et jurez.

— Que je jure ? Comment osez-vous me demander cela ?

— J'ose parce que, Sire, vous n'avez pas le choix. Prenez l'engagement que je vous demande. Et, dans un instant, je présenterai sans plus attendre le récit que vous attendez de moi, sans en omettre le moindre détail. Ensuite, je vous dirai ce que j'entends me voir accordé.

Un instant, le Bourbon fut sur le point de céder à la fureur la plus extrême. Il eut des idées de meurtre. Mais cette voie lui était interdite. Au prix d'un effort dont il ne se serait pas cru capable, qu'il n'aurait jamais imaginé devoir faire un jour de sa vie de roi, Louis XIV se maîtrisa. Il ne pouvait que capituler.

— Je le jure.

Le sosie savait qu'il était passé près de sa mort. Il se hâta de répondre.

— Fort bien, Sire. Vous n'avez pas affaire à un homme qui n'a pas de parole. Alors voici ce que j'ai vu. Cet homme, un maître orfèvre, selon ce que j'ai entendu, est sorti, livide, hagard, chancelant, du vestibule de l'escalier de la Reine. Une charrette chargée de chaudrons et de marmites arrivait à cet instant, des cuisines, je pense, elle était poussée et tirée à la fois par des marmitons. L'homme a voulu s'y agripper, peut-être, à moins que la carriole ne l'ait heurté, il y a eu en tout cas de la confusion. Mais peu importe. Le joaillier est à demi tombé au milieu du chargement. Et là, il a mis sa main dans l'intérieur de son habit, en a sorti une manière de pochette et l'a glissée dans la gueule de l'un des poissons cuits. Puis l'autre homme, celui qui, je le suppose, l'avait blessé à mort et qui le poursuivait, a surgi à son tour, une lame à la main. Mais sa victime ne bougeait plus du tout. Les gardes-françaises s'en sont mêlés, ils ont soulevé le cadavre, peut-être sans savoir que c'en était déjà un, l'ont emporté. D'autres se sont saisis de celui qui est sans doute un meurtrier. Et la charrette est repartie de son côté, brinquebalante, avec les poissons et les perles des reines dans la gueule de l'un d'entre eux.

Louis XIV ne dit rien. Il avait dû s'humilier comme, rarement, un homme avait été conduit à le faire. Mais au moins, il avait désormais une chance de retrouver les cinq perles, donc de pouvoir, enfin, contenter la marquise de Maintenon. Le monarque avait cru la partie perdue. Il n'était cependant pas question de faire montre de la moindre joie devant son interlocuteur. Et pour clore cet entretien, il ne lui restait plus qu'à être royal et digne.

— C'est grâce à la perfidie, à une absence complète de scrupules, monsieur, que vous êtes parvenu à vos fins. Si vous aviez une conscience, je souhaiterais que celle-ci vous fasse un jour prochain prendre la mesure de votre impertinence. Mais cet honneur, vous n'en avez pas, ni honnêteté, ni le simple désir de rester à la place qui est la vôtre. Maintenant, partez, monsieur. Et pour ce qui regarde votre demande, sachez que le roi de France n'a qu'une parole, quand bien même celle-ci est donnée à un coquin qui mérite la potence.

L'entretien avait duré plus que le souverain ne l'aurait désiré et avait pris un tour insensé et plus que désagréable. Mais au moins, il avait, presque, retrouvé les cinq perles. Louis XIV fit un geste, le sosie se retira. Le roi resta assis. Il désirait maintenant demeurer seul, il avait besoin de réfléchir à ce qu'il devait mettre en œuvre, et quoi que cela lui coûtât. Et ce n'était pas, pour le Roi-Soleil vers qui toute l'Europe avait les yeux tournés, une mince affaire que de consentir à cela. Sans compter l'affaire de la mort du cent-suisse du Grand Degré, que le roi n'avait pas encore éclaircie, bien qu'il commençât, sur le sujet, à avoir quelque idée.

Chapitre 10

« Je me souviens qu'un été que le roi s'était mis à aller fort souvent les soirs à Trianon, et qu'une fois pour toutes il avait permis à toute la cour de l'y suivre, hommes et femmes, il y avait une grande collation pour les princesses ses filles, qui y menaient leurs amies, et où les autres femmes allaient aussi quand elles voulaient. »

Louis de Rouvroy de Saint-Simon
(1675-1755), *Mémoires*

Le même jour, dans les cabinets du roi

Malmené par les événements dont le palais était le théâtre, Louis XIV était las, ce qui lui arrivait rarement. Du reste, à cet instant, il avait enfin à se réjouir : Bontemps lui tendait un petit sac d'étoffe grise.

— Les voici, Sire.

Louis XIV prit la bourse, très souillée de sang séché, l'ouvrit. Les perles. Elles étaient bien là et intactes, resplendissantes. Si elles avaient été douées de raison, on aurait pu dire qu'elles avaient franchi avec indifférence les épreuves traversées. Le roi les déposa avec soin sur une table où il posait souvent ses plus beaux filigranes[1], en argent ou en or. Des images d'autrefois surgirent au même instant. Il crut avoir à ses côtés sa mère, si élégante et raffinée, héritière de l'étiquette de la cour de Madrid, toujours vêtue avec recherche et soin, parfumée, lorsqu'elle tenait son cercle, si fameux, au Louvre puis au Palais-Cardinal[2]. Le roi voyait aussi son épouse, la reine Marie-Thérèse, qui n'avait su,

1. Corbeilles, chandeliers, coffrets, etc., façonnés en fils d'or ou d'argent entrelacés de façon à figurer des dessins et des arabesques.
2. Dès lors nommé Palais-Royal.

de toute sa vie, rien faire d'autre que prier Dieu et admirer son époux.

L'émotion du roi était palpable. Et Bontemps, quoique habitué à se trouver dans les privances du souverain depuis longtemps, en fut ému à son tour, presque gêné. Enfin, Louis XIV se tourna vers lui.

— Mais dites-moi, monsieur Bontemps, les perles étaient donc restées dans le ventre d'un poisson ou bien les gardes les avaient-ils trouvées sans les rendre ? Y a-t-il donc des malhonnêtes parmi ces militaires ?

— Les marmites s'étaient entrechoquées, les couvercles avaient sauté, les sauces s'étaient répandues et plusieurs poissons étaient gâtés. Surtout, il y avait du sang un peu partout. Bref le spectacle était peu ragoûtant et plusieurs des plats étaient devenus immangeables. Les soldats ont décidé de tout jeter. Or cela faisait toute une masse peu engageante. Deux d'entre eux ont attelé la charrette, car le chemin aurait été trop long à faire à pied, et ils sont allés jeter ce désastre au…

Bontemps parut vouloir se taire.

— Ne vous arrêtez pas en chemin, continuez.

— Le voulez-vous vraiment, Sire ?

— Je le désire. Poursuivez.

— Les soldats se sont rendus jusqu'à l'Étang puant[1], en allant vers Saint-Cyr, là où une partie des eaux usées du palais sont conduites. Il a fallu qu'ils y retournent et fouillent au milieu de tout ce qu'il y a là-bas, et qui n'est pas du plus propre.

— Ces pauvres perles ont donc connu un moment difficile… Et les soldats aussi. Je ferai donner une gratification à ces militaires.

— Elle sera méritée, Sire.

1. Ou étang des Marais, asséché au siècle suivant.

Jusqu'à ce moment, une certaine douceur se lisait sur le visage du monarque. Cette expression laissa place à une autre, marquée par la gravité.

— Maintenant, monsieur Bontemps, voici mes ordres. Il faut que je vous dise quelque chose, il s'agit d'instructions très précises, que vous allez devoir exécuter à la lettre, comme vous avez toujours fait depuis que j'ai le bonheur de vous avoir à mon service.

— Je suis aux ordres de Votre Majesté.

— Tout d'abord, trouvez sur-le-champ un joaillier à Versailles, cela doit bien exister. Si vous n'en appelez pas, prenez un serrurier bien outillé et qui soit moins balourd qu'un autre. Il ne s'agit que de ressertir les perles, de remettre les montures s'il y en a le besoin. Ce n'est sans doute pas trop difficile pour un homme de l'art.

— Bien, Sire.

— Maintenant, j'en viens au plus délicat. Cela a à voir avec l'homme que je vous demande d'accueillir chez vous. Dès à présent, j'insiste, monsieur Bontemps. Quoi que vous entendiez dans un instant, il faudra que vous appliquiez tout comme je l'ordonne. Quand bien même cela sortirait de l'ordinaire. M'entendez-vous ? Au demeurant, vous avez un peu de temps pour mettre en œuvre ce que je vais vous indiquer.

— Bien, Sire.

À Paris

À la joie du roi faisait écho celle, peut-être plus grande encore, de Suzanne Lécuyer chez qui Harlay de Champvallon, sitôt en possession des fausses perles, avait couru.

— Mais mon petit goupillon, j'avais dit ça à moitié pour rire.

La ribaude regardait les perles, s'en saisissait, les caressait, jouait avec, les frottait contre sa poitrine nue. Elle les regardait de près, les approchait de la lumière, riait.

— Elles te font donc bien plaisir ?

— Tu parles, mon vobiscum ! Je suis certaine que la pauvre reine, à Versailles, elle en a jamais eu de pareilles ! Qu'en penses-tu ?

La jeune femme continuait à admirer les perles, à donner libre cours à sa joie sincère. L'archevêque, lui, s'était dans un premier temps amusé à la voir faire puis à considérer le jeu, érotique, né du rapprochement des perles et d'un corps nu. Il s'impatientait maintenant, pressé que Suzon tienne sa promesse, que celle-ci fût née ou non d'une plaisanterie, délaisse le présent qui venait de lui être fait et passe enfin à une tout autre occupation.

Or la ribaude, toute à admirer le cadeau, ne semblait pas être dans le même état d'esprit que le prélat, elle ne le regardait presque pas, continuait à se réjouir. L'archevêque était contraint de patienter, d'écouter.

— J'en ferai monter trois en broche et les deux autres en pendants d'oreilles. Comme ça, j'aurai l'air d'une vraie dame de la cour, d'une princesse, d'une reine, peut-être. Qu'en penses-tu ?

Tout à la fois lassé et exaspéré, Harlay ne répondait toujours pas. Alors, Suzanne Lécuyer comprit enfin que, sur une certaine matière, elle était attendue, et avec impatience. Elle était brave fille, se mit rire et à s'excuser, posa les perles dans une méchante assiette de fer-blanc où elle mangeait le plus souvent la pitance achetée à la taverne voisine.

Deux heures plus tard, Harlay se rhabilla. Il était plus que satisfait et songeait que bien qu'en ces choses-là la comparaison fût un art difficile tant les sensations étaient parfois fugaces, cette seconde séance avait de loin surpassé la première, des prouesses d'habileté et de sensualité ayant été réalisées, ce qui avait, du point de vue d'Harlay, reculé certaines bornes. Cette fille, décidément, connaissait son métier et avait à cœur de le perfectionner. Finalement, ce que Suzon avait donné pour cinq pauvres perles de verre avait été obtenu à très peu de frais.

De son côté, la jeune fille, qui ne pouvait soupçonner un seul instant qu'elle avait été mystifiée, avait en effet mis son point d'honneur à remplir les clauses du contrat qui lui revenaient.

Quoi qu'il en fût, le prêtre songeait déjà à l'avenir. Celui-ci s'annonçait radieux. Le message que l'archevêque avait reçu de Versailles était sur ce point sans appel : Martin L'Oiselier ne pourrait plus être mis à contribution. Paix à son âme de commerçant besogneux. Suzon serait insatiable et demanderait de nouveaux bijoux ? Qu'à cela ne tienne. Dans l'enclos du Temple, Harlay ou plutôt le valet qu'il y enverrait pour ne pas se compromettre, trouverait par dizaines, par centaines, des perles, des colliers, des bijoux de toutes sortes, tous plus faux les uns que les autres, qui berneraient et raviraient Suzon et, par voie de conséquence et effet de domino, qui contenteraient les sens de son amant.

— Allons, messieurs, passez.

Quelques retardataires tentaient, avec maladresse mais sans succès, de demeurer dans la chambre royale pour faire croire à ceux qui en étaient déjà sortis – gentilshommes, princes, ambassadeurs, grands officiers de la Couronne – et les attendaient dans le salon voisin que le roi les avait retenus un instant pour leur parler sur le ton de la confidence ou de l'amitié. Mais les huissiers, implacables et policés, les poussaient vers la sortie. La cérémonie du coucher venait de s'achever. Comme d'habitude, Louis XIV demeurait en la compagnie de son seul premier valet de chambre. Le roi était sombre. Bontemps l'était plus encore.

Le roi se mit au lit. Il avait oublié, sans doute pour la première fois en plusieurs décennies, de mettre son bonnet, tant il était contrarié par ce que l'homme dont il avait fait sa doublure l'avait contraint à mettre en œuvre. Bontemps lui tendit la calotte.

— Bonne nuit, Sire.

Le roi ne s'était pas résolu à exposer au premier valet de chambre les raisons impérieuses qui l'avaient conduit à céder à la demande outrancière du sosie. Certes, s'il l'avait fait, son serviteur aurait compris quel avait été le dilemme du roi et, même, aurait très certainement approuvé sa décision, si urticante qu'elle fût. Mais Louis XIV ne pouvait s'endormir. Il se demanda si le premier valet de chambre, lui, s'était assoupi, songea à le réveiller pour s'entretenir avec lui et lui demander conseil. Puis il y renonça. Tout à la fois afin de ne pas déranger Bontemps et aussi pour, finalement, ne pas avoir à se confier. Le métier de roi était difficile et, dans les moments critiques, ne pouvait s'exercer que dans la solitude.

Et le monarque commença à réfléchir, immobile dans son lit aux multiples sommiers et matelas et entouré de lourds rideaux de brocart brodés d'or. Il cherchait à donner une diversion à la colère née de la demande du sosie. Certes, celui-ci figurait à la première place parmi les personnages que le roi avait envie d'exécrer. Mais le souverain était contraint de constater que l'homme, au-delà de l'exigence qu'il venait de formuler, lui avait rendu de fiers services, et qu'il lui en rendrait peut-être d'autres. Et, surtout, il y avait toujours cet élément, qui ici était une réticence : comment s'en prendre à un homme qui, du moins au physique, lui ressemblait tant ? Le cas du double fut donc mis de côté, bien que ce fût à cause de lui que le Bourbon était tourmenté.

Haïr l'orfèvre voleur ? Martin L'Oiselier, ce grand coupable, traître et coquin alors que le roi avait toujours fait régler avec célérité les mémoires qu'il lui faisait remettre, aurait été une proie idéale que le roi aurait pu laisser sa haine broyer. Or l'homme était mort. Il était donc hors d'atteinte. Sur ce point, le roi était frustré, mais il ne pouvait rien y faire. Abominer un mort ne lui était d'aucune utilité.

Louis XIV examina ensuite le cas de l'Espagnol. Certes, en tuant l'orfèvre, ce dernier avait empêché que passât la justice du roi. Mais le Bourbon ne pouvait décemment lui reprocher d'avoir surpris, suivi et blessé à mort le voleur. Si le serviteur n'avait pas agi ainsi, L'Oiselier aurait fort bien pu quitter le palais sain et sauf, aussi aisément qu'il y était entré. Restait le point que les jardiniers du parterre du Midi avaient soulevé, mais c'était pour le moment un indice mince, que le roi devait justement examiner très bientôt. Et l'ancien valet de Marie-Thérèse avait assez touché le roi en lui exposant ses sentiments fiers pour que le Bourbon ne lui fasse pas *a priori* crédit. Le roi ne pouvait, en conscience, le maudire, lui non plus.

Restait, avant plus ample analyse, celui ou celle qui avait peut-être tué le cent-suisse, toutefois si la mort de ce soldat n'était pas accidentelle. Car enfin, si Bontemps n'avait pas fait preuve d'un solide sens de l'improvisation et de l'initiative, la cérémonie aurait été compromise. Cela, Louis XIV ne l'oublierait jamais. C'est ce mystère qu'il devait résoudre sans plus tarder. Pour recouvrer sa toute-puissance.

Le roi s'assit dans son lit, indifférent au froid qui, le feu éteint, recommençait à prendre possession de la pièce. Seul le bruit du mécanisme de l'horloge placée sur la cheminée lui tenait compagnie. Peu à peu, pourtant, son esprit chemina. Dans le cabinet du Conseil, son double avait certes fait preuve d'une outrecuidance inouïe. Qu'il ose exercer une contrainte sur le roi était en soi inconcevable, proche du crime de lèse-majesté. De surcroît, la teneur de sa demande était elle aussi, au bas mot, inacceptable. Le roi en avait été plus que courroucé. Et pourtant, songeait le Bourbon, s'il allait au fond de l'affaire, il n'était pas loin de penser que, tout compte fait, l'exigence du sosie pouvait se révéler recéler un trésor, que seul le monarque saurait apprécier et dont nul ne saurait jamais rien. Car chez Louis XIV, la recherche du pouvoir allait de pair avec celle de la satisfaction.

Le lendemain matin, jeudi 14 octobre, à Versailles

Louis XIV, qui n'avait guère dormi, aurait aimé que la cérémonie du lever fût, ce matin-là, plus rapide qu'à l'ordinaire, ce qui ne lui était à peu près jamais arrivé. Mais il ne se résolut pas à faire se hâter les valets et les huissiers qui faisaient entrer à mesure les courtisans, selon le rôle que leur accordait le protocole en vigueur. Les valets, de toute façon, auraient eu à cœur d'accomplir à la lettre ce qui leur était prescrit et n'y auraient pas renoncé. Louis XIV dut donc se laver lentement les mains à l'esprit-de-vin, s'asperger d'eau bénite, se laisser peigner et raser, puis chausser pompeusement ses mules au saut du lit, se laisser calmement mettre sa robe de chambre avant de l'ôter pour mettre ses habits du matin, puis placer son épée à son côté et passer en écharpe le cordon de l'ordre du Saint-Esprit avant qu'on lui noue sa cravate. C'était lui qui avait peaufiné ce rituel destiné à célébrer sa personne. Il n'avait qu'à s'en prendre à lui-même si, ce matin-là, ce protocole lui était pesant.

Et le monarque dut encore endurer la longue prestation de serment de deux des principaux officiers de la Couronne, une cérémonie qui lui plaisait d'ordinaire beaucoup, mais qui, ce jour-là, lui était particulièrement importune. Et, enfin, au terme d'une longue heure, la solennité s'acheva. Les courtisans se retirèrent les uns après les autres tandis que les huissiers faisaient taire ceux qui osaient chuchoter.

La porte de la chambre du roi se referma sur le dernier gentilhomme. D'un bond, le souverain sortit de derrière la balustrade où il était demeuré depuis son lever. Foin de pompe et de componction, maintenant.

Le roi saisit son chapeau à trois pointes, bordé de point d'Espagne et orné de plumes d'autruche, empoigna au passage la canne d'intérieur, un roseau recourbé et sommé d'argent, que lui tendait le premier valet de chambre. Surtout, il prit un certain écrin qui était depuis le petit matin sur sa table. Et, enfin, ventre à terre s'il l'avait pu, le roi courut chez la marquise de Maintenon. À Nanon Balbien, qui se tenait dans la première et minuscule antichambre, tendue de damas rouge, le roi intima l'ordre de déguerpir. Il ajouta :

— Ne revenez pas avant que je sois reparti. Je dois m'entretenir en tête à tête avec la marquise de Maintenon.

La suivante, qui ne savait rien, comprit que l'affaire était grave, ne dit mot, fit sa révérence et s'éclipsa.

Louis XIV pénétra dans la chambre où la marquise passait le plus clair de son temps, surtout dès que les premières fraîcheurs se faisaient sentir. Comme à son habitude, la dame se trouvait installée dans sa fameuse niche, sorte de cabane ornée de fleurs sculptées, drapée de damas rouge, vert et or, qui la protégeait des courants d'air. Maintenon était à sa broderie. Elle leva à peine les yeux, ne prit pas la peine de repousser le rideau coupe-vent qui la cachait en partie :

— Je ne vous attendais pas à cette heure si matinale, Sire.

— C'est que… madame, j'avais envie de vous voir.

— Je m'en réjouis.

Le souverain tendit à Maintenon la boîte fleurdelisée que, sans vraiment la dissimuler, il avait jusque-là cachée à sa vue.

— Voici, madame. Ce que contient ce coffret m'est cher. C'est précisément pour cela que je vous en fais le présent.

La marquise accorda un bref regard à l'objet. Le roi en fut surpris, déjà froissé. Puis Maintenon prit le temps de ranger ses pelotes dans son panier à ouvrage, se força cependant à remercier.

— Votre Majesté a trop de bontés pour moi. Je n'en suis pas digne.

Louis XIV en attendait davantage. Mais la marquise n'ajouta rien, se redressa sans pour autant se lever et, enfin, saisit l'écrin, l'ouvrit et s'extasia de manière trop polie pour que le roi ne s'en agace pas. Maintenon approcha de la fenêtre la broche et les deux pendants réparés, parut jouer avec leur reflet. Sa voix se fit terne, mécanique :

— Ces perles sont magnifiques, Sire. Ce cadeau m'apporte une joie profonde.

Maintenon marqua une pause, dont le roi devait longtemps se souvenir. Sa main droite tenait le coffret, ouvert. De la gauche, elle caressa les joyaux :

— Ces perles me semblent plus belles encore que celles jadis apportées d'Espagne par votre mère la reine. Vous savez, ce fameux collier. Du reste, qu'est-il devenu ? N'était-ce pas la reine défunte, votre première épouse, qui l'avait un temps porté ?

Cette fois, la marquise de Maintenon regarda le roi, intensément.

— Oui, vraiment, ce sont des satisfactions, intenses, qui s'enchaînent.

Louis XIV n'était pas dupe de ce propos tenu à mots couverts : Maintenon en savait beaucoup plus qu'elle ne voulait bien le dire. Mais il était contraint de jouer à celui qui ne comprenait pas :

— Madame, je me fais une joie de vous offrir ces bijoux. J'espère qu'ils savent dire l'estime et l'attachement que je vous porte.

— Ces joyaux, Sire, sont superbes et me comblent.

La marquise se moquait de lui, le roi le mesurait mais ne pouvait rien rétorquer. Il choisit de couper court :

— Je vous laisse, madame, j'ai maintenant des ordres à donner au grand aumônier et au premier maître d'hôtel. Au demeurant, nous allons nous retrouver dans peu de temps, pour le divertissement organisé à Trianon.

Sans crainte d'être impolie, Maintenon se contenta d'acquiescer et se remit à sa broderie. Mais à peine Louis XIV se fut-il retiré qu'elle laissa ses pelotes et reprit l'écrin aux fleurs de lys, l'ouvrit. Elle regarda les perles, sans manifester ni joie ni rien d'autre qui eût traduit un contentement, abaissa le couvercle d'un coup sec. Ces perles, elle les avait trop attendues pour vouloir les garder. La marquise les donnerait à Nanon qui, si dévouée corps et âme depuis tant d'années, les méritait bien. Et la suivante en ferait ce qu'elle voudrait. De peur d'avoir à se souvenir d'une conversation qui lui avait été plus que pénible, le roi n'oserait jamais demander à sa seconde épouse pourquoi elle ne portait jamais la parure faite avec les perles de la première.

Quant au monarque, il n'avait qu'un très court chemin à faire pour regagner son appartement sous le regard des courtisans qui ne laissaient rien paraître de la curiosité, mêlée d'incompréhension, qui les étreignait chaque fois que le roi passait ainsi de chez la marquise à chez lui. Pourquoi donc le souverain, qui jouissait d'un Grand et d'un Petit Appartement, de salons magnifiques et spacieux, éprouvait-il le besoin de rencontrer Maintenon dans son logis obscur et étroit, quand bien même la dame était depuis peu devenue son épouse, comme le disait la rumeur, de plus en plus insistante, qui courait des communs au palais, des écuries au chenil ?

Le Roi-Soleil n'était pas loin de partager cette analyse en forme de questionnement. S'il avait cru, dans un premier temps, répondre avec habileté à la marquise, il n'en était plus si certain maintenant. Il n'avait certes qu'à s'en prendre à lui-même. S'il était resté dans sa chambre et y avait reçu son épouse, nul doute qu'il aurait pu davantage donner sa pleine mesure. Mais il n'était pas homme à accepter de se juger. Le Bourbon releva la tête. Un page arrivait à point nommé. Son habit de grande livrée était mal boutonné. Louis XIV lui en fit la remarque, avec assez de rudesse et de mépris, jusqu'à faire monter les larmes dans les yeux du garçon, pour trouver dans cette vexation un peu de réconfort.

À Versailles, sur le Grand Canal

Dès l'aube, sous l'autorité d'officiers des Menus Plaisirs, menuisiers et tapissiers avaient commencé à travailler pour apporter de petites réparations à l'embarcadère construit au bord du Grand Canal, du côté de la pelouse qui séparait cette pièce d'eau du bassin d'Apollon. Il y avait à affermir un ponton qui branlait, à repeindre des rambardes, à ajouter des tapis, à installer d'éphémères pavillons de toile pour protéger les dames et les gentilshommes de la pluie et du vent, le temps qu'ils montassent à bord des embarcations de la flottille royale pavoisée de frais.

Une file de carrosses endeuillés, arrivés par l'allée de Saint-Antoine, amena, depuis le château, la société à bon port : il n'y avait que peu de chemin à parcourir. Sitôt les voitures arrêtées, les valets se hâtèrent d'en abaisser les marchepieds et tendirent leur main aux dames pour leur éviter de tomber. Lentement, les invités du roi s'approchèrent du bassin. Les hommes, coiffés de larges chapeaux surmontant de lourdes perruques, et les femmes, aux jupes superposées parce que c'était alors à la mode et qu'il pouvait faire froid et humide sur le Grand Canal, portaient des manteaux sur leurs habits de cour, des gants en peau de chien et à franges et, tous, d'épais manchons de fourrure, en martre du Canada et en zibeline, en peau de panthère et en loutre de Terre-Neuve, parmi les plus onéreuses. Des passerelles avaient été installées pour leur permettre de s'installer à bord des bateaux chamarrés, tandis que les plus jeunes et les plus hardis gagnaient de longues barques elles aussi garnies d'étoffes précieuses.

L'homme au port assuré, que tout le monde prenait pour le roi, Mme de Maintenon et les autres membres de la famille royale s'installèrent à bord de la *Grande Gondole*, dont le fameux Philippe Caffieri[1] avait sculpté les ornements, et qui était manœuvrée par des rameurs en escarpins, veste de brocart cramoisi or et argent, bas de soie écarlates, cheveux noués sous le bonnet. À l'arrière, un pavillon surmonté du drapeau du roi offrait, à l'écart des éclaboussures et du vent, un abri élégant et confortable aux illustres passagers.

1. L'Italien Philippe Caffieri, appelé en France par Mazarin. Il sculpta des boiseries pour le château de Versailles et des éléments décoratifs de vaisseaux de guerre.

Il y avait là Monsieur et Madame, le dauphin, venu sans la dauphine, qui se ménageait car avant son premier-né, la princesse avait fait une fausse couche. Et aussi quelques princes, ducs et comtesses présentées à la cour, des ministres, parmi les principaux, dont bien entendu Louvois.

La *Grande Gondole* dépassa le *Grand Vaisseau*, parfaite réduction d'un navire de haut bord, que sa taille empêchait pourtant de naviguer aisément sur le plan d'eau et qui, pour cette raison, restait le plus souvent près du bord, immobile. L'embarcation royale était suivie par une flottille de yachts, de frégates, de heux[1] et de brigantins, de galiotes et de chaloupes de Biscaye. Nul ne s'en aperçut mais, à deux ou trois reprises, la marquise de Maintenon s'approcha du supposé roi. On aurait dit qu'elle voulait lui parler mais n'osait pas. En raison du deuil, aucun orchestre n'avait été convié à accompagner cette société choisie. Mais le bruit régulier des rames et les discrets ordres que se chuchotaient les matelots pour manier les voiles suffisaient à assurer la gaieté de cette excursion.

Le voyage aurait été trop bref si l'escadrille n'était pas allée jusqu'au bout du plan d'eau. Ici, le canal s'élargissait jusqu'à former un lac aux contours réguliers et dont, à l'ouest, les berges regardaient vers Saint-Cyr. Le sosie du roi observait le paysage. Il se prenait de plus en plus au jeu que le vrai monarque lui avait demandé de jouer. Il avait du goût. Il considéra l'Étoile royale, vaste espace, immense clairière tracée devant lui et qui prolongeait une perspective qui se

1. Embarcations en principe réservées à la navigation fluviale.

poursuivait dans les lointains. En homme fruste qui apprend vite en se frottant à la beauté et à la grandeur, il pensa que manquait à cet endroit un pavillon, afin de fermer la perspective[1]. À quelques pas, très chaudement vêtue, à peu près comme si elle s'était habillée pour aller chasser l'ours dans la lointaine Amérique, la marquise de Maintenon, quant à elle, se tenait droite. Et c'était avec élégance et discrétion qu'elle faisait savoir à ceux qui la regardaient qu'elle était désormais au plus haut, allait avancer dans la vie comme elle le faisait maintenant sur le canal, avec assurance et détermination, la certitude de ne plus rencontrer d'obstacles.

Menée par des matelots habiles qui connaissaient leur métier, la flottille décrivit un calme demi-tour. Maintenant, les promeneurs avaient un coup d'œil magnifique sur le palais, qui apparaissait sur la hauteur, dans le lointain, au-dessus du Tapis vert, et auquel servaient d'écrin les hautes frondaisons de milliers de chênes, de châtaigniers, de tilleuls et d'érables. Ces arbres avaient été apportés, déjà adultes, grâce à d'énormes machines de bois et de fer, énormes paniers ventrus, d'osier ou de peau de bœuf, dotées de larges roues, des forêts de Compiègne mais aussi de Normandie, de l'Artois voire du Dauphiné et aussi, pour des centaines d'ormes, de la Flandre.

Le double du roi avait le pied marin, les molles oscillations de l'embarcation ne l'empêchaient en rien de demeurer droit et fier, exactement comme le véritable souverain l'aurait fait. Au-delà de la crainte de mal faire, parmi toutes les satisfactions qu'il éprouvait, l'homme était ravi de porter les habits du roi, si lourds mais si

1. Il y eut là un projet de portique, une gloriette, qui ne fut jamais mis en œuvre.

somptueux. Il prenait soin, du reste, à prendre des poses avantageuses, surtout lorsqu'une dame le regardait.

L'excursion touchait à sa fin, qui devait mener la société jusqu'aux marches du Grand Escalier, construit au bout du petit bras du canal au sommet duquel se trouvait le Trianon de porcelaine. Sur la rive, des valets étaient déjà prêts. Ils aideraient les promeneurs à mettre le pied sur la terre ferme. Il y eut non une bousculade mais comme un mouvement qui créa un peu de désordre. Maintenon s'approcha alors du faux monarque :

— Monsieur, je suis bien aise de vous avoir épousé. Car, à vous voir maintenant, je mesure que, bien que nous nous fréquentions depuis de longues années, je n'ai pas fini de vous connaître.

Elle avait murmuré. Si, d'aventure, ces mots avaient été portés par le vent jusqu'à des oreilles indiscrètes, que ce fût sur la *Grande Gondole* ou sur une des barques qui l'escortaient, n'auraient pu ni choquer ni surprendre personne, encore moins laisser deviner qu'ils étaient à double sens. Car ces paroles l'étaient, le sosie le comprit. La dame avait percé son secret et tenait à le lui faire savoir, afin de ne pas passer pour une cruche.

La mine altière, le prétendu Louis XIV sourit, mania lui aussi un langage ambigu et, en apparence, innocent :

— Il en va de même pour moi, madame mon épouse.

Il tendit la main à la marquise, qui eut un léger sourire. Le couple rejoignit les courtisans, qui s'écartèrent et formèrent deux cortèges. Cette société partit à l'assaut de la double rampe qui, de part et d'autre d'un bassin, à la margelle et au fond tapissés de carreaux bleus et de carreaux blancs, dont les trois jets d'eau avaient été mis en action par les fontainiers cachés derrière les ormilles, menait aux jardins de Trianon. Toute en habits sombres mais d'une élégance et d'une recherche inouïes, en étoffes précieuses, en plumes et en rubans, cette troupe sûre d'elle-même offrait un spectacle éblouissant que contemplaient, des rives du Grand Canal, le gros de la cour, qui n'avait pu être invité et aussi de simples promeneurs, beaucoup venus de Paris, certains de leur province, ravis de se frotter, même de loin, au luxe et au raffinement de la société qui entourait le faux roi.

Investi de cette fonction, quelques jours plus tôt pour lui inimaginable, le sosie faisait les honneurs du domaine avec, pour qui aurait su qui cet homme était vraiment, une aisance déconcertante. Ne savait-il, à un moment, quelle contenance adopter, quel chemin prendre, quel geste accomplir, qu'une inspiration soudaine, un regard porté sur celui ou celle qui pouvait l'inspirer lui suffisait à prendre le bon parti. Il est vrai que Bontemps lui avait fait la leçon et que, à plusieurs reprises, Maintenon lui vint en aide. Un gentilhomme évoqua-t-il le cabinet des Parfums ? La marquise, qui avait entendu la remarque adressée au faux roi, s'approchait déjà, sans y paraître, et d'une œillade complice désignait le bout de l'allée qui longeait la terrasse :

— Il me semble, Sire, que je devine d'ici les senteurs des fleurs tardives qui y sont cultivées.

À cet instant, Maintenon se sentit rajeunir de nombreuses années. Il y avait là comme un badinage, bien innocent, qui n'irait certes pas plus loin mais qui l'amusait et qui, l'espérait-elle, serait vite connu du vrai roi. Louis XIV s'en trouverait jaloux, et voilà qui vengerait à peu de frais la marquise, qui n'accepterait jamais de ne pas avoir reçu le collier des deux reines tout entier.

Tout avait été fort bien préparé pour accueillir les promeneurs. Les Menus Plaisirs avaient, en quelques heures, établi des décors de feuillage, de mousse et de fleurs qui formaient des kiosques, des pavillons, des obélisques. Des buffets avaient été dressés dans le Trianon et aussi dans les quatre pavillons qui le flanquaient. Café, chocolat, limonade, vins, eaux-de-vie de fruits et liqueurs d'une part et, d'autre part, au milieu de corbeilles de fleurs, des pyramides de confitures, de fruits naturels, cuits et confits, des pâtisseries et des douceurs : caramels, tourtes à la poire, macarons, tarte d'ami à l'eau de rose[1], biscuits de Gamby et du Piémont, œufs à l'hypocras.

Les valets du roi, en grande livrée, faisaient le service sans mot dire, proposaient des massepains et du chocolat. Quelques dames et des gentilshommes téméraires décidèrent de braver la fraîcheur et de rester dans les jardins à flâner. Et quoique leur marche fût ralentie par la pesanteur des étoffes, brocart, moncayard des Flandres, tiretaine de Bavière et autre serge du Seigneur[2] dans lesquels étaient taillés leurs lourds manteaux.

Le faux Louis XIV, lui, se tenait à l'intérieur du Trianon de porcelaine, dans le Grand Salon. À cela rien d'anormal : le roi était l'hôte, il recevait les compliments et distribuait des amabilités, surtout aux dames, qu'elles fussent jeunes ou âgées, peut-être même

1. Sorte de flan.
2. Serge très fine, utilisée aux XVIe et XVIIe siècles.

davantage à celles-ci qu'aux autres. Mais surtout, le sosie avait éprouvé le besoin de souffler un peu, car le rôle qu'il devait endosser lui demandait une attention de chaque instant, qui se portait sur chacun de ses gestes, chacune de ses paroles. Quelques jours auparavant, il s'était trouvé dans cette pièce, en vêtements communs, tremblant devant le vrai roi, s'attendant au pis, et presque tenu à l'épaule par Gabriel Nicolas de La Reynie, le lieutenant de police en personne. La situation était bien différente maintenant, et l'homme le mesurait. Il était même décidé à se saisir de tous les plaisirs susceptibles de se trouver à sa portée. Où que ces satisfactions se trouvassent, et sans exception aucune. Même si son instinct, affûté par des années à devoir se méfier et se montrer prudent, lui commandait de ne pas aller trop loin.

À moins d'une toise de là, enveloppé dans un manteau couleur de châtaigne grillée, taillé dans une étoffe commune, destiné à le garantir du froid et de la curiosité des gentilshommes, valets, gardes, portiers, tous ceux qu'il aurait pu croiser, le véritable roi de France et de Navarre sortait du palais sans que nul lui prêtât attention. Mais cette fois, le roi travesti dédaigna le côté des jardins et les parterres pour quitter le château en passant par les cours.

Chapitre 11

« Elles *[les femmes]* ajoutèrent à toutes ces choses, que le Trianon de Versailles avait fait naître à tous les particuliers le désir d'en avoir ; *[...]* et que les bourgeois qui se voulaient épargner la dépense de ces petits bâtiments, avaient fait habiller des masures en Trianon, ou du moins quelque cabinet de leur maison ou quelque guérite. »

Le Mercure galant, en 1673

Ce même jeudi 14 octobre,
dans les jardins du palais de Versailles

Déguisé, le roi arrivait à l'extrémité de l'aile qui, au sud, bordant la Cour royale, avait depuis peu été rattachée au vieux château de Louis XIII. Pour ce qu'il en voyait, partout où un chantier était en cours, on travaillait, on s'activait. Louis XIV en conçut une satisfaction double : il était obéi et le palais ne cessait de prendre forme.

Le Bourbon passa la grille qui reliait le corps central du palais et l'aile du Midi, marcha le long du bâtiment où, au premier étage, se trouvait l'appartement de la reine. Pour juger de l'effet que faisait une nouvelle construction, le roi aimait d'ordinaire se promener au milieu de sa cour, parfumé, très habillé, emplumé, lire sur les visages la surprise, l'admiration que provoquait la découverte d'une statue, d'une perspective et, l'instant suivant, attirer à son tour tous les regards, lui, l'ordonnateur des splendeurs sans pareilles de Versailles. À cet instant, le souverain était seul, à peu près vêtu comme un boutiquier. À sa grande surprise, il éprouvait une grande délectation à pouvoir, en toute tranquillité, admirer son palais.

Le Bourbon décida de s'écarter davantage de la construction, afin d'en avoir une vue plus générale. Ménagée entre des buis, une allée le mena jusqu'au centre des parterres de l'orangerie qu'occupait un petit bassin circulaire. Ici, le coup d'œil était magnifique. D'un côté, en contrebas, par-delà l'orangerie, s'étendait la pièce d'eau des Suisses. De l'autre, le parterre d'Eau. Le monarque poursuivit vers le sud, descendit jusqu'aux jardins situés en contrebas. Il s'approcha du massif où, quelques jours plus tôt, il avait découvert pour la première fois le végétal vénéneux, mais ne vit que des bordures taillées au cordeau, des rosiers remontants, des anémones tardives et des amarantes au violet intense. Le souverain avait été si échaudé sur ce point qu'il crut s'être trompé, regarda autour de lui, dut se rendre à l'évidence. Là où, voici peu, poussait encore la triste herbe du diable, ce n'étaient que corbeilles de fleurs de saison, vigoureuses et altières sous l'affable soleil d'octobre.

Louis XIV s'arrêta. Satisfait, il prit appui sur sa canne, se détourna pour considérer, au loin, la lisière du bosquet du Labyrinthe. Il laissa son regard courir sur le mur parfait que formaient là des arbres si irréprochablement taillés que, en dépit de la saison qui commençait à les dépouiller de leurs feuilles, on aurait dit une immense toile peinte. Un arbre, cependant, lui parut être jaunissant. Il devait être malade, Louis XIV demanderait qu'il soit remplacé dès le lendemain par un autre, de la même taille. Quant à cet orme, là-bas, qui, en dépit des efforts des jardiniers et des élagueurs, lançait ses branches gauchies sans aucun respect pour la symétrie et, surtout, pour le goût du roi, il connaîtrait le même sort. Quelques mois plus tard, son tronc débité brûlerait dans les cheminées du palais.

Puis Louis XIV pivota sur lui-même, regarda de nouveau les amarantes, les anémones et les rosiers. Il réfléchissait. La plante vénéneuse qui avait poussé là et qui n'y croissait plus avait été mise ici à dessein. Ce qui était adroit. Si un habitant ou un habitué du palais – ce qui était plus que probable – était à l'origine de cette culture, l'idée en était astucieuse : à l'abri du regard des promeneurs, la plante était presque invisible mais s'était toujours trouvée à portée de main. Sa croissance pouvait être observée de jour en jour, lors d'une promenade qui paraissait innocente. Et, avec tout son venin, ses feuilles et ses tiges empoisonnées, ses fleurs en trompette flétries, elle avait pu demeurer de longues semaines à la disposition de qui l'avait fait semer là. Quant à prélever des feuilles, des fleurs, voire des tiges, par exemple pour en mettre dans un flacon de vin et ainsi l'empoisonner, il suffisait de se pencher sur une fleur voisine en feignant de l'admirer pour arracher sans se faire voir un peu du végétal diabolique avant de le fourrer sous son habit. Les deux jardiniers convoqués l'autre jour n'avaient-ils pas dit que la plante avait été laissée en place à la suite d'une demande pressante ?

Le roi considéra le bâtiment de la vieille surintendance. Le marquis de Louvois demeurait là et, Louis XIV s'en souvenait fort bien, il avait insisté pour continuer à habiter dans ce bâtiment bien qu'une nouvelle surintendance, plus vaste, plus belle, fût en cours de construction. De l'autre côté de la rue, du côté du levant. Donc sans regard sur les jardins du palais. Le Bourbon reprit sa respiration. Car enfin, dans son esprit, des pièces éparses lui semblaient maintenant s'ordonner. Le cent-suisse qui était mort dans le Grand Degré avait été empoisonné, en avait perdu l'esprit et s'était jeté par-dessus la balustrade sans savoir ce qu'il faisait, il en était mort. Il avait bu un vin dénaturé, dont le venin avait été extrait de l'herbe du diable qui avait été laissée libre de croître ici.

Cette escapade dans les parterres de l'orangerie n'avait pas été inutile, loin de là. Pourtant, elle apportait au monarque bien plus de questions pour le moment sans réponse que de certitudes. C'est donc pensif que Louis XIV regagna le palais, toujours incognito. Le Bourbon connaissait parfaitement le château. Au fil des ans, celui se construisait jusqu'à devenir un gigantesque écrin destiné à célébrer le roi, à contenir un ensemble de rouages perfectionnés dont le mouvement ordonné ne laissait jamais rien au hasard. Louis XIV sut donc, d'emblée, à des riens, des bruits dans le lointain, des galopades éloignées, un début d'agitation qui saisissait les valets et les huissiers, que la cour menée par le sosie revenait de Trianon. Le roi avait juste le temps de regagner son appartement en utilisant une fois de plus les couloirs et les escaliers de service que Bontemps lui avait indiqués.

Dans l'appartement du roi

Bontemps était très pâle. La nouvelle qu'il avait dû annoncer au roi le bouleversait à plus d'un titre. Le premier valet de chambre n'était certes pas dans la confidence des observations que le monarque venait de faire au milieu des buis des parterres de l'orangerie, encore moins des pensées que la découverte de l'arrachage de l'herbe du diable avait fait naître dans l'esprit du Bourbon. Mais Bontemps devinait cependant que le nouveau drame survenu au palais était lourd de tracas. Et bien qu'il n'eût, sur ce point, quoi que ce fût à se reprocher, quoi que ce fût à craindre, car il n'était en rien concerné.

— Mais où cet homme habitait-il ? demanda le roi. Le logement de cet Espagnol se trouvait-il au palais ou dans une dépendance ?

— Son service obligeait à ce qu'il restât à demeure dans le château, Sire. Au-dessus de l'appartement de la reine, à l'entresol. En retour, sur la cour.

Que l'homme se soit donné la mort dans la demeure du roi stupéfiait et indignait ce dernier. Mais Louis XIV n'en perdait pas pour autant son sens commun. Il mesura que c'était la première fois, à moins qu'on ne lui eût déjà caché de tels drames, que l'on se suicidait chez lui. Bontemps ajouta :

— Dans sa chambre, on a retrouvé les restes d'une plante, des tiges, des racines, des fleurs et feuilles mêlées et écrasées, dont, de toute évidence, le malheureux a pris une décoction. Un réchaud à charbon était demeuré allumé, avec un fond de cette bouillie dans un pot encore tiède. Ce ne peut être un accident, Sire. L'homme avait dîné dans les communs peu de temps avant, il ne pouvait avoir faim. La plante est sans doute un poison, dont cet insensé connaissait les propriétés. D'ailleurs, hormis la marmite dont je vous ai parlé, il n'y avait ni assiette ni plat qui auraient pu témoigner qu'il s'agissait de préparer un simple repas.

Bontemps s'était montré clair et précis. Son propos avait mis l'esprit du roi en éveil. L'herbe du diable, donc, faisait encore et toujours parler d'elle, songea-t-il. Et Louis XIV réfléchissait vite. De toute évidence, mesura-t-il, d'après les premières observations qui lui étaient ainsi rapportées, l'Espagnol était mort après avoir ingéré des feuilles de la plante maudite. Et sans doute était-ce aussi l'Espagnol qui était allé trouver les deux jardiniers afin qu'ils ne se livrassent pas à leur travail d'arrachage. Le plus jeune des deux compagnons n'avait-il pas déclaré au roi que l'importun venu les déranger et leur intimer l'ordre de ne pas couper ni déterrer l'herbe parlait d'une manière particulière ? Il s'agissait là sans doute de l'accent que l'ancien domestique de la reine avait conservé. Lors de sa première rencontre avec le valet de sa défunte épouse, le roi avait à peine remarqué les intonations particulières de l'Espagnol. Mais maintenant, il leur accordait toute son attention et établissait le lien avec les propos du jardinier. Or, pensait le Bourbon, qui reliait ce qu'il avait vu et entendu depuis plusieurs jours, qui déduisait et construisait une analyse, sans doute était-ce le valet de la reine morte qui avait fait pousser cette plante, dissimulée, au milieu des parterres de l'orangerie.

Louis XIV comprenait mal les raisons du suicide de l'Espagnol. Quelques jours auparavant, le valet avait été pris sur le fait en train de voler dans l'appartement de la feue reine. Mais il s'en était expliqué et le roi ne lui avait pas tenu rigueur de ces larcins, tout au contraire, puisque ceux-ci étaient imputables à une fidélité saisissante, devant laquelle le Bourbon, désolé de ne pas avoir mieux aimé la reine Marie-Thérèse, n'avait pu que s'incliner. Peu de temps après, mû par ce même attachement, l'Espagnol avait, non sans courage, empêché Martin L'Oiselier de dérober les perles royales. Là encore, le roi l'avait remercié, et à juste titre. Louis XIV n'avait aucune raison de douter de la sincérité du serviteur. Pourquoi donc cet homme s'était-il, finalement, donné la mort ? Il n'avait qu'à se satisfaire de ses propres actions et disposait de la reconnaissance du roi.

Le monarque avait assez de jugement pour mesurer que le suicidé était sans doute un exalté. S'il ne l'avait pas été, aurait-il pu ainsi défendre aussi farouchement, et en jouant avec sa vie, la mémoire de la reine qu'il vénérait ? Fallait-il donc, pensait le roi, en poursuivant le raisonnement, estimer que l'Espagnol, fou de douleur après la mort de la reine, ne pouvait endurer que son souvenir eût été profané par L'Oiselier, qu'il ait craint de nouveaux crimes comparables et avait préféré ne plus continuer à vivre ? La chose était folle mais, si l'Espagnol était un insensé et qu'il eût ainsi agi selon sa propre logique de pauvre dément, elle était possible.

Si l'Espagnol était victime d'égarements qui le gouvernaient sans qu'il réussît à y mettre bon ordre, pourquoi ne pas supposer que c'était lui qui, depuis le début, avait tout mis en œuvre pour empêcher le roi d'épouser la marquise de Maintenon ? Le serviteur, qui connaissait bien le palais, avait sans doute des amis parmi les autres valets et les gardes. En dépit des précautions prises, il avait espionné, avait deviné que ce mariage allait être célébré et avait décidé de le faire échouer avec les pauvres moyens qui étaient à sa disposition, en l'occurrence l'herbe du diable. La dévotion hors de toute norme que ce fou portait à la reine l'avait conduit à mettre hors d'état de nuire un orfèvre meurtrier et voleur. Mais aussi, cet attachement lui avait tant brouillé l'esprit qu'il l'avait mené à assassiner auparavant et sans hésiter un cent-suisse en lui donnant un vin empoisonné dont le roi avait senti les senteurs qui subsistaient dans le Grand Degré. Alors que ce pauvre soldat n'avait rien à se reprocher ni n'avait commis quoi que ce fût de répréhensible, tout au contraire puisqu'il s'apprêtait à monter la garde avec zèle et fierté. Et pourquoi l'Espagnol avait-il agi ainsi ? Sans doute dans le but de retarder – bien que ce dessein fût vain, puéril, sans avenir – le remariage du roi.

Le monarque réfléchissait très vite. Devait-il faire porter les restes conservés de cette plante au potager du Roi ? Certes, là-bas, les gens de La Quintinie[1] considéreraient cette fleur avec toute l'attention et la science requises, ils l'identifieraient sans erreur possible. Mais, pour le monarque, le résultat de cet examen ne faisait d'ores et déjà guère de doute. Les agronomes reconnaîtraient très probablement dans les tiges et les feuilles qui leur seraient apportées la plante dont les deux jardiniers, en qui Louis XIV avait toute confiance, avaient déjà décrit les propriétés maléfiques. Mieux valait laisser à l'écart La Quintinie. Il était inutile de répandre davantage ces histoires de plantes vénéneuses. Affolée et s'en délectant tout à la fois, la cour s'en serait repue, entre effarement et délectation. Les murmures qui s'étaient déchaînés lors de l'affaire des poisons seraient repartis de plus belle. Or le roi était lassé de ces rumeurs, de ces miasmes. Louis XIV en revint à sa réflexion principale.

Par-delà la démesure, il y avait là une logique, certes un peu folle, qui permettait de comprendre un enchaînement des faits, estimait-il. Si l'on considérait

1. Jean-Baptiste de La Quintinie créa à partir de 1679 le potager du Roi.

que l'esprit humain pouvait se pervertir à ce point, tout pouvait ainsi s'organiser, s'expliquer à peu de frais, pensa le roi. Comme il l'avait déjà supposé, l'Espagnol avait peut-être menti – mais comment en être certain ? –, lorsqu'il avait assuré aux deux jardiniers qu'il agissait au nom d'un puissant personnage. Et s'il avait désigné, d'un geste vague, la surintendance, c'était pour compromettre le ministre de la Guerre, sans toutefois prononcer le nom du ministre, au cas où ses paroles auraient été rapportées.

Agir ainsi n'était pas sot : si l'Espagnol avait entendu parler du mariage projeté entre Louis XIV et Maintenon, il avait également eu vent de l'hostilité manifestée par Louvois quant à la célébration de cette union. Et l'ancien valet de la reine Marie-Thérèse avait donc décidé, non sans une belle présence d'esprit, pour le cas où son intervention auprès des deux jardiniers serait connue, d'évoquer la personne du surintendant des Bâtiments. De plus, l'Espagnol savait qu'il y avait fort peu de chance que les deux jardiniers le recroisent un jour : le domestique avait pris toutes ses précautions lorsqu'il s'approchait de l'herbe du diable et les deux compagnons n'entraient jamais dans le palais, encore moins dans les appartements royaux. Ils n'avaient donc aucune raison de se trouver un jour de nouveau face à face avec l'Espagnol, que protégeait *de facto*, parce qu'il se perdait parmi elle, la multitude des habitants du château, plusieurs milliers de valets, servantes et courtisans.

Louis XIV ferma les yeux un instant. Louvois, sur lequel le valet de la reine avait voulu détourner l'attention, l'espace d'un instant, ne pouvait qu'être innocent. Et l'Espagnol était le coupable. C'était mieux ainsi. Au-delà de tout ce chaos, cette fureur, qui avait conduit à la mort d'un cent-suisse, le roi préférait de loin qu'il en allât de la sorte. Le serviteur de la reine morte était l'unique responsable de cette suite de désordres. C'était quelque peu rassurant.

Durant tout le temps que le roi avait consacré à ces déductions, Bontemps était demeuré silencieux, n'avait pas fait montre de la moindre impatience. Le monarque ne sembla pas lui en tenir gré. Il voulait par-dessus tout que le premier valet de chambre ne pût deviner qu'il n'avait fait que penser trahison, meurtre et tromperie. Et pour cela réussit sans mal à prendre un ton parfaitement neutre et détaché :

— Monsieur Bontemps, j'ai réfléchi à la manière dont je souhaite que soit modifié l'accrochage des tableaux de mon appartement remodelé. Je pense plus particulièrement aux paysages de Vincennes et de Saint-Germain que M. van der Meulen a brossés[1]. Et il y a aussi le tableau de M. de Vinci, cette femme aux mains croisées et au sourire retenu, placée devant des lointains montagneux, et coiffée d'un léger voile sombre, que ma mère la reine a longtemps exposé dans ses salons du château de Fontainebleau et qui se trouve maintenant aux Tuileries. Ne pensez-vous pas qu'il ornerait bien mon appartement de Versailles ? Nous en parlerons dès que possible, et vous prendrez des notes.

— Bien, Sire. Mais il y a aussi…

Le premier valet de chambre semblait embarrassé. Louis XIV s'étonna :

— Monsieur Bontemps, sur cette affaire de valet espagnol, vous ne m'avez pas tout dit ?

1. Ces toiles seront accrochées pendant un temps dans la Petite Galerie.

— Je crois, Sire, que la chose n'a pas d'importance. Chez ce garçon, a aussi été découverte une boîte en osier tressé, qui contenait des rubans, des poignets de fine dentelle, un beau travail, quoique défraîchi par les ans, ainsi qu'un anneau en or.

Le roi en fut ému. Le valet avait bien dit la vérité, comprenait-il, même s'il n'en avait jamais douté. C'en était, par-delà la tombe, une nouvelle preuve. L'Espagnol avait vécu dans la dévotion pour la reine Marie-Thérèse. Quant à l'anneau, peut-être était-ce un bijou de famille apporté d'Espagne. Mais c'était plus sûrement le présent que l'épouse du roi avait un jour fait à un serviteur dont elle avait voulu saluer et récompenser le dévouement et l'affection. Pauvre reine, pensa le souverain. Son épouse était toujours demeurée bien seule à la cour. Marie-Thérèse y avait été tenue pour quantité négligeable, et avait toujours su que son époux, qu'elle admirait tant, ne l'avait jamais aimée… À l'Espagnol qui, lui, était sincèrement attaché à la pauvre femme délaissée, celle-ci, un jour de solitude contrite, avait remis une bague en gage de reconnaissance… Le roi, à cet instant, s'adressa des reproches. Ce qui lui arrivait fort peu souvent.

Le matin du vendredi 15 octobre,
au Trianon de porcelaine

La collation donnée le jour précédent à la cour était déjà loin. Le Trianon de porcelaine avait recouvré son aspect de palais enchanté délaissé et déserté. Ses jolis meubles, qui avaient été dessinés pour charmer, n'en faisaient que plus de peine maintenant. S'il réussissait à le tiédir, le feu de charbon allumé dans un brasier à quatre pieds échouait à égayer le Grand Salon.

À la demande du roi, le lieutenant de police et ses hommes avaient fouillé la demeure de Martin L'Oiselier. Ils y avaient trouvé sans trop de mal la confession en forme de mémoire destiné au roi que le joaillier y avait laissée, et d'autant plus facilement qu'Harlay, dans sa hâte de s'emparer des fausses perles, avait mal replacé la latte flottante qui dissimulait la cachette. La Reynie tendit le document au roi. Celui-ci vit que le billet lui était destiné.

— Qui d'autre a aperçu et aurait pu lire cette lettre ?

— Personne, Sire. Je suis entré le premier dans la maison de la rue du Cloître-de-Notre-Dame. J'ai aussitôt trouvé ce document et l'ai aussitôt pris avec moi. Il ne m'a pas quitté jusqu'à maintenant.

— L'avez-vous lu ?

— Oui, Sire.

Louis XIV apprécia la franchise du policier. Déchiffrer à son tour la confession du joaillier ne lui prit guère de temps. Le propos était clair et concis. Mais il constituait cependant un ensemble de révélations d'importance. L'assassinat de l'éleveur d'ablettes vivant au bord du ruisseau des Gobelins, la mise à mort du souffleur de verre demeurant dans la rue Saint-Landry, le meurtre du bouilleur de cru établi au port aux Œufs… Grâce à La Reynie, le roi avait déjà eu connaissance de ces crimes. Mais les voir ici confessés, et par un homme qu'il avait côtoyé, l'emplit d'aversion et de dégoût. Le vol projeté et celui qui avait été mené à bien l'indignèrent. Il y avait aussi le point, intrigant, que mentionnait L'Oiselier mais sur lequel il était demeuré flou : le maître orfèvre faisait allusion à une complicité qui lui avait permis de mettre en œuvre ses vilenies à Versailles. Loin d'apaiser le roi, cette partie de la confession l'exaspérait. Pourquoi donc L'Oiselier n'avait-il pas été plus précis ? Ne pas connaître l'entière vérité, à quelques mots près, était insupportable au roi. Celui-ci eut à peine la force de ne pas maudire le mort. Mais il s'irrita de ce que La Reynie, qui avait lu la confession, pût savoir que, avant de mourir, un sujet de Sa Majesté avait choisi d'emporter un secret dans sa tombe, et donc au nez et à la barbe du roi.

Quoi qu'il en fût, ce furent les dénonciations concernant Harlay de Champvallon qui scandalisèrent le plus Louis XIV. Le roi connaissait de longue date la rumeur qui faisait de l'archevêque un libertin. Il ne l'avait jamais mise en doute. Mais ce qu'il apprenait là dépassait de loin ce qu'il avait imaginé et lui faisait horreur. Jadis, le jeune roi avait été déniaisé par l'habile baronne Catherine-Henriette de Beauvais, une borgne qui, selon la rumeur, avait lancé la première un assaut galant sur le jeune Louis, alors adolescent benêt, sans aucune expérience. Devenu jeune homme et désormais à l'initiative dans cette matière, le monarque avait d'abord aimé une des nombreuses et ambitieuses nièces du cardinal Mazarin, Olympe Mancini, au regard de braise. Avait suivi sa sœur, la touchante Marie Mancini, que le roi avait voulu épouser, puis, après plusieurs autres, Louise de La Vallière, blonde, les yeux si pâles, boiteuse, seule femme qui l'avait sans doute vraiment aimé, et tant d'autres, avant Montespan, qui avait été presque reine, puis la princesse de Monaco, et la jeune, belle et sotte duchesse de Fontanges, enfin une bonne dizaine d'autres, avant de se marier en bonne et due forme avec Maintenon.

Et c'était en laissant de côté les demoiselles d'honneur et les chambrières.

De ce passé, le roi ne reniait rien. Il avait au moins cette franchise avec lui-même. Mais que l'archevêque de Paris se vautrât dans la luxure avec des filles de bas-fonds et que, entre deux abjections, il marie le roi à Versailles était une abomination. Plus encore, une tache qui souillerait à jamais l'union du roi avec Maintenon. Comment le prélat avait-il osé ? Harlay avait insulté le monarque, son épouse, la monarchie.

Pourtant, songeait le Bourbon, contre l'archevêque de Paris, tout roi de France qu'il était, il ne pouvait rien. Sa robe, son rang protégeaient Harlay de Champvallon, dont la position était inexpugnable. Le pouvoir du souverain ici se heurtait à plus fort que lui. À ce constat mortifiant s'ajoutait une inquiétude, presque une peur. Que dirait Maintenon si elle apprenait un jour à quelles turpitudes l'archevêque de Paris se livrait ? C'était le roi qui avait insisté pour que ce fût Harlay qui officiât lors du mariage secret. Maintenon aurait préféré que ce fût son propre confesseur. Ancienne protestante, la marquise avait la foi ardente et intransigeante des convertis. Si la vérité lui était connue, elle en serait très affectée, sa colère, qui serait grande, se retournerait contre le roi. Et quelles représailles cette femme était-elle susceptible de mettre en œuvre ? Les pires, sans doute, pensait Louis XIV.

Le monarque se leva, s'approcha du brasero où les valets avaient déposé un peu du charbon d'ordinaire réservé aux cuisines. Il approcha la confession de Martin L'Oiselier des boulets rougeoyants. Le papier commença aussitôt à s'y consumer.

— Vous n'avez jamais lu ce document, monsieur

de La Reynie. Vous n'en avez même jamais entendu parler.

Il y avait, dans tout le royaume, et bien entendu hormis Alexandre Bontemps, peu d'hommes sur lesquels le roi pouvait à ce point compter, et dont il savait que leur loyauté était une fois pour toutes acquise.

La Reynie regarda le roi. Sa voix était posée et pleine d'assurance :

— Je ne sais, Votre Majesté, de quel écrit vous parlez puisque celui-ci n'a jamais existé.

Louis XIV et le lieutenant de police échangèrent un long regard, qui en dit beaucoup et réconforta le roi. Dans le brasier, quelques fines pelures sombres achevaient de se recroqueviller avant de disparaître. Avec elles, c'était un tracas qui s'effaçait.

— Plus que jamais, monsieur le lieutenant de police, je vous renouvelle ma confiance et mon appui pour lutter contre le crime.

— Je vous remercie, Sire. La pièce que vous venez de lire était bien entendu, de loin, la plus importante de toutes celles que je voulais vous soumettre aujourd'hui. (La Reynie désigna le maroquin qu'il avait apporté au Trianon de porcelaine :) J'en ai d'autres, qui regardent moins Votre Majesté en particulier mais qui sont elles aussi d'une importance certaine, du moins en ce qui concerne votre ville de Paris.

Le lieutenant de police était tout entier habité par sa fonction depuis que le roi l'avait nommé. Il était loin de connaître les détails de l'affaire qui regardait Martin L'Oiselier, mesurait que le roi en était très affecté et entendait cependant faire avancer plusieurs de ses dossiers. Sans attendre la réponse du roi, et non sans hardiesse, il se lança dans un exposé précis :

— Sire, depuis plusieurs semaines, des laquais se

rassemblent à la porte des Tuileries et y commettent des insolences à l'endroit des dames de qualité qui entrent et sortent du palais où Votre Majesté leur a permis d'habiter à demeure. Il faudrait sévir. Vos gardes empêchent toutefois les gens du Châtelet de faire la police en ce lieu, au nom des anciens droits seigneuriaux mais au mépris des nouvelles règles que Votre Majesté a édictées afin qu'aucun bandit ne puisse se prévaloir d'antiques lois pour échapper à la justice. Je vous en ai déjà parlé voici peu. Je me permets d'y revenir.

— Pardonnez-moi, monsieur de La Reynie, mais c'est assez pour aujourd'hui. S'il y a des urgences, faites comme bon vous semble. Je sais que vous agirez pour le mieux, je confirmerai et approuverai toutes vos décisions, quelles qu'elles soient.

Que le bijoutier ait tué offensait le roi. Que ce roturier l'ait volé l'ulcérait. La Reynie allait se retirer. D'un geste, Louis XIV le retint :

— Faites rechercher, je vous prie, si les trois artisans morts laissent derrière eux des veuves, des enfants, peut-être de vieux parents infirmes. Si c'est le cas, comme je l'imagine, vous m'en parlerez, je ferai octroyer des dédommagements, quarante livres à chaque famille de ces malheureux. Ils sont privés de ressources, je le crains, non par ma faute mais par un enchaînement de circonstances où, à mon corps défendant, j'ai tenu un rôle.

Le roi se tut, pleinement habité par le sentiment, quant à sa dernière remarque, de s'être comporté en père de son peuple. Cette fois, le policier comprit qu'il devait s'en aller.

Demeuré seul dans son palais de faïence, le roi ne songeait qu'à la béance que recélait la confession du joaillier. Qui donc, à Versailles, avait secondé L'Oiselier ? Les Orléans étaient insoupçonnables. Certes, Monsieur avait dérobé l'écrin, mais il s'était dénoncé aussitôt car il s'agissait là d'une bravade et il n'avait pu s'abaisser à frayer avec l'orfèvre. Il en allait de même pour son épouse. Suspecter Maintenon était bien entendu absurde. Ensuite, il y en avait tant d'autres, à condition d'examiner sans discernement les candidatures les plus absurdes. À commencer par le dauphin par exemple. À ceci près, songeait le roi, que son fils était incapable de s'opposer à lui, il tenait sur ce point de la reine défunte. La dauphine, qui n'aurait pas voulu voir des perles lui échapper ? Louis XIV écarta aussitôt cette idée, car la jeune femme, qui était de surcroît enceinte, était l'incarnation de la rectitude. Les Montchevreuil ? Là aussi, l'hypothèse ne tenait pas, à moins que l'un ou l'autre ne fût devenu fou. Le marquis était redevable à Maintenon de son éminente position à la cour. Il en allait de même pour son épouse. En théorie, le valet espagnol de la reine défunte aurait pu faire un suspect idéal : n'aurait-il pas été tenté d'empêcher le roi de disposer à sa guise des perles de sa première épouse ? Mais le fait qu'il s'en soit pris à Martin L'Oiselier prouvait à l'évidence qu'il était, pour l'orfèvre, tout sauf un allié.

Le roi en était là de ses réflexions. Il voulut, avant de retourner au grand château, faire quelques pas dans les jardins de Trianon, où s'estompait à peine la fraîcheur du petit matin. Il sortit, traversa la terrasse en ligne droite, descendit quelques marches, ne s'attarda pas dans le jardin, d'autant que flottait dans les airs le fumet âcre des fumiers que les paysans des hameaux des environs avaient apportés et déversés là. Le roi gagna à belles enjambées, au fond, les bosquets de marronniers d'Inde qu'il avait fait planter ici à grands frais, par dizaines, plus de dix ans auparavant. Le roi aimait ces arbres hauts et majestueux, qui s'étaient plu ici, avec leur feuillage dense et luxuriant à la belle saison, leurs larges feuilles dentelées. Il marcha un instant sous leur ombre accueillante.

Des garçons jardiniers étourdis ou nonchalants n'avaient pas ramassé toutes les bogues tombées à terre. La plupart de ces fruits avaient éclaté, des marrons jonchaient le sol. Une autre fois, le Roi-Soleil se serait offusqué de tant de laisser-aller, il aurait exigé que les paresseux fussent sinon punis du moins rappelés à leur devoir. Ce jour-là, il s'amusa, comme un enfant, à ramasser deux ou trois fruits, en admira l'aspect lisse et luisant, s'attarda à les regarder. Sans qu'il comprenne bien pourquoi tout en s'interrogeant cependant. Certes corsetée et domptée, pliée à ses vues, le roi aimait la nature. Il était sensible à la force, à la beauté des arbres et des plantes. Plaisants à voir, séduisants, les fruits des marronniers cherchaient à lui dire quelque chose, qui regardait les mystères, les désordres, plutôt les crimes dont le palais était le théâtre depuis plusieurs jours. Mais le Bourbon peinait à comprendre ce langage.

Chapitre 12

« *[...]* et comme il avait une attention particulière à tout ce qui pouvait plaire à cette princesse, il sauta à terre, et ayant frappé trois fois de sa baguette, il parut tout d'un coup un château tout de porcelaine, entouré d'un parterre rempli de jasmins avec une infinité de petits jets d'eau, et le tout ensemble faisait le plus agréable effet qu'il fût possible de voir. »

Jean de Préchac (1647-1720),
« Sans Parangon »,
Contes moins contes que les autres,
1698, récit qui fait ici allusion à Louis XIV
et au Trianon de porcelaine

Dans l'appartement
de la marquise de Maintenon

Louis XIV connaissait assez la marquise de Maintenon pour savoir d'emblée, en pénétrant dans la chambre où, de préférence au Grand Cabinet, se tenait son épouse, que la partie serait une nouvelle fois serrée. Sans qu'il pût cependant pour autant deviner de quoi cette partie serait faite. La première à faire les frais de la tempête annoncée fut Nanon Balbien.

D'ordinaire, la suivante demeurait avec la marquise et le roi, quand bien même celui-ci s'entretenait avec tel ou tel ministre, comme il en avait l'habitude. Car au fil des ans, d'abord auprès de Maintenon puis tout naturellement auprès du roi, Nanon était devenue une sorte de prolongement de sa maîtresse ou, plutôt, un double de Maintenon. Elle pouvait tout entendre sans que nul puisse avoir l'impression qu'elle était une autre que la marquise. D'ailleurs, personne, à la cour, n'avait jamais pris Mlle Balbien en flagrant délit de bavardage et tous ceux qui, par la flatterie le plus souvent, parfois par des cadeaux maladroits, avaient tenté d'en obtenir des confidences, s'étaient heurtés à un mur dépourvu de la moindre meurtrière, cimenté par l'obéissance, la vertu et la probité.

Pour Maintenon, la présence de Nanon à ses côtés avait maints avantages. La fille n'était pas idiote et la marquise non plus, loin de là. Mais enfin, être la femme du roi et être consultée par lui demandait une vigilance de tous les instants. Si, d'aventure, la marquise perdait le fil d'une conversation ou ne trouvait pas le mot adéquat pour répondre au roi avec toute la pertinence requise, un regard échangé avec Balbien, qui la renseignait en retour d'un geste, lui suffisait pour retomber sur ses pieds : quatre oreilles valaient mieux que deux, et deux esprits, allant de concert, valaient mieux qu'un.

L'omniprésence invisible de Nanon s'arrêtait cependant aux portes de la décence. À peu près tous les jours car l'âge ne calmait nullement, sur ce point, les ardeurs du roi, celui-ci entendait rester un moment plus ou moins long seul à seule avec la marquise dans la chambre, afin de lui faire part de la sincérité de l'intérêt qu'il lui portait. Durant ces moments-là, Nanon se retirait soit dans sa soupente si elle y avait à y faire, soit, le plus souvent, dans le Grand Cabinet dont elle aimait les damas, riches tissus où des lés rouges alternaient avec des lés vert et or. Et si l'envie lui en prenait, Nanon pouvait alors sortir de la pièce, non pas du côté de la chambre, dont les portes étaient au demeurant bien entendu tenues closes, mais du côté du salon de Marbre[1].

Cette pièce était très fréquentée, car elle donnait accès au palier de l'escalier des Princes, qui reliait

1. À son emplacement se trouve l'actuelle salle dite « de 1792 ».

l'étage et le rez-de-chaussée de l'aile du Midi. Son animation était donc propre à distraire la suivante qui, par la force des choses, devait tuer le temps sans en avoir l'air ou, plutôt, en ayant l'air de celle qui est la dépositaire de tous les secrets mais qui ne peut rien en dire. Et selon ce que durerait ce tête-à-tête d'un genre particulier entre la marquise et le roi, Nanon pourrait toujours aller par exemple du côté de la Grande Galerie. Quoiqu'elle ne fût pas terminée, celle-ci attirait d'ores et déjà de nombreux courtisans qui en appréciaient le décor inachevé et les proportions étonnantes, la vue que l'on y avait sur les jardins et le canal. Là, Nanon recueillerait bien quelques avis, des opinions et des anecdotes qu'elle se hâterait ensuite de répéter à Maintenon afin que la marquise pût en disposer lors de sa prochaine rencontre avec le roi et, ainsi, mieux assurer sa conversation.

Cette fois-là, donc, à peine Louis XIV eut-il pénétré dans la chambre que Maintenon, d'un sourire, pria sa suivante de se retirer. Nanon se hâta d'obéir, regrettant néanmoins déjà de ne pas entendre ce qui allait être dit ici. Balbien partie, le roi se sentit soudain fort seul. Et le large sourire que lui adressa Maintenon ne fut pas pour le rassurer. Bien au contraire. Ce fut cependant le Bourbon qui lança la conversation :

— Madame, j'ai dû me consacrer durant la fin de la journée d'hier tout entier aux devoirs de ma charge, je vous ai accordé peu de temps et je vous prie de m'en excuser.

Vêtue d'une robe noire agrémentée de discrètes broderies d'or et coiffée d'une mantille, Maintenon, assise dans un profond fauteuil recouvert de velours vert sombre galonné d'argent, considéra le roi d'un beau regard calme et pénétrant.

— Mais, Sire, que voulez-vous donc que je vous pardonne ? Vous êtes le roi et je suis sans doute bien placée pour savoir que le travail qui est le vôtre est écrasant. J'aimerais tant pouvoir mieux vous aider, certes en demeurant à la place qui est la mienne.

Habillé d'un bleu si foncé qu'on peinait à le distinguer du noir, le souverain s'assit face à la marquise, avec tant de prudence qu'un étranger aurait peiné à croire qu'il était le roi et se trouvait chez sa propre épouse, dans son propre palais.

Louis XIV se demanda si ce début de discours était à double sens. Connaissant sa seconde épouse, qui parlait rarement pour ne rien dire, c'était probable. Certes, Maintenon avait toujours admis qu'elle ne pouvait épouser le roi au vu et au su du reste du monde. Elle avait toujours accepté le fait qu'elle n'avait jamais pu non plus, et ne le pourrait jamais, être traitée comme une maîtresse en titre : sa naissance, obscure, ne lui donnait pas le droit de prétendre à la place que d'autres dames avaient occupée à la cour. Mais sans doute, par ces quelques mots, voulait-elle protester quelque peu de la situation fausse dans laquelle elle était obligée de vivre. Du moins c'est ce que décida de penser le roi.

— Vous ne m'avez pas dit ce que vous avez pensé de la promenade que les Menus Plaisirs ont organisée à ma demande au Trianon et dans ses jardins.

Le sourire de Maintenon se fit plus engageant, plus suave :

— Mais, Sire, ce divertissement qui ne pouvait dire son nom en raison du deuil qui nous affecte tous tant était une excellente idée puisque c'est vous qui l'avez eue. Et, surtout, je n'ai pu que m'en réjouir puisque vous êtes demeuré à mon côté durant tout le temps qu'il a duré, dès l'instant où j'ai mis le pied sur la *Grande Gondole* jusqu'à ce que nous revenions à Versailles.

Maintenon se tut et plissa, à peine, le coin de ses paupières. Un léger sourire demeura sur ses lèvres. Cette expression, plus encore que les paroles de la marquise, fit plus que désarçonner le roi dont l'esprit, soudain, accueillait un venin. Celui de la jalousie. Elle l'empêcha littéralement de répondre sur-le-champ. N'y avait-il pas une sorte de taquinerie beaucoup moins innocente qu'il n'y paraissait, sans doute une méchanceté feutrée ? Si le roi hésitait encore, ce doute fut bientôt balayé :

— Tout avait été parfaitement organisé, Sire. Vous l'avez bien vu de vos propres yeux, ajouta-t-elle en appuyant sur ces derniers mots. Les pâtissiers se sont surpassés, m'a-t-il semblé. J'ai particulièrement apprécié les roquilles que vous m'avez apportées lorsque nous nous sommes retirés un instant tous les deux dans le cabinet des Parfums. Qu'était-ce donc que ces écorces confites ? Des oranges ? Des cédrats ? Je n'ai pas songé à vous le demander sur le moment, tant nous avions vous et moi la tête ailleurs. Et dans la tourte à la chair de poire, n'y avait-il pas aussi des raisins et de la cannelle ?

Ces remarques gastronomiques glacèrent le roi. Son épouse s'était donc trouvée à l'écart de la société et en compagnie du sosie, de surcroît dans le cabinet des Parfums, où les jardiniers veillaient à toujours maintenir une température plus que douce ? C'était, soudain, un sentiment jusqu'alors inconnu qui se saisissait du Bourbon, qui en faisait sa proie. Louis XIV était assez clairvoyant pour lui donner un nom. C'était de la jalousie, un continent que le roi n'avait jamais exploré puisque, depuis son plus jeune âge, il avait toujours obtenu, sur-le-champ ou presque, ce qu'il avait désiré, et en particulier les femmes. La jalousie avait été le sort des maris trompés ou qui avaient dû accepter que leur épouse cédât au roi de France, que ce fût de bon gré ou non. Comme le marquis de Montespan, époux trompé et ridicule, qui avait repeint son carrosse en noir, l'avait affublé de cornes et en avait fait figurer d'autres sur les portières, afin de proclamer partout sa situation de mari ridiculisé. Et voici que, soudain, le roi était malmené à son tour…

Quoi qu'il en fût, il lui fallait donner le change, ne pas montrer que les agaceries décochées par la marquise l'affectaient :

— Les roquilles, dites-vous ? Je m'en souviens peu. Il me semble bien qu'il y avait des écorces d'orange. Quant à la tourte à la poire, il m'a paru, en effet, qu'il y avait des raisins. Mais pour ce qui est de la cannelle, je ne m'en souviens pas.

Louis XIV se reprochait d'avoir lancé cette conversation dont le début le mettait en péril. Pourtant, il lui fallait bien savoir par le menu ce qui s'était passé lors de ce batifolage si, toutefois, il s'était passé quelque chose. Car, peu à peu, le poison du doute s'instillait partout, dans le moindre recoin de son esprit. Mais la marquise voulait se distraire :

— C'est égal, Sire. Aux saveurs de ces douceurs, en tout cas, se mêlaient, et de la manière la plus agréable, les parfums des fleurs cultivées dans ce pavillon enchanté. Vous savez que les plantes n'ont pour moi pas les mêmes attraits que pour vous, même si je m'efforce, pour vous plaire, de me promener dans les jardins plus souvent que mon inclination ne m'y conduirait. Et pourtant, ces odeurs capiteuses m'ont assaillie de la manière la plus agréable lorsque vous avez refermé derrière nous la porte de ce cabinet des Parfums.

Le roi ne sut que répondre. Tout à la fois parce que l'imagination lui manquait à cet instant et aussi parce qu'une vision désagréable s'imposait à lui : sa seconde épouse, avec un homme qui n'était pas lui, l'une et l'autre plus ou moins enfermés dans un tiède pavillon de jardin dont la superficie ne devait pas dépasser quelques toises carrées en comptant large… Et encore fallait-il compter avec la place prise par les végétaux qui y étaient cultivés derrière d'épaisses vitres installées là pour diriger vers ces fleurs odorantes la lumière et la chaleur du soleil. Au demeurant, la marquise paraissait avoir l'intention de se montrer soudain bavarde :

— Je n'aurais jamais cru, si je ne l'avais vu et si vous ne me l'aviez expliqué hier, qu'il pouvait pousser, à Versailles et jusqu'au mois d'octobre, des jasmins et des narcisses, des jacinthes et des tulipes. Je ne sais pourquoi, Sire, mais vous avez alors su trouver les mots pour me parler de ces fleurs, me révéler toute leur délicatesse. C'est la première fois, je crois, que j'ai pu en mesurer toute la beauté. Sire, d'abord les joyaux, ensuite cette promenade sur le canal et à Trianon… Que de bonheurs…

Le roi avait sous-estimé la marquise, songea-t-il. Celle-ci avait percé à jour le secret du double. Or le Bourbon ne pouvait laisser paraître qu'il s'en était aperçu. Il ne pouvait que prononcer des paroles de convenance :

— Soyez assurée, madame, que de nouveaux plaisirs vous seront bientôt offerts.

— Je vous remercie. Et j'espère vivement que les satisfactions dont vous parlez ne sont pas seulement celles que j'ai éprouvées en voguant sur le canal à bord de la *Grande Gondole* ou bien celles que m'a révélées la promenade à Trianon, que ce fût dans les salons. Ou dans les jardins.

Voilà de nouveau, songeait le roi, un propos tout en allusions et en sous-entendus. Un discours feutré qui, en creux, le conduisait à s'interroger sur lui-même et l'attrait qu'il continuait – ou non – à exercer sur les dames… Il lui fallait clore cet échange, qui lui devenait cruel :

— Madame, la promenade d'hier a été si plaisante, pour moi aussi, qu'il s'agisse des vues que nous avons eues du Grand Canal sur les bosquets du parc et, plus tard, sur les parterres de mon petit château de Trianon, ou bien du talent avec lequel les cuisiniers et les pâtissiers ont constitué le buffet que j'ai de la peine à me souvenir de chaque instant. Ai-je donc oublié un moment qui vous a particulièrement plu ? Dans ce cas, voudriez-vous vous montrer plus précise, et alors je donnerai sans tarder les ordres pour que vous puissiez de nouveau bientôt éprouver la même joie ? Car vos désirs sont des ordres. Sont-ce les roquilles qui vous ont tant ravie ? Des commandements seront alors donnés aux cuisines pour en préparer d'autres sur-le-champ.

Là, l'attitude de la marquise changea, de manière imperceptible, mais assez pour que le roi, qui fréquentait sa nouvelle épouse depuis bien avant leur mariage, le remarquât. Maintenon minauda, avec une maladresse assez appuyée pour que le monarque comprenne que la dame jouait la comédie :

— J'aimerais tant revivre aussi souvent que je le désirerai le moment de grâce véritable que j'ai connu dans le cabinet des Parfums.

Et voilà, toujours et encore, songeait le roi, ce discours à double sens, que sa seconde épouse continuait à dérouler d'une voix tranquille. Bien que, en une autre circonstance, il n'aurait pas hésité à se lever d'un coup et à tonner en ordonnant et en condamnant, le souverain savait qu'il devait continuer à finasser. Pour se donner une contenance, quoiqu'il fût demeuré assis, il saisit sa canne, s'appuya dessus en ayant soin d'arrondir son poignet comme il savait si bien le faire, avant de répondre sans esprit – sa marge de manœuvre était plus que jamais étroite –, mais avec prudence :

— Madame, je ferai tout pour vous plaire.

— Je ne le sais que trop, Sire, car je n'ai, depuis de longues années, qu'à me réjouir de vos attentions et de vos bontés.

Louis XIV savait que la dame était en position de force. Durant longtemps, Montespan avait gouverné le roi, n'avait jamais rien cédé avant que le Bourbon n'eût exaucé le moindre de ses caprices, elle avait demandé, exigé, obtenu et accumulé cadeaux de grand prix, bijoux, gratifications, elle s'était fait bâtir le somptueux château de Clagny[1], à portée de vue du palais du roi et qui, comme celui-ci, possédait ses jardins et ses parterres, aussi fleuris que ceux de Trianon, son orangerie et sa Grande Galerie. Le temps était-il venu d'un asservissement par Maintenon ? Était-il condamné à être mené par les femmes ? Le roi était lucide. Pour ce qui regardait Maintenon, c'était

1. À l'emplacement de l'actuel boulevard de la Reine et de la gare Versailles-rive droite.

de son fait si la marquise se trouvait à cet instant maîtresse du jeu. Et, en effet, son épouse reprit :

— Fort bien, de vos aimables promesses, Votre Majesté, je prends bonne note, et je vous en remercie.

Le monarque se leva. Il était épuisé par cette joute qui l'avait vu combattre avant finalement de le voir vaincu. Il se leva. Maintenon choisit de porter l'estocade :

— Ah ! Sire, mais que faites-vous, vous partez déjà ?

— Madame, bien que nous soyons désormais mari et femme, je craindrais de vous déranger si je demeurais ici plus longtemps.

— Allons, je n'ai accordé aucun entretien d'ici la fin de la journée et je crois que vous non plus. Profitons, je vous prie, de ce moment. Nanon ne reviendra pas tant que je ne lui aurai pas fait porter un billet. Avancez-vous.

Prisonnier de ses sens, le roi s'approcha de son épouse. Il était définitivement vaincu.

Sur la route de Versailles

Dans le carrosse qui le menait de Paris à Versailles, François Harlay de Champvallon éprouvait des sentiments mitigés, et il ne savait lesquels choisir. Dans un premier temps, il se contenta de se remémorer ses souvenirs, de les comparer et de les mettre en perspective, de songer aux bénéfices et aux inconvénients de ce qu'il avait vécu depuis plusieurs semaines, sans pouvoir choisir entre deux partis qui, l'un et l'autre le séduisaient ou, tout au moins, l'avaient séduit. Mais une fois le village d'Auteuil dépassé et laissé sur la gauche, sans qu'il sût pourquoi, le prélat y vit beaucoup plus clair dans ses pensées.

Il avait été fou de Suzanne Lécuyer. Dès l'instant où celle-ci lui avait demandé d'abord une perle, Harlay avait sur-le-champ accepté de répondre à sa demande. Lorsque Suzon avait ensuite exigé qu'il ne lui offrît pas moins de cinq perles au total, le prêtre avait tout mis en œuvre pour la satisfaire. Une fois en possession des joyaux, Suzon avait tenu parole, elle avait donné au prélat tout ce que celui-ci attendait, et plus encore. Dans l'instant, Harlay avait été comblé. Le ravissement avait même duré plusieurs heures.

Mais passé ce temps, le prêtre s'était trouvé face à une béance. L'étreinte tant attendue et qui avait eu lieu lui avait plu, il n'en disconvenait pas. Elle le laissait maintenant désemparé.

La route était encombrée. Harlay savait que le roi envisageait de bâtir un pont à Sèvres mais, en attendant, seul celui de Saint-Cloud permettait de traverser la Seine à pied sec dans les alentours. Coches, carrosses, chariots venus de Billancourt, Longchamp ou Passy convergeaient donc ici, ce qui ralentissait la circulation, d'autant que, par endroits, seul le milieu de la chaussée était pavé. En cas d'embarras ou lorsqu'un carrosse, l'essieu brisé, la caisse renversée, encombrait le chemin, le cocher devait rouler sur le côté, dans des fondrières boueuses. Bref, il fallait prendre son mal en patience. La seule distraction qui s'offrait là au voyageur consistait à regarder du côté du fleuve, tout proche, animé par des bateaux, des péniches, des batelets qui la descendaient sans peine ou, au contraire, la remontaient et s'apprêtaient à franchir, en dépit du vent, un dernier méandre avant, enfin, une fois la plaine de Grenelle dépassée, d'arriver à Paris.

Ce voyage poussif acheva d'éclaircir les idées de l'archevêque. De ce que pouvait lui donner Suzon, le prêtre avait fait le tour. Il n'était pas même certain d'avoir envie de la revoir. Au-delà des ribaudes fréquentées pour des étreintes passagères, auxquelles il ne demandait du reste rien que cela, l'archevêque avait longtemps hésité entre Suzon et la femme qu'il allait rejoindre à Versailles. Maintenant, il avait choisi.

Habile à manier ses chevaux sans les effrayer ni leur demander ce qui aurait été au-dessus de leurs forces, le cocher avait réussi à dépasser plusieurs autres attelages. Harlay venait de franchir le pont. Le gros des autres carrosses et des autres charrettes s'arrêtèrent ici, car leur destination était, au terme d'une courte rampe qui partait de la rive, le palais que le duc d'Orléans avait fait construire sur la hauteur, qui rivalisait avec Versailles et qui, même, pour ce qui concerne la vue qu'il offrait sur la Seine et Paris, surpassait sans conteste la demeure du roi[1]. D'autres voitures prirent, au nord, la direction des villages de Suresnes et de Nanterre. La route, qui resterait fréquentée, était désormais plus dégagée. Et d'autant que tous ceux qui allaient à pied par mesure d'économie, du moins les plus jeunes et les plus vaillants, emprunteraient la route qui traversait la forêt de Meudon, une voie pentue mais plus courte.

1. Le palais de Saint-Cloud a brûlé en 1870. Il reste les jardins et des communs.

Combien de fois Harlay de Champvallon avait-il fait ce chemin ? Il l'ignorait. Mais à cet instant, en tout cas, le prélat avait hâte d'arriver. Le carrosse roulait le long de la Seine, il dépassa la Grande Cascade, principal ornement du parc du frère du roi, prodigieuse construction de pierres sculptées, longue comme une avenue, large comme une rivière, avec ses terrasses, ses bassins, ses jets d'eau et ses bouillons. Passé l'île de Monsieur[1], la route décrivit un brusque virage sur la droite et suivit pendant un temps le fond d'un vallon dont les deux pentes étaient couvertes d'épaisses forêts giboyeuses. Au nord, c'était le bois de Fausses-Reposes et, au sud, la forêt de Meudon, qui servait d'écrin au château que Louvois avait acheté quatre ans plus tôt et pour lequel on disait que le ministre, depuis devenu surintendant des Bâtiments, avait de grands projets d'agrandissement. Dès lors, la route fila vers l'ouest. Sans plus trop avoir d'obstacles à franchir et à peu près en ligne droite, elle arriverait au château de Versailles avant longtemps.

Harlay se félicitait à plus d'un titre que L'Oiselier eût été tué. Certes, le prélat était un homme de trop haute position pour avoir quoi que ce soit à craindre d'un bourgeois de l'île de la Cité, quand bien même celui-ci connaissait le roi. Si L'Oiselier avait parlé et avait dénoncé l'archevêque, personne ne l'aurait cru ou, dans le pire des cas, il l'aurait été, mais ses propos se seraient perdus dans un puits d'indifférence et de silence. De plus, la mort de l'orfèvre avait conduit le prêtre à offrir de fausses perles à Suzanne Lécuyer, donc à satisfaire la jeune femme. Et c'était mieux

1. L'île Seguin.

ainsi : au moins, les perles royales n'avaient pas été gâchées.

Tout à ses pensées, Harlay ne s'était pas aperçu qu'il était arrivé à Versailles. Il le comprit quand il fut enveloppé par la lourde odeur, toute en sueur et crottin, des chevaux qui, par centaines, se déplaçaient, au pas ou au trot, dans le vaste espace que constituaient ensemble la place d'Armes du palais et les avenues qui s'en échappaient.

Chez le roi, à Versailles

La fine sirène, ciselée dans un corail couleur de miel, était posée sur le rebord d'une coupe godronnée, taillée dans un jade vert et posée sur un pied dont l'or avait été serti au siècle précédent de turquoises, d'émeraudes, d'améthystes et de citrines, par d'habiles artisans florentins au goût sûr. Laisser courir son regard sur l'objet rassurait le roi. Il prenait son temps, restait debout devant la console où plusieurs de ses objets préférés étaient exposés à sa vue et à celle des très rares privilégiés qui avaient le droit de partager ses plaisirs d'esthète.

Car Louis XIV était revenu de chez Maintenon comblé – il avait rarement connu une telle félicité avec la marquise. Son avenir d'époux s'annonçait radieux. Pour prolonger le plaisir, mais dans un tout autre esprit, il décida de considérer la coupe de jade. Il la détailla longuement. Stimulées par cette plaisante observation, ses pensées commencèrent à cheminer ou, plutôt, à s'ordonner. Le premier valet de chambre n'était jamais très loin. Le temps qu'il arrive, le roi s'occupa cependant à considérer un second objet parmi tous ceux dont le salon était empli. C'était une nef en lapis-lazuli posée sur un socle d'or et d'argent émaillé d'un bleu qui reprenait celui de la pierre taillée. À l'avant figurait la tête d'une bête monstrueuse, menée par des rênes que tenait, à l'arrière, un Neptune assis sur un coquillage posé sur la tête d'un satyre. Et tout un décor de guirlandes de fleurs. C'était une splendeur. Savoir qu'il pouvait la contempler à loisir, dès que l'envie lui en prenait, réconfortait le roi, dont l'orgueil était tant mis à l'épreuve.

— Je suis aux ordres de Votre Majesté.

Tout à sa méditation, le Bourbon n'avait pas entendu Bontemps arriver. Le premier valet de chambre était si dévoué qu'il ne remettait jamais en cause ce que le roi lui ordonnait, quoi qu'il en pensât. Voici quelques jours, le sort que Louis XIV avait décidé de réserver au sosie l'avait stupéfié, à peu près autant que la découverte de la ressemblance qui existait entre le roi de France et ce moins-que-rien. Mais à cet avis, Bontemps s'était rangé. D'autant qu'il avait parfaitement mesuré que tout cela constituait et regardait un secret d'État. Il lui semblait cependant que le sosie prenait de plus en plus ses aises.

Le roi allait-il lui demander ce qu'il pensait du sosie ? Dans ce cas, Bontemps ferait preuve de franchise. Avec politesse, il exposerait la lassitude qui était la sienne, lui qui était contraint d'accueillir dans son appartement, de nourrir et de blanchir, de traiter avec tous les égards, en dépit de ses insolences, un homme qui, après tout, n'était qu'un malappris dont on ne savait rien. S'il voyait que le roi, loin d'être surpris par le propos qu'il allait lui tenir, était prêt à se ranger de son côté, Bontemps demanderait de chasser l'intrus, tout en laissant bien entendu au roi le choix de décider du sort exact qu'il fallait réserver à cet homme, un aventurier qui n'avait pour lui que de ressembler au monarque.

— Je n'ignore pas que vous veillez fort bien sur le personnage que je vous ai demandé d'héberger voici quelques jours. Une nouvelle fois, je vous en remercie. Mais dites-moi, monsieur le premier valet de chambre, que lui donnez-vous donc à manger ?

La question était inattendue. Bontemps faillit se troubler, mais son sens du devoir et sa présence d'esprit lui permirent de répondre assez vite :

— Je m'occupe personnellement de cet homme afin de limiter ses contacts avec les valets. Je dois lui prodiguer des conseils, des leçons et des enseignements, pour ce qui concerne les habitudes et l'emploi du temps de Votre Majesté, les usages en vigueur à la cour, dès que mon service et les autres tâches que je dois accomplir m'en laissent le temps. Je ne peux recourir aux cuisines du château, les heures ne conviendraient pas, et je dois aussi composer avec les allées et venues des gens, laquais et servantes qui viennent chez moi, tant pour y prendre mes ordres que pour y faire le ménage, et que je dois tenir à l'écart de ce qu'ils ne peuvent voir ou deviner, et sous aucun prétexte. En résumé, Sire, pour plus de commodité, je fais venir les plats du nouvel office qui se trouve au bout de l'aile du Midi, dans la cour de l'Apothicairerie. J'espère que cela vous satisfait. Je n'ai pu organiser autrement l'affaire.

— Monsieur Bontemps, je sais que, depuis que

vous me servez, vous faites pour le mieux et en particulier pour tout ce qui regarde cet homme. À partir de ce jour, vous servirez à celui-ci les mêmes plats que ceux qui sont présentés à ma table. Il suffira que vous preniez dans les mets qui reviendront de mes appartements, juste avant qu'ils ne soient partagés entre les gentilshommes servants qui y ont droit[1].

Bontemps était surpris de ce qui pouvait être considéré comme une faveur, en tout cas comme une marque d'attention. Mais il opina sans rien laisser paraître de son étonnement.

Le monarque était satisfait que celui qui lui ressemblait tant soit désormais assuré de goûter à ses propres plats. Car il en était maintenant certain : le sosie lui ferait éprouver bientôt une satisfaction inconnue, Louis XIV le devinait. Cela valait mieux que la doublure fût pardonnée ou à peu près et, en tout cas, un peu choyée. Il serait toujours temps, pour le roi, de changer d'avis.

Louis XIV voulut néanmoins justifier son ordre et replacer le sosie bien en dessous de lui. Il ajouta :

— Pour parfaire la ressemblance, autant que cet homme prenne mes goûts.

— Bien, Sire.

Le premier valet de chambre se retira, déjà préoccupé par la manière dont il allait s'y prendre pour modifier le régime de la desserte royale. Certes, le roi avait ordonné. Mais restait à faire appliquer cette décision qui, bien qu'étant celle du roi, se heurtait à des privilèges acquis de haute lutte. Ce ne serait pas une mince

1. Ce que le roi ne mangeait pas était réparti entre des gentilshommes qui, à leur tour, le donnaient à des valets, le surplus étant revendu par des marchands.

entreprise : tenir table ouverte avec les restes du roi était prestigieux et servait, entre autres filets, à tisser et entretenir un réseau d'obligés qui pourraient, le jour venu, fournir un renseignement, une facilité, propre à faire avancer une cause. Tant la cour grenouillait d'intrigues, basses ou grandes, destinées à accroître un pouvoir, à obtenir un avantage, une nouvelle source de revenus.

Demeuré seul, le roi revint vers l'une des consoles dont le plateau incrusté de marbre supportait ses plus belles gemmes, des camées antiques et des vases en pierre dure. Cette fois, il s'intéressa à une troisième pièce, qui était peut-être sa préférée, en tout cas celle qu'il admirait le plus, sans doute parce que sa décoration était d'une complexité et d'une richesse étonnantes. Parsemée de rubis et de diamants, c'était une aiguière dont le corps était constitué de deux sardoines, entre le bleu et le brun-rouge, et le pied d'une seule sardoine qui, elle, était striée de rubans pâles et de différents bruns[1].

Une monture en or qui, du côté de l'anse, se transformait en un dragon couvert de plumes et d'écailles, que supportait une sirène en émail blanc à laquelle répondait, du côté du bec, une autre figure féminine façonnée dans le même matériau, enserrait et maintenait ces pierres. Sur les flancs et sur la base du vase, il y avait d'autres figures féminines, des satyres, des oiseaux. Et des feuilles en émail de toutes les couleurs, certaines opaques, d'autres translucides, des cosses de pois vert clair, des graines figurées par des émaux blancs, que le roi considéra avec attention.

1. Ce pourrait être l'aiguière, due à Pierre Delabarre, aujourd'hui conservée au musée du Louvre.

Enquêteur depuis plusieurs jours, esthète depuis toujours, Louis XIV était également gourmand. Les petits pois étaient l'un de ses légumes préférés, il les mangeait salés mais plus volontiers sucrés, toujours en de grandes quantités. Ces pois-ci, en émail, étaient fort bien imités, presque appétissants. Le Bourbon s'avança, détailla la finesse du travail, s'attarda sur les végétaux, les regarda encore, considéra encore les grains. Comme avaient commencé à le faire les fruits des marronniers de Trianon, ceux-ci lui parlèrent, mais avec plus de volubilité. Et le roi, alors, s'interrogea. Le si dévoué valet espagnol de la reine avait-il vraiment agi de sa propre initiative ? Au vu de ce que l'aiguière et ses pois en émail venaient de lui suggérer avec insistance, le monarque n'en était plus si certain.

Chapitre 13

« Considérons un peu ce château de plaisance ;
Voyez-vous comme il est tout couvert de faïence,
D'urnes de porcelaine et de vases divers
Qui le font éclater aux yeux de l'univers. »

Claude-Denis Du Four
de La Crespelière (1625-1680)

Toujours le vendredi 15 octobre, à Versailles

L'archevêque entra dans le palais, gravit avec une affectation pesante l'escalier de la Reine, reçut les salutations des courtisans avec lesquels il voulait être aimable, fit semblant de ne pas distinguer les autres. Les plus perspicaces comprenaient que ces manières policées, ces sourires engageants ne constituaient qu'une séduisante façade. Harlay aurait voulu se hâter, et même courir. Mais sa dignité l'en empêchait. Enfin, le prélat arriva devant la porte de l'appartement de Maintenon. Un instant, encore, à patienter. Un valet le conduisit jusqu'au Grand Cabinet, puis se retira, l'air moqueur et envieux. Un instant encore, et Harlay était nu, à l'exception de ses bas de soie violette, dans la soupente et sur le lit étroit de Nanon Balbien.

Le temps que la suivante achevât de se déshabiller elle aussi, de retirer ses jupons et ses jupes superposés, le prélat se disait qu'en matière de piment préférer finalement Nanon Balbien à Suzon la Bascule constituait un bon choix. Bien sûr, la seconde possédait le savoir-faire qui lui permettait d'accomplir le fameux tour, venu de Naples, dont Harlay avait cru devenir fou. Mais le prêtre avait repris pied depuis lors et, tout bien réfléchi, estimait que Balbien n'avait rien à envier à sa rivale. Nanon était moins adroite, c'était indéniable. Mais c'était le détachement avec lequel Mlle Balbien recevait ses assauts qui, justement, rendait maintenant fou le prélat.

Certes, quand il allait chez Suzon, parcourir les rues de la capitale à l'heure où traînent les vide-goussets et en revenir à la nuit épiçait la chose, pensait Harlay. Mais retrouver Nanon dans le propre palais du roi, de surcroît dans l'appartement de la dame que le prélat venait d'unir au monarque, était encore plus poivré. C'était là une superposition de risques qui étaient pris, d'interdits qui étaient franchis, tout cela assaisonnait à ravir la situation.

Décidément, Harlay de Champvallon s'estimait heureux et satisfait de la vie qu'il menait et des choix auxquels il procédait.

— Es-tu vraiment certaine que la vieille gaupe ne nous surprendra pas ?

D'autant plus brûlante de désir que sa chambre, étroite et basse de plafond était, dans tout le château, une de celles où il ne faisait jamais froid, la suivante eut un rire joyeux.

— Menons l'affaire prestement. Nous n'avons cette fois qu'un quart d'heure. À cette heure, la mégère est en compagnie d'une parente éloignée venue la voir à Versailles, mais qui réside en ville. Une empotée, peu dégrossie, de surcroît huguenote. Madame a le sens de la famille mais craint le ridicule, elle n'a pas voulu recevoir sa cousine au château et ne s'attardera pas en sa compagnie.

— Et tu ne l'as pas accompagnée ?

— La truie noire a tellement honte de sa parente qu'elle me la dissimule à moi aussi. Elle a beau être la quasi-reine, c'est plus fort qu'elle, il faut qu'elle se cache. Quant à l'autre, ce doit être une de ces poussiéreuses vêtues à la mode de l'ancien temps, avec les cheveux courts et séparés par une raie, avec une robe à corsage baleiné en pointe, et qui doit farcir son français de mots rugueux apportés de sa province. Maintenant, arrête de me questionner, cela nous fait perdre du temps. Ah ! mais attends, j'allais oublier.

Nanon se retourna, roula sur le lit et attrapa une cassette.

— Baisse la tête. Ne regarde pas avant que je te le dise. Un instant encore. C'est fait. Tu peux te relever.

L'archevêque se redressa. Et vit la parure de trois bijoux qui, à cet instant, évitaient à eux seuls à Nanon Balbien d'être complètement nue.

— La vieille n'en voulait pas, elle me les a donnés.

Les perles étaient donc arrivées ici, sur ce corps ! Tout roué qu'il était, le prélat en demeura bouche bée. Mais la culbute était chez cet esprit rapide une nature, au propre et au figuré. Il comprit tout, ou à peu près. Car certes, ces perles, il ne les avait jamais vues, ou alors, jadis, au cou de la reine Anne d'Autriche ou à celui de sa bru, la reine Marie-Thérèse, mais en collier, jointes à vingt-six autres, et il ne pouvait bien entendu s'en souvenir. Cependant, leur belle taille l'annonçait à haute voix ou presque : il s'agissait là, sut d'emblée Harlay, des perles qui avaient appartenu aux deux reines, celles que le roi avait soustraites pour les confier à Martin L'Oiselier et que lui, Harlay, avait voulu offrir à Suzon la Bascule avant de devoir renoncer à ce projet puisque L'Oiselier avait été pris la main dans le sac ou presque.

Revenu en possession des cinq perles, songeait Harlay, le roi les avait sans doute depuis peu offertes à Maintenon. Certes, le prélat ne savait pas encore pourquoi la marquise avait finalement remis la parure à Mlle Balbien. Mais il était certain de bientôt l'apprendre, la suivante, à laquelle il n'aurait qu'à le demander, était volontiers bavarde quand elle était avec lui et, de plus, ne protégeait là aucun secret d'État.

Nanon, elle, ne savait trop que penser même si, pour simplifier, elle s'amusait beaucoup, du moins éprouvait une immense satisfaction. Pour une certaine raison, elle avait accepté d'aider Martin L'Oiselier à voler les perles. Celui-ci avait certes échoué. Mais par un étrange tour du sort, c'est à elle que, *in fine*, les perles étaient revenues… C'était bien drôle.

Quant à Harlay, pensa la suivante, il fallait le cultiver… À vrai dire, une fois au lit en bonne compagnie, quoi qu'elle y eût pratiqué et avec qui que ce fût, Balbien, aussi loin qu'elle remontât dans sa mémoire, n'avait jamais rien éprouvé de particulier. La suivante en avait depuis longtemps pris son parti, avec d'autant plus de facilité que, par définition, elle ne pouvait savoir ce à côté de quoi elle passait. Même si, parfois, Nanon se demandait vaguement si elle n'avait pas le goût des dames. Mais sans qu'elle ait jamais eu l'envie de le vérifier car sa puissante soif d'argent était plus forte que son envie d'explorer les contours de cette très vague inclination.

Nanon haïssait Maintenon. En effet, estimait depuis longtemps la suivante, les deux femmes étaient toutes deux parties de rien ou presque. Seule une des deux était parvenue au sommet, de surcroît de manière éclatante. Pourquoi le sort n'avait-il pas interverti les deux destins ? se demandait Nanon, qui s'estimait aussi futée que la marquise, et à qui il ne suffisait pas que Maintenon l'ait associée à son ascension pour s'estimer devoir être heureuse, et qui, même, enrageait d'être une éternelle seconde.

En fait, c'était par détestation de Maintenon que Nanon avait cédé au prélat un jour que celui-ci, venu voir le roi à Versailles, avait un moment cherché comment, une fois les affaires courantes expédiées, tirer profit de ce déplacement en se consacrant à des activités moins austères. Nanon se trouvait là. L'affaire avait été conclue en un instant, rapidement menée et depuis régulièrement recommencée puisque l'un et l'autre des protagonistes avaient un intérêt à ce qu'elle recommençât : le prêtre pour la chose elle-même et Nanon, pour le pied de nez adressé à Maintenon.

La marquise était dévote, ne parlait que de confessions et de piété, réservait une large part de son temps à la prière et à sa vie spirituelle, lisait dès qu'elle en avait le loisir l'*Introduction à la vie dévote* de saint François de Sales. En réponse et en secret, pour se moquer d'elle et la défier, Mlle Balbien, que la religion indifférait tout autant que les plaisirs de la chair, offrait depuis des mois son corps à l'archevêque de Paris, qui célébrait avec ostentation la messe à Notre-Dame lorsque le roi et la cour, donc Maintenon, y venaient. Et si Harlay avait été plus vieux et plus laid qu'il ne l'était, et même bavant et suant comme un porc quand il faisait la chose, Nanon se serait laissé faire, tant elle voulait, en offrant son corps, se moquer de la marquise, fouler aux pieds ce que celle-ci avait de plus cher, avilir sa fonction et donc, par voie de conséquence, flétrir ce qu'était et défendait Maintenon. Et s'il fallait encore trahir, offrir son corps, mentir et donner de soi, Nanon était prête à aller loin, du moment que, ce faisant, elle contrait la nouvelle épouse du roi.

L'archevêque, justement, s'amusait la suivante, ne pouvait bien entendu ni savoir ni deviner que c'était elle qui, un temps, avait été chargée de dérober une de ces perles royales. Et que, grâce à un amusant coup du sort, cette perle lui revenait cependant, et même en compagnie de quatre autres…

D'assembler tout ce qui s'était passé, tout ce qu'elle devinait et tout ce qu'elle déduisait, la suivante avait presque le tournis. Et se désintéressait de ce qu'Harlay faisait en soupirant. Qu'Harlay la besogne, souhaitait-elle, et qu'il s'en aille ensuite au plus vite, persuadé, en homme fat, qu'il l'avait menée au septième ciel. Tout à fait indifférente à l'enthousiasme du prêtre, Mlle Balbien avait tout au contraire l'esprit occupé à réfléchir avec méthode. Elle avait secondé L'Oiselier, elle se courbait devant Harlay de Champvallon. Elle était prête à tout pour nuire à la marquise, au gré des occasions et des hasards dont sa fiévreuse volonté de préjudicier saurait tirer chaque fois avantage.

Voilà, Harlay avait respiré très fort. La partie s'achevait. Mlle Balbien aurait juste le temps, songeait-elle, de se rhabiller avant le retour de Maintenon, qui ne se douterait de rien et à laquelle sa suivante offrirait un visage de viande froide, soumise et polie. À cette perspective, Balbien sourit de nouveau. Avec d'autant plus de vivacité que, chose fort rare pour l'époque, elle avait à peu près toutes ses dents et que celles-ci n'étaient guère cariées.

À Versailles, dans l'appartement du roi

Le roi avait donc décidé de garder sa doublure à portée de main, et de ne pas la maltraiter, loin de là. Certes, il avait été contraint de céder à la stupéfiante requête que le sosie lui avait présentée. Et il y avait aussi Maintenon qui, à n'en pas douter, avait percé son secret et s'était lancée dans une agaçante taquinerie qui serait sans doute suivie de bien d'autres. Tout cela était certes compliqué à prendre en compte dans le même temps. Or c'était possible. Et le Bourbon devait, en tant que roi, se montrer pragmatique.

En d'autres termes, mieux valait que le sosie demeurât encore caché dans l'appartement d'Alexandre Bontemps. Il pouvait encore servir. Grâce à sa présence à la cour, le roi pourrait enquêter sur de nouvelles affaires crapuleuses et qu'il souhaiterait résoudre en personne : il n'était pas trop mécontent d'avoir mis au jour les agissements de l'Espagnol, quoi que ce dernier fût devenu, et quelle que fût l'étendue de sa culpabilité. Mais le roi devait se rendre à l'évidence : il avait manqué d'à-propos lors de sa dernière entrevue avec le sosie. Il lui fallait rattraper cela. Et dans le même temps, rappeler à son double qui il était pour le cas où, revêtu des habits du roi et traité comme tel par des valets et des courtisans bernés, ébloui par les ors au milieu desquels cet homme vivait depuis qu'il avait quitté les caniveaux et les cours des miracles où il était sans doute né et avait toujours vécu, ce dernier l'eût oublié.

C'est la raison pour laquelle le Bourbon avait demandé à Bontemps de conduire maintenant le sosie jusqu'à lui en utilisant des passages destinés au service des laquais. Le roi avait pour la circonstance revêtu un habit bleu sombre galonné d'argent, il s'était coiffé d'une perruque très haute et très bouclée. Son allure était certes imposante et élégante mais en rien écrasante. Il avait jugé qu'il aurait été inutile, déplacé et déplaisant, de chercher à impressionner le sosie au moyen d'une débauche de diamants et de broderies d'or.

Louis XIV avait désiré que l'entretien avec son double se déroulât dans le cabinet du Conseil. C'était ici que le double avait demandé l'impensable. C'est ici que le roi ferait preuve d'autorité. Le monarque savait ce qu'il allait dire à cet homme, projeté du jour au lendemain dans un monde dont il ignorait tout jusqu'alors. Du reste, le double paraissait prêt à faire profil bas, ainsi que Louis XIV put le mesurer d'emblée dès que Bontemps l'eut laissé en sa compagnie. Le roi regarda le sosie, sans sourire mais avec politesse :

— Asseyez-vous, monsieur.

L'autre resta debout. Le roi dut insister :

— Je vous prie…

— Sire, ce n'est pas convenable…

— Si, car je vous y invite.

Comme à contrecœur, le sosie obéit, puis se releva et se jeta aux pieds de Louis XIV.

— Je suis un misérable et mérite la potence ou pis

encore, je le sais. Avant que je reçoive le châtiment que je mérite, je vous supplie de me pardonner. Mais à vrai dire…

— Taisez-vous, monsieur, vous ne parlerez que si j'y consens. Reprenez place, je vous prie, de l'autre côté de cette table, face à moi.

L'orgueil était, chez le roi, une seconde nature. Mais d'abord auprès de la reine, puis du cardinal Mazarin, qui avait su administrer le royaume alors que celui-ci était déchiré par la Fronde et les rivalités des nobles et des princes du sang qui s'opposaient au jeune roi, Louis XIV avait appris à gouverner, donc à se défier des laudateurs, des obséquieux, des flatteurs, des hypocrites. Il considéra le sosie avec toute l'attention possible afin, cette fois, de le mater à jamais.

Quant au double, il se redressa. L'homme, qui était entré terrifié dans le salon, tant il avait pris la mesure de son insolence, et commençait à se demander, du fond de son effroi, si sa perte était vraiment assurée. Car pourquoi le roi le convoquait-il ainsi, avec les formes, et le conviait-il à s'asseoir en sa compagnie ?

Le Bourbon laissa passer un instant. Cet entretien, songeait-il, était l'un de ceux qui lui semblaient parmi les plus difficiles à mener. Car Louis XIV avait décidé de se montrer magnanime, nonobstant les reproches ou, plutôt, les accusations sans appel qu'il aurait pu formuler à l'endroit du sosie. Cette générosité concourrait à le grandir, Louis XIV en était certain, à en faire le véritable maître de tout ce qu'il advenait et pouvait advenir à Versailles.

Mais la grandeur d'âme dont le roi avait décidé de faire preuve, à la fois par calcul et par orgueil, n'excluait pas, dans son esprit, la nécessité de rappeler fermement à l'ordre l'inconnu qu'il avait tiré du ruisseau, de lui montrer l'horreur de ses crimes et, surtout, de faire en sorte que celui-ci ne puisse penser que le roi faisait preuve de faiblesse. Il y avait donc, savait Louis XIV, un discours à articuler et à tenir. Le chemin était étroit. Mais le souverain saurait ne pas s'en écarter. Il avait mené des guerres et les avait souvent remportées, conquis des villes, des places fortes et des provinces. Le roi avait un combat d'un genre nouveau à mener. Il le remporterait.

— Je mesure, monsieur, le vertige qui est le vôtre depuis le 7 de ce mois. Et je sais que c'est ce trouble qui vous a conduit à proférer des propos, à commettre des actes que vous regrettez maintenant d'avoir accomplis.

— Sire, veuillez croire que je n'ai pas, je n'ai jamais…

— Je ne vous autorise pas à m'interrompre.

— Cependant, il faut que je puisse dire que…

Le roi fronça le sourcil :

— Monsieur, je suis prêt à être conciliant, ne me déplaisez pas, la barque de vos égarements est déjà pleine et sur le point de sombrer. Je reprends mon propos, écoutez-le sans plus broncher. Ressembler à ce point à quelqu'un d'autre est à proprement parler extraordinaire. Et, de surcroît, c'est avec moi, le roi de France, que vous présentez cette similitude. Je conçois que tout homme en aurait perdu la tête. C'est du reste ce qui vous est arrivé. Vous êtes devenu, dans une large mesure, insensé. Mais vous avez plus fait que vous égarer puisque vous avez osé formuler une demande plus que grossière.

Le sosie avait l'esprit vif. Il entrevoyait la porte de sortie que le roi lui offrait. Les raisons de cette magnanimité lui échappaient quelque peu. Mais, parce qu'il savait qu'il jouait son existence, le double était tout entier tendu vers le discours dans lequel le roi s'était lancé. Face à la lueur aperçue, cependant, l'aventurier hésitait. Devait-il acquiescer, manifester davantage son esprit de repentance, attendre au contraire que le roi eût fini son discours ? Depuis qu'il avait formulé ses exigences, avec une stupéfiante assurance qui n'avait d'égale que sa complète inconscience, l'homme était redescendu sur terre. Sa vie était en jeu mais, si le roi décidait finalement de sévir, c'était une exécution abominable qui était d'ores et déjà annoncée, avec de longs tourments infligés avant le coup de grâce.

Le monarque, quant à lui, poursuivait son délicat exposé :

— Me ressembler a pu vous paraître une chance. Vous avez pu apprécier le sort enviable qui est le vôtre depuis quelques jours, au-delà de ce que tout autre de mes sujets pourrait raisonnablement espérer. Vous en mesurez aussi l'envers, puisqu'il vous a rendu fou, je vous l'ai déjà dit. Oui, monsieur, je m'en rends compte. C'est cette correspondance troublante avec ma personne qui vous a fait perdre la raison. Je le sais et c'est pour cela que je vous pardonne.

Sitôt le roi eut-il prononcé ces mots que le sosie fut submergé par un soulagement, puis une joie qui, en un instant, se mua en une allégresse dangereuse. L'homme s'était certes trompé en exigeant du roi ce que jamais il n'aurait dû exiger. Mais il avait eu l'esprit pénétrant, jusqu'au jour où le destin lui avait fait rencontrer Louis XIV et connaître le sort incroyable qui était désormais le sien. Cette sagacité lui fit comprendre que, à cet instant crucial, il ne devait ni trop en dire ni trop en faire, laisser le roi poursuivre sa déclaration toute en contorsions nécessaires pour que celui-ci retrouvât son honneur.

— Vous m'avez présenté une demande dans le cabinet du Conseil. Si insolente qu'elle soit, je me suis engagé à la mettre en œuvre.

— Ah, Sire ! je la retire…

— Il n'en est pas question. J'ai consenti et ne saurai reprendre ma parole. Du reste, vous avez déjà tenu mon rôle. Ce ne sera là, après tout, si vous souhaitez ainsi pousser la chose et aller loin, qu'un changement d'échelle…

— Votre Majesté…

— Une sorte de vérification, sur un très grand pied, du parfait fonctionnement du dispositif que j'ai décidé d'instituer.

— J'insiste pour ne pas…

— Monsieur, il suffit. Le roi de France ne se dédit jamais.

Il y eut un silence, qui ravit le souverain. Le sosie mesurait sa mansuétude, songeait le Bourbon. En fin de compte, c'était bien lui, le souverain, qui consentait et avait donc en l'affaire le dernier mot. Là se trouvait l'essentiel. Le double du roi était pardonné parce que ressembler au souverain et avoir même dû se substituer à lui en de menues circonstances lui avait fait perdre l'esprit. Tel l'Icare de la mythologie des anciens Grecs, songeait le roi, l'homme s'était trop approché du Soleil, en avait été ébloui et en avait perdu son sens commun. Magnanime, le Soleil lui pardonnait. Voilà ce que le souverain voulait que son double se dise et, en tout cas, ce qu'il se disait à lui-même.

Il ne restait plus à Louis XIV qu'à asseoir à jamais son autorité :

— J'entends vous garder à mon service. Aussi

longtemps qu'il me plaira, vous demeurerez dans l'appartement de M. Bontemps et vous y serez, tous les jours et à toute heure, à ma disposition. La plus extrême prudence vous a déjà été recommandée. Ces mesures de précaution devront être renforcées.

— Oui, Sire.

Le roi estima qu'il lui fallait ici se montrer sévère, en tout cas intransigeant :

— Il semble que l'on ait pu vous voir à une fenêtre. C'est plus que fâcheux et cela ne doit pas se reproduire. Pour le reste, le premier valet de chambre continuera à vous instruire sur tout ce qui concerne la cour et ses usages. Selon ce qu'il m'a rapporté, il semble que vous avez eu assez de présence d'esprit jusqu'à ce jour pour éviter les impairs et les bévues et esquiver les situations durant lesquelles vous auriez pu être pris en défaut. Mais il faut parfaire votre connaissance de Versailles. Vous aurez à vous y consacrer autant que possible.

Louis XIV s'était montré autoritaire. Il changea un instant de registre, toujours pour montrer au sosie où se trouvait sa place, mais sur un mode quelque peu plus humiliant :

— Vous avez le bonheur de beaucoup me ressembler, nous l'avons déjà dit maintes fois, je n'y reviens pas. M. Bontemps m'a du reste confirmé que mes vêtements sont en tous points à votre taille et qu'il n'y a même nul besoin de les faire ajuster. Mais vous devez avoir envie, parfois, de revêtir des habits plus ordinaires lorsque vous restez dans le logement de l'aile des Offices, tels que ceux que vous avez eu l'habitude de porter jusqu'à ce que je m'intéresse à vous. Il ne peut être question que l'un de mes tailleurs vous soit envoyé, puisque votre présence doit demeurer secrète.

Le premier valet de chambre prendra vos mesures et vous fera confectionner les vêtements commodes mais communs qui vous sont nécessaires. Il ne manque pas de bons faiseurs, à Versailles, qui mèneront à bien ce travail en quelques jours. Vous serez sans doute plus à votre aise, lorsque vous ne serez pas en représentation, d'aller et venir vêtu comme un gueux.

Le roi était satisfait d'avoir, en quelques mots, renvoyé sa doublure à sa condition véritable : si Dieu avait voulu que le sosie fût noble ou prince, il l'aurait fait naître ainsi. Son interlocuteur s'inclina pour montrer qu'il avait bien compris et ferait montre de la plus complète obéissance. Il n'avait d'ailleurs guère le choix. Il pouvait même s'estimer heureux du sort qui lui était réservé.

— Maintenant, allez, ajouta le souverain. Le gouvernement du royaume ne me permet pas de vous consacrer plus de temps. M. Bontemps vous attend à côté et va vous raccompagner jusque chez lui. Je n'ai pas besoin d'ajouter que vous y demeurerez jusqu'à ce que je consente à vous en faire sortir.

Le Bourbon n'était pas mécontent de la chute de cet entretien, qui proclamait une dernière fois que son double devait se soumettre à lui. Quant au sosie, assuré que le roi ne lui tenait pas rigueur de ses égarements, du reste sans trop bien comprendre pourquoi, en homme habitué à tirer parti de la moindre occasion qu'une vie aventureuse lui offrait de temps à autre, il avait vite repris ses esprits. Et se réjouissait déjà de ce que le roi n'était pas revenu sur la parole donnée. Chien un peu fou depuis qu'il avait eu si peur mais que le roi l'ait absous, la doublure du roi se promettait de savourer pleinement, dans quelques heures, la faveur que le Bourbon lui avait accordée et ne lui avait pas retirée.

Plus tard, chez le roi

Tout étourdi par ce qu'il avait éprouvé chez la marquise lors de leur dernière rencontre, le souverain avait laissé sa canne dans l'appartement de sa seconde épouse. Des cannes, le Roi-Soleil en possédait des dizaines, pour chaque occupation ou chaque cérémonie, qu'il demeurât dans son appartement ou se promenât dans les jardins, cannes à pommeau en or, en vermeil, en ébène ou en ivoire sculpté, incrustées d'une pierre précieuse pour les plus somptueuses. Celle que le roi avait oubliée était l'une des moins ouvragées, mais la marquise savait que le souverain en avait souvent l'usage ; elle avait donc demandé à Balbien de servir de commissionnaire en la rapportant aux domestiques de Sa Majesté. Nanon ne s'était pas fait prier, la course à accomplir n'était guère compliquée. Pour aller depuis l'appartement de la marquise jusque chez le roi, elle n'avait que quelques salons à traverser, ce qui ne la retarderait guère pour accomplir toutes les tâches d'intendante, de secrétaire particulière et de femme de chambre, voire de confidente, qu'elle devait mener à bien.

Nanon aperçut un des garçons bleus du roi, lui adressa un signe. Mais l'autre, qui était tout jeune, avait le pied agile, le nez en trompette et pas trop envie de travailler en plus de ce que lui ordonnait de faire le roi ou Bontemps. Il fit semblant de ne pas la voir et tourna les talons. La suivante ne se découragea pas pour autant, aperçut, à l'autre bout d'un salon, deux ou trois laquais qui paraissaient occupés à déplacer un paravent tendu d'une tapisserie vert et rouge. Il y en avait bien un qui accepterait de prendre en dépôt la canne du roi, songea-t-elle. Elle s'avança encore. Or une porte s'ouvrit alors. Le Bourbon parut, qui vit Nanon et la canne oubliée. D'emblée, le souverain comprit et sourit :

— Madame, vous vous êtes donné bien de la peine…

La suivante s'inclina avec plus de savoir-faire que de grâce, mais le roi parut s'en contenter, qui redoubla d'amabilité :

— Entrez, je vous prie, dans ce salon. Je pourrai vous y remercier plus commodément.

Nanon s'étonna un peu que le souverain fît tant de cérémonie, mais elle savait que celui-ci était toujours d'une grande politesse, en particulier avec les dames, qu'elles fussent duchesse ou chambrière. Elle suivit donc le roi, qui referma la porte derrière elle, lui proposa de s'asseoir avec autant de prévenance que si elle avait été Maintenon. Nanon prit place. Le roi détourna un instant le regard. Balbien, qui venait rarement dans cette partie du palais, en profita pour jeter un bref regard autour d'elle. Elle vit que les murs de cette pièce, le salon d'un collectionneur riche et avisé, étaient couverts de tableaux choisis et accrochés avec soin. Surtout, elle comprit qu'elle se trouvait dans le salon où, voici peu, elle avait tenté, en vain, de s'emparer de l'une des perles du roi. Sur le côté, ce meuble que la suivante avait osé ouvrir semblait la regarder et la dénoncer. Nanon eut cependant assez de présence d'esprit pour ne pas s'en détourner de manière trop rapide, ce qui eût pu paraître suspect aux yeux du roi.

Balbien ne devait rien négliger et, au demeurant, avait l'habitude, en servant Maintenon au grand jour tout en la desservant dans l'ombre, de donner le change et de feindre.

Mais le roi prit la canne, s'en servit comme d'une baguette, à peu près comme le faisaient les jésuites qui enseignaient dans les collèges de Paris, désigna le cabinet de bois marqueté d'écaille d'argent.

— C'est en effet ce meuble dans lequel, voici peu, vous vous êtes efforcée de me dérober ce qui m'appartenait, que j'ai depuis donné mais qui m'est toujours cher, parmi tous les objets qui se trouvent dans ces salons. Croyez-vous que, l'autre jour, je n'ai pas compris que vous vous étiez introduite dans cette pièce pour y commettre un forfait, et y aviez fait du bruit avant de laisser tomber une bille de verre que vous entendiez sans doute substituer à la véritable perle qui se trouvait ici ? Pensez-vous que je n'avais pas distingué votre trouble et aperçu les fins éclats de verre que vous aviez repoussés avec maladresse ? Madame, vous avez voulu me voler et, non contente de cela, vous m'avez pris pour un sot.

La suivante s'était figée, glacée. Elle était entrée presque vingt ans plus tôt au service de celle qui n'était encore que la veuve du poète Scarron et qui vivait alors des subsides que lui consentaient les plus généreux des bourgeois de la paroisse de l'église Saint-Eustache, alors que le royaume connaissait la disette voire la famine. D'emblée, Nanon s'était coiffée et habillée comme sa maîtresse, elle avait même pris sa manière de tenir et de parler, sa façon de montrer sa dévotion et de la pratiquer. Ensemble, les deux avaient traversé bien des épreuves avant que la future marquise n'entame la formidable ascension qui l'avait portée au sommet. Nanon ne s'était cependant jamais trouvée dans la situation qui, d'un coup, la voyait être à juste titre accusée par le roi de France en personne d'un forfait qu'elle ne pouvait nier. Affolée, et plus encore, la suivante regarda le roi, qui jouait avec sa canne, assis dans son haut fauteuil recouvert de brocarts d'or et d'argent. Mais elle ne vit en lieu et place qu'un bourreau assis sur son billot, hache à la main.

De tout temps, le Bourbon avait été désireux d'asseoir, d'assurer et de proclamer son pouvoir. Il ne prenait cependant aucun plaisir à faire souffrir. Parce qu'il mesura le désespoir soudain de la suivante, Louis XIV tint à l'apaiser :

— Rassurez-vous, madame. Si j'avais voulu vous faire arrêter par les hommes de M. le marquis de Sourches, grand prévôt de France, je l'aurais fait depuis longtemps. Et à cette heure, ainsi que vous êtes en train de l'imaginer, vous auriez été pendue et déjà mise en terre, sans doute dans une fosse commune. Je vous prie de croire que, en père de famille indulgent, je n'ai jamais songé à vous faire connaître ce sort. Votre destin sera plus doux, du moins si vous vous montrez aussi bavarde que je le souhaite.

— Sire…

— Si je pensais autrement, vous ne seriez pas assise à mon côté, convenez-en. (Le roi se tut un court instant, avant de reprendre son discours.) Je veux que vous soyez volubile. J'entends que vous fassiez aussi preuve d'honnêteté et de franchise. Ma grâce vous est pour le moment acquise. Mais je l'annulerai sans hésiter si, un jour, je comprends ou découvre que, à partir de maintenant, vous m'avez menti ou bien que vous m'avez caché une part déterminante de toute l'affaire qui me fait vous interroger ici. Je veux parler de la tentative de vol à laquelle vous vous êtes livrée. Je vais vous interroger, j'attends donc la vérité, mais la vérité tout entière.

La suivante, qui s'était crue perdue, se hâta de manifester l'état d'obéissance et de gratitude dans lequel, reconnaissante, elle était bien entendu prête à entendre ce que le roi avait à lui dire :

— Je demande bien humblement pardon à Votre Majesté.

— Ce pardon vous a déjà été accordé, je viens de vous le dire. Vous étiez donc de mèche avec le maître orfèvre qui a finalement perdu la vie à Versailles ?

— Oui, Sire.

— Mais comment le connaissiez-vous ?

— Madame a prononcé son nom devant moi à plusieurs reprises.

Ici, Nanon Balbien parut hésiter. D'un regard, le roi lui rappela où se trouvait son intérêt. L'eût-elle oublié que la suivante se souvint aussitôt que sa vie était en jeu. Elle reprit, plus nerveuse :

— Je me suis arrangée pour entrer en relation avec et lui proposer mes services. C'est à m'enrichir que je pensais. Sire, mes activités, sur ce point, n'ont sans doute pas été fort reluisantes. Mais depuis des mois, je n'ai fait qu'être une intermédiaire entre L'Oiselier et des personnes de qualité que l'orfèvre cherchait à approcher afin de leur proposer ses services. À chaque client apporté, je percevais un intéressement.

— Être mon fournisseur ne suffisait pas à assurer sa prospérité ? s'étonna le roi.

— Il semble que non, Sire. En tout cas, la confiance s'est établie, les bénéfices se sont multipliés. Puis, voici peu, le commerce a changé de nature. J'ai reçu un message qui me demandait de voler l'une des perles de Votre Majesté. La suite, Sire, vous la connaissez.

Nanon réfléchissait vite. Devait-elle davantage détailler son état d'esprit auprès du roi ? Elle ne le jugea pas nécessaire. En assistant L'Oiselier sans pour autant lui demander récompense ou retour, Nanon Balbien avait voulu priver sa maîtresse d'un cadeau somptueux, du moins d'une partie de celui-ci. La vengeance n'aurait pas été éclatante, mais elle s'était trouvée à sa portée. Balbien avait échoué puisqu'elle avait sottement laissé tomber et brisé la fausse perle qui devait remplacer l'une des vraies. Nanon s'en était voulu, s'était emportée contre elle-même et, finalement, elle avait gagné au change puisque, en raison de sa maladresse, L'Oiselier avait dû revenir en secret à Versailles, avait échoué à voler la parure, s'était fait tuer avant que le roi ne récupère les cinq perles *in extremis* et ne les offre à Maintenon qui, à son tour les avait données à Nanon... En conscience, Nanon savait que tout cela la contentait mais ne pouvait rien apprendre au roi : elle lui avait déjà dit l'essentiel.

Le roi demeura un court instant silencieux avant de reprendre son interrogatoire, avec l'air plus pressé d'en savoir davantage et de comprendre que de s'étonner de ce qu'il entendait :

— Cet homme, avait-il promis de rémunérer votre forfait ?

— Non, Votre Majesté. Du moins, pas expressément.

— Que vous avait-il promis ?

— Rien, Sire.

— Mais alors ? Quel était donc votre intérêt à agir ainsi ?

Nanon Balbien ne réfléchit pas longtemps. Le roi l'avait mise en garde au préalable : parler sans réserve et sans finasser ou, plus tard, risquer d'être condamnée. Le choix n'était pas long à établir. Alors, Nanon dit tout. Du moins la haine féroce qu'elle nourrissait à l'endroit de Maintenon. Une détestation qu'elle détailla longuement. Mais en omettant cependant de parler de ce qui l'associait à Harlay. Mentionner ce lien était inutile et hors sujet.

— Je savais que Votre Majesté comptait offrir ces perles à Mme de Maintenon. Donc en voler une me plaisait.

Le roi écoutait, sans rien dire mais avec une grande attention. Et il réfléchissait. Que Nanon détestât la marquise ne l'étonnait pas. Il avait l'habitude, depuis son plus jeune âge, de savoir que, à la cour, la trahison et le double jeu étaient à leur aise. Sa propre cousine, la fantasque Grande Mademoiselle[1], n'avait-elle pas, jadis, un sombre jour de la Fronde, fait tirer les canons de la Bastille sur l'armée du roi afin de sauver la mise au prince de Condé[2], un autre cousin, lui aussi rebellé contre la monarchie ? Pour en revenir précisément à Mlle Balbien, que fallait-il en penser ? Quelle conduite le roi devait-il adopter ? Dénoncer la suivante à la marquise ? Seul un sot aurait agi ainsi, pensa-t-il. Louis XIV connaissait désormais le secret de Nanon. Ce ne pouvait que lui être utile si, un jour, il s'avérait que le roi devait faire espionner sa seconde épouse. Le monarque ne pourrait disposer, dans la place, d'un

1. Fille aînée de Gaston d'Orléans, née en 1627, morte en 1693.
2. Alors futur Grand Condé (1621-1686).

meilleur agent double. Pour le reste, ces jalouseries de femmes, il s'en désintéressait tout à fait.

À mesure que le temps passait, la suivante reprenait assurance et confiance. Elle eut même l'habileté de sous-entendre qu'elle était très jalouse de la position de Maintenon en tant qu'épouse. Ce qui était vrai et, espérait-elle, pouvait flatter le roi en creux. Mais le souverain parut indifférent à ce début de confidence. Nanon comprit que le monarque n'avait jamais songé à la mettre dans son lit ou à gagner le sien. Ce qui ne l'étonna ni ne la vexa. Elle l'avait compris depuis longtemps. Balbien n'insista donc pas sur ce point qui regardait la séduction. D'autant que le roi voulait en savoir plus sur son entente avec Martin L'Oiselier :

— Vous pouvez, vous devez tout me dire. Puisque, de toute façon, si cet homme vous avait rémunérée ou avait promis de le faire, ce ne serait rien mis en regard du vol que vous avez tenté de commettre. Savez-vous pourquoi le maître orfèvre voulait reprendre la perle qu'il m'avait remise et qu'il vous avait demandé d'escamoter ?

— Je l'ignore, Sire.

Le souverain regarda Nanon. Pourquoi, pensa-t-il, sur ce point précis, cette femme chercherait-elle à l'abuser ? La suivante avait frôlé la chute et le savait, elle mesurait parfaitement les risques qu'elle aurait pris en ne remplissant pas les termes du contrat que le roi lui avait proposé, avec générosité et loyauté. Pour ce qui était de la réponse que Balbien ne lui avait pas donnée, il la connaissait déjà puisque la lettre laissée par l'orfèvre lui avait révélé les manœuvres d'Harlay. Il avait seulement voulu sonder Nanon, par curiosité.

Du bout des doigts, Louis XIV jouait avec sa canne

et, du bout serti d'une férule de vermeil, traçait devant lui à mesure qu'il réfléchissait des dessins imaginaires. Il croyait donc la suivante quand elle affirmait tout ignorer du mobile de Martin L'Oiselier. Une fois de plus, le Bourbon laissa son regard courir sur les peintures qui tapissaient les murs et dont le goût lui avait été donné par le cardinal Mazarin. Le roi se demanda si le fait d'avoir convié Nanon à s'entretenir avec lui ici souillait ce lieu en quoi que ce fût. Il regarda la suivante et estima que celle-ci s'était livrée à lui sans retenue et avec franchise. Cela valait absolution, pensa-t-il, et n'altérait en rien les beautés entassées ici. À ses yeux, Balbien s'était rachetée. C'est du reste ce que le roi annonça, du moins en substance :

— Madame, j'ai pris bonne note de tout ce que vous m'avez dit. Quant aux sentiments que vous portez à Mme de Maintenon, ils m'ont surpris car je les ignorais. Je n'en dirai rien à la marquise, cela vous regarde toutes les deux. Je veux croire que, par-delà les émotions qui sont les vôtres, vous servirez et seconderez désormais Mme de Maintenon aussi bien que vous le pourrez. Par ailleurs, je sais que si je lui rapportais les mauvaises pensées que vous venez de confesser, la marquise en serait plus que chagrinée, je sais, en effet, qu'elle vous accorde sa confiance et peut-être même son amitié. Or je ne veux pas troubler la femme que je viens d'épouser alors que celle-ci doit se pénétrer de la situation qui est désormais la sienne.

— Je vous remercie, Sire. Avant cet entretien, j'étais votre servante dévouée. Je le suis plus que jamais.

Le roi se leva. Nanon Balbien comprit que l'interrogatoire était terminé. Elle retint un soupir mais ne pouvait qu'éprouver une puissante satisfaction. Nanon avait promis de dire la vérité au roi pour ce qui regardait le vol manqué de la perle. C'est ce qu'elle avait fait. Que la suivante n'ait rien dit du don que la marquise lui avait finalement fait de la parure élaborée à la demande du roi par Martin L'Oiselier ne pouvait lui être reproché : ce n'était là, après tout, qu'un rebondissement, qui sortait sans conteste du cadre au préalable déterminé par le souverain.

Comme il l'aurait fait avec une princesse du sang, Louis XIV accompagna Nanon jusqu'à la porte. La suivante respirait. Pour sauver sa vie, elle avait été contrainte de se confier, et elle avait détesté ce moment. Tant, depuis des années, des décennies, Balbien était habituée à dissimuler, d'abord sa pauvreté, ensuite les quelques louis qu'elle avait jadis réussi à mettre de côté pour se nourrir avec sa maîtresse et, dès lors que celle-ci était sortie de la gêne, toute la détestation qui était née puis qui avait crû en elle, à l'endroit de celle qui, veuve Scarron, était devenue marquise de Maintenon.

Nanon jubilait intérieurement. Avoir la certitude que le roi ignorerait à jamais que c'était elle, pauvre femme née au sein d'une obscure famille demeurant à Meaux, qui avait durant de longues années passé la serpillière sur des tommettes écaillées, cuisiné des ragoûts avec les plus bas morceaux, gratté les casseroles, lavé et reprisé les bas de la future marquise de Maintenon, qui avait finalement hérité les éblouissantes perles des deux dernières reines de France, la dédommageait au centuple d'avoir dû s'humilier et se livrer, alors que sa vie même avait été en jeu. Mlle Balbien bernait Maintenon, elle bernait aussi le roi. Peu de femmes, dans tout le royaume, pouvaient en dire autant. Finalement, songea la suivante, elle ne se débrouillait pas si mal.

Au Trianon de porcelaine

Louis XIV désirait maintenant reprendre son souffle. Il allait se rendre seul au Trianon, excepté l'escorte de gardes qui assurerait sa sécurité comme chaque fois qu'il quittait le palais, fût-ce pour gagner sa maison de plaisance. Mais cette fois, le souverain voulut accomplir un détour. Plutôt que de partir par l'ouest, du côté des jardins, le convoi royal traversa la cour des Ministres puis gagna le bord de la pièce d'eau des Suisses. Il en fit le tour avant de rejoindre la route de Saint-Cyr. Parvenu à la ménagerie, le carrosse emprunta, en diagonale, une longue voie rectiligne, aménagée entre de hautes futaies, la suivit jusqu'au glorieux carrefour de l'Étoile royale. Enfin, par l'allée de Fontenay, puis par celle de Bailly, le roi arriva jusqu'aux abords de Trianon.

Le souverain ignorait lui-même pourquoi il avait demandé au cocher de faire cette promenade, une sorte de tour du propriétaire, qui n'avait pas pris longtemps : il n'y avait que peu de chemin à parcourir, et la flânerie avait été conclue en une demi-heure. Ce n'était pas une visite d'inspection : il n'y avait rien, sur le chemin, aucune perspective, aucune construction, aucun bosquet que le Bourbon ne connaissait pas fort bien et il n'y avait pas récemment ordonné de travaux. Ce n'était pas non plus une visite d'adieu : le roi n'avait ni l'intention de mourir ni celle de quitter Versailles… C'était un jalon à poser, comme un rapport d'étape que le monarque avait voulu dresser, en cet automne qui succédait à la mort de la reine Marie-Thérèse et à son remariage.

La voiture du monarque franchit la première grille de la cour du palais de faïence, puis la seconde, s'arrêta devant le perron. Le roi entra dans le Trianon, traversa le vestibule, arriva dans le salon. Les lieux n'avaient jamais été abandonnés, très loin de là, et, en dépit du désamour du Bourbon pour cette résidence, un personnel nombreux maintenait les lieux en un état parfait. Après chaque passage du monarque ou de ses invités, des garçons de chambre et des servantes remettaient en place les fauteuils, les chaises et les objets qui avaient été déplacés, des tapissiers remplaçaient dès qu'il le fallait un galon fané ou un édredon décousu, les sols de pierre étaient lavés à grande eau à la moindre salissure et les parquets de chêne régulièrement balayés et frottés.

La résidence avait donc été entièrement nettoyée depuis que la cour était venue ici avec le faux roi. En dépit du soleil d'automne qui, entré par les fenêtres, jouait sur les carreaux de faïence et y plaçait des éclats changeants émanait des lieux une atmosphère trop calme pour ne pas évoquer celle d'un monde qui allait disparaître. Louis XIV s'avança de quelques pas, afin d'admirer les parterres à travers les carreaux. À l'image de l'intérieur de ce palais de fantaisie, les massifs de fleurs étaient parfaitement tenus. Tout aurait dû concourir à ce que le roi en conçût de la gaieté. Il n'en était rien.

Le Bourbon s'assit face aux jardins, les regarda. Lui qui aimait tant être entouré, pour être scruté et admiré, la solitude ne lui pesa alors pas. Elle lui était même à cet instant nécessaire. Louis XIV songeait à son enfance au Louvre, au roi son père, qu'il avait somme toute fort peu connu, à sa mère, au cardinal Mazarin, aux mois passés au Palais-Royal et au jour où il avait failli s'y noyer, dans un des bassins des jardins, à la fuite de la cour au château de Saint-Germain, à son retour à Paris. Il se remémora le palais des Tuileries, l'étourdissant carrousel qui y avait été donné en 1662 et lors duquel le roi avait imposé son emblème, le Soleil. Le monarque pensa à ses séjours à Chambord, éclatant symbole du pouvoir royal, aux fêtes jadis données ici même, à Versailles, pour la duchesse Louise de La Vallière, des réjouissances restées sans pareilles, à ses autres maîtresses, à son mariage avec la reine Marie-Thérèse puis à la mort de celle-ci. C'était une vie qui passait devant lui. Et qui n'était pas finie, loin de là, espérait le roi.

Le Roi-Soleil se leva, s'avança vers le joli meuble dont Gabriel Nicolas de La Reynie s'était approché lui aussi, à deux reprises, au cours des jours derniers. C'était un cabinet, de bois peint en bleu et banc, comme les autres meubles du Trianon. Seule différence, peut-être, avec les autres réalisations des ébénistes : ici, ceux-ci avaient poussé à son extrême le désir d'oublier les arts décoratifs déployés au palais de Versailles pour imaginer un décor à la manière de l'Orient, du moins tel qu'on l'imaginait. Ce n'étaient que palmettes, arabesques compliquées. Le roi en ouvrit le battant, puis un des tiroirs qui y étaient aménagés. Il y avait là une simple bourse de velours rouge cardinal. Le roi s'en saisit, alla jusqu'à une table, y posa la poche de tissu, dénoua le cordon qui la fermait, l'ouvrit.

Elles reposaient sur un velours qui avait conservé sa blancheur immaculée, les cinq perles que le roi n'avait jamais songé à confier à qui que ce fût.

Les perles soustraites au fameux collier de l'élégante Anne d'Autriche et qu'avait ensuite portées la pauvre reine Marie-Thérèse n'avaient jamais quitté Versailles. Lorsque le Bourbon avait fait égaliser le bijou afin de l'adapter à la mode et au cou de son épouse, il ne s'était jamais résolu à se défaire des cinq perles ôtées du rang, fût-ce pour les confier à un orfèvre. Ces cinq grains de nacre jadis venus d'Espagne avaient toujours possédé aux yeux du roi une sorte de caractère sacré, parce qu'ils avaient été rassemblés par les rois d'Espagne, ses ancêtres, qu'ils avaient été portés par sa mère puis son épouse. Il n'avait jamais envisagé de s'en séparer. Comme le Bourbon l'avait du reste confié au portrait de la reine, le 5 octobre précédent, qui avait ravivé son souvenir alors que le roi visitait la pièce qui serait bientôt sa nouvelle chambre.

Le monarque avait remis cinq autres perles à Martin L'Oiselier, elles aussi d'une belle taille et d'un bel orient, mais loin d'être aussi admirables que les cinq perles mises de côté. De tout cela, le monarque n'avait jamais rien dit à personne. Il avait certes toujours voulu vivre en public, du moins depuis qu'il avait eu l'âge d'organiser sa vie, et en retirait de grandes satisfactions. Mais pour ce qui concernait le collier des deux reines, Louis XIV avait souhaité en faire une manière de sanctuaire, connu de lui seul. À la vérité, le roi s'était donc toujours moqué, ou à peu près, de ce qu'étaient devenues les cinq perles remises au maître orfèvre de la rue du Cloître-de-Notre-Dame.

Le Bourbon avait certes menti, du moins n'avait pas fait preuve de franchise, face à son frère, le duc d'Orléans, qu'il aimait et respectait pourtant. Il n'avait pas non plus dit la vérité à Bontemps, qu'il appréciait beaucoup, puisqu'il avait joué devant le serviteur au roi dépossédé de perles sans égales, alors qu'il n'en était rien. C'était, des deux, peut-être ce mensonge-là que le roi se reprochait le plus d'avoir proféré, il y voyait à juste titre un manque de loyauté alors que le premier valet de chambre lui avait toujours été fidèle et le serait à jamais. Le souverain avait aussi abusé Maintenon en lui faisant croire qu'il lui offrait les perles de sa première épouse. Mais là, le Bourbon n'éprouvait qu'une culpabilité amoindrie. Certes, la marquise avait reçu des perles de second ordre dont elle croyait que c'étaient celles de Marie-Thérèse. Mais c'était bien suffisant : Maintenon lui devait tout.

Au demeurant, il avait bien aussi fallu que le roi feignît de tenir aux cinq perles de remplacement comme à la prunelle de ses yeux. Le monarque ne voulait pas qu'il pût être dit que la royauté, le souverain et les deux reines mortes avaient été dépouillés et ridiculisés. Quand bien même seule une poignée de voleurs, de receleurs et autres bandits auraient pu se vanter dans des bouges ou d'obscures arrière-boutiques, cachées dans une cour des miracles que La Reynie n'avait pas encore eu le temps de démanteler, d'avoir volé le roi de France alors même, justement, qu'ils n'avaient dérobé que des sortes de leurre, des substituts de moindre valeur que les vraies perles, que plus personne ne porterait jamais et qui seraient ainsi à jamais protégées.

Du bout des doigts, le souverain caressa les cinq

perles, les fit rouler sur elles-mêmes pour en saisir toutes les irisations et les nuances. Il en saisit une, l'examina de près, la reposa, prit une seconde perle, l'approcha de la lumière, la laissa à son tour. Puis le Bourbon referma la bourse et la rangea, demeura ensuite immobile, plus pensif que jamais mais aussi, en un sens, plus décidé.

Car sa décision était prise. Trianon lui avait plu et n'avait jamais cessé de lui plaire. Mais il n'avait plus sa raison d'être. Le roi le ferait détruire, complètement. Oui, il faudrait, pensait Louis XIV, démolir ce petit château en dépit du bonheur et surtout du souvenir des plaisirs qu'il avait abrités. Quant à ses tables et à ses consoles bleu et blanc, elles seraient envoyées au garde-meuble du Petit-Bourbon, où elles rejoindraient tant d'autres meubles qui n'avaient plus l'heur de plaire[1].

Pourtant, songeait le Bourbon, il ne pouvait être question de faire ici place nette et de laisser les jardiniers occuper le site avec de nouvelles pelouses. C'eût été un renoncement. Pis, un recul, un échec. Il y aurait ici peut-être encore quelques fêtes, plusieurs réceptions[2]. Mais quand le temps serait venu, et ce serait bientôt, il faudrait rebâtir. En plus grand, en plus glorieux. En plus solennel. Non plus avec de la faïence, mais avec du solide, du marbre, du marbre rouge venu du Languedoc, du marbre blanc et du marbre de Campan, aux longues veines vertes[3].

1. De ces meubles il semble ne plus rester qu'une table à écrire, conservée au J. Paul Getty Museum, à Los Angeles, aux États-Unis.

2. Comme la réception du doge de Gênes en 1685, celle des ambassadeurs du Siam l'année suivante.

3. La construction du Trianon de marbre (Grand Trianon) fut entamée en 1687.

Et juste avant que ne s'élève un nouveau palais, lorsqu'il ne resterait que des trous et des tranchées, des béances envahies de racines, Louis XIV viendrait ici. Comme il l'avait décidé quelques semaines plus tôt, peu après la mort de la reine Marie-Thérèse, il jetterait la bourse et son contenu dans un des fossés, pour que ces perles y demeurent et ne plus soient plus portées, par personne, elles resteraient à jamais les perles de deux illustres anciennes infantes d'Espagne. C'était le plus convenable. Sans compter que, par ce geste, le roi savait qu'il accomplissait un lointain écho aux us et coutumes des empereurs de Chine qui se faisaient enterrer avec leurs fabuleux trésors, ainsi protégés pour toujours du monde des vivants.

Cette résolution prise, le roi quitta le palais de porcelaine et prit, pour regagner Versailles, le plus court chemin, celui qui empruntait l'avenue de Trianon puis, une fois contourné le bassin du Dragon, la pente qui, le long des réservoirs cachés derrière de hauts murs, menait jusqu'au sommet du tertre où était construit le château. La butte était peu élevée. Mais monter ainsi, ne fût-ce que de quelques toises, plut au roi.

Au château de Versailles

Revenu au palais, Louis XIV voulut se rendre compte par lui-même de l'état d'avancement des travaux ordonnés pour agrandir son appartement privé au détriment de celui de la reine morte. Comme il l'avait déjà décidé et annoncé au fantôme de sa première épouse, les travaux allaient bon train dans sa future chambre, quoique les ouvriers eussent fort à faire pour que tout fût achevé, selon le souhait du roi, avant la fin de l'hiver.

Satisfait de ce qu'il avait vu, le roi regagna le cabinet des Tableaux, passa sans la regarder devant l'aiguière formée de trois sardoines assemblées. Le vase lui avait déjà révélé tout ce qu'il avait à lui dire. Louis XIV avait cru à tort que l'Espagnol était le seul responsable de l'assassinat du cent-suisse qui montait la garde, cette nuit pour lui fatale, sur le palier du Grand Degré. Le seul ? Depuis quelques heures, le Bourbon n'en était plus si certain.

Que le soldat ait été empoisonné, le roi n'en doutait pas. Et sans doute était-ce bien le valet venu de Madrid qui lui avait donné, de la main à la main, la bouteille contenant le vin frelaté. Ce point constituait un détail. Or l'Espagnol n'avait pu avoir connaissance de l'union projetée entre le roi et la marquise de Maintenon que très peu de temps avant cette célébration, tant le secret avait été parfaitement gardé jusqu'à la dernière minute ou presque, et ensuite partagé avec fort peu de personnes, dont la plupart étaient insoupçonnables.

Du mariage projeté, Alexandre Bontemps n'avait rien dit à quiconque, le roi en était certain. Dès lors qu'ils avaient été appelés à être les témoins du sacrement, ni les époux Montchevreuil ni Nanon n'auraient eu le moindre intérêt à le divulguer, tant ils avaient avantage tous les trois, et pour des raisons différentes, à ce que Maintenon montât une marche de plus sur le chemin du pouvoir. Et, pensait Louis XIV, le fait que Mlle Balbien détestât en secret sa maîtresse ne changeait rien à l'affaire. La suivante, quelle que fût sa haine, et à moins de penser qu'elle avait le désir de chuter avec la marquise, ce qui n'était ni probable ni plausible, n'aurait eu aucun bénéfice à ce que le mariage ne fût pas célébré : il assurait sa position à la cour.

Du côté des prêtres, il n'y avait rien non plus à suspecter, estimait le monarque. Du père La Chaize, le roi se portait garant : le jésuite était d'une probité irréprochable, hors de tout soupçon. Pour ce qui était de François Harlay de Champvallon, la situation était à première vue beaucoup moins certaine. Tant l'archevêque de Paris était, le roi en avait désormais la certitude, un libertin dépourvu de morale. Mais passé ce constat désolant, la culpabilité d'Harlay devait cependant être exclue. Que le souverain fût marié ou non, l'archevêque s'en battait l'œil. Peu lui importait que le roi et la marquise fussent désormais en règle devant Dieu. *A contrario*, avoir célébré leur union ne pouvait qu'asseoir sa puissance. Si jamais sa position avait été vraiment menacée en raison de sa vie scandaleuse de prêtre égaré par le vice, avoir sanctifié l'hymen du roi et de Maintenon mettait définitivement Harlay hors d'atteinte de tout tracas : le religieux qui avait marié Sa Majesté était désormais intouchable.

Bref, concluait le Bourbon, il ne restait donc qu'un seul suspect. Et c'était le marquis de Louvois. Celui-ci connaissait de longue date la liaison que le roi entretenait avec Maintenon. Dès lors que la reine Marie-Thérèse était morte, le 30 juillet précédent, le ministre de la Guerre avait deviné que le roi convolerait avant longtemps avec la marquise. Dès lors que, pour Louvois, le remariage du roi n'avait plus fait de doute, avait-il décidé de contrarier cette union ? C'était envisageable. Il s'y était certes opposé de front, sans se cacher, avec courage et franchise, le roi devait le reconnaître. Mais quand il avait vu que le monarque ne semblait pas sur le chemin de suivre ses conseils en la matière, le marquis avait pu envisager la piste du poison, en cas de nécessité.

Et alors, que s'était-il passé ? se demandait le Bourbon. Il ne faisait maintenant guère de doute, songea-t-il, que l'Espagnol et Louvois s'étaient connus. En soi, la chose n'avait rien d'étonnant. Le ministre occupait une position éminente au gouvernement, à la cour et au palais. Le valet, quant à lui, avait toujours été au plus près de la reine. Les deux hommes avaient maintes fois eu l'occasion de se rencontrer. Louvois avait demandé au valet d'être son bras armé.

Car pour que l'herbe au diable fût parvenue à sa pleine croissance en octobre, il avait fallu qu'elle fût semée en juillet. L'Espagnol n'avait pu former alors ce projet : il ignorait que le roi allait se remarier. Mais Louvois savait calculer, anticiper. Il l'avait prouvé en continuant à réorganiser l'armée sur le modèle mis en œuvre par son propre père. Il avait fort bien pu donner au valet l'ordre de semer. Quelques semaines suffisaient à la plante, une fois sa graine mise en terre, pour croître et se développer, jusqu'à porter à son tour les graines noires que le roi avait pu observer.

Le ministre aurait donc tout organisé en coulisse. Certes, la mort du garde avait bel et bien failli compromettre la célébration de la cérémonie. Et de cela, le Roi-Soleil s'offusquait. Seule la présence d'esprit et l'ingéniosité de Bontemps avaient pu rétablir la situation. Au demeurant, le roi se félicitait que le mariage n'eût pas été différé. Un report aurait certes été déplaisant, mais, si dans la nuit du 9 au 10, Louvois avait eu gain de cause, sa stratégie n'aurait cependant guère eu d'avenir. L'union projetée aurait bien fini par être célébrée tôt ou tard. Fallait-il en conclure que le ministre s'était aveuglé et en avait été réduit à perdre son sens commun ? C'était possible si l'on voulait bien considérer que, après le roi, Louvois était l'homme le plus puissant du royaume depuis la mort de Colbert. L'esprit lui en aurait tourné. Cela était-il possible ? s'interrogeait le Bourbon. Plus il y songeait, plus cet enchaînement de déductions lui paraissait bien fragile.

Le surintendant avait-il donc trahi le roi ? Avait-il même tenté de l'empêcher de réaliser ce que le souverain avait le plus à cœur d'accomplir ? Cela n'était pas impossible, pensait le Bourbon. De tout temps, les grands, les favoris, les ministres les plus puissants avaient comploté contre le monarque. Laissant de côté les manœuvres des Guise sous les derniers Valois, et pour ne remonter qu'au règne précédent, d'abord le puissant Henri de Montmorency, filleul d'Henri IV, puis Henri Coëffier de Ruzé d'Effiat, marquis de Cinq-Mars, favori de Louis XIII et grand écuyer de France[1], avaient eux aussi conspiré et y avaient même laissé leur tête[2].

À moins, pensait le Bourbon, que Louvois ne se fût simplement montré trop bavard devant l'Espagnol, sans vouloir pour autant trahir sciemment quelque secret. L'Espagnol, refusant que le roi se remarie, et en cela fanatique, avait fort bien pu deviner, en creux, ce que le surintendant ne lui avait pas dit parce qu'il était loyal à l'endroit du roi. C'était même le plus probable : le surintendant avait été imprudent, et c'était tout. Quoi qu'il en fût, dès les premiers jours du mois d'août, le valet de la reine défunte s'était retroussé les manches, avait pris une sarclette et un arrosoir avant

1. À ce titre responsable des écuries royales.

2. Convaincus de trahison, ils furent respectivement décapités en 1632 et en 1642.

d'aller semer l'herbe du diable dans les parterres tracés près de l'orangerie, derrière des buis, en compagnie d'anémones, de rosiers remontants et d'amarantes. Ou bien avait-il demandé aux jardiniers, moyennant quelques pièces suffisant à les corrompre, d'enfouir dans le sol humide quelques graines de la plante maudite ? Par omission, les deux serviteurs auraient menti au souverain. Or, qu'ils fussent ou non complices, cela ne changeait pas grand-chose au fond de l'affaire.

Louis XIV voulait poursuivre son raisonnement, envisager le pire, afin de clore une bonne fois pour toutes son questionnement. Si Louvois était un ordonnateur coupable, cette attitude constituait-elle pour autant une forfaiture en bonne et due forme ? Le roi n'en était pas certain. Si, dans le pire des cas, le surintendant des Bâtiments avait planifié le crime, c'est parce qu'il pensait que c'était son devoir de se comporter ainsi. Il y avait là de la folie, certes, mais le souverain devait passer outre. Car il ne pouvait se priver des services d'un ministre qui prenait tant à cœur l'honneur du roi, à défaut de lui obéir en tout : la raison d'État demandait au Bourbon non pas de lui pardonner mais de faire comme si cet affront n'avait jamais existé.

Pour récapituler, songeait le souverain, que Louvois eût sciemment trahi ou se fût montré imprudent, l'Espagnol était, lui, bel et bien coupable de l'assassinat du garde du Grand Degré. Mais, victime tout à la fois de son dévouement et d'une sorte de folie, le domestique était finalement mort et le roi ne pouvait donc plus, s'il l'avait voulu, s'en prendre à lui. Son désir de vengeance n'avait plus d'objet. L'histoire était close à jamais.

Le monarque fit appeler Bontemps et, en quelques mots, lui donna ses ordres. Que le sosie le remplace donc si nécessaire. Louis XIV s'en moquait, il souhaitait une nouvelle fois être seul. Il voulait songer à Louvois. Coupable ou non de ne pas avoir dénoncé l'Espagnol, le surintendant des Bâtiments ne serait pas inquiété. Sur ce point-là, la décision du souverain était prise. De punition, il n'y aurait pas.

Louis XIV avait besoin, en se promenant dans les parterres du Nord, à cette époque fleuris de passe-velours orange et d'asters bleus et mauves, d'envisager l'avenir. Celui-ci ne pouvait qu'être fort plaisant, s'il y songeait bien. Le roi venait de se remarier. Il était réellement attaché à la marquise de Maintenon. Et celle-ci était devenue sa femme. Son ménage serait donc heureux. Sa vie d'époux serait comblée.

Pour ce qui regardait son autre passion, le besoin de construire, qui égalait au moins son amour de la guerre, Louis XIV n'avait qu'à se féliciter. Déjà formidablement transformé depuis l'époque où le roi avait pris possession du petit château de son père, Versailles prenait forme de jour en jour, et était promis à de nouveaux développements, que ce fût dans le palais, qu'il faudrait bien un jour doter d'une véritable salle de spectacle plutôt que d'en construire, détruire et rebâtir de provisoires[1], ou dans les jardins. À moins, songea le monarque, que l'âge venant, il ne soit lassé de l'opéra,

1. Cet opéra ne fut construit que pour le mariage du futur Louis XVI et de Marie-Antoinette.

qu'il avait pourtant tant aimé. D'ailleurs, pensait-il, la marquise de Maintenon n'aimait pas ces amusements profanes, les condamnait même en silence. Le Bourbon ne voulait pas lui déplaire.

En matière de politique étrangère, le souverain avait remporté de beaux succès au cours des dernières années, avec le rattachement à la France, entre autres villes et territoires, de Strasbourg, de Cambrai, de Maubeuge et de Valenciennes, ainsi que de la Franche-Comté. Le souverain avait un fils qui, à son tour, en avait déjà eu un, et peut-être un second dans peu de temps, si la dauphine portait bien un garçon et que son accouchement se passât bien. L'avenir de la dynastie était solidement assuré.

Vêtu comme un simple particulier, le roi sortit du palais, dépassa la grotte de Thétis[1], étrange et mystérieuse construction, où, dans la pénombre, un dieu de marbre était servi et baigné par des nymphes. Il marcha le long des réservoirs qui alimentaient les jardins, situés quelques pieds en contrebas. Ici, songea-t-il, s'élèverait bientôt une longue aile, le pendant de celle du Midi. Il faudrait, pensa le Bourbon, que les architectes et les ingénieurs pallient la déclivité du terrain qui allait en s'abaissant du côté de la porte du Dragon. Il faudrait veiller que l'œil n'en fût pas offensé. Mais le Bourbon voyait déjà le bâtiment projeté sortir de terre devant lui. Il logerait là, outre leurs serviteurs, nombre de courtisans qui, par orgueil ou

1. La grotte fut détruite en 1684. Ses sculptures, dont celle d'Apollon, dieu du Soleil (l'emblème du roi) furent placées dans le parc, puis installées à la fin du XVIIIe siècle dans le bosquet des Bains d'Apollon, alors créé par Hubert Robert.

par peur de s'ennuyer dans leur château de province, se presseraient à Versailles, ne songeant qu'à assister aux fêtes de la cour et à dépenser des sommes folles pour changer de parure à la moindre occasion, en tout cas pour toujours suivre le roi.

Par dizaines, par centaines, ils papillonneraient autour de Louis XIV, se presseraient pour obtenir une faveur, quand bien même il ne s'agirait que d'une phrase, que d'un regard. Pour tenir leur rang, ne pas hésiter à miser de grosses sommes, au risque de les perdre, en jouant au reversi, payer leurs gages à leurs serviteurs, donner à souper, ils auraient besoin d'argent, et cet argent, ils n'auraient de cesse de le quémander au roi. Qui, à son tour, organiserait de nouvelles fêtes pour achever d'étourdir ces idiots, éblouis et ruinés.

Passé le deuil de la reine, ce ne seraient de nouveau que réjouissances. Le carnaval célébré cette année, où la cour s'était tant divertie, en s'habillant à la mode égyptienne, servirait de modèle pour les prochaines festivités. Déjà, le roi se promettait, si la dauphine accouchait d'un fils, de briser le deuil, du moins l'espace de quelques jours, pour célébrer l'événement. Il y aurait concert et danse dans le salon d'Apollon, jeu dans les salons de Mercure et de Mars, collation dans le salon de Vénus et buffet de boissons dans celui de l'Abondance, qui n'aurait jamais aussi bien porté son nom. Avec, toujours, le Bourbon au centre des cérémonies et des divertissements. Louis XIV adorait cet horizon.

Le roi se mit à réfléchir, très vite. Son sosie, en venait-il à penser maintenant, avait perdu la tête, du moins l'espace d'un moment, lorsque, peu après l'assassinat de L'Oiselier, il avait présenté au monarque une demande insensée. Mais à y bien réfléchir, comment aurait-il pu en être autrement ? se disait le monarque. Qui, placé soudain dans une telle situation, n'en aurait pas perdu l'esprit lui aussi ? Jusqu'au 7 de ce mois, l'homme, qui appartenait de toute évidence à la lie du peuple, n'était donc rien. Et, d'un coup, il lui avait été demandé de tenir le rôle du Roi-Soleil ! Son esprit s'était emballé, jusqu'à en perdre son sens commun, et au-delà. Le sosie avait donc formulé une demande folle. Le roi l'avait acceptée. Puis n'avait pas repris sa parole, en véritable gentilhomme. À cet instant, le Roi-Soleil était pleinement satisfait de lui. Ce qui, par voie de conséquence, balaya les doutes qui l'habitaient regardant Maintenon. La marquise avait une idée trop élevée de la moralité qu'elle voulait voir régner partout à la cour pour ne pas s'appliquer cette règle à elle-même. Il ne s'était, bien entendu, rien passé qui ait pu attenter à la fidélité conjugale, dans le cabinet des Parfums, acheva de se persuader le Bourbon.

Le temps de revenir au palais, cette certitude prit pleinement racine. De cette aventure, le roi en était maintenant certain, son honneur de souverain respecté et craint, d'époux adoré et comblé, sortait sauf. Parfaitement satisfait et persuadé de la justesse de ce raisonnement, le Bourbon embrassa d'un coup les parterres, jardins, bosquets, bassins, constructions, tous ces espaces, bâtis ou non, au milieu desquels il avait voulu vivre. Et le roi, qui se sentait pleinement aimé et respecté, se hâta de regagner son appartement.

Il y retrouverait la déférence de ses valets et – qui sait ? – peut-être un message de son épouse le priant de se rendre auprès d'elle afin d'accomplir ce que l'Église leur permettait désormais, puisqu'ils étaient mariés, sans avoir à craindre de mécontenter Dieu, Jésus, la Vierge et tous les saints du calendrier. Il y retrouverait, surtout, un certain habit.

Au palais, dans l'appartement de la reine

— Messieurs, au couvert du roi ! cria l'huissier d'une voix de stentor.

Connue et admirée dans l'Europe tout entière, la cérémonie pouvait commencer. Il était vingt-deux heures. Ce soir, il y avait « grand couvert ». La table était dressée dans l'un des salons de l'appartement de la reine, brillamment éclairé par des bougies de cire blanche, plus onéreuse que la jaune mais d'une lumière plus vive et plus agréable. Dans la pièce voisine, outre les réchauffoirs, se trouvait la nef du roi, pièce d'orfèvrerie en argent massif, incrustée de pierres précieuses, en forme de navire démâté, dont la cale renfermait des épices et les serviettes pliées avec recherche dont le souverain allait se servir pour se laver les mains. Les courtisans retardataires, qui continuaient à s'installer et devraient se contenter d'assister au spectacle par-dessus l'épaule de ceux arrivés plus tôt, passaient devant l'objet et devaient l'honorer, des huissiers y veillaient. Chaque gentilhomme saluait au passage et chaque dame accomplissait une révérence. Tous redoublaient d'élégance : c'était la première fois, depuis la mort de la reine, qu'il y avait grand couvert. Et il leur fallait, pour se départager, faire preuve de raffinements en matière d'habits sombres.

Doté d'un bâton de commandement, un jonc fin gainé de velours, enrichi en son milieu d'une bague de vermeil et, à son sommet, d'une fleur de lys, qui en faisait une sorte de militaire d'un genre très particulier, le premier maître d'hôtel veillait que le cérémonial précis, hérité du temps du roi Henri III, de la famille des Valois, fût respecté dans le moindre détail.

Coiffé d'un large chapeau endiamanté posé sur une longue perruque, le roi était habillé de noir mais portait une cravate dont l'éclatant zinzolin n'était guère de deuil, ce qui fut remarqué.

Lors de ces repas solennels, si commentés à Paris car on les savait magnifiques, seuls les fils ou les petits-fils de France, et éventuellement leurs épouses, avaient le droit de s'asseoir à la table du roi, encore l'étaient-ils sur des pliants, et sur les bas-côtés, alors que le souverain, lui, disposait d'un fauteuil.

Monsieur et la Palatine, le dauphin et son épouse, celle-ci quelque peu embarrassée par son ventre de femme enceinte, étaient donc présents aux côtés de Sa Majesté. Quoique la marquise de Maintenon eût épousé le roi depuis plusieurs jours, il ne pouvait être question, puisque cette union était secrète, que la dame participât à ce repas et, même, y assistât : elle se contenterait de souper dans son appartement de poupée, sur une table étroite et sans cérémonie, en compagnie d'une vieille amie, dans le meilleur des cas.

Deuil de la reine oblige, les vingt-quatre violons du roi n'avaient pas été conviés à jouer comme ils le faisaient d'ordinaire en de semblables occasions. Rehaussant le caractère solennel de la cérémonie, le silence fut donc à peu près complet puisque, du côté des convives, on ne parlait pas. Comme l'était l'ordre dans lequel les plats, préparés sous l'autorité du contrôleur général de la Bouche et du Gobelet, apportés des cuisines établies au rez-de-chaussée de l'aile du Midi par cent soixante valets escortés d'huissiers et de gardes du corps, armes à l'épaule, étaient présentés, par services.

Une centaine de mets au total seraient servis sur une nappe damassée, que les convives goûteraient, ou non, dans leur assiette d'argent ou de vermeil. Tous avaient devant les yeux le cadenas, coffret de métal précieux où étaient gardés, à l'abri des empoisonneurs redoutés, les couverts du roi, que celui-ci utiliserait peu car, il en était convaincu, pour manger par exemple la volaille que découperait l'écuyer tranchant, rien ne valait le pouce et l'index.

Selon l'usage, un prince du sang bailla sa serviette au souverain. D'abord furent servies les soupes, puis les entrées et les pièces rôties. Ensuite, les entremets. Et, enfin, les desserts avec, ce soir-là, le fruit préféré du souverain, des figues fondantes cultivées contre les murs du potager du Roi, parfumées et sucrées au-delà du raisonnable. C'était, avec l'arrivée et le retrait des plats, un ballet de serviteurs virtuoses, qui se déroulait devant un public nombreux et attentif. Outre de simples particuliers qui avaient assez d'entregent pour avoir été menés jusqu'ici par un serviteur ou un garde accommodant ou qui avaient demandé qu'on lui graissât la patte, étaient présents, serrés les uns contre les autres, plus de cent courtisans, hommes et femmes. Les uns et les autres étaient très parés, lourdement parfumés, les habits couleur de deuil, gris de lin, café ou feuille morte. Tous se tenaient debout, sauf les plus titrées des dames, qui avaient en cette occasion le droit envié de s'asseoir sur un tabouret aux pieds croisés.

Le roi connaissait bien sa famille et savait à quoi s'en tenir avec chacun de ses membres. Gros et gras, son fils le dauphin présentait l'air maussade qu'il arborait le plus souvent et qui attristait son père, vexé et inquiet de transmettre un jour sa couronne à un garçon si peu attirant. Mais du moins l'héritier, teint rose, joues pleines et perruque blonde, faisait-il, comme à son habitude, honneur à la cuisine en avalant sans compter. La dauphine tâchait de faire bonne figure sans y parvenir vraiment. Ce n'était pas sa grossesse avancée qui était la cause de cette maladresse, mais son incapacité, installée le jour même où elle était arrivée à Versailles, treize ans auparavant, à tenir son rang en public, tant elle apparaissait toujours dolente et accablée, étrangère à ce qui se passait autour d'elle, et bien qu'elle maniât fort bien la langue française.

Madame et Monsieur étaient quant à eux, et pour une fois, à l'unisson. Leur maintien était irréprochable : à la parfaite éducation du duc d'Orléans, qui raffolait de respecter jusqu'à l'extrême le moindre aspect du protocole en vigueur à la cour de France, répondait la volonté toute allemande de Madame de parfaitement se tenir elle aussi. Et cela, bien qu'Élisabeth-Charlotte n'aimât pas la cuisine française et préférât de beaucoup, aux riches plats en sauce préparés pour le roi et ses proches, les cerises qu'elle grignotait enfant, à cinq heures du matin, dans les montagnes entourant Heidelberg, avec un bon morceau de pain. Mais le souverain, qui connaissait fort bien son frère, et point trop mal non plus sa belle-sœur, savait à quoi s'attendre. Les Orléans lui reprocheraient, et pour encore longtemps, peut-être à jamais, de s'être marié avec la marquise de Maintenon, pour les raisons qu'ils lui avaient jetées l'autre jour à la face. La désapprobation qu'ils continuaient de manifester de concert jusque lors de ce repas de cour était perceptible, du moins par le souverain.

De même, le Roi-Soleil discernait assez bien les sentiments des courtisans qui le regardaient souper avec sa famille. Pour la plupart, savait Louis XIV, ils s'émerveillaient de l'art avec lequel celui-ci saisissait le verre, empli d'eau charriée depuis la source de Ville-d'Avray ou de vin coupé, qu'un valet lui tendait après avoir été le chercher sur un buffet dès que le souverain voulait boire. Plusieurs dames, le souverain en était certain, regrettaient, en le voyant, qu'il ne puisât plus dans leurs rangs pour se distraire lorsque la nuit était venue. Louis XIV en était satisfait. Non seulement il était regardé et admiré mais, de plus, il suscitait encore le désir, et son attitude créait de l'agacement et de la frustration.

Fort d'avoir réglé en quelques jours l'affaire des larcins commis dans l'appartement de la reine, d'avoir réglé aussi ce qui regardait le vol de perles, le monarque exultait. Les offenses qui, un temps, avaient attenté à la mémoire de son épouse, à l'esprit même de la monarchie, étaient effacées. Et lui, le roi de France, il avait pu vérifier qu'il était bien le maître du jeu, tout-puissant dans son royaume. Cette certitude d'avoir parfaitement agi, avec l'intelligence et la présence d'esprit requises, comblait Louis XIV.

À tel point que celui-ci en vint à oublier l'endroit

où il se trouvait maintenant ou, plutôt, quelle situation était la sienne.

Car le Bourbon, afin de respecter la parole qu'il avait donnée l'autre jour dans le cabinet du Conseil, se tenait dans un recoin du salon, tel un gentilhomme anonyme, perdu au milieu des autres courtisans et même à demi caché sous une torchère. Captivés par la cérémonie qui se déroulait devant eux, les courtisans ignoraient qu'ils regardaient un faux roi, revêtu des somptueux habits endiamantés du vrai et que, du vrai, ils marchaient un peu sur les pieds, au gré des très discrètes et silencieuses bousculades lors desquelles chacun cherchait à être le mieux placé et à être vu de celui qu'ils prenaient pour le monarque.

En effet, ivre d'orgueil et de puissance, le sosie avait exigé de remplacer le roi au grand couvert, le tout premier mis en œuvre depuis la mort de la reine Marie-Thérèse, repas donc particulièrement attendu, ordonnancé et scruté. Cette situation ne différait certes guère, en soi, des circonstances où le souverain enquêteur avait déjà demandé que sa doublure le remplaçât. Mais l'effronté avait de surcroît réclamé que le Bourbon se tînt devant lui, caché dans l'assistance, et le regardât être traité en monarque. Pour l'humilier, s'était alors demandé le vrai roi ? C'était possible. Et cela avait d'ailleurs suscité dans un premier temps la fureur du Bourbon, avant que celui-ci ne se résolvât à accorder cette requête folle. Car dans sa chambre, l'autre nuit, à y bien réfléchir, une idée était venue au souverain. Du moins un pressentiment de ce qu'il allait éprouver lors de ce repas si cérémonieux.

En effet, de sa place, le roi pouvait fort bien distinguer et détailler sa famille, les officiers de la Bouche et les valets qui allaient et venaient dans un ordre parfait.

Surtout, pour la première de sa vie, le Roi-Soleil avait le loisir, à travers son double, de détailler ses propres manières et ses gestes, jusqu'à sa façon de toiser autrui. Bref il pouvait s'admirer. Et ce plaisir-là, puissant et capiteux, le roi de France et de Navarre, hédoniste dans l'âme, ne l'avait jamais éprouvé. Ce qui lui était une révélation et contentait pleinement son orgueil.

Du même auteur

Aux Éditions Belfond

L'Ombre du parasol d'or

Aux Éditions Flammarion

Dans l'ombre, les dragons de pierre
L'Anneau de la reine
Le Diable de Trianon

Aux Éditions Marabout

Un prince de sang

Aux Éditions du Masque

Des lapins et des hommes (prix du festival de Cognac 1994)
Les ferrets sont éternels
Zapping mortel
Les Dieux outragés
Le Vestibule du crime
La Licorne empoisonnée
Le Sang du Trianon
La Concubine ensevelie
La Vierge du soleil
La Religieuse de l'obscurité
Le Cinquième Roi de bronze

(Sous le nom de Taiping Shangdi)
La Sonate interdite
La Noyée du Palais d'été
Le Prisonnier de l'océan
Le Puits de la morte
Le Singe empoisonné
Les Soieries de l'effroi

Les Pierres de la douleur
Le Chrysanthème de longévité
La Dent du cheval marin
Le Palais de la splendeur pourpre
La Déchirure du papier huilé
La Porcelaine oubliée
Le Cheval parti en fumée

Aux Éditions Plon

La Marquise des poisons

Aux Éditions Hachette Jeunesse

Le président de la République a faim
Le Noël du président de la République

MIXTE
Papier issu de
sources responsables
FSC® C003309

L'éditeur de cet ouvrage s'engage dans une démarche
de certification FSC® qui contribue à la préservation
des forêts pour les générations futures.

Pour en savoir plus :
www.editis.com/engagement-rse/

10/18 – 92 avenue de France, 75013 PARIS

Imprimé en France par CPI

N° d'impression : 3046978
X07932/01